本书系2020年广东重大现实题材和红色题材创作作品

龙潭奋飞

吴仲禧传

许　锋　著

SPM 南方传媒　广东人民出版社
·广州·

图书在版编目（CIP）数据

龙潭奋飞：吴仲禧传 / 许锋著. —广州：广东人民出版社，2023.6
ISBN 978-7-218-16613-1

Ⅰ．①龙…　Ⅱ．①许…　Ⅲ．①传记文学—中国—当代
Ⅳ．①I25

中国国家版本馆CIP数据核字（2023）第086547号

LONGTAN FENFEI WU ZHONGXI ZHUAN
龙潭奋飞：吴仲禧传
许　锋　著

出 版 人：肖风华

责任编辑：钱飞遥
责任技编：吴彦斌　周星奎

出版发行：广东人民出版社
地　　址：广州市越秀区大沙头四马路10号（邮政编码：510199）
电　　话：（020）85716809（总编室）
传　　真：（020）83289585
网　　址：http://www.gdpph.com
印　　刷：广东鹏腾宇文化创新有限公司
开　　本：787毫米×1092毫米　1/16
印　　张：25　字　　数：360千
版　　次：2023年6月第1版
印　　次：2023年6月第1次印刷
定　　价：68.00元

如发现印装质量问题，影响阅读，请与出版社（020-87712513）联系调换。
售书热线：（020）87717307

C O N T E N T S

目 录

让一位深潜龙潭的老将军回到我们的视野

让一位深潜龙潭的老将军
回到我们的视野

一夜之间，已是南方的春。

南方的春，与黎明无关，与草木无关，它活泼泼、脆生生地于鸟的啁啁啾啾中缀成一片。于南方的居民而言，许是并不翘首盼望，却总会如约而来。

与黎明似的。

也许连日的暗无天日、飞沙走石，忽地，大地万籁俱寂，你鼓足勇气推开一扇窗，窗棂上的灰尘尚未散去，尘土竭力维持着残存的带着点所谓尊严的气息，但一轮红日已在天边喷薄，映得云蒸霞蔚，映得你一心煊烂。你拂去灰尘，迎着朝阳，渐行渐远。

这样的场景，本书的主人公于88载岁月之河中，无数次经历过——16岁，他以瘦弱之躯顶着宽大的军装参加福建北伐学生军，自此，再没有回头，而是一路坚定地走去，终于，一颗青春的心于黎明的光辉中一点点上色，沸腾的革命的激情如升腾的红霞，为晦涩的黑暗的中国注入了一股力量，起初微不足道，却如星星之火可以燎原。

一度，他也迷茫。也苦闷。也忧伤。他企望每一个黎

明的前夜，大地安宁，万家灯火，欢声笑语肆意流淌。但军阀混战、白色恐怖、日寇入侵、血雨腥风，在不间断地一次次击碎一个青年的梦想的同时，也让他不断思考、审视这个国家、这个时代以及掌控这个国家的"话语权"、操纵这个时代的航船走向的所谓体制、军队、派系以及夹杂其中的魑魅魍魉。他由渐悟到顿悟，并翻身而起——推开了阻隔他很久的那扇窗，重新看到了黎明的曙光，那是1937年7月的曙光，仲夏之日，不属于春天；他42岁的人生，也不再是春天，但他分明看到了中国大地万物复苏的迹象——东风解冻，鸿雁要来。只是，这一"将来时"因日寇的铁蹄践踏而迢迢；这一"将来时"因蒋介石再次发动内战而迁远。但他深信不疑，每一日都有黎明，只要推开窗，黎明之光望之如荼，望之如火，如火如荼，民心何盛。

他选择了与人民在一起。与人民的军队在一起。与领导人民军队的中国共产党在一起。只是，他始终没有振臂一呼的机会，而是当了一颗"冷棋子"，在隐蔽战线以潜伏的姿势隐匿于反动派阵营。继而，他冒着极大的危险，机敏、"狡黠"、从容地做着"信使""搬运工""快递员"，一份份重要的情报由此至彼，由黑暗至光明，由邪恶至正义，由少数至大众，由反革命的既得利益者至为人民谋福祉、为民族谋复兴的革命的共产党人。

他叫吴仲禧。让他重新回到我们的视野。

第一章

出生与家世

1 三间木房

一百多年前的事。

1895年（清光绪二十一年）。中国传统的中秋佳节刚过，一个六七斤重的男婴呱呱坠地，乐坏了一大家子人，男男女女喜悦的情绪如闽江之潮弥漫于沙滩、河岸。父亲见他们母子平安，站到院里，冲某个方向鞠了三次躬，感谢先人赐福，感谢苍天有眼——这是中国老百姓祈福与感恩的朴素又真挚的表达方式。他又乐滋滋地去镇上买鱼、买肉、打酒，打算回来要好好烧几道菜，美美地庆祝一下。

在中国传统观念中，一个男婴的诞生是家族或家庭比较大的事情，封建也好，习俗也罢，自古至今，倒是不怪，尤其对乡镇农户而言，男

孩长大后能干重体力活,能撑起门面、传宗接代,能给老人养老送终。现实而已。

让人惊讶的是,一般的婴儿在出生几天后才能睁开眼睛,可这个男婴落地后"哇哇"啼哭了一阵子,就渐渐睁开了一双明亮而澄澈的眼睛,但仰面朝天的姿势又使他什么都看不到,只有气力用尽的母亲虚弱又充满爱意的目光在眼前闪现。

听得见人们脚步声的轻重缓急,厨房里的叮叮当当,锅碗瓢盆的磕碰与摩擦。他稚嫩的耳膜极不适应人世间的喧闹,又放声啼哭。母亲给他喂奶,甘甜的乳汁是他来到人世间尝到的最香的东西。

日子过得真快——可不,他眼珠子一转,能看到窗棂上的阳光了,那么明媚,一闪一闪,一跃一跃,他停止吮吸,被外面奇妙的世界所吸引。

他那样小,哪里知道,自己出生前一年,1894年7月25日,日军不宣而战挑起事端,在朝鲜牙山口外的丰岛海面袭击中国运兵船和护航的北洋舰队舰只,甲午战争由此揭开帷幕。

哪里知道,1894年11月24日,孙中山在夏威夷檀香山建立中国第一个资产阶级革命团体——兴中会,他后来的人生与此有了斩不断的关联。

哪里知道,半年前,1895年1月31日,北洋水师以阵亡2000余人的代价未能保全威海卫军港。

哪里知道,几个月前,1895年4月17日,中日《马关条约》签订,中国被迫割地赔款。

哪里知道,不久前,1895年6月7日,日军占领台北,屠杀台湾人民,实行残酷统治。台湾人民正在开展武装抗日斗争。

……

偌大的中国处于剧烈震荡之中,但福州偏居海峡一隅,此时还算宁静。且因1842年中英《南京条约》的签订,福州港作为"五口通商"口岸之一,成为进出口货物集散地,内贸外贸业务发展,百余艘各类船舶往返于宁波、上海、山东、天津、台湾之间。海运事业一时兴盛，带动地方百姓以力所能及的方式谋取各自的生活。这也是这户人家还有闲心余力为他的诞生办一次小规模喜宴的缘由——菜不必多，酒不必浓，一条鱼清蒸或以豆豉焖烧，一只猪蹄斩成不大不小的块状以海带相炖，一盘青翠的芥蓝、红薯叶辅以虾皮淡炒，足矣。类似的场景和喜庆曾在中国大地之上的千家万户中常现，并不稀奇，只是从某个年代开始竟成为一件极奢侈的事，这，男孩也不知道。

不过，如果时光能够快速推移，当参加那场喜宴的亲友们发现，十几年之后，这个男孩义无反顾地融入了辛亥革命的浪潮；二十几年之后，这个男孩果敢决绝地投身北伐战争的硝烟；三十几年之后，这个男孩参加"第三党"，希冀中国重走孙中山先生的道路；四十几年之后，这个男孩光荣地加入中国共产党并潜伏于国民党部队；五十几年之后，这个男孩冒着极大的生命危险一次次为我党传递重要情报……便会惊得瞪大眼睛，合不拢嘴——摇头叹息？啧啧称赞？无论怎样，他们会由衷地认为，这个男孩的降生不再是闽西南一个小户人家的事，是社会的事，时代的事，中国的事。而他们于那日晌午的见证便具有特殊而重要的意义。

可以这样说——男孩与生俱来，带着使命，九头牛都拉不回来。

当然，这都是后来的事。还是让我们再次回到127年前，静静地在岁月的细雨与风尘中涤荡与品咂一个男孩的成长。

那日是农历八月十七。巧的是，还有一个同姓男孩于一年前来到世上，单论生日，比他早两天——农历八月十五，中秋节。两家离得不远，三十多公里，这个男孩叫吴石。所谓五百年前是一家——不需要那么久，后来，吴石之子吴韶成言，"仲禧伯伯和家父吴石同宗、同里、同窗"[①]。

---

① 吴韶成：《回忆仲禧伯伯》，广东省政协文化和文史资料委员会编：《深潜龙潭老将军——吴仲禧纪念文集》，北京：中国文史出版社，2015年，第40页。

　　小男孩不是这个家庭的第一个孩子，在此之前，他已经有两个姐姐，他只是这个家庭出生的第一个男丁。

　　给他起个什么名字呢？大人想了半天，也想了几个方案，最后决定叫：吴仲禧。名为何意？仲者，此处不指伯仲叔季，而是地位居中，中，不偏不倚之意；禧者，福也，五福降兮民获禧。何为"五福"，《尚书·洪范》曰"一曰寿、二曰富、三曰康宁、四曰攸好德、五曰考终命"，翻译过来就是长寿、富贵、健康平安、德行好、得以善终。

　　这个名字或许真给他和他所在的家庭带来了福气，他出生的那年夏天，福州暴发瘟疫，"城厢内外疫气流行，为近诸十四年以来之所罕见，人口罹于死亡者约将二万"①。他们一家平安无事。

　　但这不是一个富庶之家，是一户穷人家，属于"福州南台吉祥境一个小商人的破落家庭"②，却受中国传统文化之潜移默化，有一些内涵与积淀。

　　若论经济条件，吴仲禧、吴石两家差不多；不同的是，吴仲禧祖上经商，吴石祖上为官。这样的差距到了父辈身上，吴仲禧的父亲只读过几年私塾，吴石的父亲考取了"侯官的举人"。仅此而已。在一个风雨飘摇、岌岌可危的时代，寻常百姓能够活下来已殊为不易，功名利禄早已是可望而不可即的事。

　　确切地说，"南台吉祥境"并不是一个地名，它的位置在福建省东部、福州市西南部、闽江下游。此地历史悠久，有资料载，公元前202年，勾践后裔驺无诸在大庙山筑台，接受朝廷册封为闽越王，该台遂有越王台之称。公元908年，五代后梁开平年间，闽王王审知在福州筑"夹城"，"登南城翘望，有台临江"，台江、南台由此得名。

　　台江地区原分属闽县、侯官县。至1913年，闽县与侯官县合并，称

---

　　① 《光绪二十一年福州口岸华洋贸易情形论略》，《中国旧海关史料·1895年》，第39页。

　　② 吴仲禧：《我的回忆》。

闽侯县。"闽侯"一般人也许不知，但提起禁烟英雄林则徐，天下无人不晓——林则徐便为侯官人。

吴仲禧、吴石均出生于两县合并之前。吴石为闽县螺洲人，在县城之南的镇上；吴仲禧为闽县吉祥人。吉祥为山，叫吉祥山，山平而阔，民国之后，因开路通行，此山被夷为平地。"横山即吉祥山的别名，亦无确证，但'横街'地名今尚存"。[①] "横山在嘉崇里，城南数里。西南为惠泽山，一名独山"。古代横山设铺，为横山铺，明嘉靖年间，铺所移设吉祥山。"铺"为中国古代带有军事性质的基层组织，"每十里或十五里、二十五里，则设一铺"[②]，用以传递朝廷命令。

唐代陇西人李复言《续玄怪录》载："南阳张逢，贞元末，薄游岭表，行次福州福唐县横山店。时初霁，日将暮，山色鲜媚，烟岚蔼然。策杖寻胜，不觉极远。忽有一段细草，纵广百余步，碧蔼可爱。其旁有一小树，遂脱衣挂树，以杖倚之。投身草上，左右翻转。既而酣睡，若兽蹂然，意足而起，其身已成虎矣，文彩烂然。"[③]横山自然之景色秀丽可见一斑。公元742年（唐天宝元年）时，福州改为长乐郡，福唐属长乐郡，福唐者，"造福唐朝"之意。

清代时，横山已人烟稠密，往来居住者甚多。

沿江之地，一般贸易繁荣、物流通达。清末之时，更是商铺钱庄林立，熙熙攘攘，热闹非凡。吴仲禧祖上在横山经商，过个一般日子没有问题。

吴仲禧在早年的一份简历中，"籍贯"一栏也曾填写"福建省福州市闽侯县水部街"。"水部街在河西街之南，通往城之水部门，即以水

---

① 林家钟：《横山话旧》，中国人民政治协商会议台江区委员会主编：《台江文史》第七辑，1991年，第79页。

② （明）宋濂等撰，阎崇东等校点：《元史（中）》，长沙：岳麓书社，1998年，第1484页。

③ （明）冯梦龙评纂，孙大鹏点校：《太平广记钞》第4册，武汉：崇文书局，2019年，第1140页。

部门而名，又名水部门大街"。①清人孟超然《福州竹枝词》云"水部门街土米红，上溪白粲最玲珑。要知粒食非容易，岁首烧香祷屡丰"，亦是河道纵横密集舶运南来北往之地。今水部街道地处福州市鼓楼区东南部，旧时皆为闽县与侯官县的地盘。现在精确地看，"横山"与"水部街"不是一个地方，两地有些距离，但时过境迁，人的记忆难免出现偏差。或者，一个家庭在一段时间内也有搬迁与移居的可能。另据吴仲禧回忆，小时候，他曾在福州南台铺前小学读书，如此，后来少年吴仲禧从横山铺出发步行或乘车十余公里到福州东郊东岳庙参加福建北伐学生军集训，从距离上看，便是不难实现的事。

闽侯吴氏源流何在？

吴姓出自姬姓，系黄帝轩辕氏的直系后裔。商朝时，黄帝的十六世孙古公亶父（周太王）建立周部落。周太王生有长子泰伯、次子仲雍和小儿季历。季历的儿子昌聪明早慧，深受太王宠爱。周太王想传位于昌，但根据当时传统应传位于长子，太王因此郁郁寡欢。泰伯明白父亲之意后，便和二弟一起来到江南自创基业，建立勾吴古国。商灭周立，周武王封仲雍第三世孙周章为侯，遂改国号为吴。春秋时期，吴国被越国所灭，其子孙不忘亡国之恨，便以"吴"为姓。泰伯也就成为吴姓得姓始祖。

元末明初，有一支吴姓自南京迁至福州南台横山铺，或许，这便是吴仲禧曾祖父的一支。

虽然中国古代重农轻商，商人地位不高，但廪实之仓、衣食之足、货殖之丰，又何尝不是商贾之人勉力所为？而凡经商之人头脑自是聪明，到吴仲禧曾祖父一代还有一些家产。只是，命运捉弄人，到吴仲禧祖父头上便只继承了一座破旧的大木屋。闽中之地向海而生，以木建房由来已久。木屋破旧乃岁月剥蚀使然；"大"，却值得探究。究竟有多

---

① 林家溱：《福州坊巷志》，福州：福建美术出版社，2013年，第37页。

大？该木屋逐渐被"拆解"、变卖之后，成为四五家合住的杂院，吴家最后剩下半壁三间木房。这木屋便真的很大，能住六七户几十口子人。由此可见，吴仲禧曾祖父的生意也一度做得不错，或许家境也曾十分富裕。

但"富不过三代"，又是逃不掉的定律。吴仲禧的祖父早年就没有职业，晚年又和很多人一样"染了鸦片烟"[①]，导致家境十分贫困。

那三间木屋便成为吴家祖孙三代赖以栖息的生存之所。

渐渐长大的吴仲禧总是睁大眼睛好奇地打量那间木屋、木窗、窗棂，听到屋檐下燕巢里雏燕的叽叽喳喳，也听到了隐隐约约的海声和风起云涌、动荡不安时代的嘈嘈切切。

当然，他也不知道，还有一个人此时也才8岁，正在浙江宁波奉化溪口村跟着老师摇头晃脑地读《论语》《孟子》《礼记》，这人便是蒋介石。而这个人后来也与他的人生关联。

当然，还有一些人——毛泽东这时才两岁；周恩来、潘汉年、刘人寿、王绍鏊、何克希……他人生航道中的一座座灯塔，此时还未来到这个世上。

有的人，既出生便注定了未来的命运，仿佛大海中的一叶孤舟，随波逐流、身不由己。即便按照农历生肖，这一年出生的人，属羊，民间有个说法，"十羊九不全"，这是迷信，指属羊的人命不好。命好不好，要看怎么活。羊谨小慎微，性格懦弱，与世无争，却终究难逃一刀。这是吴仲禧的命吗？显然不是。乙未羊年的吴仲禧，一生做事谨慎，性格柔和，待人有礼，富有悲悯之心，这是被他后来的人生所印证的。

---

① 吴仲禧：《我的回忆》。

② 更夫爷爷

"平安无事啰！"

"当当！"

"天干物燥，小心火烛！"

"当当！"

"关好门窗，防贼防盗！"

"当当！"

一位外国人这样形容："在中国的大城市里，街上都有守夜人。那里的街道都是笔直的，而且每条街道的两端都树起了门。街上的人家，每十家为一甲，甲长要负责保证这十家人安守本分。更夫在巡夜时，左手拿梆子，右手握木槌，每隔半个小时就会敲响打更的梆子。敲击梆子发出的声音很沉闷，这让听到的人感到不安。每个更夫的手里还会提着一个纸糊的灯笼。如果遇到紧急情况，驻扎在城门口和主要街道的守城卫兵会及时增援。"①

显然，外国人并不了解中国更夫，若真要每半小时敲一次锣或者梆子，那人们就彻夜无眠了。

打更是古代中国特色，源自古老的计时方法——将一昼夜分为12个时辰，用十二地支名加上"时"字表示，为子时、丑时、寅时、卯时、辰时、巳时、午时、未时、申时、酉时、戌时、亥时。从23:00至23:00，以今两小时为间隔。夜晚分五个时间段打更报时，叫五更或五鼓。在古代文人笔下，"更"常作为一种"意象"出现，如《孔雀东

---

① ［英］威廉·亚历山大著，赵省伟、邱丽媛编译：《西洋镜　中国衣冠举止图解》，北京：北京理工大学出版社，2016年，第144页。

南飞》"仰头相向鸣，夜夜达五更"；司马光《李愬雪夜入蔡州》"四鼓，愬至城下，无一人知者"；姚鼐《登泰山记》"戊申晦，五鼓，与子颖坐日观亭，待日出"等。

那时更夫没有钟表，又如何知道时间呢？入夜，点一炷香，香烧完为一更，巡逻打更返，再点一炷香……直至五更结束。也有在高楼之处设置漏壶，按时敲击钟鼓通报。正所谓铜壶暗滴、玉漏声频。古人早睡早起，五更一过，连皇帝也要准备上朝。

即，更夫的工作从一更开始至五更结束。

这便是吴仲禧祖父"充当街坊打更夫"①的工作状态。这个工作，在三教九流中处于末梢。其实算不得正儿八经的工作，没有"编制"，也无底薪，属于极为廉价的劳动付出。且不论春夏秋冬，不论天气如何，夜夜都要走街串巷、巡行里弄街堂，甚至为富人看门锁门，既熬时间，责任又大，收入还极微薄，真是苦不堪言。明代时，巡更这活计多由丐帮"代理"，由其中的老弱病残者充任。清朝时，统治者为加强地方治安管理，比较重视巡更的作用，巡更的地位略有提高，有时也是衙门捕快的眼线。正因如此，吴仲禧的祖父白天遇到清朝地方官员巡查时还要前往磕头请安，但长此以往又颇受街坊邻居歧视。

更夫收入究竟如何？在明朝中期，"一个更夫的收入足够养活一家的生计"。②当然，这说的是广州。孙中山先生出身贫苦，"全家仅仅靠着两亩六分地上的出产和父亲孙达成兼做更夫的收入艰难度日"。③正常情况下，吴仲禧祖父打更的收入无法保证一个家庭的正常开支，且他又有抽大烟的"习惯"，因此，逢年过节要向街坊商店"讨取一些赏钱"才能度过年关，故邻里人很看不起他。

---

① 吴仲禧：《我的回忆》。

② 吴智文：《广府居家习俗》，北京：光明日报出版社，2017年，第105页。

③ 高中华、孙新、张健编著：《辛亥革命全纪录》，青岛：青岛出版社，2012年，第134页。

幼小的吴仲禧便目睹和经历了寻常百姓度日之艰辛。

当然，维系一家人生活的重担此时应落到吴仲禧的父亲吴济宽头上，但吴济宽的情况也好不到哪里去。他也是一个"打更夫"①，后来在一个布店当学徒，又升为布店掌柜，替老板站柜台、收账款。按理，这算一份正经职业，一般情况下，能够较大程度地改善一家人的生存状况，只是，"由于布店生意一直不好，收入仅供糊口"，不但到40多岁才"娶得我母亲林氏为妻"②——而她也是一个"在路边摆地摊叫卖的姑娘"③。故而，在祖父去世后陷入无钱治丧的窘境。此时，吴仲禧已经9岁，对当时的一幕记得非常清楚，恰逢父亲出差福清，而家中又没有丝毫的积蓄，无法办理丧事，还是姑母出了个主意，央求本街商店预收一年打更夫的工资才解了燃眉之急。两个星期之后，吴济宽回来，又借了一笔小款，才算勉强开了一个"'开吊'的仪式"，之后，又没钱买墓地安葬，只能"停柩在吉祥山"④。

吴仲禧对幼年的这一段苦日子难以忘怀甚至始终记忆犹新。但此处笔者有一些疑问，既是预收了一年打更夫的工资，那打更人去世了，谁去打更呢？只有吴济宽。也许，为了尽快偿还借款，吴济宽白天站柜台，晚上去打更。含辛茹苦、夙兴夜寐，只为给妻儿一条活路，是一个有责任心的汉子。

吴济宽夫妇生有"三男二女"⑤。对于这个生活在社会最底层的六七口之家来说，时时面临大厦将倾的惶恐，有朝不保夕的危机，这是那个时代带给善良的人们的巨大心理创伤和阴影。

比起姐姐们的生活境遇而言，吴仲禧是幸运的。吴济宽夫妇婚后多

① 吴群敢：《乱世劲草》。
② 吴仲禧：《我的回忆》。
③ 吴群敢：《乱世劲草》。
④ 林亨元、王昌明：《吴仲禧传略》，广东省政协文化和文史资料委员会编：《深潜龙潭老将军——吴仲禧纪念文集》，北京：中国文史出版社，2015年，第152页。
⑤ 吴群敢：《乱世劲草》。

年又是晚年得子，故对儿子疼爱有加。吴仲禧回忆那时的感觉——父母"特别爱我"，家中"一切事都不要我动手"。享受此种幸福的同时，也导致吴仲禧"对家务事情一窍不通"。吴仲禧回忆成年成家之后的情况，自己不能帮家庭做一点事——"完全依靠我爱人主持一切"①。

从吴仲禧的回忆中，我们也看到，他对外祖母的感恩常怀于心，虽然外祖母家中穷极，以卖烧饼为业，但每月总有一两次来，"带几付（副）糕饼给我吃，我喜欢得很"②。

来自那样一个家庭的十分脆弱的幸福，让吴仲禧的童年生出很多暖意，这成为他人生与情感的底色，弥足珍贵。

让我们的目光再一次聚焦闽江之畔：

——阴霾密布的天空，台风肆虐的午后，凌乱错落的街巷，雨脚如麻的木屋，栖居于其中的男人们为了生计早出晚归，留下身材单薄的女人和嗷嗷待哺的孩子，孩子的哭叫和女人的抱怨在院落里肆意弥漫，惊了檐上的燕子，燕子扑哧扑哧地飞，钻出天井，扶摇而上，在风雨中穿梭，俯瞰疮痍满目的大地。

3 凄惨童年

用"凄惨"来形容一个孩子的童年，总令人感到不忍与不安，但吴仲禧的童年又与这两个字连得很紧，似乎须臾没有分离。

他4岁那一年，即1899年（光绪二十五年），台江地区鼠疫、霍乱

---

① 吴仲禧：《我的回忆》。

② 吴仲禧：《我的回忆》。

先后流行，波及上、下杭一带，历经3年，死者甚众。^①3年里，只要他还出过门，则不可能看不到死亡者的尸体，无论他怎么掩鼻，空气中飘荡着的腐烂的味道都如幽灵似的驱赶不走，那种心灵的悸动与抽搐对于任何一个孩子来说都是存在的。

1884年，由于法国远东舰队进犯台湾基隆失败转而进攻福州马尾，在轰隆隆的炮声中，母亲背着吴仲禧那时刚满月的姐姐逃难、流落乡下。吴仲禧虽没像姐姐那样经历过流亡，但是他也看到了百业凋敝、民不聊生，看到了清廷官员持刀配枪，招摇过市、耀武扬威。有一次，父亲带他到福州东城外温泉汤池洗澡，途经满人聚族而居的"旗下街"，父亲告诫他："汉人经过这条街，必须正视直行，不许东张西望，否则就要以侮辱满人治罪。"他问父亲："这个规矩是谁定的？为什么满人有这样尊贵？"父亲讳莫如深，小声地说："此事这里不能谈，回家时再说。"^②这引起了他的疑惑和反感。

回家之后，他缠着父亲讲其中的缘由，父子俩搬了椅子坐在屋檐下，吴济宽声调不高，但字字清晰，如沙粒流淌，如清泉水流，炎黄子孙、吴三桂、顺治帝、太平天国、甲午战争、《马关条约》……一幅幅历史画幕在吴仲禧脑海中徐徐展开，他觉得眼前有一条路，越来越瘦，昏黄的夕阳，越来越旧，时间的沙漏，在磕磕绊绊中裂开一道道小口。他紧张得伸开两手，又握紧拳头，又扯扯自己的衣角，挠挠自己的头。

历史如纸页般脆黄，却字字皆活，一颗颗好似穿透吴仲禧的胸腔，又于暗处经年轻悠悠飘过，如覆雪空落被白茫茫挟裹。

吴仲禧从未觉得父亲有这般学问。

时代，如裂变的磁场，正在发生急剧的变革。

---

① 卢美松主编，福州市台江区人民政府、政协福州市台江区委员会编：《福州双杭志》，北京：方志出版社，2006年，第6页。

② 吴仲禧：《我的回忆》。

有一首现代诗这样写道：

……

一八九六年的李鸿章

发现了一个秘密

日本人精明着呐

跑到德国火炮厂

抄中国订单的数据

再请法国造舰船

条件是

只防中国火炮

只与中国海战[1]

……

1897年，维新派领袖康有为上书恳请光绪帝："（国家）为外衅危迫，分割洊至，急宜及时发愤，革旧图新，以少存国祚。"[2]

1898年，康有为、梁启超等开始戊戌变法。又变法失败。

1899年，情况似乎好了一些，因为胶济铁路、京汉铁路等的修建，清朝对外贸易迅猛发展，无论朝廷还是洋人都获利颇丰，赚了不少钱。

1900年，八国联军入侵中国，京津陷落，慈禧太后和光绪皇帝如丧家之犬惶惶而逃。

1901年，清政府被迫与英、美、俄、德、日、奥、法、意、西、荷、比11个国家签订丧权辱国的《辛丑条约》。直至近一个世纪之后，还有人"想到了清帝国代表与十一个列强的公使围桌签署了《辛丑条约》的那张照片，忽然想到把曼特尼亚名作《哀悼基督》的基督遗体放

---

[1] 许宇晟：《火车奔向雪国》，北京：中国铁道出版社，2018年，第178—179页。

[2] 康有为：《上清帝第五书》，赖骏楠编著：《宪制道路与中国命运：中国近代宪法文献选编（1840—1949）》上卷，北京：中央编译出版社，2017年，第66页。

到那张大桌子上去"①。

1902年，英国人讥讽说："清国的皇太后由皇帝陪同着，气派庄严地重新回到了紫禁城。"②

1903年，梁启超《敬告我国国民》："满洲民族与中国民族俱敝，欧势日益东渐。"③

1904年，孙中山在欧美等地游历活动，组织中华革命军，宣传革命主张，发展革命组织。

……

以上，仅是随机"采撷"的历史的几个"碎片"，未加咀嚼、离析、去粗取精。"土"得掉渣，"生动"得如刚刚发明的电影的画面。

那是怎样的一个时代呵。

吴仲禧的童年之前，童年之中，童年之后，尤其甲午海战之后，如康有为所言，"吾中国四万万人，无贵无贱，当今日在覆屋之下，漏舟之中，薪火之上，如笼中之鸟，釜底之鱼，牢中之囚，为奴隶，为牛马，为犬羊，听人驱使，听人宰割，此四千年中二十朝未有之奇变"。④古老的中华民族一次次陷于深重苦难之中。

由是，吴仲禧和千千万万个吴仲禧的孩提时光，又如何能挣脱"凄惨"的魔影而超然生活？

———————

① 沈嘉蔚著：《自说自画》，北京：生活·读书·新知三联书店，2019年，第82页。

② ［英］《泰晤士报》著，方激编译：《帝国的回忆》，重庆：重庆出版社，2014年，第40页。

③ 梁启超：《敬告我国国民》，《梁启超全集（第二册）》，北京：北京出版社，1999年，第1091页。

④ 康有为：《京师保国会第一集演说》，汤志钧编：《康有为政论集》上册，北京：中华书局，1981年，第237页。

4 超龄启蒙

那一次，吴济宽对吴仲禧的启蒙影响深远。

父亲语重心长："天下很不太平，你好好读书。"[1]一语惊醒梦中人，如醍醐灌顶，开启吴仲禧心智。

吴济宽也曾想走仕途，挤一挤科举的"独木桥"。他原认为自己出身微贱，很想通过发愤读书考取功名以振家声，只是，因家庭贫困，需要他成为一个劳力，这是没有办法的事。但是，他却非常喜欢读书，在儿子眼里，父亲很能自修，粗通文字，"能写出一般文字通顺的书信"[2]。那次之后，每每闲暇之时，吴济宽便给吴仲禧讲故事，这是孩子们最喜欢的一种学习方式，诸如《说岳全传》，当讲到岳飞——岳母给岳飞在背上刺"精忠报国"四个字，后来岳飞保卫大宋江山，组织岳家军时，吴济宽手舞足蹈，唾沫星子飞舞：

> "且再说岳公子银锤摆动，严成方金锤使开，何元庆铁锤飞舞，狄雷双锤并举，一起一落，金光闪灿，寒气缤纷：这就叫做'八锤大闹朱仙镇'！杀得那些金兵尸如山积，血若川流，好生厉害！"

父亲说的是夹生的福建话，他常年"走街串巷"，与不同的人打交道，口音有了一些转变。但吴仲禧听得懂，他睁大眼睛，仿佛呆了一般，连屋檐下的一对燕子也被吸引，以倒挂金钟的姿势仰着身体歪着脑袋，一对机敏的小眼睛不停地骨碌碌地转。若干年后回忆起那个场景，吴仲禧竟还"十分激动"。[3]

---

① 吴仲禧：《我的回忆》。
② 吴仲禧：《我的回忆》。
③ 吴仲禧：《我的回忆》。

只是，当吴仲禧知道抗金英雄岳飞最后被奸臣秦桧杀害于风波亭时，他也意识到，在一个朝代，"还有忠奸、邪正的区别"①。

吴仲禧正儿八经地接受启蒙教育算比较迟了。他后来的朋友吴石8岁便随父旁听国文课程，即便这样，与其他小伙伴比也还是"晚了一些"。②吴仲禧回忆，他10岁进私塾读书，按照出生年月推算应是1905年的事情，那时科举几已停止。

1905年9月2日（光绪三十一年八月四日），袁世凯、赵尔巽、张之洞、周馥、岑春煊、端方等封疆大吏上《会奏请立停科举推广学校折》，皇帝阅后准奏："著即自丙午科开始，所有乡会试一律停止，各省岁科考试亦即停止。"③1906年，从隋代起延续1300年的科举取士制度正式废除；并出台政策：兴办新式学堂，鼓励出洋留学。

科举制度的废除给天下读书人带来的思想冲击、心理失衡毋庸置疑。自古以来，读书做官对于士人的意义不仅在于实现治国平天下的理想价值，也是唯一能彻底改变个人与家庭处境的独木之桥。吴仲禧感觉到，老师因没了盼头，故而上课"无精打采"④，教学方式更不思进取与创新，整日就是背书，背不了就乱打手心。吴仲禧原本就没背过什么书，基础弱、底子薄，又初入私塾，经常背不出书，便成为老师发泄愤懑情绪的对象，"大约三天就要被打一次"，导致他十分害怕上学。

不过，吴仲禧的脑子很聪明，他"投机取巧""曲线救国"，想了一个办法，即每天上、下午主动去老师家中送饭，结果"师母很满意"，师母常吹耳边风，此后就是吴仲禧再背不出书老师也不打他了。

吴仲禧在私塾读了3年。其时，不要说私塾教育，即便吴石旁听的螺洲公学，也是"诵读以经为主，教学则重背诵默记，乃经义深奥，不易熟

---

① 吴仲禧：《我的回忆》。
② 郑立：《冷月无声：吴石传》，北京：中共党史出版社，2018年，第9页。
③ 孙继业：《伟人孙中山》，北京：团结出版社，2017年，第91页。
④ 吴仲禧：《我的回忆》。

习，年长之同学每遇默读，辄错误百出，因而遭师责者，比比皆是"。[1]
当然，现在观之，此种教学方式也非百无一用、尽是弊端，小孩子多背一
些诗词歌赋、四书五经，对于人生成长和文学底蕴提升大有裨益。吴仲禧
后来从政，写文章、作诗、习字，那时打下的底子起到了很大的作用。

在私塾读书期间，吴仲禧认识了一个好同学，大他二三岁，叫卓
元鼎，其父也是小商人，以制作雨伞为业，虽生活艰辛，但一心想供儿
子读书以光耀门楣。卓元鼎的零花钱便很多，他买了很多书，有"三
国""水浒""三侠五义"等，他看完之后就讲给吴仲禧听，吴仲禧虽
没有看到原著，但"小记故事"，也算开了眼界。卓元鼎还告诉吴仲
禧，明朝皇帝朱元璋的护国军师刘伯温有一部能够预测数百年后发生的
天下大事的"暗语"（作者注：指《烧饼歌》[2]），关乎"天下大乱失
治、治乱"，"我们要设法去找真命天子"。正是这句话，使吴仲禧
"幼年就有离开家乡的思想"[3]。

大约1908年，吴仲禧转入铺前小学读书。关于这一段历史，吴仲禧
在回忆中基本没有记载，仅写到自己是"铺前小学学生"[4]。吴仲禧的
朋友林亨元与吴仲禧之内弟王昌明倒记了一件事：转学过去时，铺前小
学老师看出吴仲禧有些顽皮，不想收他，出了个难题欲使他知难而退。

老师问吴仲禧："家住何处，会不会作对子？"

吴仲禧言："家在'羊头街'。"

老师就以"羊头街"为上句，让他对下句。

吴仲禧不假思索，对曰："马尾巷。"

羊对马，头对尾，街对巷，十分工整。老师一愣，没想到这个学生

---

① 郑立：《冷月无声：吴石传》，北京：中共党史出版社，2018年，第9页。

② 郑刚主编：《人类神秘文化全书》5，长春：吉林摄影出版社，1999年，第
2987页。

③ 吴仲禧：《我的回忆》。

④ 吴仲禧：《我的回忆》。

还有这样的能耐。老师是外县人，对本地街巷不熟，后来一查，果然有个"马尾巷"。由此可见，小小年纪的吴仲禧并非两耳不闻窗外事，一心只读圣贤书。羊头街在哪里呢？今已不见，有村名"洋头村"；马尾巷在哪里呢？今也不见，有港名"马尾港"，有区名"马尾区"。两地相距七八十公里。

见吴仲禧如此聪明，老师便乐得收下这个学生。

铺前小学，如今也已寻不到踪迹，亦查不到它的前世今生。按照吴仲禧的回忆，这是"南台"①的一所学校。但作为"小学"，应是一所新式学校，更特别的是，还有老师讲授英语，吴仲禧言，"我们学校的英语老师从泰晤士报……"②只是，清政府当时对小学的课程规定中，并没有英语课。1902年（光绪二十八年）8月，清政府规定小学的课程：蒙学堂设修身、字课、习字、读经、史学、舆地、算学、体操；寻常小学堂设修身、读经、作文、习字、史学、舆地、算学、体操；高等小学堂设修身、读经、读古文词、作文、习字、算学、本国史学、本国舆地、理科、图画、体操。1903年（光绪二十九年）12月，清廷规定：初等小学堂设修身、读经讲经、中国文字、算术、历史、地理、格致、体操，还可加授图画或手工；高等小学堂设修身、读经讲经、中国文字、算术、中国历史、地理、格致、图画、体操，还可加授手工、农业、商业等科目。

"福州的小学堂基本上按照上述标准设置课程，有的小学堂由于师资、设备不足，没有开设画图、手工、体操等课程"。③1908年（光绪三十四年）后，有的小学堂加设了唱歌课。教会所办的小学课程自定，

---

① 吴仲禧：《回忆吴石烈士》，广东省政协文化和文史资料委员会编：《深潜龙潭老将军——吴仲禧纪念文集》，北京：中国文史出版社，2015年，第74页。

② 吴仲禧：《回忆吴石烈士》，广东省政协文化和文史资料委员会编：《深潜龙潭老将军——吴仲禧纪念文集》，北京：中国文史出版社，2015年，第74页。

③ 福州市教育志编纂委员会编：《福州市教育志（308—1989）》，1995年，第70页。

自由度较大。

此时吴石已由开智小学堂转入由"西方教会创办的榕城格致书院读书"①，吴石"第一次接触西方教育，学习伦理、格致、体操……"。

根据有关资料记载，福州在小学加设英语课是民国成立之后的事，高等小学设修身、国文、算术、本国历史、地理、理科、手工、图画、唱歌、体操，可加设英语课。

吴石当初进入开智小学堂，是参加了春季入学考试的，应是学校热门，竞争激烈。开智小学堂是在废科举、办新学的浪潮中兴办起来的，属于清政府学务处批准的民间办学。而吴仲禧进入铺前小学，未经过考试，是以"对对子"的方式通过"考核"，老师便可决定，据此分析，"铺前小学"或为公办。因1903年，"奏定高等小学堂章程"规定："凡十五岁以下，略能读经而性质尚敏者，经考验合格，亦可入高等小学堂。但此例系暂时通融，俟学堂开办合法五年后即不行用，应仍由初等小学毕业后升入。"②吴仲禧的年龄、基础符合这一条件。或者，铺前小学也是一所私立学校，"奏定高等小学堂章程"规定："城镇乡村均可建设高等小学堂……名为高等官小学堂"，"凡有一人出资独力设一高等小学堂者，名为高等私小学"③。未经正式的考试而入学，也许是因为铺前小学未居闹市，加之新办，生源不算充足。另外，"铺前小学"或许也是吴仲禧用的一个"简称"。

这些都不重要，但铺前小学为高等小学堂是毋庸置疑的，据吴仲禧回忆，他和吴石都属于"高小还差一年毕业的学生"④。

---

① 郑立：《冷月无声：吴石传》，北京：中共党史出版社，2018年，第13页。

② 舒新城编：《中国近代教育史资料》，北京：人民教育出版社，1981年，第436页。

③ 舒新城编：《中国近代教育史资料》，北京：人民教育出版社，1981年，第427—428页。

④ 吴仲禧：《回忆吴石烈士》，广东省政协文化和文史资料委员会编：《深潜龙潭老将军——吴仲禧纪念文集》，北京：中国文史出版社，2015年，第74页。

无论公办、民办，"高等小学堂学习年数，以四年为限"。在铺前小学，吴仲禧总计读了3年书。大约是1908年到1911年农历九月中旬的事。

小学教育对于一个人人格之养成有至关重要的作用。吴仲禧虽在回忆中绝少提及，但3年时间，他于修身，"不流于匪僻，不习于放纵"，"具有爱同类之知识"，成人后"即为爱国家之根基"；于读经讲经，"圣贤之道时常浸灌于心，以免流于恶习"；于中国文学，"习通行之官话，期于全国语言统一，民志因之团结"；于算术，习"必需之算法，为将来自谋生计之基本"；于中国历史，养"自强之志气，忠爱之性情"；于地理，"知晓中国疆域之大概"，养成"爱国奋发之心"；于格致，知"动物植物矿物等类之形象质性"，"物与物之关系"，"物与人相对之关系"；于图画，"观察实物形体及临本"，"心思习于精细"；于体操，"身体各部均齐发育"，四肢"动作敏捷"，"精神畅快，志气勇壮"；于手工，养成"用心思耐劳烦之习"；于农业，知"农事中之浅近普通知识"；于商业，"俾知人己交利之理"。

以上的很多知识，私塾中的先生不讲，也讲不来。吴仲禧进入这样的课堂，接触学习这样的知识，眼界变开阔，思想变成熟，求知欲、好奇心得以满足。且还有英语老师不断传递来自西方的信息、观念，对吴仲禧的心灵是一次次震颤、洗涤。一个内心清如明镜的少年，在走向明日青年的过程中，纵是满世界昏鸦争噪，满世界红尘喧嚣，纵是路迢迢水迢迢，纵是身疲惫人憔悴，但一颗心，始终完整，依旧好——这是难能可贵的。

第二章

学生军

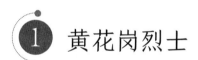 黄花岗烈士

在那样的年代，对一个从未出过远门的少年来说，广州发生的即便惊天动地的事情，传至福州，传到耳朵里，需要一些时间。

一日清晨，老师放着好好的书不讲，突然面色凝重地展开一张报纸，讲述了林觉民、方声洞、陈更新、林文等人的绝命书。

因为是福建人，是福建烈士，吴仲禧觉得离自己很近，他紧张极了，竖起耳朵一字不漏地仔细聆听——

辛亥年的春天，广州起义爆发。这是1911年4月27日傍晚的事情。黄兴率先锋队员与清兵浴血奋战，共牺牲86人，事后收得72具烈士遗骸葬于黄花岗。

这场战役中，福州青年林觉民与方声洞等率先袭击总督衙门，负伤后被捕。林觉民身陷囹圄，受尽酷刑，反劝审讯他的清吏洗心革面，献身为国，革除暴政，建立共和，以使将来国家安强，汉族巩结——"系数日，勺饮不入口。弃市之时，面不改色，俯仰自若，引颈就戮，春秋二十五"①。

福州人在此役中牺牲多人，黄花岗七十二烈士中有林文、方声洞、林觉民、刘元栋、冯超骧、林尹民、陈更新、陈与燊、刘六符、陈可钧等19人。事后，林文被孙中山先生称为林大将军，列为七十二烈士之首。②

那时，报纸是信息主要的传播渠道，"在长沙、苏州、福州、浙江各地的少男少女都通过报纸（多人回忆是《民立报》）得知这个消息"③。《民立报》于1910年10月11日问世，于右任为社长，"同盟会会员来往日本、南洋、香港、广州、汉口等地，多以《民立报》为联络中心"。④

广州起义两天后，《民立报》率先打破清朝当局的新闻封锁，在要闻版头条位置登出该报记者从南方发回的七条专电，向上海及全国人民报道了这一重大事件。此后，该报又刊载大量的南方"专函"和补充报道，详尽介绍广州举义的经过以及呈现各种生动材料，以大造舆论，遥为声援。其中，于右任撰写了总题为《天乎……血》的"近事短评"等系列，他近乎悲愤地呼喊："粤王台下血债模糊，愁风凄雨之中，竟

---

① 郑烈：《林觉民传》，邹鲁编：《中国国民党史稿》一、二编，上海：上海书店出版社，1989年，第1338页。

② 仲绩文：《黄花岗举义前志士合影》，唐希主编：《福州老照片》，厦门：鹭江出版社，1998年，第36页。

③ 傅国涌编著：《百年辛亥 亲历者的私人记录》上册，北京：东方出版社，2011年，第150页。

④ 王金中、王磊：《辛亥先烈沈缦云》，苏州：古吴轩出版社，2017年，第64页。

演此一场血战"；"南风四月，长日难消。得此惊天动地之杀声，亦足
为河山壮气"；"天乎！天乎！谁为祸首使天下糜烂至此？政府尚不自
罪？"一时间，舆论如潮，"借此宣传民族主义，鼓荡民族精神，竞载
殉义烈士之嘉言轶事，如数家珍，遂令全国之革命思潮，有黄河一泻千
里之势"①。

但吴仲禧的英语老师拿的是"泰晤士报"。吴仲禧忆述，老师
是"从泰晤士报上看到黄花岗之役的详细报道"。②此处的"泰晤士
报"，可能是《京津泰晤士报》，是英帝国主义在中国出版的英文报
纸，它"经常刊载当时中国情况，诬蔑中国人民的革命运动。为天津英
租界工部局的喉舌"③。而《泰晤士报》的总部在伦敦，不大可能那么
及时地发行到福州来。

林觉民的"绝命书"实乃"与妻书"，是林觉民于广州起义前，即
4月24日（农历三月二十六日）四更天于香港写就。

他连写《告父老文》《家书》（《与妻书》）。拂晓，将绝命书托
付给友人。

在如此情境下写的家书，于任何人读来，内心必定波涛汹涌，于吴
石而言，"老师的泣诉深深打动了课堂上的学生，也深深触动了吴石的
灵魂"④；于吴仲禧而言，引发的内心震撼更是有过之而无不及，林觉
民等的绝命家书传到学校，"大家都十分哀恸和愤慨"⑤。而当他后来

---

① 台湾教育事务主管部门主编：《中华民国建国史》第1篇　革命开国2，台北：
台北编译馆，1985年，第426页。

② 吴仲禧：《我的回忆》。

③ 陈旭麓等主编：《中国近代史词典》，上海：上海辞书出版社，1982年，第
472页。

④ 郑立：《冷月无声：吴石传》，北京：中共党史出版社，2018年，第15页。

⑤ 林亨元、王昌明：《吴仲禧传略》，广东省政协文化和文史资料委员会编：
《深潜龙潭老将军——吴仲禧纪念文集》，北京：中国文史出版社，2015年，第153页。

转述给吴石时，吴石即便听过一次仍"为之动容"①。

林觉民的"绝命书"既已广泛传播，除老师在课堂朗读、讲述外，吴仲禧等学生必定逐字逐句一遍遍读过，虽时过境迁，但书中其情其气其志其痛其恨其惜仍仿佛在浮动、跳跃，似一颗火红又受伤的心在燃烧，并发出最炽烈的光明和声响。

我们不妨回到那个时候，与吴仲禧一起感受革命者诀别前的衷肠——

与妻书②

意映卿卿如晤：

吾今以此书与汝永别矣！吾作此书时，尚是世中一人；汝看此书时，吾已成为阴间一鬼。吾作此书，泪珠与笔墨齐下，不能竟书而欲搁笔；又恐汝不察吾衷，谓吾忍舍汝而死，谓吾不知汝之不欲吾死也，故遂忍悲为汝言之。

吾至爱汝，即此爱汝一念，使吾勇于就死也。吾自遇汝以来，常愿天下有情人都成眷属；然遍地腥云，满街狼犬，称心快意，几家能彀？司马青衫，吾不能学太上之忘情也。语云：仁者"老吾老以及人之老，幼吾幼以及人之幼"。吾充吾爱汝之心，助天下人爱其所爱，所以敢先汝而死，不顾汝也。汝体吾此心，于啼泣之余，亦以天下人为念，当亦乐牺牲吾身与汝身之福利，为天下人谋永福也。汝其勿悲！

汝忆否？四五年前某夕，吾尝语曰："与使吾先死也，无宁汝先吾而死。"汝初闻言而怒，后经吾婉解，虽不谓吾言为是，而亦无词相答。吾之意盖谓以汝之弱，必不能禁失吾

① 吴仲禧：《回忆吴石烈士》，广东省政协文化和文史资料委员会编：《深潜龙潭老将军——吴仲禧纪念文集》，北京：中国文史出版社，2015年，第74页。

② 林觉民：《与妻书》，邹鲁编：《广州三月二十九日革命史》，重庆：国民图书出版社，1944年，第198—200页。

之悲，吾先死，留苦与汝，吾心不忍，故宁请汝先死，吾担悲也。嗟夫！谁知吾卒先汝而死乎？

吾真真不能忘汝也！回忆后街之屋，入门穿廊，过前后厅，又三四折，有小厅，厅旁一屋，为吾与汝双栖之所。初婚三四个月，适冬之望日前后，窗外疏梅筛月影，依稀掩映；吾与汝并肩携手，低低切切，何事不语？何情不诉？及今思之，空余泪痕。又回忆六七年前，吾之逃家复归也，汝泣告我："望今后有远行，必以告妾，妾愿随君行。"吾亦既许汝矣。前十余日回家，即欲乘便以此行之事语汝；及与汝相对，又不能启口。且以汝之有身也，更恐不胜悲，故惟日日呼酒买醉。嗟夫！当初余心之悲，盖不能以寸管形容之。

吾诚愿与汝相守以死，第以今日事势观之，天灾可以死，盗贼可以死，瓜分之日可以死，奸官污吏虐民可以死，吾辈处今日之中国，国中无地无时不可以死。到那时使吾眼睁睁看汝死，或使汝眼睁睁看吾死，吾能之乎？抑汝能之乎？即可不死，而离散不相见，徒使两地眼成穿而骨化石，试问古来几曾见破镜能重圆？则较死为苦也，将奈之何？今日吾与汝幸双健。天下人之不当死而死，与不愿离而离者，不可数计。钟情如我辈者，能忍之乎？此吾所以敢率性就死不顾汝也。吾今死无余憾，国事成不成，自有同志者在。依新已五岁，转眼成人，汝其善抚之，使之肖我。汝腹中之物，吾疑其女也，女必像汝，吾心甚慰。或又是男，则亦教其以父志为志，则吾死后尚有二意洞在也。幸甚，幸甚！吾家后日当甚贫，贫无所苦，清静过日而已。

吾今与汝无言矣！吾居九泉之下遥闻汝哭声，当哭相和也。吾平日不信有鬼，今则又望其真有。今人又言心电感应

有道，吾亦望其言是实，则吾之死，吾灵尚依依旁汝也。汝不必以无侣悲。

吾平生未尝以吾所志语汝，是吾不是处；然语之又恐汝日日为吾担忧。吾牺牲百死而不辞，而使汝担忧，的的非吾所忍。吾爱汝至，所以为汝体者惟恐未尽。汝幸而偶我，又何不幸而生今日之中国！吾幸而得汝，又何不幸而生今日之中国！卒不忍独善其身。嗟夫！巾短情长，所未尽者，尚有万千，汝可以模拟得之。吾今不能见汝矣！汝不能舍吾，其时时于梦中得我乎？一恸！

辛亥三月廿六日夜四鼓，意洞手书。

以吴仲禧当时的年纪，尚不足以明晓夫妇真挚之情爱，但于字里行间，他能感受到这对青年夫妻一贯之相濡以沫、相敬如宾，而于生离死别之前肝肠寸断般的倾诉与依依不舍的留恋，更让吴仲禧泪流满面、无语凝噎。他不由得想，那是一种什么样的力量、什么样的信仰、什么样的决绝，能让一位24岁的青年抛弃世间诸多牵挂而慷慨赴死、从容就义？

经过一段时间的思考之后，倘老师再问吴仲禧，你既读《与妻书》，从中可以看出林觉民的何种情怀？吴仲禧定答：方巾之上——君子情深，为报国而抛家弃子；杜鹃啼血，为祭君而泣不成声；纵有无限眷念，无法营营惜生；要除魑魅魍魉，惟有众志成城！

革命——革命——这个词语，自此便一再出现在吴仲禧的脑海甚至梦境之中，革谁的命？清朝廷的命；为谁革命？他犹疑，林觉民言"天下人"，天下人是谁？芸芸众生。芸芸众生之中包括自己吗？包括自己的父亲、母亲、姐姐、姑姑吗？林觉民为了芸芸众生而革了自己命，值得吗？

这是一个涉世未深的少年必然要经历的思想挣扎。

是役，孙中山先生后于《黄花岗烈士事略序》中言："碧血横飞，浩气四塞，草木为之含悲，风云因而变色。全国久蛰之人心，乃大兴奋。怨愤所积，如怒涛排壑不可遏抑。不半载而武昌之大革命以成。则斯役之价值，直可惊天地泣鬼神，与武昌革命之役并寿。"[1]

当然，据有关史料，《与妻书》一直留在林觉民嗣父手中，直到1924年春，他把遗书寄交给时任民国政府建设部部长的林森，林森非常敬仰林觉民的精神，"当即将遗书摹印广布"[2]。此后，《与妻书》入选语文课本，一位老年人曾回忆少年读书时代，"黄花岗七十二烈士之一的林觉民《与妻书》……给我的印象很深"[3]。

故，《与妻书》当时是否刊登于报端并广为人知，留待日后再行研究。当然，吴石与吴仲禧共同谈起林觉民事迹，是当年农历九月中旬之后的事情，此时距事发已过去半年时间，《与妻书》在民间广为流传是有可能的。

黄花岗烈士的事迹让吴仲禧一生铭记在心。恢复高考后，吴仲禧的长孙来广州中山医学院读书，吴仲禧未带其游览名胜、品尝美食，而是和他来到黄花岗烈士陵园瞻仰七十二烈士之墓。60多年过去了，当年英雄们的事迹带给吴仲禧内心的震撼仍那样强烈，他要让后代记住这红色江山来之不易，务必要万分珍惜。

① 《孙总理黄花岗烈士事略序》，邹鲁编：《广州三月二十九日革命史》，重庆：国民图书出版社，1944年。

② 陈碧编著：《林觉民 铁血柔情的黄花岗烈士》，福州：福建人民出版社，2017年，第78页。

③ 邢小群：《我们曾历经沧桑》，杭州：浙江人民出版社，2012年，第11页。

② 被钉住的窗

广州起义"被看作是民国的开国序幕"①。

1911年10月10日，在全国革命汹涌的浪潮推动下，资产阶级革命党人领导的武昌起义在武汉爆发。武昌起义的枪声标志着辛亥革命全面爆发。之后一个月左右，中国三分之二省份宣布脱离清政府而独立。孙中山领导的资产阶级革命派为了尽快将革命推向胜利，号召已经光复的各省区迅速组建革命军，伺机北伐，彻底推翻清王朝的统治。

福州的反清革命一直在秘密进行中，革命力量不断发展，清新军第十镇统制孙道仁、第二十协协统许崇智等高级军官先后参加同盟会或同意参加反清起义。此外，巡警也被革命党人所掌握。这都为倒戈创造了时机。

1911年11月9日拂晓，"轰"——还在睡梦之中的吴仲禧听到一声震耳欲聋、地动山摇的炮响，窗棂唰啦一下似乎要掉下来，他吓得一骨碌坐起来，紧接着又是几声炮响，整个房子都在晃动，他赶紧穿衣下床想出门看个究竟。

父亲拦住他："这是在打仗，枪炮不长眼，你哪里都不要去。"

被枪炮声惊醒的人们害怕炮弹飞过来，都在找地方躲避，孩子们则吓得哇哇大哭。

是日晨，福州革命军对清军发动进攻，先是借助城西的于山的有利地形，炮轰旗下街——打得很准，几炮便命中将军署。紧接着革命军冲入城内与清兵展开激烈巷战，革命军愈战愈勇，至下午3时，福州将军

---

① 傅国涌编著：《百年辛亥 亲历者的私人记录》上册，北京：东方出版社，2011年，第150页。

朴寿被革命军中一名年仅15岁的学生捉获，清军一时群龙无首，乱成一团。下午4时许，闽浙总督松涛见大势已去，难以向朝廷交代而吞金自杀。很快，残余清军全部投降。翌日，朴寿被革命军处死。

是役，大快人心，装备比革命军好、训练比革命军有素的清军死亡280余人，革命军只阵亡17人。

枪炮声稍微平息时，吴仲禧溜了出去，躲在街角悄悄观察。他看见革命军队伍中有不少学生，和他差不多大，他们和各社团群众组成洋枪队、炸弹队，此外，还有商团队、民团救火队等配合革命军作战。

吴仲禧还看到不少市民将茶水、稀饭、糕点、鸡蛋等摆在家门口，以方便革命军人解渴充饥。他一路走过去，从鼓楼、南街、安泰直至南台中亭街、中州、观音井等主要街道都有这样的场景。他还听街坊讲，许多市民冒着枪林弹雨给守卫在于山、乌山、屏山的起义军战士送水、送饭，协助革命军灭火、保护福州城。

吴仲禧便想，为何此役如此得民心？为何连学生都参加？偌大的福州城，为何一夜间就变了天？

很快，同盟会福建分会以福建军政府名义发布安民布告，宣布福州光复。

11月13日，闽都督府正式成立，孙道仁任都督。

都督府响应孙中山号召，迅即着手组建福建北伐队。北伐队由陆军部队和学生军两部分组成，陆军北伐队已奉命先期到达福宁待命，学生军则面向全社会广为征募。

吴仲禧看到招募通告后激动难耐。

招募福建学生北伐军通告[①]

为通告事。照得昊天不吊，祸及中华。满虏入关，垂

① 中国人民政治协商会议福建省委员会文史资料编辑室编：《福建文史资料》第6辑，福州：福建人民出版社，1981年，第66—67页。

二百余年，流毒中原，摧残汉族。扬州十日，凶甚安史。嘉定三屠，恶同狼豹。政治黑暗，官吏具搜刮之贪；苛杂繁兴，人民有破家之怨。秽行彰闻之西后，宰制朝廷；乳臭未干之溥逆，君临天下。遂使国势不振，海内骚然。瓜分豆剖，列强起窥伺之谋；文牢字狱，全民兴自危之嗟。完全领土，拱手让人。大好河山，载胥及溺。朝鲜之前车可鉴，印度之覆辙堪虞。版图日削，政治日非。舆论警告而不悟，国家陆沉而不知。汉族何辜，遭此惨劫。直使数千年神明华胄，将沦为亡国遗民。今我革命首领孙中山先生，暨诸殉国先烈，凛亡国灭种之苦痛，具牺牲奋斗之精神。河口、钦廉、镇南、广州诸役，虽然功败垂成，已足以寒虏胆。近者武汉举义，各省景从。我福建全省相继光复。满廷虽失东南，尚据西北。胡虏汉奸，犹复活动。专制之灰未冷，共和之制濒危。凡我同胞，孰非炎黄孙子，同仇敌忾，岂可让人。呜呼！庆父不除，鲁难未已，匈奴未灭，何以为家。祖士雅击楫中流，刘越石枕戈待旦。吾侪爱国，不让古人。况我闽邦，凤多义烈。黄花岗上，足为明徵。同人等窃不自揣，爰有福建北伐学生军之组织。所望赳赳健儿，莘莘学子，知匹夫有责之义，以声讨逆虏，光复汉土为己任。群策群力，大张讨贼之旗；如熊如罴共挝北征之鼓。誓犁庭而扫穴，期食肉而寝皮。际兹危急之秋，当为一息之争。深盼兄弟姐妹，其各盍兴乎来。俾得周知，特此通告。

吴仲禧对招募通告之中诸多引经据典之处尚不完全明白，但他记住了一句话——"所望赳赳健儿，莘莘学子，知匹夫有责之义，以声讨逆虏，光复汉土为己任"！

吴仲禧心说，自己不正是莘莘学子之一？国家兴亡匹夫有责，他也有责任响应号召参加学生军，声讨逆虏，光复华夏！

一番壮志须投笔!

吴仲禧要革命,要跟着孙中山革清廷的命,要驱逐外敌革侵略者的命!

一腔热血在沸腾、翻滚、燃烧。

招募通告如一道召集令,一时间,福州爱国学生群情激昂、跃跃欲试。吴仲禧赶回家与父母商议,但被母亲否决。可怜天下父母心,谁不希望自己的儿子平平安安?只是,吴仲禧没有动摇,而是偷偷报了名。

组建福建学生北伐军是在黄乃裳①和福建军政府支持下,最早由福州开智学堂师生倡议发起的,吴仲禧看到的招募通告由该校教师潘依耕及黄岳申撰写。为做好组织工作,福州开智学堂教师黄岳申和陈沉、杨琦等人商议成立"福建学生北伐军"临时筹备处,推陈沉担任筹备处处长,杨琦担任筹备处总务。筹备处下设事务、会计、文牍、医务四股。刘贤昌与林炘等任事务股干事,黄岳申与吴鼎芬等任文牍股干事。

为筹集军饷,各路人马除以各种方式向社会募捐外,12月16日,福建军政府还在福州建宁会馆举行福建学生北伐军筹饷大会。与会者纷纷解囊认捐,妇女代表则摘下金银珠宝饰品捐献,一时间,群众响应革命的热情空前高涨。

招募通告贴出后仅两三天,开智中学、三牧中学、格致中学、英华书院、福建师范学校、福建省立工艺传习所、福建警官学校及陆军小学学生热烈响应,报名者甚众,达"四百多人"②。福州光复前夕

---

① 黄乃裳:福建闽清人。1908年回到福建,在福州创办简易师范学堂,并创立教育会,自任会长。福州光复前,组织学生成立炸弹队。福州光复后,任福建都督府交通部部长。

② 林炘、杨琦、郭叔敏:《福建学生北伐军》,中国人民政治协商会议福建省委员会文史资料编辑室编:《福建文史资料》第6辑,福州:福建人民出版社,1981年,第60页。

由许逸夫组织带领准备参加福州光复起义的闽清29名青年也全部报名参加。他们和吴仲禧一样,大都是稚气未脱的青年、少年,正所谓:

风华正茂爱国志,激昂慷慨;英雄自古出少年,何来惧怕?满目浮尘,惟有一腔热血,冲破云霄,声讨逆贼,还我华夏妖娆。

考核与选拔非常严格。吴仲禧虽年龄小、个子矮,但一脸英气,意志坚定,面对考官,毫无惧色,应对自如:

"你为什么来?"这是必然要问的一个问题。

吴仲禧该怎么回答呢?

或许这样说:"我要去找真命天子。"

或许这样说:"我要精忠报国。"

也或许只有简单却斩钉截铁的两个字:"革命!"

……

一个人的成长,或困于逆境,或成于逆境,吴仲禧属于在逆境中勇敢地站起来并走出来的人。

吴仲禧被录取了。

12月上旬,福建北伐学生军宣告成立。

"十一月初一日(公历12月20日),通告参加北伐军的学生到东岳庙报到集合,并带铺盖到该处住宿、训练。"[1]

这时,吴仲禧便再躲不过父母了。他要拿铺盖卷,不把事情坦白办不到。母亲仍坚决反对,因为怕他跑,还将他"锁在房间里"[2]。后来,吴仲禧之子吴群策也回忆,"我奶奶将父亲关在家里"[3]。

---

① 福州海峡两岸和平统一促进会编:《辛亥革命与福州》,福州:海峡书局,2011年,第430页。

② 林亨元、王昌明:《吴仲禧传略》,广东省政协文化和文史资料委员会编:《深潜龙潭老将军——吴仲禧纪念文集》,北京:中国文史出版社,2015年,第154页。

③ 吴仲禧之子吴群策访谈。

一扇摇摇欲坠的木门，一把简单得不能再简单的锁，如何关得住一个血气方刚的少年？还有人说，当时"吴仲禧被母亲关起来，房门层层上锁，连一扇小窗户都被钉死"[①]，这样破门破窗便有一些难度。

若干年后，吴仲禧的夫人王静澜也想起丈夫曾告诉她，"当时父母坚决反对他投军，把他锁在楼上，他想方设法才偷走了出来"。[②]

面对亲人的阻拦，吴仲禧知晓事理，佯装答应，不喊不闹，只是，他去意已决，断然不会回头，于是趁"姐姐开门送饭之际，夺门逃返军营"。[③]

风雨中，飘来母亲和姐姐带着悲壮的呼喊——

"仲禧……"

他的眼睛潮潮的，是呵，纵是铁骨丹心，可在血脉相连的亲情面前，也是注定要融化的。

其实，父母拦他是真，心知留不住也是真。已是冬季，福州虽无皑皑白雪，却也寒风凄凄，冷雨潇潇，若吴仲禧没有带上铺盖卷，没有穿上足够的衣物，没有带上一定的生活费，又如何以集体生活的方式参加集训、实现抱负？

甚或，吴仲禧夺路而逃时，吴济宽正坐在客厅里，捧着那本卷了边的《说岳全传》响亮地道一声：

"好男儿志在四方，仲禧吾儿精忠报国去也！"

吴济宽读过很多书，终究是明大义之人。

少年吴仲禧背着铺盖卷逆风而行，眼里没有畏惧，心里只有光明。

---

① 刘琳：《隐形将军曾是福州双虹小学董事长》，福州晚报编：《潜伏者》，福州：海峡文艺出版社，2018年，第16页。

② 王静澜：《安息吧，亲爱的仲禧》，广东省政协文化和文史资料委员会编：《深潜龙潭老将军——吴仲禧纪念文集》，北京：中国文史出版社，2015年，第42页。

③ 林亨元、王昌明：《吴仲禧传略》，广东省政协文化和文史资料委员会编：《深潜龙潭老将军——吴仲禧纪念文集》，北京：中国文史出版社，2015年，第154页。

这是他第一次走出家门，这一步决定了他一生走向。

12月23日上午，黄乃裳同福建都督孙道仁、政务院总理彭寿松一起到东岳庙视察慰问福建学生北伐军。下午，福建学生北伐军正式编组成一个大队，下设四个中队，每个中队一百多人。孙道仁任命吴挺为福建学生北伐军总队长，许逸夫为福建学生北伐军总代表，廖国英为副代表。

吴仲禧和吴石"同编在一个小队"①。这使得两人相识并逐渐熟悉。

官方为学生军配发了枪械，有老毛瑟枪、刺刀、子弹盒、枪皮带等。

但军服要定制，还需要一些时间才能生产出来。军服是黑布棉军服、呢帽、绑腿，还配发一双黑布操鞋。

吴挺传达陆军部部令时说，学生军服装按照学生制服形式，一律用黑色厚呢，此外还有厚呢军帽、厚呢风衣外套、军毯、绑腿、皮鞋等，都已由上海法租界龙华路福源泰军装局制作，队伍到沪时即发给大家。

吴仲禧兴奋极了。他挺直腰杆，在营房里来回走动。他掂着沉甸甸的步枪，望着寒光闪闪的刺刀，抑制不住内心涌动的激情，阻遏不住革命的豪情壮志。

闲暇时，他和吴石进行了深入交流。

吴石对吴仲禧说："我在乡村读了几年私塾，只知背诵古书，到开智小学才开始读历史教科书，读到鸦片战争、太平天国、中日战争等事件，知道我们国家、民族有被瓜分的危险。特别是听说辛亥年三月二十九日广州黄花岗七十二烈士中，福建人就有十九位之多，心情十分激动，所以决心走投笔从戎的路，参加北伐学生军，以挽救民族的

---

① 吴仲禧：《我的回忆》。

危亡。"

吴仲禧深有同感，表示，"广州黄花岗起义的壮烈事迹，对我思想上震动很大"[1]，"我已从童年时对清朝统治压迫的不满、反感，进而立下推翻清朝、振兴中国、投笔从戎的决心"[2]。

言已至此，吴仲禧站起身，又拍了怕枪杆子，极为激动地对吴石说："故有此举！"[3]

"故有此举！"

两个年轻人攥紧拳头，互相激励，虽未有歃血为盟、桃园结义之举，但自此惺惺相惜、心手相连，结下最深厚且牢固的友谊，并一起投笔从戎，血洒共和，我自岿然，无怨无悔。

广州起义、武昌起义、福州光复……如同一颗颗流星从夜空划过，不断成为下一场革命风暴的序曲，激励着吴仲禧和无数个像吴仲禧一样的人沿着先烈们洒下的血迹，矢志不渝，砥砺前行。

在吴仲禧眼里，革命的动力绝非某一人之力使然，但一个人、一粒火种、一声呐喊、一摊血迹，正是革命的推进剂、助燃剂。

吴挺就职后对学生军加紧训练。他富有军事经验，此前光复柳州"亲与其役"[4]。他选用来自原北洋陆军速成学校（即保定军校前身）的闽籍学员担任学生军教官。学生军虽军事素质不高，但革命热情高昂，又刻苦学习，故经短期训练后能够迅速地在"操练队列、整理内务、执勤放哨等方面有长足的进步"[5]，他们学到了

[1] 林亨元、王昌明：《吴仲禧传略》，广东省政协文化和文史资料委员会编：《深潜龙潭老将军——吴仲禧纪念文集》，北京：中国文史出版社，2015年，第153页。

[2] 林亨元、王昌明：《吴仲禧传略》，广东省政协文化和文史资料委员会编：《深潜龙潭老将军——吴仲禧纪念文集》，北京：中国文史出版社，2015年，第154页。

[3] 吴仲禧：《我的回忆》。

[4] 中国人民政治协商会议广西壮族自治区委员会文史资料研究委员会编：《辛亥革命在广西》下，南宁：广西壮族自治区人民出版社，1962年，第98页。

[5] 李林川：《辛亥革命时"福建北伐学生军"》，福州晚报社编：《福州史话丛书 凤鸣三山》第5辑，福州：福州晚报社，1997年，第36页。

很多军事常识，如"编队、步操、荷枪、礼节、整理内务、站岗放哨、应用口令等"①，掌握了"初步的军事技术，纪律方面亦大有长进"②。

其间，吴石和吴仲禧还做了一件冒天下之大不韪的事。

一个早晨，他们决心要把庙内一切神像扫尽，不再让乡人跪拜，于是把东岳老王爷神像的泥头割了下来，挑在戏台上。

吴仲禧当众宣布："我们他日北上，犁彼王庭……"

其情其状，真是自古英雄出少年！

另有记载印证，辛亥革命时，学生北伐队曾驻扎在东岳庙，进行"破迷信活动，故神像多被拆毁"。③这正是吴石、吴仲禧之举。

吴仲禧的表现得到学生军拥护，他因此而担任了"学生小队长"。④

 祈战死

正当吴仲禧、吴石艰苦训练之时，1912年1月1日晚10时，革命胜利的曙光迤逦而至。南京前两江总督府（原太平天国天王府）内张灯结彩，军乐悠扬，中华民国临时大总统就职仪式在此举行。在万众瞩目和

---

① 郑立：《冷月无声：吴石传》，北京：中共党史出版社，2018年，第17页。

② 杨潼：《参加学生北伐军的片断回忆》，中国人民政治协商会议福建省委员会文史资料委员会编：《福建文史资料》第27辑，1991年，第45页。

③ 林炳钊编撰：《闽海夜谭》，1989年，第183页。

④ 吴仲禧手书简历。

雷鸣般的掌声中，那位从照片上看起来温厚、典雅、绅士般的孙中山先生走向临时搭建的主席台，就任中华民国临时大总统，并宣读誓词如下：

倾覆满洲专制政府，巩固中华民国，图谋民生幸福，此国民之公意，文实遵之，以忠于国，为众服务。至专制政府既倒，国内无变乱，民国卓立于世界，为列邦公认，斯时文当解临时大总统之职。谨以此誓于国民。①

他在《临时大总统宣言书》中言：

十余年来，从事于革命者，皆以诚挚纯洁之精神，战胜所遇之艰难。即使后此之艰难远逾于前日，而吾人惟保此革命之精神，一往而莫之能阻。②

那一刻，无疑具有划时代的巨大意义。

接着，会议选举黎元洪为副总统，并在南京成立临时参议院作为立法机关，确定南京为中华民国临时政府所在地，这标志着资产阶级民主共和国政权在中国建立。

一个世纪多之后，在纪念辛亥革命110周年大会上，中共中央总书记习近平同志说："孙中山先生是伟大的民族英雄、伟大的爱国主义者、中国民主革命的伟大先驱。"③

是的，孙中山先生无愧于这些称号。

孙中山先生曾于《告世界书》中说："中国革命运动目前的状况，

---

① 孙中山：《临时大总统誓词》，中国社会科学院近代史研究所中华民国史研究室等编：《孙中山全集》第二卷，北京：中华书局，1982年，第1页。

② 孙中山：《临时大总统宣言书》，中国社会科学院近代史研究所中华民国史研究室等编：《孙中山全集》第二卷，北京：中华书局，1982年，第3页。

③ 习近平：《在纪念辛亥革命110周年大会上的讲话》，《人民日报》，2021年10月10日，第2版。

恰似一座干燥树木的丛林，只需星星之火，就能腾起熊熊烈焰。"①而福建学生北伐军一颗颗喷薄而出的心，即将融入熊熊燃烧的烈焰。

学生北伐军踏上征程的日期，有多种不同说法，或曰于"十月二十二日"②，或曰于"1911年12月12日"③，或曰于"（1912年）1月17日上午8时"④等。第一种说法，应是农历，换算成公历，则为"12月12日"。吴仲禧言，"福建学生军于十一月下旬由福州开拔"⑤，这一时间，与吴石传记中所记录的开拔时间吻合，当为1912年1月17日（农历十一月二十九日）。再过两天，便进入农历的腊月。

这支队伍的人数亦说法不一，吴仲禧言，"约有二百余人（开始有三百人）"；另外，也有"300余人"⑥、"450余人（一说370余人）"⑦等诸多说法。总之，是一支数百人的年轻队伍。

出发前，学生军已全副武装，"每人发枪一支，军服一套"⑧。枪便是那支步枪。军服有军帽、军装、军鞋。军帽上，印有带"汉"字的帽徽；军装为青色，棉质；军鞋为帆布鞋。还发给布质符号一枚，上印"福建北伐学生军"及各自姓名，佩戴于胸前。

1912年1月15日，福州各界在点教场举行劳军大会，现场向学生

① 孙中山：《告世界书》，中国社会科学院近代史研究所中华民国史研究室等编：《孙中山全集》第一卷，北京：中华书局，1981年，第558页。

② 陈明经：《辛亥革命时期参加北伐学生军的经过》，中国人民政治协商会议福建省福州市委员会文史资料工作组编：《福州文史资料选辑》第1辑（辛亥革命专辑），1981年，第70页。

③ 李林川：《辛亥革命时"福建北伐学生军"》，福州晚报社编：《福州史话丛书 凤鸣三山》第5辑，福州：福州晚报社，1997年，第37页。

④ 郑立：《冷月无声：吴石传》，北京：中共党史出版社，2018年，第18页。

⑤ 吴仲禧：《我的回忆》。

⑥ 郑立：《冷月无声：吴石传》，北京：中共党史出版社，2018年，第18页。

⑦ 李林川：《辛亥革命时"福建北伐学生军"》，福州晚报社编：《福州史话丛书 凤鸣三山》第5辑，福州：福州晚报社，1997年，第36页。

⑧ 吴仲禧：《我的回忆》。

军代表赠送一面白布大旗，上书醒目"祈战死"大字。还有鞭炮百余万发，"征东饼"数万块，干粮袋数百个。另有"百子炮（鞭炮）十余箱、全猪、全羊、'广兴隆'面包、饼干和罐头水果等数十大杠"。①

置身其中，吴仲禧感受到社会各界支持革命的热情如火，让冬日的寒冷顿消。现场人潮汹涌，人声鼎沸。他不知父母在不在其中，心想，他们除了担忧也应该为他而感到骄傲。

1月16日，吴仲禧领到由中华同盟会福建支会颁发的学生军护照。他轻声念道：

"为发给事，照得闽省光复，全赖同胞协力，厥告成功。惟北京、汉阳两处尚未肃清，应即选举各会员驰往北伐。凡我各省同盟支会联军，务须互相保护，而免隔膜，合行给照。为此照仰该代表即便收领，奋志进行，须至护照者。右仰北伐代表本会会员　　　收执。中华同盟会福建支会会长彭寿松为。限功成日缴销。黄帝纪元四千六百零九年十一月　日。"②

在护照留白处，他用力地签上"吴仲禧"，又签上日期。然后，又读了一遍。读到"吴仲禧"时，他加重了语气，那一刻，觉得无比的光荣，内心仿佛有一个声音在呐喊："驰往北伐，奋志前行，功成之日……"激动的泪水抑制不住地流淌。

一夜无眠。

1月17日晨8时，于春寒料峭之中，一缕曙光初现。学生军先于东

---

① 林炘、杨琦、郭叔敏：《福建学生北伐军》，中国人民政治协商会议福建省委员会文史资料编辑室编：《福建文史资料》第6辑，福州：福建人民出版社，1981年，第63页。

② 中国人民政治协商会议福建省委员会文史资料编辑室编：《福建文史资料》第6辑，福州：福建人民出版社，1981年，第67页。

岳庙内广场集结，闻讯的学生家属纷纷前来送行。队伍出发时，人群夹道相送，鞭炮噼里啪啦，此起彼伏，宛如弥漫的硝烟。吴仲禧和吴石走在队伍最后。由于连日雨水，路上残留的泥泞溅了他们半腿。他们由东门入城直奔都督府。都督府鸣炮奏乐，都督孙道仁等致辞慰勉。见学生军中有20余名女生，孙道仁劝她们，北方此时正冰天雪地，大家可另图报国，不必参加北伐。女生们挥舞着"祈战死"小旗，振臂高呼："愿战死沙场，决不向冰天雪地低头。"[1]吴仲禧心中赞叹，真是巾帼不让须眉！

孙道仁无奈，宣布原女子北伐炸弹队改为红十字会女子看护队后，全体队伍整装由都督府出发。

一路，学生军高唱《祈战死歌》[2]：

我省宝刀真利器，快活沙场死。短衣匹马出榕垣，喇叭铜鼓声。祈战死，临大敌，战袍滴滴胡儿血。生平自愿，为国牺牲，头颅一掷轻。

阿娘牵衣向儿语，我也美慕你。贤妻慰勉劝夫行，慷慨送前程。搴敌旗，斩敌将，战死沙场好模范。模范如何？蔚为国魂，毋忘祖国恩。

阳春三月桃花艳，埋骨在沙场。公园铜像雄伟装，尽是青年们。强国是，侪国殇，留得姓名字字香。军不凯旋，归返何颜，偷生有几年。

人生自古谁无死，死得要轰烈。炎黄华胄沦胡儿，不知几何时。不成功，即成仁，锦绣河山既重光。前仆后继，再

---

① 林炘、杨琦、郭叔敏：《福建学生北伐军》，中国人民政治协商会议福建省委员会文史资料编辑室编：《福建文史资料》第6辑，福州：福建人民出版社，1981年，第64页。

② 中国人民政治协商会议福建省委员会文史资料编辑室编：《福建文史资料》第6辑，福州：福建人民出版社，1981年，第67—68页。

接再厉，巩固胜利果。

吴仲禧亮着嗓子放声歌唱——"人生自古谁无死，死得要轰烈……"他的心怦怦地跳，似要跃出胸腔，白皙的面庞如深秋的枫叶一样红，目光熠熠生辉。

队伍至茶亭街时，吴仲禧终于被家人"逮住"了。

"仲禧，回去！"

"仲禧，你跟我回去！"

后来，吴仲禧忆述，那一刻，"几乎被我姑姑拉回去，后被队长喝令阻止"①。另有说法，当时，他母亲和姐姐正守候在路旁，当她们在队伍末尾发现矮小的、扛着长枪、穿着略显宽大的军装的吴仲禧时，硬要冲进队伍把他拖回家，"但终被他挣脱随队出发"②。

亲人对吴仲禧的担忧不无道理，当时南北两军还在武汉对峙中，学生军出师北伐，命运叵测。

但彼情彼景吴仲禧一生也不曾忘记——有儿女临别之愁，有易水悲歌之凄，有众志成城之壮，有同仇敌忾之气。

风萧萧兮，壮士一去兮，何日归来兮，哀哀父母兮……吴仲禧心中有泪，足下生风，大丈夫忠孝不能两全——

"爹！娘！兄弟姊妹！道一声珍重，容我百战归来，再报大恩大情！"

---

① 吴仲禧：《我的回忆》。

② 林亨元、王昌明：《吴仲禧传略》，广东省政协文化和文史资料委员会编：《深潜龙潭老将军——吴仲禧纪念文集》，北京：中国文史出版社，2015年，第154页。

④ 护卫孙中山

学生军经南大街，过万寿桥，抵达海关埕码头。之后，登上洋驳船和甲板船，再由捷胜差轮拖带开往马江。

国旗、军旗和"祈战死"大旗都插在捷胜差轮杆顶，旌旗猎猎，气势勇武。沿江成百上千"麻雀船"户闻讯驶来，准备了锣鼓鞭炮，以欢送威武之青年将兵，一时间，河岸鼓乐齐鸣，烟雾缭绕，蔚为大观。

下午3时，学生军到达马尾港，登上"万象"号商轮，轮上员工以鸣炮相迎接。

马尾，距福州约二十公里，是闽江入海口。闽江在上游河段分流之后在马尾附近重新汇合的江段是马江。鼓山苍苍，闽水泱泱，此处江面宽广，水位高，江滚滚声；四面环山，山莽莽青，各类船只可畅通无阻地航行。

江中有山，名罗星山；山顶屹立一塔，砥柱海天，谓罗星塔。

吴仲禧倚靠船舷眺望高达一百八十尺的罗星塔，心潮起伏。历史老师讲过，1884年8月23日午时，马江海战爆发，仅半个小时，福建船政水师舰船9艘沉没，2艘重创搁浅，真是"敌燃一炮，我沉一船"，我方船舰很快被敌人全部击沉。是役，中方阵亡官兵有姓名记载者796人，伤数百人。历时7天的马江海战是中国建立近代水师以来的首次战役，船政水师损失了在港的所有船舰，造船厂受到严重破坏，马尾至闽江口的海防设施多被摧毁，清政府遭到惨重失败。

罗星塔是国际上公认的海上重要航标之一，外国船来福州都在罗星塔下抛锚，外国水手把罗星塔称为中国塔；即使没到过福州的海员，也知道这座古老的宝塔。过去几百年中，从世界各地邮到马尾的信，只要写上"中国塔"便可寄达。可它偏偏见证了这场战争的炮火与硝烟，见证了法国侵略者的野蛮与霸道，见证了中国人所遭受的欺侮与耻辱。

吴仲禧禁不住吟诵清人杨庆琛的《罗星塔》①：

石马江头风势狂，浮图屹立浪中央。

全闽形胜争津要，百里山川接混茫。

珠斗夜辉星纬密，银涛秋捧塔灯凉。

榜人来往图经熟，细话当年柳七娘。

1855年绘制的布面油画上的罗星塔，油画标注为"福州锚地和罗星塔，闽江"（来源：Vallejo画廊，原为Edwin Chase船长及家族藏品）②

吴石则吟诵了另一首，是清人郭柏苍的《泊罗星塔》③：

群棹别村烟，风帆次第悬。

雾消山压水，灯远树连天。

烽火防关外，形骸老酒边。

萧萧江上客，无语慰残年。

两人相视一笑，一切尽在不言中。

马江，吴仲禧再熟悉不过，他生于斯长于斯，日日夜夜闻着它的

---

① 中国人民政治协商会议福州市马尾区委员会文史委员会编：《马江诗词选》文史增刊，1998年，第11页。

② 福州老建筑百科：http://fzcuo.com/index.php? doc-view-412.html。

③ 福州市地方志编纂委员会编：《福州马尾港图志》，福州：福建省地图出版社，1984年，第299页。

呼吸，听着它的心跳；喝过它的水，吃过它的鱼。此时，潮水已然退去，涛声舒缓，如一首绵长的催眠之曲。此情此景在吴石眼里，是"夜幕下，马江的水波中，星光在闪烁，月亮在闪烁。一阵风吹来，水波荡漾，不知哪是星光，哪是月光"[1]，吴仲禧则禁不住脱口而出：

> 塔之巅，上下游，西方列强经行处，一片焦土。峰峦夜幕，江水踌躇，战战战，壮志男儿戎马路！

"好一个'战战战，壮志男儿戎马路'，奋飞，江水为证，苍穹为证，让我们永远记住这一刻，这是我们心底里发出的共同的呐喊！"

两人勾肩搭背，紧紧地靠在一起。

若干年后，吴仲禧还写过这样一首词：

> 大盗不知羞，诡辩咻咻，
>
> 西方帝国结同丘。
>
> 越海怒潮今又起，
>
> 敌忾同仇。

他是不是又回想起当年的这一幕有感而发？大约是的。

一路北上，经两三天海上航行，20日夜，"万象"号商轮到达上海黄浦江，泊于江心。

大上海，吴仲禧是完全陌生的。他站在轮船甲板上望着远处灯火璀璨的上海滩和近处黑黢黢的江水，若有所思。他哪里会想到，若干年后，他和儿子吴群敢正是在这座城市与革命者在黑暗中摸索、潜行，并肩作战。此时此刻，他只感觉中国是如此的大，短短两三天时间，由南到北，面对的是一个崭新的世界。

21日早，雾霭沉沉。"万象"号商轮徐徐靠近黄浦江码头。学生军早已收拾停当准备下船。商轮停稳，学生军有序下船。沪军都督陈其美亲率幕僚在码头迎接，一时间，彩旗飘扬，鼓乐喧天，还有大批糖果、

---

① 郑立：《冷月无声：吴石传》，北京：中共党史出版社，2018年，第19页。

饼干等慰问犒赏学生军。

抵沪之日期，吴仲禧在忆述中言为农历"十二月初三"，正是1月21日。

学生军的到来引起人们关注。围观的人群中，有一个叫张治中的，本来在扬州巡警教练所当警察，但他觉得始终留在扬州站岗不是办法，就到了上海。看到一群一群的学生，歆慕不已，非常兴奋，觉得如果能够参加这一行列是极光荣的，"经过一定的程序，我进入这学生军了，达到了我的热烈的希望"①。

此后的记载，则略有不同。

据部分亲历者忆述，"上海日晖桥织呢工厂""沪西日晖织呢厂"是福建北伐学生军的临时驻所。吴仲禧则言，"抵沪后，福建同乡会数十人列队执旗欢迎，并已安排好住在高昌庙"②。

1909 年高昌庙所在保图

何以又住进庙里？自然不是。"高昌庙"一词两指，既为庙名，又为地名。清代《嘉庆上海县志》记载："高昌庙向在南门外，黄浦滨，俗称老庙。"③

清末，在江南制造局落户此地之前，高昌庙镇已具城市雏形。之后，工厂、邮局、火车站、电车、码头、学堂……让高昌庙镇乡村气息逐渐褪去，同时，随着一家家店肆开张，高昌庙更为热闹起来，银号、酒店、酱园、茶楼、布庄、洋服店、照相馆、理发店、日用百货店等琳琅满目，俨然成为消费的天堂。

---

① 张治中：《张治中回忆录》第2版，北京：华文出版社，2014年，第18页。

② 吴仲禧：《我的回忆》。

③ 《嘉庆上海县志》卷七。

而"上海日晖桥织呢工厂""沪西日晖织呢厂"应为"日晖织呢厂"。这是上海最早的毛纺织厂，也是中国建成的第二家毛纺厂。1909年正式开工，"开工后产品销路困难，1910年停歇"[1]，1919年复工。

"日晖织呢厂"正在高昌庙城区之内。由于处于停业阶段，正好容纳数百名学生军入驻。

除了来时的走过路过，城市的繁华与喧嚣与吴仲禧没有关系。他没有更多的休息时间，更无逛街的空闲。

吴仲禧言："翌日就开始军事训练。"[2]

因保定军校入伍生十余人到沪加入学生军，学生军重新进行编制，成立一个营，下分四连。营长为吴挺，曾为保定军校入伍生分任连长、教练长。吴仲禧亦言，"队伍的负责人多数是保定军校学员"。

训练进行了两个星期。

时值上海冬日。

上海的冬天，鹅毛般的大雪不多，但有，吴石后来回忆："南北气候迥异，余乍离乡土，与冰雪周旋，觉寒不可耐，甚以为苦，然志不稍衰，寝久亦习惯矣。"[3]

这样的气候，吴仲禧也未曾经历。初始好奇，雪花飘飘，漫天飞舞，落到头上，须发皆白。于雪中操练，更有"雪暗凋旗画，风多杂鼓声"之雄壮。但沪上之雪又夹杂冷雨，北风其凉，雨雪其霏，阴湿的棉帽、棉衣罩在头上裹在身上冰冰凉凉，让人禁不住打寒颤。吴仲禧却无丝毫退却与惧怕之心，而是咬紧牙关，经受煎熬，在恶劣的气候和艰苦的训练中磨砺坚强的意志。

好消息传来。吴仲禧言，"形势迅速发展，清廷政府已呈土崩瓦解

① 熊月之主编：《上海名人名事名物大观》，上海：上海人民出版社，2005年，第481页。

② 吴仲禧：《我的回忆》。

③ 郑立：《冷月无声：吴石传》，北京：中共党史出版社，2018年，第19页。

之势"。2月12日，宣统皇帝溥仪退位，清王朝结束。

两星期后，学生军接到黄兴通知，在沪福建、浙江两省学生军即日开赴南京。

学生军抵南京后住在旧江宁府衙内，被编为南京陆军入伍生队，沈靖为团长，直接受黄兴的指挥。吴仲禧、吴石两人非常高兴，因为他们均编入第二营，在"一个连队"①，又可以在一起训练、战斗。张治中则"被编在第一营"②。

吴仲禧了解到，沈靖曾参与指挥光复南京的军事行动，战后任都督府参谋处参谋、步兵团团长等职。吴仲禧也没有想到，1914年进入保定陆军军官学校第三期学习时，沈靖会成为他的老师。

入伍生队年轻气盛，上操上课斗志昂扬。每次操练归来途中，都挺着胸脯，雄赳赳，气昂昂，高唱梁启超作的军歌《从军乐》：

从军乐，告国民：世界上，国并立，竞生存。献身护国谁无份？好男儿，莫退让，发愿做军人。

从军乐，乐凯旋。华灯张，彩胜结，国旗悬。国门十里欢迎宴。天自长，地自久，中国万斯年。

何等的慷慨雄壮！

吴仲禧、吴石、张治中这些青年，思想都是一致的："只有一个想法，就是打仗，就是北伐，打死了是光荣的；如果不死，希望可以进陆军学校，将来当一名正式军人。现在做了入伍生，摆在前头是一重一重新的希望了！"③

学生军除了训练，还做一些"维持治安的工作（如在城隍庙烧香的

① 吴仲禧：《我的回忆》。
② 张治中：《张治中回忆录》第2版，北京：华文出版社，2014年，第18页。
③ 张治中：《张治中回忆录》第2版，北京：华文出版社，2014年，第18—19页。

妇人被人抢劫，学生军闻讯即出来保护）"①。但更重要的是"拱卫于临时大总统之侧"②。

对于这一次任务，有多位当年的学生军言，是为孙中山先生就任中华民国临时大总统担任步哨戒备。只是，按照他们抵达南京的时间推算，这是不可能的事。大家估计是将孙中山"宣誓就职"和"南京总统府庆贺南北统一典礼"及"躬谒明孝陵"等混为一谈。也不奇怪，时学生军大都属于少年，虽身在其中，又如置身事外，加之当时人数众多，事情复杂，不可能对"程序"了如指掌、判断清楚。

1912年2月15日这天，孙中山先生有两场活动。

上午，孙中山先生亲率中华民国各部官长及右都尉以上将校赴南京明孝陵行祭告典礼。学生军承担警卫任务。

为孙中山担任警卫，吴仲禧的心情既紧张又兴奋。特别是一想到能亲眼见到孙中山先生，心里更觉无比光荣，但又感到肩负的责任极其重大。

学生军到达明孝陵后，迅速疏散群众，进行拉网式清场。之后各自有序站立，持枪警戒。吴仲禧一遍遍仔细检查枪支弹药，一遍遍整理军容军貌，生怕出现一丝一毫纰漏。他目视前方，警觉地捕捉着来自四面八方任何异常的身影和声响。

当浩浩荡荡的祭祀队伍开进明孝陵时，吴仲禧看到了被人群簇拥的中华民国临时大总统孙中山，那一刻他觉得孙中山先生是那么伟岸，那么高大，那么风度翩翩，他的一颗心几乎要飞跃出去，甚至想上前大呼一声"孙中山先生！"只是，此时此刻，他是一名军人，军人以服从命令为天职，他的职责是保卫孙中山先生，来不得半点马虎。

很快，他断断续续地听到从风中传来的孙中山先生稳健激越的

---

① 陈辅丞：《我曾是福建学生北伐军的一员》，中国人民政治协商会议福建省委员会文史资料委员会编：《福建文史资料》第27辑，1991年，第47—48页。

② 郑立：《冷月无声：吴石传》，北京：中共党史出版社，2018年，第20页。

声音：

　　"……从此中华民国完全统一，邦人诸友，享自由之幸福，永永无已……"①

　　"……共和巩立，民国统一，永无僭乱……郁郁金陵，龙蟠虎踞，宅是旧都，海宇无吪。有旂肃肃，有旅振振，我民来斯，言告厥成。乔木高城，后先有辉，长仰先型，以式来昆。伏维尚飨。"②

1912 年 2 月 15 日，孙中山谒明孝陵留影

　　吴仲禧热血沸腾，激情豪迈。那一刻，他更觉得自己的选择没有错，男子汉大丈夫，就应当以保家卫国为己任，就应该先天下之忧而忧、后天下之乐而乐，就应当位卑未敢忘忧国。吴石也觉得，当一名北伐学生军是多么光荣和骄傲，心里默念：大丈夫生当如此。

　　一时间，吴仲禧的神思竟有些恍惚，他突然想起父亲给他讲过的"精忠报国"的故事……稍一走神，马上提醒自己，保卫孙中山先生重

---

① 孙中山：《祭明太祖文》，中国社会科学院近代史研究所中华民国史研究室等编：《孙中山全集》第二卷，北京：中华书局，1982年，第95页。

② 孙中山：《谒明太祖陵文》，中国社会科学院近代史研究所中华民国史研究室等编：《孙中山全集》第二卷，北京：中华书局，1982年，第95—97页。

要，不能有丝毫大意。

当日还在南京总统府举行了庆贺南北统一典礼，典礼上孙中山先生也发表了演说：

> 清帝退位，南北统一。袁公慰庭为民国之友，盖于民国成立事业，功绩极大。今日参议院选举总统，若袁公当选，余深信必能巩固民国。至临时政府地点，仍设南京。余于解任后，亦仍愿尽力于新政府也。[①]

此次典礼，学生军也在南京总统府参加了护卫。

5 资遣回籍

吴仲禧哪里能想到，时局如老天爷的脸，瞬息万变。而孙中山先生之所思所想，之境界，之赤子情怀，忧民忧国之急切，又是吴仲禧、吴石这个年龄和阅历的学生军弄不明白的。他们纵是听到了孙中山先生在南京总统府庆贺南北统一典礼上的讲话的只言片语，也无法理解，在万众瞩目、民心所向中刚刚当上临时大总统的孙中山先生为何急燎燎地公开表态要把位子让给袁世凯？

1912年2月12日，隆裕太后颁布溥仪的退位诏。在孙中山先生眼里，封建专制政府既倒，国内已无变乱，当辞去临时大总统之职，推荐袁世凯继任，以兑现承诺。

---

① 孙中山：《在南京总统府庆贺南北统一典礼上的演说》，中国社会科学院近代史研究所中华民国史研究室等编：《孙中山全集》第二卷，北京：中华书局，1982年，第97—98页。

也正是在吴仲禧等学生军担任孙中山先生护卫的同日，即1912年2月15日，临时参议院选举袁世凯为临时大总统。

1912年4月1日，孙中山发布《临时大总统解职令》。

吴仲禧目瞪口呆，那情形如蒲松龄《聊斋俚曲》所写："不觉的一炮扑咚，二炮崩烘，一煞时三炮似雷轰。"

他与吴石愤愤不平：

"我们满心期待的政权就这样落入袁世凯手中？"

"我敢打赌，孙中山先生落入了袁世凯精心设计的圈套！"

"我们此番离家出走，为的是轰轰隆隆的革命运动，难道就这样打道回府？我心不甘，愧对这一身军装。"

"是啊，一枪都没放，叫什么军人？一个卖国贼都没杀，何谈爱国？"

"但孙中山先生不举旗子了，我们别无选择，只能解散。"

沉寂的阴云布满两个热血少年白皙的脸庞，他们的目光之中，失落与痛楚如冬日里的长江之水冰冷瘆人。

此后约两月间，吴仲禧、吴石有度日如年之感。后来，吴仲禧回忆说，"4月孙中山先生正式辞职，6月初黄兴也辞去南京留守的职务。我们入伍生队的同学人心惶惶，不知何去何从"[1]。

迫于袁世凯压力与经费困乏，6月14日，黄兴交卸南京留守职务。

黄兴离职前对学生军发表训令："诸生青年爱国热忱，志愿纯洁，殊属可爱可敬，国家应予培植，蔚成军事人才。兹奉命先行资遣回籍，以待后命。其年龄较小，体格较弱，以及原系陆军小学学生者，可回原

---

① 吴仲禧：《回忆吴石烈士》，广东省政协文化和文史资料委员会编：《深潜龙潭老将军——吴仲禧纪念文集》，北京：中国文史出版社，2015年，第75页。

籍陆军小学校报到，以竟学业，而资深造，至有厚望。"①

算是对吴仲禧、吴石等学生们有了一个交代。

其实，若按孙中山先生原来的意思，吴仲禧这一批入伍生属于知识分子，又富有革命性，入伍后接受了3个月的军事训练，下一步可径入保定陆军军官学校，"国家可提早获得多数既富有革命性又有军事才能的军官"②。只是，美好的设想被迫搁浅。

吴仲禧离开南京便是6月14日以后的事情。从1月17日启程，到今遣返总计约5个月的时间，他的第一次军旅生活草草结束。

吴仲禧和吴石都从军令处领取了16块银圆，之后，告别金陵，沿着水路"同舟回闽"③，一路，江接平湖，水云烟树，望着渺茫茫江面，看着落霞孤鹜，发呆的时候多，说话的工夫少。一段短暂的时光让他们仿佛变了一个人，不再是那懵懵懂懂的少年，思想成熟了，眼界开阔了，见解深刻了，也学会了思考。

江流千里，山痕寸寸。几日后的下午，暮潮之中，他们又望见了熟悉的罗星塔，抑制不住激动，再次伫立船头，耳边似是一半江声一半海，回想此前离开的一幕，有恍如隔世之感。

船靠岸，吴仲禧和吴石下船，互道珍重与再见，各回各家。

福州正是盛夏，刚下过一场透雨，于斜阳一抹中，远处青山数点，近处烟凝紫翠。渐近故乡时，阳光又隐匿了一阵，似乎使劲地顶着巨大的乌黑的云左右摇移，风簌簌地响，飞雨又来，阻住吴仲禧的步子。他

---

① 陈明经：《辛亥革命时期参加北伐学生军的经过》，中国人民政治协商会议福建省福州市委员会文史资料工作组编：《福州文史资料选辑》第1辑（辛亥革命专辑），1981年，第74页。

② 杨樵谷：《保定军官学校片断回忆》，中国人民政治协商会议河北省委员会文史资料研究委员会编：《河北文史资料》第13辑，石家庄：河北人民出版社，1984年，第143页。

③ 吴仲禧：《回忆吴石烈士》，广东省政协文化和文史资料委员会编：《深潜龙潭老将军——吴仲禧纪念文集》，北京：中国文史出版社，2015年，第75页。

躲在屋檐下，放下行囊，稍事休息。街上仍有行人，踏、踏、踏，朝着一个方向疾跑。店铺都还开着，茶馆、酒肆、典当、布庄……但门可罗雀，鲜有人出入。

忽而，乌云挨不住，闪到一边，夕曛微茫，雨又停了。吴仲禧重又背上行囊，走在路上。他的心情时而焦虑，时而迷茫，时而喜悦，大脑，时而又一片空白。

该如何向父母交代？

儿子突然归来，吴济宽夫妇完全没有想到，他们惊讶且欣喜异常，先前对儿子一肚子的责怪、埋怨早已泄了气。母亲紧紧抱住儿子，哽咽得说不出话，吴济宽则打发女儿去集市上买条活鱼，买块牛肉，给儿接风！

吴仲禧边安慰母亲，边从贴身的衣兜里取出一堆银圆——这可是意外之喜，对于一个穷苦的家庭，不要说十几块银圆，一块银圆都能起极大的作用，那时一块银圆可以买30斤大米，可以买8斤猪肉。母亲破涕为笑，上下打量，儿没受伤吧，这当兵咋还能挣大钱哪！

吴仲禧向父母一五一十地讲述了这几个月的经历。

听说儿子还要出去当兵，母亲笑脸又叠愁云。

"不是去打仗，是去上军校。"

"上了军校之后呢？"

"当军官。"

"当了军官呢？"

"挣大钱。"

母亲扑哧地笑了，知道儿子在安慰她，哪有当了军官只挣钱不打仗的道理？

吴济宽未言语。儿大不由爹娘，儿子选择的这条路究竟是对是错，他把握不准。自儿子离家，他便常留意报纸所登载内容，儿子说的那些事，他已多多少少了解。他也看到《中华民国临时约法》中有"人民一

53

律平等，无种族、阶级、宗教之区别"，心中甚喜，"旗下街"那样卑贱的日子一去不复返。上月5月3日，他还从《民立报》的新闻中看到，孙中山先生于4月21日"解职旋粤，便道过闽"，在出席福州欢迎会时发表"今幸民国光复……兴船政以扩海军，使民国海军与列强齐驱并驾，在世界称为一等强国"①之语，也很受鼓舞。但近日之《民立报》又出现"民国危急，确以现刻为至甚"②的话。吴济宽本质上还是一个书生，除去为生活所迫而不停奔波之余，他思考的也是社会与时代的风向，尤其为儿子的前途和命运牵肠挂肚。

父子间沟通得少，但心是相通的。

吴仲禧没事可干时，又陷入焦虑与迷茫之中。这是他有生以来第一次漫长而焦急的等待。那批学生中，有的回来继续原有学业，有的寻找工作。一天，吴仲禧和吴石相约见面，一起看了场电影，电影由福州基督教青年会放映，没有声音只有画面，是由英国瘦子劳莱扮演的滑稽短剧，往脸上摔奶油蛋糕。他们气愤地说，英国佬用鸦片让我们成为东亚病夫，又用这种无聊的东西侵蚀我们的思想。

夜幕降临，路灯亮了。之前的路灯叫"天灯"，是用煤油作为燃料的四方形玻璃灯笼，也能防风防雨，但不很亮，今年路灯照明改为电灯了，虽民间仍称"天灯"，却亮了许多。他们并肩走过一盏灯，又走过一盏灯……身影被灯光拽得很长很长。

吴仲禧说："我们再唱一遍《祈战死》吧！"

　　我省宝刀真利器，快活沙场死。短衣匹马出榕垣，喇叭铜鼓声。祈战死，临大敌，战袍滴滴胡儿血。生平自愿，为国牺牲，头颅一掷轻。

　　① 孙中山：《在福州欢迎会的演说》，中国社会科学院近代史研究所中华民国史研究室等编：《孙中山全集》第二卷，北京：中华书局，1982年，第344页。

　　② 孙中山：《复国民捐总会电》，中国社会科学院近代史研究所中华民国史研究室等编：《孙中山全集》第二卷，北京：中华书局，1982年，第368页。

……

　　人生自古谁无死，死得要轰烈。炎黄华胄沦胡儿，不知几何时。不成功，即成仁，锦绣河山既重光。前仆后继，再接再厉，巩固胜利果。

　　悠长悠长的街巷回响着两个少年慷慨激昂的歌声。那晚，宝蓝色的夜空下星月交辉，茂密的梧桐叶子飒飒作响，风从他们的脸庞掠过，带走忧伤和泪水，但他们脚步没有丝毫停滞，而是越发坚定地向前走，向未来走……

第三章

军校岁月

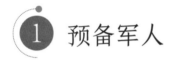 预备军人

转眼进入盛夏,好消息翩然而至,吴仲禧和吴石都接到通知,准备参加军校入学考试。

考试前,先进行资格审查,如年龄和户籍须符合要求。其次是德智体方面,须"体质坚壮,志气朴诚",而"身体柔脆、气质浮嚣"者会被淘汰。

进入笔试,题目为"试论"一道。

成绩合格者,并不马上录取,还要面试。面试与录取比例为二比一。

吴仲禧和吴石经"几次考试"①,接到了"武昌军校"入学通知。

---

① 吴仲禧:《我的回忆》。

儿子将再次离家，吴济宽夫妇依依不舍。父亲知道，儿子此次绝不会很快回来，晚饭后，他们有过一次颇有意味的长谈。

父："《大学》之道，意诚而后心正，心正而后身修，身修而后家齐，家齐而后国治，国治而后天下平。"

子："修身齐家治国平天下——父亲放心，仲禧无论何时，先学做人。"

父："《诗经》云：不忮不求，何用不臧。"

子："仲禧谨记，不嫉妒他人，不贪婪财物，就不会惹祸上身。"

父："曾国藩之家书——一生之成败，皆关乎朋友之贤否，不可不慎也！"

子："仲禧知道，我此生交朋友，唯以吴石为标准。"

父："与人交际之道，则以敬字为主。"

子："君子之风，温良恭俭让，如蒙祖上福荫，仲禧有拜将封侯之时，定不忘来时之路。"

父："作为国家之人，务必牢记，伤人民就是伤国家。"

子："无人民，何来国？人吃人的社会，国之万劫不复。"

是夜无雨。长烛将尽时，朗月出了东山。

吴济宽点点头，欣然一笑，叮嘱儿子早点睡觉，明日好踏上征程。

不日，吴仲禧、吴石结伴而至武昌。

"武昌军校"实为"陆军第二预备学校"，校址位于陆军第三中学堂旧址，但正在建设后期，尚未修缮完毕。学生先暂住学校附近各旅馆，每10天到都督府支领2元的膳宿费。有的同学忆述，至9月中旬入校，"这时我们才正式成为陆军学生"[1]。也有的同学言，"我们去时

---

[1] 陈明经：《略忆福建学生北伐军》，中国人民政治协商会议福建省委员会文史资料委员会：《福建文史资料》第27辑，1991年，第44页。

学校尚未修好，直等到双十节时校舍才修好"①，那便是10月10日。张治中则忆述，"入校是一九一二年冬季"。但学制两年，按照规定，应是"自正月初八日起至第二年十二月二十九日止，分为两学年"②，每年如此。

学校位于武昌巡司河西岸，水系众多，一侧为南湖，一侧为长江，可谓风景这边独好。

那段日子，吴仲禧去看过长江，望着滔滔江水，心头禁不住生出"滚滚长江东逝水，浪花淘尽英雄"之感慨。也去过阅马场，一想到这里正是武昌起义之地，禁不住热血沸腾。回想这大半年的经历，真不敢相信17岁的自己去过上海，去过南京，如今又来到武昌。虽然还没有在革命的熔炉中真正淬炼，却一直沿着革命者的足迹不断探索、前行，难不成这是命运冥冥之中的安排？

很快，他们进了学校，开启了军校生涯。机会格外宝贵。他们所需被服、书籍、笔墨、纸张及必不可少之用具，皆由学校"贷与支给"③。用通俗之语讲，就是管吃管住管穿管用。伙食不错，每餐"四菜一汤"，另外，每月还"享有2元津贴"④。吴石的感觉"不啻是进了天堂"，于吴仲禧而言，更是天堂中的天堂。

如此好的条件，若学不上真知识，学不出真本事，真是无可救药。吴仲禧暗暗为自己打气，学习十分刻苦，不敢有丝毫懒惰与懈怠。

① 张朋园、林泉、张俊宏访问，张俊宏纪录：《于达先生口述历史》，北京：九州出版社，2013年，第10页。

② 张侠、孙宝铭、陈长河编：《北洋陆军史料》1912—1916，天津：天津人民出版社，1987年，第341页。

③ 张侠、孙宝铭、陈长河编：《北洋陆军史料》1912—1916，天津：天津人民出版社，1987年，第341页。

④ 郑立：《冷月无声：吴石传》，北京：中共党史出版社，2018年，第23页。

　　陆军预备学校是"基础教育"[1]。学校直隶于陆军训练总监。学校内部划分为校本处、教授处、训育处三处，设有校长、教育长、校副官、各科教员长、队长、排长等各级主管人员。

　　即便是基础教育，对于吴仲禧而言也是全新的学习环境与学习内容。

　　两年中，于学科方面，吴仲禧主要学习了国文、修身、辩学（逻辑学）、外语、历史、地理、数学、格致、测绘、兵学、马学、卫生、训诫等课目。术科训练方面，主要有各式操练、各种武器的使用技术、各种射击法和野外演习等课目。但是，和张治中一样，他对立体几何、解析几何、三角等课程，虽然也很有兴趣，但学习起来十分吃力，如张治中所言，"很吃力地学，但总弄不大清楚"，常常为了一道算术题，"白天想不通，晚上想，走路、吃饭甚至做梦也还在想"。

　　吴仲禧虽底子薄一些，但他如饥似渴、孜孜不倦，以笨鸟先飞之谦虚与务实，让自己不拖班级之后腿。人之少年时期，记忆力尤佳，只要下功夫，花时间，该记的都能记下，该背的都能背会。他更自知年龄小，个子矮，便效仿古人闻鸡起舞，每日很早，于晨曦微现之前起床，来到操场，先跑步锻炼肌体，再操练动作，让自己更富于军人之体魄。

　　逐渐，吴仲禧养成了一些良好的习惯，如服从命令、遵守纪律、热心服务；具备了一些军事素养，如野外行军、宿营、指挥；形态方面，则口齿清晰、声音洪亮、态度自如，越来越符合一个合格的军人标准，知识程度"与文中学二年级以上之学生相等"[2]，为将来升入军官学校打下了基础，做好了预备。

---

　　① 郑志廷、张秋山等编：《保定陆军学堂暨军官学校史略》，北京：人民出版社，2005年，第208—209页。

　　② 张侠、孙宝铭、陈长河编：《北洋陆军史料》1912—1916，天津：天津人民出版社，1987年，第340页。

时局，却远没有校园这般宁静。

1913年3月20日晚10时45分，国民党代理理事长、中国民主宪政先驱宋教仁在上海车站检票口突遭枪击，22日凌晨不治身亡，年仅31岁。而下达暗杀指令的正是袁世凯。

宋教仁之死令天下哗然。

1913年4月至7月间，孙中山先生在不同场合表示，宋教仁案，"北京政府之种种牵涉已成事实，无可掩饰"①，"民众极为愤慨，形势十分严重，中国正濒临最激烈最危险的危机边缘"②，"愿全体国民一致主张，令袁氏辞职，以熄战祸，庶可以挽国危而慰民望"③。

1913年7月8日，中华革命党在东京成立，孙中山自任总理。孙中山发布《讨袁告示》："为袁贼窃权弄柄，专制皇帝一般……民国人民为主，岂能袖手旁观！为此申罪致讨，扫除专制凶顽，改革恶劣政治，恢复人命主权。本军志在讨贼，与民毫不相关，同胞各安生业，慎勿惊扰不安。"④

1913年7月12日，江西李烈钧起兵讨袁，揭开"二次革命"的序幕。

吴仲禧关注着动荡的时局。此时，"吴石约福建籍的同学一同回福建参加倒袁运动"，自然少不了拉上吴仲禧，但因海上交通临时受阻，大家未能成行。

学校有一名江西籍同学雷英潜返九江参加李烈钧在江西开展的反袁

① 孙中山：《致各国政府和人民电》，中国社会科学院近代史研究所中华民国史研究室等编：《孙中山全集》第三卷，北京：中华书局，1984年，第56页。
② 孙中山：《致康德黎电》，中国社会科学院近代史研究所中华民国史研究室等编：《孙中山全集》第三卷，北京：中华书局，1984年，第58页。
③ 孙中山：《告全体国民促令袁氏辞职宣言》，中国社会科学院近代史研究所中华民国史研究室等编：《孙中山全集》第三卷，北京：中华书局，1984年，第66页。
④ 孙中山：《讨袁告示》，中国社会科学院近代史研究所中华民国史研究室等编：《孙中山全集》第三卷，北京：中华书局，1984年，第89页。

运动而被捕牺牲，吴仲禧、吴石等福建籍同学在校园某个角落秘密设立灵堂，一起进行悼念，挽联由吴石撰写，祭后火化。学校有明确规定，紊乱军纪屡犯规则者将被退学，而参与政治活动属于顶风违纪，轻则受处分，重则要被开除学籍。但大家义愤填膺，全然不顾此举可能给个人造成的风险，觉得不如此不足以表达对逝者的哀思，不足以表达悲愤的心情，不足以弘毅明志。"挽联虽在熊熊的烈焰中化成灰，但已化作吴石与同学心中追求民主的信念，大家发誓要为雷英同学报仇，为保卫共和付出自己的心血"。①

两年学习生涯，一晃就到了尾声。对于这一批学生，副总统黎元洪一直在争取让他们成为自己的私人武装，他常请学生到都督府（黎元洪在武昌曾以湖北都督遥领中华民国临时副总统，后当选为正式副总统）做客，让他们品尝点心，送刻了自己名字的笔和文具用品。学生们之所以到黎元洪那里去，是由于校长"牵线搭桥"。时任校长是金永炎，曾参与策划黎元洪的一切政治活动，是黎元洪的铁杆队友，其幕僚中所谓"四大金刚"之一。但学生们很较真，没有被糖衣炮弹击倒，反而于私底下悄悄说"不吃都督饼，不做都督仆役"②。之后，黎元洪进了北平，金永炎跟着走了，应龙翔接任校长。

对于学校内部人事变革，吴仲禧不以为然，谁当校长都一样，他只须做一个和张治中一样"纯洁的、肯用功的、有志气的青年"便可。

将届毕业之时，学校申请陆军部派员莅临学校，会同校长进行考试。考试成绩结合平日成绩分别次序，考试合格者汇呈陆军总长"发给

---

① 郑立：《冷月无声：吴石传》，北京：中共党史出版社，2018年，第25页。

② 杨樵谷：《保定军官学校片断回忆》，中国人民政治协商会议河北省委员会文史资料研究委员会编：《河北文史资料》第13辑，石家庄：河北人民出版社，1984年，第144页。

毕业证书"①。

吴仲禧各门功课考试成绩，有的合格，有的优秀，他平时成绩多为良好及优秀。吴石的成绩比他要好，吴仲禧言，吴石"无论年终考试或毕业考试，总是名列全校第一"②。对于吴石取得的成绩，吴仲禧没有丝毫的嫉妒，而是充满羡慕和尊敬，这一种胸襟宽大的体现，或许正来自吴济宽当时对儿子的谆谆教诲。

总体而言，吴仲禧德智体美劳均获成长，此时他所具备的知识，在学科方面，"比较高师的课程，稍逊一筹"；军事方面的能力，"勉可胜任初级干部"③。

与吴仲禧同期毕业的学生，总计近1000人。寻不到吴仲禧或同期学生毕业证书，下图为1916年12月毕业生邓演达之毕业证书。

邓演达的毕业证书④

① 郑志廷、张秋山等编：《保定陆军学堂暨军官学校史略》，北京：人民出版社，2005年，第210页。

② 吴仲禧：《回忆吴石烈士》，广东省政协文化和文史资料委员会编：《深潜龙潭老将军——吴仲禧纪念文集》，北京：中国文史出版社，2015年，第75页。

③ 马骥：《辛亥武昌首义后的湖北陆军各学校》，周志华主编：《辛亥首义风云》，武汉：武汉出版社，2001年，第97页。

④ 刘冠贤主编：《邓演达研究概览》，广州：广东人民出版社，2011年，第479页。

② 入学保定军校

吴仲禧这一届学员毕业之后，没有直接进入军校当学生，所有的学生都仿照清制送到北方当入伍生，分发到北洋部队里，"袁世凯当时可能想把南方部队北方化"[①]。

他们分别被派往不同的部队，据杨樵谷言，步兵科学生是分到北京南北苑再入伍，于达便被分发到驻扎北平的第十师。而吴仲禧、吴石、张治中则被分发到驻扎保定的第八师并下到连队。

一般来说，到了连队便与士兵无异，日日要进行刻苦的训练，还要遵守连队的纪律。但在基层连队军官眼里，这些学生兵不是普通的士兵，他们见多识广，有较强的文化，到连队来无非走个过场，镀镀金，很快要进入军校，将来都会当将军，万万不可得罪，故对他们都十分客气，张治中言："这些官长……给我们一间单独的房子住，而且单独吃饭……连上的官长，也不管我们，我么也落得他们不管；每天没有什么事可做，正好多看些书，有时偶尔也上上操。"既然是同一批学生，又在一个连队，吴仲禧、吴石的生活状态与张治中必然是一样的。当然，虽然训练任务不似战士那么严格和辛苦，但6个月的时间里，"队列训练、站岗、放哨，学习一般军事常识等"[②]还是少不了的。

1915年夏，吴仲禧入伍期满，经身体检查合格"升队入校"，正式

---

① 张朋园、林泉、张俊宏访问，张俊宏纪录：《于达先生口述历史》，北京：九州出版社，2013年，第10页。

② 李子谦：《保定陆军军官学校简史》，中国人民政治协商会议河北省委员会文史资料研究委员会编：《河北文史资料》第13辑，石家庄：河北人民出版社，1984年，第87页。

走进保定陆军军官学校大门，成为该校第三期学生，与吴石、白崇禧、何键等成为同期同学。

学校位于保定东郊，距今保定市人民政府以东约6公里的地方，即便那时也不算偏僻。四面围有高墙，墙外有壕沟，壕沟边沿栽种稀稀拉拉十几米高的杨柳树，树虽不多，夏秋之季，亦有绿叶荫浓之感。

正门前有一条大马路，系用三合土石子铺成，路两旁垂柳成行，蝶飞燕舞。

正门上有一道黑漆横匾，题"陆军军官学校"六个金色大字。门前一对石狮子似将军把门威武雄壮。大门一般不开。左右各有一侧门，供学员平日出入。

吴仲禧站在门前望了一阵儿，满心欢喜。他何尝不知，自己进入的是中华民国成立后开办的第一所正规陆军军事学校，是隶属于中央的专门培养军官的学校。作为寒门学子和热血青年，进了这道门，成为它的学生，无疑是命运之莫大的眷顾与垂青。

吴仲禧顿了顿脚，挺直脊梁，大踏步走了进去。

保定陆军军官学校纪念馆

本部是学校的主体，一眼望去，建筑非常讲究，规模宏大，可容纳一两千学员学习与生活。位居中院中央、面朝正门的是全校最高建筑尚武厅，雄伟壮丽，两侧挂有对联，上联"报国有志，束发从戎，莘莘学子济斯望"，下联"尚父阴符，武侯韬略，简练揣摩成一厅"，这副对联让吴仲禧更是心生自豪，他便知道，这里不是一般的军事教学之所，是要将他们培养成姜太公、诸葛亮那样的青史留名的军事家、战略家。厅前，一对铜狮子怒目圆睁、造型别致。铜狮子两侧，两株参天古柏郁郁苍苍；古柏上一口铜钟，平日以敲钟为号，提醒学员按时作息。厅前操场为全校开大会之场所。广场之北乃演武厅，建有阅兵台。

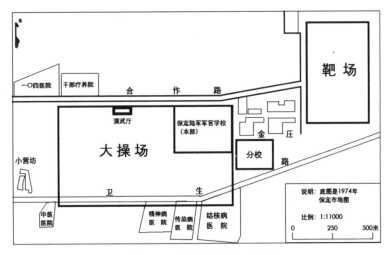

保定陆军军官学校校址示意图

在报到处进行入学登记，吴仲禧认真地填写："吴仲禧，字奋飞；年：二十；籍贯：福建福州；通信处：福建省福州市闽侯县水部街。"然后领取宿舍钥匙和生活用品。学员宿舍在西院，以平房居多，简陋陈旧，好似修造多年。窗子不大，光线一般。但吴仲禧非常满意，穷困人家出身的孩子优点是随遇而安，知足常乐。

初入学校，吴仲禧免不了要四处走走看看。几日之后，他对整个校区分布情况大概了解，校区由本部、分校、大操场和靶场四部分组成，本部占地约190亩，分校占地约100亩，大操场占地约850亩，靶场占地约350亩，合计1500亩左右。所谓分校，"分而不

离"，不是真的分开、远隔百里，又称东院，主要承担学员入伍期的训练。

学员按步兵、骑兵、炮兵、工兵、辎重兵五科分练（队）学习。吴仲禧学步兵科，吴石学炮兵科。

开学典礼之后，首先进行入学教育，熟悉学校基本情况。

保定陆军军官学校以校长为最高负责人，统辖教育长、各兵科科长、各科教员、学生连长、学生排长及其职员。行政系统方面，下设四处，即本处、教授处、训育处、马术处。本处所统辖的是一般文职人员，即军需、军医、兽医、文书及其他杂役；教授处负责教学任务，课程以军事课程为主，一般课程为辅；训育处是训导部门，专门负责学生军纪风纪的维持；马术处负责马术的教授。

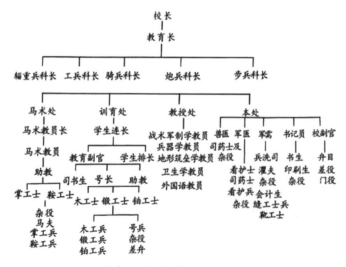

保定陆军军官学校机构设置

对于一所学校而言，校长至关重要，校长之军阶为陆军少将，吴仲禧很快听说首任校长为段祺瑞的亲信赵理泰，此人乃地地道道的旧式军官，旧官僚习气很重，能力不怎么样，又嗜吸鸦片，即便在学校也不避讳。吴仲禧闻之咋舌。

第二任校长为蒋百里，1912年12月到任。吴仲禧暗暗惋惜，没能得到这位军事专家"匪面命之，言提其耳"的机会。听说蒋校长到校后第一次讲话便令人耳目一新、群情激奋，"我此次奉命来长本校，一定要使本校成为最完整的军校，使在学诸君成为最优秀之军官，将来治军，能训练出最良好最精锐之军队。我当献身这一任务，实践斯言！万一不效，当自戕以谢天下"①。吴仲禧听闻激动不已，一般的校长，岂敢说出这样的话。

经蒋百里一番雷厉风行、大刀阔斧之改革与言传身教，学校一改赵理泰时期蔫头耷脑、歪歪鳖鳖之景象，"全校面貌一新，深受学生拥戴"。②

但是，1913年6月18日一早，蒋百里集合全校开会，讲话完毕后拔枪自尽，子弹从前胸射入，从后背钻出，万幸的是没有严重伤及心脏，经紧急抢救得以活命。吴仲禧听闻大吃一惊，追问知情者原因，原来，蒋校长勉力从事，使得学校面貌发生了很大变化，但他仍不满意，仍有很多设想，但陆军部于财力上不予支持，致使他的许多设想落空，因而自暴自弃。

吴仲禧望了望台子，若有所思。

现任校长为曲同丰。他上任以来继续留任蒋百里任内的师资骨干，经袁世凯批准而由蒋百里制定的《教育设施方案》也继续施行，"大体上来说，曲同丰尚能继续前任校长蒋百里所创下的事业"③。

对于吴仲禧等学生们而言，这是难能可贵的局面，也是极为幸运的事情。

---

① 刘仕平：《蒋百里军事思想研究》，北京：国防大学出版社，2005年，第19页。
② 许逸云编著：《蒋百里年谱》，北京：团结出版社，1992年，第47页。
③ 郑志廷、张秋山等编著：《保定陆军学堂暨军官学校史略》，北京：人民出版社，2005年，第241页。

		平时课业			特别课业		
		课目	次数	共计	课目	次数	共计
学科	军事学	战术学	223	735	工兵作业见习	2	71
		兵器学	150		测图实习	21	
		筑垒学	150		野外战术演习	15	
		地形学	72		野外演及野外筑垒演习	25	
		军制学	50		兵器及火药制造见习	3	
		马学	30				
		卫生学	30		炮扛操法	1	
		经理学	30		手枪操法	1	
	外国语学		425	425			
	典令勤务书		140	140	兵棋	3	
术科	教练	校内教练	350	635			
		野外教练	75				
	技术	马术	70				
		劈刺术	70				
		体操	70				
附记	上课时间：军事学及教练为一时半，外国语学、技术及典范令为一时。						

保定陆军军官学校课程设置

在军校的学习过程，虽然吴仲禧在忆述中没有提及，但吴石言："初入伍时，习骑术不敢懈怠，余体不其伟，惟他人能者，我亦能之……逢各种演习，常受命任指挥官。某次习马术，余任指挥，乘一劣马。匹驰骤间，忽坠马下，攀鞍复上，未几复蹶，伤颇重，股几折，然犹未肯休，仍奋身再骑。连长嘉余勇而惧伤，力阻始罢。"这是吴石练习马术时出的一次意外。于南方学生而言，对于骑马的掌握不如北方学生灵便，也是正常的，自古北人善骑，南人善舟。吴仲禧也要学习马术，学习过程不会顺利，坠马摔伤免不了，不过，凡事最怕"认真"二字，他也知道从军之后一年三百六十日，多是横戈马上行，不勤学苦练不行。久而久之，他熟练掌握了马术，1939年时，他于韶关骑战马拍过一张照片，骏马戎装，目视前方，颇有"试问南来雁，何时战马闲"的气度。

是啊，在吴仲禧眼里，如后来一位作家在文字中所描述："雁落平川，无所谓什么秩序。一旦飞离地面，翅开先作字，风里自成行，便迅即展示出强劲不息、运行不辍的生命真谛。那人字造型酷似箭镞，这是用一个个单体生命集中组成的顶风逆上、不畏云冷霜寒、不惧露重雾湿的箭镞，这是能够穿越弥漫的风云，征服重重苦难的箭镞。远征之际，这是生命具有进取性与穿透力的最简洁、最凝重的符号。"[1]

第一期学员刘莘园也详细记述了自己的学习生涯，与吴仲禧的学习过程应是一致的，特照列部分如下[2]：

……平时的教授方法，由教官口讲指画，或用实际动作一点一滴地来注入学生的头脑中。教授分为内场、外场。内场就是在讲堂中讲教科书，外场就是在操场上实地示范。例如教战术，教官先就课本上讲一些原则，如行军、宿营、战斗应当如何，攻击、防御应当如何，追击、退却应当如何，平原作战应当如何，山地、河川作战应当如何等等，大体上不外因敌情、我军的任务、地形来详细考虑才能下决心。最初的战术作业是由一个步兵连的兵力，假想一种敌情来研究当时应当攻击还是应当防御。学生们下决心如何处置后，就用军队符号，配置在地图上绘制成图，呈交教官评改。逐渐地增加使用的兵力到一营、一团、一旅。还由单纯的步兵逐渐增加骑兵、炮兵、工兵等成为混成支队，直到一个师为止。随后再定期到野外去作几星期或者几月的战术实施演习。当教官拟定一个想定时，必须有一个比较完善的原案比学生们的较好一点才行，因为在讲评时，是以教官的原案作标准的。教授地形和筑城时，是教官先将课本中的原理与附图讲解一番，学生弄懂后才拿起标杆、测尺、三脚架、

---

① 杨闻宇：《雁阵》，《光明日报》，2013年11月29日，第16版。
② 刘莘园：《记保定陆军军官学校》，中国人民政治协商会议河北省委员会文史资料研究委员会编：《河北文史资料》第13辑，石家庄：河北人民出版社，1984年，第118页。

水准仪到野外去测量实习，绘制出地形图。随后还有几个星期的野外测图实施，用各种方法绘制成图，如目标、记忆等等。筑城的教法也大体如此。兵器的教法，是在课本上讲原理看图形的时候多，看实物的时候少。另外教战术时，只教第一、第二、第三卷，至于第四卷，因为内容是要塞战术，只将课本发给学生，拿些要塞模型来看看，教官不教。因为大多数教官是留学日本的士官学生，日本军阀一贯敌视士官学生，所以对留学的中国学生不教要塞战术，更谈不到参观实习。

步兵科的实弹射击教练，是在距离学校八九里的打靶场进行的。每个学生由二百米、四百米增加到六百米，每次射击每个人可以发射子弹五发，打的是宽约一米多、长约两米多的十环靶。靶中有红心，由1、2、3、4环直到靶心的10环。由在靶沟内看靶的同学用红白旗报告。步七连有一首歌诀："一左二右三不动，上下左右四五中，六左七右八不动，上下左右九十中"，即是用红白旗报1、2、3、4、5五环，例如打中一环，旗在左边，二环在右边，三环直立不动，四环上下升降，五环左右摇摆。红旗报6、7、8、9、10环。每次打中环数以"红白旗"的举动表示，由旗的动作形状，就可以知道打中的是几环。如打不中，就用靶旗杆柄那个圆形的东西来表示，形状像饼子，故名曰"吃烧饼"。

机关枪的实弹演习是选定野外适宜靶场举行。步七连打的是人头散兵靶，射手发现人头靶子时就用"点射"射击，人头隐没不见时就停射。

从吴仲禧所学课程看出，四大教程的战术学、兵器学、地形学、筑垒学，其上课次数为595次，占军事学课程总次数的80.95%，分量最重；而术科上课总次数为635次，与学科的军事课程仅相差100次，可见该校课程系学科与术科并重。外语分英、日、俄、德、法五种供学生选修，其上课次数为425节，[①]比重亦不轻，可见该校对外语之重视程度。吴仲禧学的应是俄语。

当然，"助教多半是由北洋陆军各师中挑选技术较好、略识文字的军士充任。学生都不大看得起他们"。另"有军医一人，教卫生学；马医一人，教马学。学生对这后两种学科，极不重视"。

课堂上，教科书都比较"新潮"，战术、地形、筑城、兵器等教材，多半是翻译日本陆军士官学校最新出版的教材。

教学设施更是没的说，应有尽有，体操器具，劈刺场上用的护苗、护手、木枪、竹剑等，不在话下。步枪、马枪由上海兵工厂所造。军马多是蒙古马，也有新疆伊犁马。炮有山炮、野炮、驼载山炮、拉运野炮、速射炮等，由德国、法国、日本所造，也有上海兵工厂仿造的管退式山炮。兵工科则有定式架桥材料和木船、帆布船，电报机、电话机、电线等通讯器材及炸药、雷管等。辎重兵科则有大车、挽马、绳索、口袋等。

吴仲禧学的是步兵科，配发步枪、子弹盒、背包、饭盒、水瓶、鹤嘴、园匙、铁锯、十字锹、斧头等，步枪为68口径。

值得一提的是，每人还有一套军礼服，佩戴领章、肩章，外出时必须穿军礼服，以示军威。

学校对学生之考核，无外乎品德与课业成绩。学校对于学生之品行要求极为严格，如严重违反校规属应退学之列，即予退学或开除；课业方面，如成绩未达升级或毕业之标准，亦予退学或开除。并特别规定，"对于紊乱军纪，屡犯规则者；品行不正，无悛改之望者，退学以后须将历年学费及所领津贴、衣服、书籍、小学校预备学校毕业证书一律追缴清楚"[②]。如此，学生一旦被开除或退学，不但白白耗

---

① 郑志廷、张秋山等编著：《保定陆军学堂暨军官学校史略》，北京：人民出版社，2005年，第229页。

② 《陆军军官学校条例》，载《政府公报》，1912年10月15日，第170号。

费了时间的代价，还要承担巨大的经济损失，得不偿失。因此，绝大多数学生学习都十分刻苦，吴仲禧、吴石等爱国青年才俊更加废寝忘食、孜孜不倦。

学习异常紧张，但生活并不十分艰苦，虽有"北方蔬菜种类很少，饭堂里几乎餐餐都是粉丝煮白菜"①一说，但似乎不实，军校食堂分为小灶和大灶，小灶供学校官长用餐，大灶供学生用餐。学生食堂的主食以细粮为主，米面搭配；副食则荤素搭配，以菜蔬为主；早餐为稀饭馒头，佐以学校伙房腌制的小菜或槐茂酱菜；午饭和晚饭的副食为四菜一汤。伙食标准能满足学生较大运动量操练的需要，保证身体健康。②之后，伙食更有改观。据吴仲禧同期步兵科同学黄绍竑回忆，虽然新任校长（指王汝贤）"不学无术""具有十足官派"，但他初到学校很想讨好学生，"对于伙食，十分注意，稍有不好，即行棍责厨司"，"在那时饭食一项，真可说是'空前绝后'的好，是值得我们赞美的"。③

周末或放假日，吴仲禧也和同学们去保定郊外游玩，如人们今日野炊一般，带上干粮、水壶、雨布，寻一处松林溪水之地放松身心。闲谈时，可谓上下古今无所不包，更有目空一切、自命不凡之傲气——均为满腹抱负、豪情满怀的青年，又逢天下大乱，都知晓乱世出豪杰的道理，不怪！

由于为公费，学员伙食、服装、被褥等一分钱都不用出，每人每月还有两元零用钱，可用来购买牙膏、邮票等，"南方几个省籍的学员还可得到一些地方津贴"。但有的人够花，有的人紧紧巴巴，因军校的学生成分复杂，不乏一些好赌与好色之人。赌者，麻将、扑克、单双宝，

① 蒋庆渝：《我的父亲蒋光鼐》，北京：团结出版社，2013年，第10页。
② 郑志廷、张秋山等编著：《保定陆军学堂暨军官学校史略》，北京：人民出版社，2005年，第233页。
③ 黄绍竑：《黄绍竑回忆录》，北京：东方出版社，2011年，第28页。

中外赌法，五花八门，应有尽有；好色者，保定仿效北京的"八大胡同"也来了个"八条胡同"，有个叫"艳卿"的妓女，她的"朋友"在军校学生中有八九十位甚至百余人。[①]

任何时代的青年都面临诸如此类的诱惑，同流合污与洁身自好之间往往一线相牵，自身在某一时刻的选择往往决定一个人的未来，吴仲禧、吴石、张治中那样的青年头脑是清醒的，他们会作出最睿智的人生抉择。

3 抵制复辟

时局从未太平过。

1915年1月18日，日本驻华公使向袁世凯提出旨在灭亡中国的"二十一条"，袁遂密派外交总长陆征祥、次长曹汝霖与日代表秘密谈判，此事外泄后引起保定军校生极大愤慨。

过了几个月，1915年5月7日，日本政府以流氓手段向袁政府提出48小时最后通牒，逼迫袁接受"二十一条"。

此事传开，舆论大哗。中华民国危在旦夕。

孙中山先生言："袁氏以求僭帝位之故，甘心卖国而不辞，祸首罪

① 刘莘园：《记保定陆军军官学校》，中国人民政治协商会议河北省委员会文史资料研究委员会编：《河北文史资料》第13辑，石家庄：河北人民出版社，1984年，第125页。

魁，岂异人任？"又言："祸本不清，遑言扞外？"①

保定军校全体师生立即罢课以示强烈抗议。辎重科学生陈宗泽还咬破手指书写血书，要求政府誓死抗争到底，一时间，师生感动得痛哭流涕。段祺瑞得知此事后非但未支持师生的爱国行动，反电告校长曲同丰，国家政事自有中央政府权衡，军人不得越俎干涉，望查明首从回报。曲同丰站在爱国师生立场回复段祺瑞，学生之事权系一腔爱国热诚，并无首从之分。所发之事，当由校长一人负责。②

段祺瑞岂容校长如此"包庇"学生！故于1915年9月1日颁令免去其校长一职，令驻保北洋陆军八师师长王汝贤接替他为第四任校长。

毫无疑问，王汝贤是袁世凯的亲信。

如此，对于吴仲禧、吴石等学生而言，短暂的学习过程喜忧参半——入学之时，无缘得见蒋百里及获得其言传身教的机会，但，薪火相传，因曲同丰的传承与坚守，在诸多方面，使得大家受益匪浅；不料半路杀出个"程咬金"，此后，便多了许多"大煞风景"之插曲。

1915年12月12日，袁世凯悍然复辟帝制，改国号为"中华帝国"，以民国五年为"洪宪元年"。

孙中山先生言，"……帝政实施，祖国前途，顿增黑暗，以先烈手造之共和，转而为袁氏一家之私产，四亿同胞吞声咽泪……"③ "叛国贼政，天下共诛"。④

一时间，全国各地掀起的讨袁护国浪潮也波及保定军校，吴仲禧对

---

① 孙中山：《复北京学生书》，中国社会科学院近代史研究所中华民国史研究室等编：《孙中山全集》第三卷，北京：中华书局，1984年，第174页。

② 王新哲、刘志强、任方明编著：《保定陆军军官学校史研究》，北京：中国社会出版社，2005年，第649页。

③ 孙中山：《致黄景南等函》，中国社会科学院近代史研究所中华民国史研究室等编：《孙中山全集》第三卷，北京：中华书局，1984年，第213页。

④ 孙中山：《致高标勋等函》，中国社会科学院近代史研究所中华民国史研究室等编：《孙中山全集》第三卷，北京：中华书局，1984年，第214页。

袁世凯倒行逆施之举"义愤填胸，侧目而视"①。

为配合袁世凯推行帝制，王汝贤在校内取缔与反帝制有关系的活动，对于学生的管理亦采取高压政策。

吴仲禧言及："浙江同学范培科因私自传阅载有反袁言论的天津《顺天时报》，被亲袁的反动校长王汝贤发觉……"②从时间上看，吴仲禧的表述是不准确的，因当时王汝贤尚未到任。也有包括杨樵谷在内的多位当时的学生后来忆述，这名学生叫方其道。据分析，可能是因为杨樵谷忆述之文章写于1960年，后被多人"套用"，也包括被2005年出版的《保定陆军军官学校史研究》等书籍引用，形成"以讹传讹"的情况。

故而，有必要先还事实以本来面目。

方其道（江西人，后来成为刘和珍烈士的未婚夫③），其胞弟方强曾撰文："……后来以方兴为名……旋入湖北武昌陆军预备学校，与白崇禧同班。因闹学潮被开除。乃易名方其道……改入江西法政专门学校法律科。"④另有资料载，"1915年'五九'国耻纪念日，方其道与法专全校同学参加示威游行，散发反对'二十一条'的传单，挨家挨户进行反日宣传"。

从以上分析，方其道当时并未在保定军校读书。

而事件发生之后，王汝贤曾为学生范培科阅《顺天时报》所受惩罚之事向徐世昌作过汇报⑤。

---

① 吴仲禧：《我的回忆》。

② 吴仲禧：《回忆吴石烈士》，广东省政协文化和文史资料委员会编：《深潜龙潭老将军——吴仲禧纪念文集》，北京：中国文史出版社，2015年，第76页。

③ 喻中行：《方其道遗文〈未婚妻刘女烈士和珍事略〉的发现经过》，政协定南县文史资料委员会编：《定南文史资料》第1辑，1988年，第98页。

④ 方强：《方其道事略》，政协定南县文史资料委员会编：《定南文史资料》第1辑，1988年，第83页。

⑤ 《王汝贤为学生范培科阅〈顺天时报〉惩罚事致徐世昌函》，林开明、陈瑞芳等编：《北洋军阀史料》徐世昌卷八，天津：天津古籍出版社，1996年，第80—83页。

一天，王汝贤突然命令卫兵连将校内枪架加锁，炮房关闭，四处布满哨兵，俨然作战之前兆。同时，学校门口还架起机关枪。不多时，号兵吹起紧急号，王汝贤集合全校师生于校本部前训话，大谈袁世凯是当代英雄，四海即将拥护他登基称帝。之后，喝令步兵科六连学生范培科出队。

整个过程，杨樵谷的忆述中除将"范培科"与"方其道"张冠李戴外，其他内容则较为详细：

1916年夏秋之交，第三期同学正要举行毕业考试，校长命令全校师生集合，听校长训话。一群护兵、马弁，刺刀出鞘，分排两行，站在校本部前。校长命令把禁闭室里一个叫方其道（范培科）的学生提出来。第一声叫方其道（范培科）跪下。方（范）说，民主国家学生无下跪的道理。随着第二声叫拖他跪下。士兵一松手，方（范）又立起，斥校长违法。于是第三声又叫把他按倒。接着斥责他："不叫你看报，你偏要看报。排长警告你，你不服从命令，硬要看报，是不是违法？"方（范）说："世界各国，没听说禁止学生看报的。校长没来时，学校里有阅报室，学生不独随时可看报，还可自由订报看，校长禁止学生看报，是什么理由？！我们不像王校长，连自己的名字都不认识，不能看报。我们是知识分子，为什么不能看报？！"方（范）话未了，王校长就接着说，你这个狡猾学生，是革命党，你不招供，先打你二百屁股板子，快打！随即把方（范）按倒在地，几个马弁，把方其道（范培科）按得不能动，一五，一十，打过后，叫先押起来候办。

吴仲禧言，虽遭卫兵"当场狠打军棍四十板"，但"范培科既不哭，也不喊，不求饶"[1]。按照吴仲禧的忆述，当场并未发生冲突，

———

① 吴仲禧：《我的回忆》。

"全校学员哗然，几乎当场和校方发生冲突"，"我们全体学员回队后，在宿舍里哭不成声"。

但冲突在所难免。军校的学生个个都不是软柿子，大家群情激愤，张治中忆述，"全体同学的公愤，烧成一道通红的火炬，闹起来了。大叫大喊，把砌阶的砖翻出来，打窗子，打校本部，军官学校变成了暴动大本营"，同学们"还把校长的像片撕毁，扔到厕所里"，"尽情地辱骂校长"。①

杨樵谷在忆述中还言：

> 在集合前，同学们听说方（范）同学为阅报被禁闭，就互相商议，如果遇到任何高压手段，我们一定要镇静，王校长是一个粗人，他来校当校长，是帮袁世凯来消灭我们的，我们不要在反袁前就牺牲，那样无济于革命。所以在这个悲愤难忍的时候，同学们只有含泪默无一言。待我们回到分校，师生们抱头痛哭。同学中有的说，光哭是无益的，应快想办法，否则北京接到王校长电报，他就要先发制人。遂公推步兵科长程其祥（长发）赶往北京，晋见陆军部长段祺瑞。程把真相报告段，段去见袁，袁对段说："王校长来电，学生要搞'学变'，已派某师（番号记不清）实弹包围学校，解除学生全副武装，候命剿灭。"段说："不是学生变了，该校步兵科长程其祥已来京，把真相对我说得清楚，我看还以慎重处理为宜，免碍大局。"

杨樵谷言，"程科长回校后不久，方其道（范培科）就被开除了"。

那一段时间，全校停课、停操。军队荷枪实弹开到学校，"大门和

---

① 张治中：《艰苦的历程》，中国人民政治协商会议全国委员会文史资料研究委员会编：《文史资料选辑》第91辑，北京：文史资料出版社，1983年，第9页。

后门均架着机关枪"①，校长由教育长杨祖德兼理。学生如同全员被关禁闭，"在步步设岗监视下，连大小便也有士兵随后"。

士兵包围学校的情形持续了五六十天。在"戒严"有所放松之后，"全校二、三、四期学生两千多人就走了几百人"。教官们也说，"到底弄不过革命知识分子，袁皇帝一定要被打倒"。②

分析当时军校学生的思想情况，大约有三派：一是革命派或趋向革命派；二是中立派；三是坚决反对革命、拥护清朝或跟随北洋军阀派。

吴仲禧属于离开学校去闹革命的一分子。他经孙绳同学介绍请假到湖南约同盟会的谭阁皋、高心吾二人，一起到平江准备策动一位营长起义，反对袁世凯的走狗汤芗铭，因"芗铭督湘后，为报袁氏知遇之隆，捕杀民党颇多，湘人甚恨，以屠户称之"！③可惜，因势孤力单而未果。之后，吴仲禧又去了哪里闹革命，不太清楚，他个人也没有提及，但"想那日束发从军，想那日霸角辕门，想那日挟剑惊风，想那日横槊凌云"，他还能去哪里？他又能去哪里？去能革命之地，行革命之举。

而吴石"事先受到警告不准请假，就留校作为南方同学的联络员"。

吴仲禧后来回忆，不到两个月，袁世凯帝制被推翻，王汝贤也已离职。实则，在全国人民的一致反对声中，1916年3月23日，袁世凯被迫取消帝制，废止洪宪年号，紧接着，1916年6月6日，袁世凯一命呜呼——死了。

---

① 郑志廷、张秋山等编著：《保定陆军学堂暨军官学校史略》，北京：人民出版社，2005年，第242页。

② 杨樵谷：《保定军官学校片断回忆》，中国人民政治协商会议河北省委员会文史资料研究委员会编：《河北文史资料》第13辑，石家庄：河北人民出版社，1984年，第145页。

③ 喻血轮：《绮情楼杂记》，北京：九州出版社，2017年，第49页。

对于袁世凯的命运，1920年，毛泽东在写给蔡和森[①]等人的一封信中写道："历史上凡是专制主义者，或帝国主义者，或军国主义者，非等到人家来推倒，决没有自己收场的。"[②]

此时，学校通知所有请假南下的学员均准如期回校继续学习，吴仲禧便于7月初回到学校。

4 毕业典礼

时间过得真快，几个月之后，便到了毕业季。

毕业前，要举行考试。第三期学员考试经过不详，或可以第一期学员考试过程为参考，总之考试难度不小。

毕业考试之时，陆军部会组织一个由十多个人组成的考试委员会来校监督考试。考试分内场与外场，内场在课堂上举行，答卷、测试，有条不紊。外场考试，分为校内与野外。校内考试时，连长、排长为考官，学员入场后被临时面告以假设的敌情，学生需即刻处置，不容思考，考的是学生的应变能力和军事基础。

野外考试属于全校战斗演习，全体学员全副武装拉练至近30公里外的漕河附近进行。由陆军部所派考试委员会监考。学员编成一南一北两个支队。或北军攻击南军，或南军攻击北军，决战大约需经过一个昼

---

① 蔡和森：早年同毛泽东等一起发起组织新民学会，曾任《向导》周报主编，中央宣传部部长等。

② 毛泽东：《致蔡和森等》，《毛泽东书信选集》，北京：人民出版社，1983年，第6页。

夜，考察双方的防守或者进攻是否得当。追击敌兵之时还需跨过一座单人行走木桥，桥下河水不深，却极为冰冷，一旦桥上通行受限，便要下河，涉水而过……

据吴石忆述，他们的考试正在寒冬腊月，而保定的冬日风雪交加，人便要遭受极大的煎熬。

此时，吴仲禧的心头会想什么？"风萧萧兮易水寒，壮士一去兮不复还"，"八百里分麾下炙，五十弦翻塞外声，沙场秋点兵"——耳边，是呼啸的寒风，排山倒海一般的呐喊，不是战场胜似战场的厮杀。

吴石言，"及毕业考试，凡骑术、套跑、器械、操等竞赛，辄冠其曹，得上评，足以自豪。益深信，能尽一分努力，必能得一分效果也"。

吴仲禧的成绩也不错。

之后，要举行毕业典礼，北京陆军部通知学校届时大总统黎元洪会到校视察并参加毕业典礼。师生听闻均很兴奋，因为"这是前所未有的事"。

全校师生总动员，对学校内外大事修整，搞卫生，清理死角，拉欢迎横幅，摆放冬青、蜡梅等植物，营造喜庆气氛。

那天上午，北京政府航空署署长秦华，直隶省署、督军公署文武特任、简任官员均出动，文官身穿燕尾礼服、头戴博士帽，武官身着军服，佩戴勋章，齐集车站，列队恭候。保定军校亦派出师生代表前往迎接。

当总统专列到达漕河时，全体肃立，准备奏军乐、鸣礼炮，约半小时后，专列徐徐进站，一时间，军乐齐奏，礼炮鸣21响。

黎元洪下车后步行巡视欢迎队伍，随即乘车到陆军驻地部队检阅，接着乘车前往保定军校。到达学校后，黎元洪先视察了学校内务，随即召集全校师生训话，勉励大家认真学习、精忠报国。接着，参加第三期学生毕业典礼，并向前10名毕业生颁发毕业证书。①

吴石在忆述中言："民国五年十二月举行毕业考试，与试者八百余人，余又冠军。此时忽一不如意事，为毕生所不忘者，即行毕业典礼之前一夕，余忽病，军校向例毕业典礼极隆重，大总统黎元洪氏且亲临致训，校中指定余作答词……"②

吴石作为毕业生的优秀代表，一时风头出尽。

只是，关于第三期学生毕业的时间众说纷纭。郑立《冷月无声：吴石传》中为"1916年8月10日"；李子谦在《保定陆军军官学校简史》中言"黎元洪继袁世凯任总统后，于1916年9月，乘专列从北京到保定参加第三期学员的毕业典礼"；张治中言"一九一六年十二月"③；杨樵谷言"1916年冬，第三期学生举行毕业典礼"；吴石自述"民国五年十二月十五日，余毕业于保定军校第三期炮科"④；林亨元、王昌明言吴仲禧毕业后，"从1917年1月到1922年8月，被派往……"

按照学制，毕业时间应为8月。但中间很多学生请假外出革命，耽误了功课，若要补课，则还需几个月。故而，吴仲禧的毕业时间应为吴石所记载的时间，如此，也与吴仲禧人生的下一站相衔接。

吴仲禧或同期学生的毕业证书现已找不到，下图为第六期步兵科学生赵启骧的毕业证书。

---

① 汪云台：《回忆直隶陆军小学、北京陆军中学和保定军官学校片断》，中国人民政治协商会议河北省委员会文史资料研究委员会编：《河北文史资料》第13辑，石家庄：河北人民出版社，1984年，第111—112页。

② 《吴石自传》，中国人民政治协商会议福州市郊区委员会文史资料委员会、螺洲镇人民政府编：《吴石将军英魂略》第8辑，1993年，第114页。

③ 张治中：《艰苦的历程》，中国人民政治协商会议全国委员会文史资料研究委员会编：《文史资料选辑》第91辑，北京：文史资料出版社，1983年，第10页。

④ 《吴石自传》，中国人民政治协商会议福州市郊区委员会文史资料委员会、螺洲镇人民政府编：《吴石将军英魂略》第8辑，1993年，第114页。

第六期步兵科学生毕业证书 ①

　　1923年8月，保定军校因军阀混战、财力拮据而被迫停办。从开办至停办的11年间，9期学员共有毕业学生6574人，其中步兵科4071人，炮兵科887人，骑兵科822人，工兵科418人，辎重兵科376人。加上因参加二次革命、反袁称帝和护法运动等革命活动被开除的学生和部分肄业生400余人，共培养出7000余名军事领导人才。著名的学生有唐生智、杨爱源、孙震、邓锡侯、蒋光鼐、夏首勋、李品仙、龚浩、李宗黄、陈铭枢、季方、李章达、孙楚、陶峙岳、刘文辉、陈继承、刘峙、熊式辉、秦德纯、何键、张治中、白崇禧、于达、傅作义、王靖国、赵承绶、钱大钧、楚溪春、乔明礼、叶挺、邓演达、赵博生、顾祝同、黄琪翔、黄镇球、薛岳、余汉谋、郝梦龄、韩德勤、上官云相、陈长捷、陈诚、马法五、罗卓英、周至柔、宋肯堂、裴昌会、王以哲、董振堂、张克侠、何基沣、郭寄峤②等。当然，也包括吴仲禧、吴石。

---

　　① 陕西省档案局（馆）编：《陕西档案精粹》，西安：三秦出版社，2012年，第82页。

　　② 马永祥：《保定军校同学录》，《保定晚报》，2009年8月22日，第12版。

一至九期各科学员毕业人数统计表

人数 \ 科别 \ 期别	步兵科	骑兵科	炮兵科	工兵科	辎重科	合计
一	565	199	175	94	81	1114
二	555	137	118	79	66	955
三	505	90	127	41	28	791
四	209	—	—	—	—	209
五	382	79	91	38	40	630
六	875	131	148	58	81	1293
七	146	45	—	—	—	191
八	411	65	97	37	28	638
九	423	76	121	40	42	702
总 计	4071	822	877	387	366	6523

保定陆军军官学校一至九期各科学员毕业人数统计表[①]

这些学生后来都成为中国近代史上风云一时的人物。

吴仲禧在忆述中言，这一届的同学，有安徽的张治中、戴戟、徐权，江苏的吴国桢、王鸿韶、何家驹，广西的白崇禧、黄绍竑、俞作柏，湖南的刘建绪、何键，湖北的孙绳、吕梦熊，江西的张宝璠、贺维珍，福建的张贞、许显时、陈长捷等人。王强也忆述，"吴石……与白崇禧、吴仲禧、许显时是同期同学"[②]。

学员毕业后，由陆军部统一分配到全国各地陆军中当见习上士排长，时间为半年，期满后任少尉或中尉连长。[③]

纵观历届学员毕业后的出路，大概有三种情况：第一种，站在地主买办阶级一边，长期与人民为敌；第二种，先走了一段弯路，随着政治形势的发展转入革命阵营；第三种，比较早地接受了马克思列宁主义，加入了中国共产党，在中国革命和建设事业中作出了贡献。

毫无疑问，吴仲禧和吴石都属于第二种。只是，他们当时并不清楚

[①] 不同资料中的数据有出入。

[②] 王强：《军事档案　密示移存——回忆吴石将军》，中国人民政治协商会议福州市郊区委员会文史资料委员会、螺洲镇人民政府编：《吴石将军英魂略》第8辑，1993年，第42页。

[③] 李子谦：《保定陆军军官学校简史》，中国人民政治协商会议河北省委员会文史资料研究委员会编：《河北文史资料》第13辑，石家庄：河北人民出版社，1984年，第86页。

自己所走的是"弯路"。漫漫人生路上的理想与信仰之旅，只有一步步走过、探过，才知道深浅和方向。

有人言，"保定陆军军官学校处在中国由旧民主主义革命到新民主主义革命的转变时期，上述三种情况正是这一客观形势的必然反映"。①

后来，吴仲禧回忆那一时期的学习生涯时说："吴石一面努力学习军事，一面关注政局的变化，他对辛亥革命的成果被军阀篡夺，每念不忘。"其实，看到各地军阀割据的局面，吴仲禧与吴石一样忧心忡忡，这更加激发了他们专心攻读军事的决心，希望自己真正成为一个军事专家，以报效国家和民族。如张治中将军在他的回忆录中言，在保定军校求学"培植了我的科学基础，培植了我的军事学术基础，培植了我的人格修养基础，对于我一生的事业是具有重大意义的"②。

此番体会，于吴仲禧，亦是再恰当不过的。

---

① 李子谦：《保定陆军军官学校简史》，中国人民政治协商会议河北省委员会文史资料研究委员会编：《河北文史资料》第13辑，石家庄：河北人民出版社，1984年，第91页。

② 张治中：《艰苦的历程》，中国人民政治协商会议全国委员会文史资料研究委员会编：《文史资料选辑》第91辑，北京：文史资料出版社，1983年，第10页。

第四章

爱国将领

① 浮生几何

走出保定军校大门时，吴仲禧无限留恋。他俨然想起两年前来时的情景。此时天空一片昏暗，如覆盖了一层灰幕，冷风拉着响哨从耳边尖锐地掠过，刮得脸蛋子生疼。杨柳早已掉光了叶子，光秃秃的枝干在风中寂寥地摇晃，偶有一两只不知深浅的乌鸦呱呱地干叫，其音凄裂，格外难听。

冬日的保定是一成不变的萧瑟。

吴仲禧自知此去便难有再返之机，便继续驻足，左右地看，上下地看，远近地看，心想，有一架相机拍个照片该有多好。

吴石道："天下没有不散的筵席，奋飞，走吧！"

吴仲禧朝其他同学道了一声："天涯各有路，后会自有期！"

那一期同学自此四散，各奔前程。

吴仲禧与吴石迈开步子朝保定南关大桥南关码头走去。他们原计划先坐火车到天津看看，但看了郭沫若的文章，说那一趟的车是世界第一的超等慢车，每到一站都要停，停的时候比动的时候多，动起来也好像是沙漠中的骆驼走路，要十几个小时才能到，只好作罢。

汽笛一声响，岁月水云荒。

隔着轮船舷窗，白洋淀的冬天别有一种意境，苇摇风动，芦花飞扬，吴仲禧似自言自语："不知将来有没有戴笋皮笠子，穿荷叶衣服的时候？"

吴石笑道："范蠡归湖，诗酒生涯，好个潇洒！"

"倘若一夜风来，吹散了我们，又当如何？"吴仲禧问道。

"一叶孤舟，随波逐流。"吴石答。

"它会去哪里？"

"从相同的地方来，必是要去相同的地方。"

"最终会泊在一处看同一的风景。"

"我会隔船相问——渔父何方居住？"

"半壶绿醅，数卷残书，此舟即是吾庐。"

"我就登你的船，到你的庐中，也作新渔父。"

……

两人谈吐不凡，旁人摸不着头脑，但见他们身着军装，青春焕发，心里暗暗佩服，将来必是国家栋梁也。

原来规定，学员毕业后由陆军部统一分配。国家正是用人之际，像他们这样高素质军事人才炙手可热，自应分配至最需要人才的地方，只是，"因为一个总统和一个总长，争执不休"①，此事便出现意

---

① 杨樵谷：《保定军官学校片断回忆》，中国人民政治协商会议河北省委员会文史资料研究委员会编：《河北文史资料》第13辑，石家庄：河北人民出版社，1984年，第146页。

外。总统和总长为何争执？毕业生分配是北洋政府陆军训练总监、陆军部总长张绍曾管的事，但副总统兼江苏督军冯国璋热衷培植势力，想从毕业生中选调一些人看家护院，如此，学生便成为受害者，双方攫取利益，但谁也争不过谁，索性采取折中方式——各回各家，各找各妈，从哪个省来便回哪个省去，按户籍地分配，简单易行，挑不出毛病。

吴石愤愤言："张治中的分配之地也不理想，毕业前夕，学校分发志愿书后，他填的第一志愿是到边疆，第二志愿是到当时的各师，但是，因他是安徽人，故被分发到安徽。"

吴石刚于毕业典礼上风头出尽，以为能学以致用，故抱负颇高，可如今要回原籍，让他"大感失望"[①]，故而借着张治中的事儿发泄自己的不满。

其时，福建情况与其他省份不同，川、浙、粤、桂等省有正儿八经的部队驻扎，故军校毕业生投身其中大有作为，可获很好的发展，"独闽籍同学则不然，吾闽本无地方部队，仅得一第十一混成旅服务"。

"第十一混成旅"前身为"福建陆军第二十七混成旅"，成立于1913年12月。1914年9月2日，《陆军部关于李厚基请成立第十、第十一两混成旅呈》[②]中写道："福建护军使李厚基，请将留闽两团改编混成旅……至该省原有之二十七混成旅，并编定为第十一混成旅。旅长王麒。混成旅直隶于福建督军。"混成旅旅部驻扎福州，所辖步兵第一团、步兵第二团、炮兵第一营、工兵第一营各一部分分别驻古田、霞

---

① 《吴石自传》，中国人民政治协商会议福州市郊区委员会文史资料委员会、螺洲镇人民政府编：《吴石将军英魂略》第8辑，1993年，第114页。

② 《陆军部关于李厚基请成立第十、第十一两混成旅呈》，张侠、孙宝铭、陈长河编：《北洋陆军史料》1912—1916，天津：天津人民出版社，1987年，第153页。

浦、宁德、福鼎等地。[1]

吴仲禧站了起来，望着茫茫大海："混成旅也罢，但李厚基为袁世凯爪牙，多行不义！"

李厚基之发迹史，两人都了解。武昌起义爆发后，李厚基随军参加镇压民军行动；1913年夏，其率部在上海镇压"二次革命"，夺取吴淞炮台后被袁世凯任命为吴淞要塞司令。同年冬，因率部赴闽捕杀革命党人有功，旋任福建镇守使。翌年任福建护军使，独揽福建军权。袁世凯想当皇帝，李厚基献上了10万元经费，并以鄙陋奴相率先上表称臣；袁世凯登基后，同盟会会员林一士受孙中山之命回闽策划倒袁刺李，反被李杀害，袁世凯授李厚基以子爵以示"皇恩浩荡"；云南"护国将军"蔡锷兴师讨袁，李厚基通电斥责蔡锷犯上作乱。袁世凯死后，段祺瑞任李厚基为福建督军。

混迹于这样一支队伍中，有为青年委实不甘心。

但又有什么办法呢？他们是军人，不去军队又能去哪里？没有选择的机会，只能暂且听从命运的安排和摆布。

冰凉的海风裹挟着阵阵寒气袭来，逼得他们返回客舱，躺倒在卧铺上，两个心绪难平的青年人随着波涛起伏的节奏恹恹欲睡。

吴仲禧此次离家足有4年之久。他离开时不过十七八岁，如今已是二十一二岁，由乳臭未干、"嘴上无毛"的少年长成了一个大小伙子，一米七几的中高个头，魁梧的身材，由于多年严格的军事训练，精神面貌焕然一新，走起路来腰板挺直，步子虎虎生风。

几年间，他人虽未回来，却常有家书往来。但常年在外，原来熟悉的街巷变得陌生，家乡变化很多，台江至水部街修建了公路，邮递员不再是步班，而是摁着自行车铃铛飞快地投送快递邮件，偶有教会大

① 《北洋军》，宁德地区地方志编纂委员会编：《宁德地区志》下，北京：方志出版社，1998年，第1180页。

学青春靓丽的女学生擦肩而过，水部门小闸口附近还开设了"国光火柴厂"。

意气风发、英俊潇洒的吴仲禧引来路人回首侧目。他回来的消息像长了腿似的传回家，双亲跑出老远来迎接儿子。

母亲心软、泪窝子浅，一把抱住儿子，号啕大哭。

吴济宽嗔怒道："仲禧回来，高兴都来不及，你怎么这样地哭，让街坊笑话！"

哭声戛然而止——"歪妹灾度糇仇捞哇（我眼泪都笑出来了）"，母亲上下打量吴仲禧："团啊这是长高了，这么高了。"

她两手扡扡军官服："啧啧，生好！这大檐帽，缘投（英俊）！"

她使唤吴济宽："快去买菜买鱼，晚上招呼大家些纠（喝酒）。"

儿子是娘的主心骨，有了这般有出息的儿子"撑腰"，女人说话比平时硬气许多。

吴济宽笑笑，"领旨"而去。

吴家一夜无眠。隐匿许久的欢声笑语把小院掀了个天翻地覆，天空中圆圆的月亮直勾勾地俯视着人间的一幕，仿佛也想来看一看……

不久，吴仲禧和吴石就去了混成旅报到。

混成旅中有炮兵建制，吴石可一展身手。也有步兵两团，吴仲禧也属专业对口。

吴仲禧言，他被"派往福建宁德的地方团队当候补员"[1]，又有资料称，吴仲禧是被"分发福建陆军服务。历任福建宁德地方团队见习、附员，福建陆军混成旅司令部参谋等职"[2]。所指的应是一回事。

宁德在闽东。东临东海，与台湾隔海相望，西邻南平，南接福州。

---

① 林亨元、王昌明：《吴仲禧传略》，广东省政协文化和文史资料委员会编：《深潜龙潭老将军——吴仲禧纪念文集》，北京：中国文史出版社，2015年，第155页。

② 陈予欢编著：《保定军校将帅录》，广州：广州出版社，2006年，第359页。

但吴石只在那里干了五个月，因"一筹莫展，懊恼之情，莫可名状"而离开，他以"遭此打击，影响前途实匪浅鲜"[1]来形容当时失落与晦涩的心情。

吴仲禧的待遇也很差，后来其子吴群敢证实，"当时福建军的李厚基部队兵匪一家，岂能让异己的军校毕业生插手？"[2]虽然军旅之中认老乡，而旅长王麒恰恰为闽侯人，但人家不认，吴仲禧又有何办法？且其毕业于日本陆军士官学校，与吴仲禧非师出同门，结果吴仲禧每月只领取一些低微的生活费，实际上陷于半失业的窘境。

为维持基本生活，几个月后吴仲禧回了家，有人说他招收了几个学生"办起私塾"[3]，但吴仲禧在简历中填写的却是"兼做小学教师"[4]。在那时还办私塾应是不太可能的事，在小学兼课说得过去，能"证明"吴仲禧在小学兼课的人是"林锋"，系"福州铺前小学校长"[5]。铺前小学是吴仲禧的母校，得意门生回来任教，林锋自然是欢迎的，且薪水方面会尽量照顾，这使吴仲禧得以暂时摆脱经济上的困境。

1917年6月，李厚基驱逐福建省长胡瑞霖，总揽全省军政大权。

其实，即便李厚基给吴仲禧、吴石以高官厚禄，他们也不会长久栖息其门下，更不会摇尾乞怜、苟且偷生。虽然多年的学习无用武之地，但在感叹生不逢时之余，他们都在等待机会的来临。

非但如此，吴石还接到闽南军司令部的密召，后乘船潜入鼓浪屿，

① 《吴石自传》，中国人民政治协商会议福州市郊区委员会文史资料委员会、螺洲镇人民政府编：《吴石将军英魂略》第8辑，1993年，第114页。

② 吴群敢：《乱世劲草》。

③ 林亨元、王昌明：《吴仲禧传略》，广东省政协文化和文史资料委员会编：《深潜龙潭老将军——吴仲禧纪念文集》，北京：中国文史出版社，2015年，第155页。

④ 吴仲禧：《参加革命前后履历》。

⑤ 吴仲禧：《参加革命前后履历》。

共同谋划驱李大计。只是，李厚基的爪牙嗅到气息，派出大批人马登岛围捕，吴石侥幸逃脱，之后流落广东潮州。吴仲禧言，"我和吴石分别20多年，到抗日战争中才又碰到一起"[1]。

后来吴仲禧了解到，张治中也"混得不行"，到安徽后硬是一路"下行"，结果去了驻在蒙城的"一个小镇的一个哨上"[2]，与理想失之千里。

那是一段非常难熬的岁月，从1917年1月至1922年8月，整整五年零八个月时间，吴仲禧近乎赋闲。作为一个意气风发的二十来岁的青年，空有一腔热血却无施展空间，悲观情绪可想而知。

② 参加粤军

"男大当婚，女大当嫁"，24岁时，吴仲禧结婚了。妻子叫王静澜，比他小7岁，美丽、端庄、贤淑、高挑，还在福州女子中学读过书。尤其难得的是没缠过脚。孙中山就任中华民国临时大总统后下令禁止妇女缠足，但人们深受封建思想意识束缚，未能彻底禁绝。故王静澜未缠足实乃大幸，这与其父有关。其父是闽北洋口镇的一个木材行经理，每年春节后都会带领一批砍伐工到闽北山区砍伐林木，在有河流的地方顺流而下，出售给木材收购商。每年不过上山半个月，平时养猪喂鸡，自给自足，生意做得不错，稍有薄产。他思想开化，对女儿呵护有

---

① 吴仲禧：《我的回忆》。
② 张治中：《艰苦的历程》，中国人民政治协商会议全国委员会文史资料研究委员会编：《文史资料选辑》第91辑，北京：文史资料出版社，1983年，第11页。

加，不让她缠足，还送她上学。

结婚之时，小院里大红灯笼高高挂，喜庆的鞭炮噼里啪啦一阵又一阵响，街坊邻里都来看热闹，女方家境不错，置办的衣被、家具等嫁妆颇多。男方负责承担酒席，几桌丰盛的酒菜烘托着婚礼的庄重。

但外人不知道，酒席的费用吴家拖欠了很久才陆续还清。

洞房花烛，两情相悦，月儿羞红了脸，躲到了云彩后。

婚后，日子过得清淡，宛如平常一段歌，但夫妻俩十分恩爱。1921年农历三月二十一日，小两口的第一个孩子吴惠卿出生了，是个漂亮的女孩。王静澜静静地躺在床上，脸上洋溢着疲倦而幸福的笑容。

初为人父，吴仲禧喜不自禁。

闲暇之余，他抱着女儿坐在屋檐下晒太阳，看女儿粉嘟嘟的脸蛋、清澈的双眸，看蓝蓝的天空，屋檐下的雏燕也叽叽喳喳使劲叫着，为这人世间的天伦之乐而兴奋。

但外面的时局依然动荡。

1921年5月，孙中山在广州就任非常大总统后，决定继续出兵讨伐集结在桂林的陆荣廷等人的万余部队。许崇智听从孙中山的命令，率领第二军沿四会、广宁之线向贺县进击，直取桂林。8月，粤军完全占领广西，陆荣廷等逃亡。许崇智为孙中山统一两广作出了贡献。两广统一后，孙中山决定北伐，讨伐的主要对象是北方的直系军阀曹锟和吴佩孚。

1921年12月，孙中山在桂林组织北伐大本营，任命许崇智、李福林、朱培德、袁程万、谷正伦分别为粤、闽、滇、赣、黔军总司令，准备借道湖南大举北伐。许崇智等人拥护孙中山的北伐决策，但是孙中山对留守广东的援闽粤军总司令陈炯明没有防备，陈炯明一直与直系军阀暗中勾结破坏北伐大计。1922年6月16日凌晨，陈炯明发动兵变围攻总统府。此前，孙中山虽已得到密报，但认为"此不足惧，纵令逆军敢于围攻，而粤秀楼决能无恙"①。经宋庆龄再三恳求，才同意先离开总统府，"通过总统府右侧越秀街进入莲华井、雨帽街然后转往长堤海珠乘小艇转登上永丰舰"②。

此次兵变，陈炯明部图谋不轨，集结4000多兵力围攻总统府，用心险恶。

孙中山逃离两小时以后，凌晨3时多，四面枪声大作，子弹雨点似的向孙中山和宋庆龄的住处射击……

这天，吴仲禧上街，听见报童扯着嗓子喊：

卖报卖报！孙中山先生蒙难，宋庆龄险被活捉！

吴仲禧心里咯噔一下，赶忙买了一张报纸，得知是险些蒙难，并无大碍，悬到嗓子眼的心才落了下来。

过了好一阵子，孙中山先生在报纸上发表了《致海外同志书》③，对因陈炯明叛变而导致革命的失败深为痛心，再次揭露陈炯明叛乱经过：

> 此次陈炯明叛变，非惟文与诸同志所不及料，亦天下之人所不及料……首事者洪兆麟所统之第二师，指挥者叶举，主谋者陈炯明也……文率同志为民国而奋斗垂三十年，中间出死入生，失败之数不可偻指……数年以来，护法事业蹉跎未就，与于此役者，苟稍存畏难苟安之意，鲜有不失其所守者……然疾风然后知劲草，盘根错节然后辨利器。凡我同志，此时尤当艰贞蒙难，最后之胜利终归于最后之努力者，此则文所期望者也。

---

① 黄惠龙：《中山先生亲征录》，北京：中华书局，2007年，第328页。
② 李洁之：《叶挺在保卫总统府的战斗中》，中共惠阳地委党史办公室等编：《叶挺研究史料》，广州：广东人民出版社，1987年，第456—457页。
③ 孙中山：《致海外同志书》，中国社会科学院近代史研究所中华民国史研究室等编：《孙中山全集》第六卷，北京：中华书局，2011年，第548页。

吴仲禧读到这里，既义愤填膺，又格外高兴，他终于获知了孙中山先生的下落和近况，长吁一口气，惟先生无恙，国家才有希望。

1921年7月，中国共产党成立，它是共产国际的一个支部。《中国共产党的纲领》（1921年中共一大通过）指出：1.革命军队必须与无产阶级一起推翻资本家阶级的政权，必须援助工人阶级，直到社会阶级区分消除的时候；2.直至阶级斗争结束为止，即直到社会的阶级区分消灭为止，承认无产阶级专政；3.消灭资本家私有制，没收机器、土地、厂房和半成品等生产资料；4.联合第三国际。同时，中国共产党声明，承认苏维埃管理制度，要把工人、农民和士兵组织起来，并以社会革命为自己政策的主要目的。中国共产党彻底断绝与资产阶级的黄色知识分子及与其类似的其他党派的任何联系。

吴仲禧还看到了孙中山先生的《建国方略》，"吾志所向，一往无前，愈挫愈奋，再接再厉"，"吾心信其可行，则移山填海之难，终有成功之日"①。吴仲禧感到有一种力量让自己血脉偾张。

1922年7月，中共召开二大，发出这样的宣言：

中国共产党是国际共产党的一个支部——现在他向中国工人和贫农高声喊叫道：快聚集在共产党旗帜之下奋斗呀！同时，向中国全体被压迫的民众高声喊叫道：一齐来和集在中国共产党旗帜之下的工人和贫农共同奋斗呀！并又高声喊叫道：一齐来和全世界的革命伙伴们并肩前进呀！只有"全世界无产阶级和被压迫民族的联合"是解放全世界的途径呀！

前进呀！共同前进——

打倒军阀！

打倒国际帝国主义！

---

① 孙中山：《〈建国方略〉序》，中国社会科学院近代史研究所中华民国史研究室等编：《孙中山全集》第六卷，北京：中华书局，2011年，第158页。

为和平而战！

为自由而战！

为独立而战！

和平、自由、独立万岁！

受压迫群众之解放万岁！

中国共产党万岁！

国际共产党万岁！①

二大正确地分析了中国的社会性质，中国革命的性质、对象、动力和前途，指出了中国革命要分两步走，在中国近代史上第一次明确地提出了彻底的反帝反封建的民主革命纲领，为中国各民族人民的革命斗争指明了方向，对中国革命具有重大的深远的意义。②

对于这些，吴仲禧当时可能并不知情，但他无时无刻不在关注时局，也对国家的未来进行过思考。

1922年秋，"沉默"五载的吴仲禧终于"复出"，他仿佛在漫漫黑夜中看到一缕光明和希望。

10月18日，孙中山任命许崇智为讨贼军总司令兼第二军军长，许崇智率部进入福建后多方扩充与整编粤军。

吴仲禧丝毫不再犹豫，应召而至，在东路讨贼军第一军军长黄大伟麾下"龚（龚师曾）旅当参谋"③，并率部入赣转闽，其时，"戴石浮当参谋长"。戴石浮，江西人，保定军校一期毕业，是吴仲禧的校友。

1923年春，吴仲禧随龚旅开往闽东莆田、仙游，五六月间又经惠安进驻厦门、集美，目标是自封"闽军总司令"的臧致平，此人同时还有北京政府委任的"漳厦护军使"的头衔，是一位能左右闽局、举足轻重

---

① 中国共产党第二次全国代表大会宣言。

② 《中国共产党建党90周年辞典》，北京：新华出版社，2011年，第5页。

③ 吴仲禧：《我的回忆》。

的角色。

厦门为商埠，本来经济尚好，但臧致平极为贪婪、欲壑难填，数年如一日地搜刮财富，导致富商巨贾纷纷逃离去了鼓浪屿，在外国人的庇护下苟延残喘，使得厦门显山穷水尽之势。但臧致平仍不满足，于1923年春夏之交成立厦门禁烟查缉处，名为禁烟，实为卖烟，更丧尽天良的是还令100多村的农民栽种罂粟、加工鸦片。

但吴仲禧没有想到他投身的是一场"大混战"——5月，先是许崇智被陈炯明的林虎部击败；接着粤军何成浚、孙本戎部和闽南民军首领许卓然等游说臧致平共同出兵攻打林虎部；7月底，林虎等约东路讨贼军第一军军长黄大伟部等海陆夹击臧致平。

作为一个参谋，吴仲禧身在其中身不由己，只能听任炮声在头顶炸响，枪声从耳边飞过，时时处于生与死的边缘与险境。

8月1日中午，陆战双方发生遭遇战，吴仲禧和戴石浮"被臧致平部缴械"[1]，所幸，他们伪装了身份，瞅准机会逃回了福州。

8月中旬，因发难各方各怀心思，致臧致平利用围攻厦门各军彼此间的矛盾得以转危为安，下旬，各路兵力作鸟兽散，臧致平解围。

回想这场历时几个月的混战，吴仲禧无言以对，觉得窝囊透顶。他已看得十分清楚透彻，这些人打来打去的目的不是为了"共和"和孙中山先生的"三民主义"，是为了争利益、抢地盘，所以各方同床异梦、貌合神离。这样的作战意义何在？这样的失去正义的战争又如何能意见统一，召之即来、来之能战、战之必胜？

出师不利，吴仲禧不知何去何从，索性继续过小市民的日子，每天教教书，陪陪老人和妻女，享受天伦之乐。

这一年的12月5日，吴仲禧的长子出生，啼哭异常的响亮，仿佛在宣告着他的降临。这个家庭又一次被无比的欢乐包围。儿子的五官像极

---

① 吴仲禧：《我的回忆》。

了吴仲禧，他心头涌起的幸福感冲淡了这些年所经历的挫折、苦闷、烦恼。他爱怜地亲吻了一下因产子而极度疲惫的妻子的额头，又轻轻地触碰了一下儿子娇嫩的脸蛋，走出门，站在屋檐下，点了一根烟，沉浸于思考之中。他在想，该给儿子起个什么名字呢？

烟燃毕，名字有了——吴群敢。

群者，群众也。儿子长大后，要到群众中实践，要多体验民生疾苦，要心怀百姓，心存大爱。敢者，敢于吃苦、磨炼乃至不怕流血牺牲。

吴惠卿后来回忆："我几个弟弟的名字，分别叫：群敢、群继、群策、群任、群兴、群力。我觉得爸爸心里有民众，也希望他的孩子将来能好好地为国家、为人民群众服务。"①

吴仲禧在孩子们身上寄托了无穷无尽的愿望和理想。

③ 讲武教官

1924年，当待春中，草木蔓发，正是躬耕稼穑时节。吴仲禧再一次告别妻儿走出家门，离开福州去了广州。他并非孤单一人，而是与保定军校的同学陈维远、方幼璇结伴而行。吴仲禧言，他们是去广州找工作，住在龙安旅店。

这是吴仲禧第一次来广州。他们住的地方离广州大沙头火车站不

---

① 吴惠卿：《怀念爸爸》，广东省政协文化和文史资料委员会编：《深潜龙潭老将军——吴仲禧纪念文集》，北京：中国文史出版社，2015年，第46页。

远。大沙头火车站是民国三大火车站之一。广州马路已较为宽敞，一些楼房也较为气派，但每到夜晚，衣衫褴褛的苦力及失业者在街道边、骑楼下横躺竖卧，让人目不忍睹。

吴仲禧因何来到广州？广州是孙中山先生主持的革命政府所在地，正在酝酿一场大革命的风暴——反帝反封建革命运动。孙中山先生已经发出号召：

  ……我等当共同奋斗，反抗帝国主义国家之掠夺与压迫……美、英、日、法、意之战舰已驻广州省河，武装示威，汝等为中国正义而奋斗之时期已到矣！起！起！速起！形成反帝国主义联合战线！①

但是，孙中山先生知道，以国民党一己之力，难以形成这一道联合战线，革命尚未成功的原因是"中国人革命的方法和气魄不及俄国人"②，而现在"我们革命的知识进步，有了许多方法，旁边又有俄国的好榜样"③，"本党与之（共产党）联合，将来必能得中俄互助之益，决无大害"④。

吴仲禧经多方活动也无缘见到孙中山先生。但吴仲禧忆述，"孙中山改组国民党时，我在广州参加国民党"⑤。

两个多月后，吴仲禧接到保定军校同学的两封复信，一是吕梦熊

---

  ① 孙中山：《关于建立反帝联合战线宣言》，中国社会科学院近代史研究所中华民国史研究室等编：《孙中山全集》第九卷，北京：中华书局，1986年，第23—24页。

  ② 孙中山：《欢宴国民党各省代表及蒙古代表的演说》，中国社会科学院近代史研究所中华民国史研究室等编：《孙中山全集》第九卷，北京：中华书局，1986年，第106页。

  ③ 孙中山：《欢宴国民党各省代表及蒙古代表的演说》，中国社会科学院近代史研究所中华民国史研究室等编：《孙中山全集》第九卷，北京：中华书局，1986年，第107页。

  ④ 孙中山：《关于民生主义之说明》，中国社会科学院近代史研究所中华民国史研究室等编：《孙中山全集》第九卷，北京：中华书局，1986年，第111页。

  ⑤ 吴仲禧手书简历。

的信，说黄埔军校第一期刚开学，已说妥约吴仲禧担任区队长，负责学员管理教育工作；另一封信是戴戟的，邀请吴仲禧到肇庆西江讲武堂担任教官。当时戴戟在西江讲武堂担任堂长，吴仲禧考虑与戴戟的同学关系，便选择了后者。

1924年4月，吴仲禧前往西江讲武堂。当然，倘若吴仲禧当时选择黄埔军校，那人生可能又会发生意想不到的变化。黄埔陆军军官学校是在苏联的帮助下，由孙中山先生创建，孙中山先生兼任学校总理，蒋介石任校长。周恩来先出任黄埔军校教官，11月任黄埔军校政治部主任，又是中共广东区委常委兼军事部部长。设若那时他们相识相知，吴仲禧向往光明、加入共产主义者的道路也许不会拖至1937年。

逝者如斯，时光不会倒流，吴仲禧只须在自己选定的方向上艰辛探索。

西江讲武堂全称为"西江陆海军讲武堂"，于1923年7月底由粤军第一师师长李济深创办，邓演达具体参与，戴戟任堂长，地点在肇庆西较场内。

吴仲禧在那里担任了一个学期的教官。

西江陆海军讲武堂学制为一年。时第一期学员尚未毕业，总计有学员300多人。

这是吴仲禧第一次担任军校教官，他将在保定陆军军官学校所学悉数传授给学员。西江讲武堂所培训的学员对象为粤军第一、三师和中央直辖第四军所属连排干部和文职人员，广东海军江防舰队在职干部和机械操作人员，新桂系（李宗仁、黄绍竑部）下属干部。

学员不仅学习军事教程，如兵器、射击、投弹、刺杀、爆破、土工作业、队列动作；班、排、连攻防战术，夜间行军、宿营等战斗动作及组织与指挥等，部分文职人员还学习作战文书，如草拟命令、请示报告、绘制军事要图等。这些知识与技术，吴仲禧都是熟悉的，教起来轻

车熟路，他通过课堂授课、沙盘作业和实地演练等方式教授学员。政治教程，如三民主义有关著作及反帝反封建、推翻列强、打倒军阀的政治理论，以及军队的法纲与纪律等，这些知识由另外的老师教，吴仲禧也找来教材在工作之余反复阅读与思考。

吴仲禧于教学中不断学习、实践和提高，颇有收获。此外，他也认识了很多人："当时邓演达、蒋介石、陈诚等均曾在此执教或演讲"[1]，"特别教官为邓演达，教官主要有严重、黄琪翔、钱大钧、陈诚、薛岳，军长梁鸿楷、师长李济深也经常到堂讲课"。[2]

其中有的人，后来成为吴仲禧的朋友和战友。

4 初识叶挺

1924年10月，吴仲禧调入粤军第一师徐景堂部邓演达团余汉谋营担任上尉连长。邓演达因对军队建设十分重视，便广泛搜罗人才，包括吴仲禧在内，余汉谋、黄明、邓明汉、陈诚、史文桂、黄延桢、庄孟雄、蒋必、吴子泰、黄涛、张百川、张应良、李明等数十人，都是他直接或间接罗致而成为部队新鲜血液和骨干。

1925年9月，戴戟担任陈铭枢任师长的第十师第三十团团长，调吴仲禧担任团附。这是一支即将北伐的部队，出发前，部队在西江讲武堂

---

① 刘琳：《隐形将军曾是福州双虹小学董事长》，福州晚报编：《潜伏者》，福州：海峡文艺出版社，2018年，第16页。

② 梁汝森：《辛亥革命时期的肇军》，肇庆市政协文史资料编辑委员会编：《肇庆文史》第21辑，2007年，第56页。

进行整训。

1925年10月底，叶挺随第四军军部参加东征之后抵达肇庆，投入紧张的部队筹建工作。11月21日，国民革命军第四军十二师三十四团成立，叶挺任团长。部队归国民政府管辖，实际上由共产党直接掌握。11月底，叶挺随第四军军部南征邓本殷，"所向无敌，颇著战功"。

1926年1月初，叶挺返回肇庆。部队番号正式改为国民革命军第四军独立团，仍归张发奎指挥，但有较大自主权。他带领部队一方面积极进行政治军事训练，一方面大力支援当地工农运动，协助组织群众团体，打击反动地主民团的破坏活动。

正是在这段时期，吴仲禧与叶挺相识。

其实，叶挺和吴仲禧是师兄弟。吴仲禧从"武昌军校"毕业时，叶挺刚入学校，两人是"前后脚"。吴仲禧从保定陆军军官学校毕业时，叶挺也刚进入学校，又是"前后脚"。师兄弟见面分外亲切。叶挺给吴仲禧的印象与众不同，他刚从苏联东方大学毕业归来，"精神面貌极其振奋，身材魁梧而又着装整洁，谈吐豪爽且声音洪亮，是一派新式革命军人的风范"①。

吴仲禧看到叶挺每天穿着整洁的军装、打着绑腿，大刀阔斧地训练部队，由于团参谋长和第一、二营的营长以及其他一些骨干都是叶挺亲自挑选的，自己又严格军风纪、作出表率，独立团的训练工作很快就走上了轨道，叶挺本人在团内团外开始拥有了很高的威望。

由于军队中同学多，关系融洽，紧张的训练之余，大家晚上会相约出去聚聚。讲武堂在城西景星坊，出门不远，有一家南门河酒家，经营地方菜肴。大家轮流请客。那时物价低廉，四五元够几个人饱餐一顿。

---

① 吴仲禧：《有关叶挺同志的几个片断回忆》，广东省政协文化和文史资料委员会编：《深潜龙潭老将军——吴仲禧纪念文集》，北京：中国文史出版社，2015年，第60页。

几人中，团级干部有吴仲禧、叶挺、第十二师三十五团团长（后升任副师长）朱晖日，营级干部有缪培南（后升任第十二师三十五团团长）、黄琪翔（后任第一师一旅二团团长），都是今日或明日军中之星。大家把酒言欢，不亦乐乎。

叶挺从国外回来，见多识广，成为话题的中心。

吴仲禧端起酒杯，给叶挺敬酒："喝了这杯酒，还请希夷兄多聊聊在苏联学习的收获，让我们开开眼界。"

叶挺一饮而尽后直率而又认真地说："东方大学里学员成分也很复杂，彼此交往都很谨慎，我在学校里学到的东西并不多。"

叶挺又说："我倒是亲眼看到，苏联人民摆脱了剥削和压迫，精神意气风发，同时，他们艰苦创业，这使我看到了希望。"

吴仲禧说："人民只有摆脱剥削和压迫，才能建设好自己的国家，过上好日子。"

叶挺不住地点头："奋飞兄所言极是，各位学长、兄弟，现在我们要同仇敌忾，先打倒军阀，再驱逐帝国主义，这是我们军人神圣的职责！"

大家群情激昂，由衷地认同叶挺、吴仲禧的观点，只有中国和平了，才能腾出精力搞建设，改变贫穷与落后的面貌，让人民有饭吃，有衣穿，能吃肉、能喝酒。

吴仲禧起身说道："古语道，政不出房户，天下晏然，刑罚罕用，罪人是希，民务稼穑，衣食滋殖，我相信中国会有那么一天，我们再干一杯，为未来而殚精竭虑、死而后已！"

革命军人的豪情如岭南米酒的清香扶摇而上，在空气中弥漫。

吴仲禧并不知1924年叶挺已加入中国共产党。但是，1925年1月11日至22日中国共产党第四次全国代表大会在上海召开的消息，他从报纸上看到了，他仔细回味刚才叶挺所言，似与中共四大宣言的精神完全一致。

1925年3月11日，一个令天下人震惊的消息传来，孙中山先生病情极度恶化，弥留之际，他关于国事最后的话是："和平……奋斗……救中国！"①

"百粤旌旗惊后死，九州缟素哭先生"。孙中山先生溘然长逝的消息传出，举国哀悼。

吴仲禧浓黑的眉头攒簇成两个疙瘩，真想找个无人处放声大哭一场。他想起当年护卫孙中山先生的情形，不禁泪流满面，内心痛苦难以言状，精神受到的沉重打击难以形容。

他默念"革命尚未成功，同志仍须努力"——这是1923年11月25日，国民党改组宣言发表后，孙中山先生为《国民党周刊》创刊的亲笔题词。此后他多次题写，表明他领导国民党继续革命的决心与信心。

暮色如水，暗夜如年。吴钩月下，万里风尘。吴仲禧心里呼喊，苍天悎狠，虽苍天悎狠，但何须哽咽，天地间，不见一个英雄，又出一个英雄，不见一个豪杰，又出一个豪杰，只须坚定地沿着孙先生的方向走。

在肇庆期间，吴仲禧还参加了叶挺的婚礼。婚礼在独立团团部所在地肇庆督署内举行，十分简朴。出席人员有双方的亲友，独立团连以上军官及肇庆工会、农会、商会和学生会等群众团体代表共约七八十人。酒宴按每人约一元的标准置办，费用从叶挺薪俸中扣除。

李章达作为介绍人出席。周恩来是主婚人。此时，周恩来任国民革命军第一军政治部主任，还是中共广东区委委员长、常委兼军事部部长，主持建立党直接领导的革命武装叶挺独立团。

有人这样描述当时婚礼的场景：

婚礼正要进行，蒋介石带领陈诚走进大厅。

"希夷，恕我来迟。"

---

① 尚明轩、余炎光编：《双清文集》下卷，北京：人民出版社，1985年，第945页。

蒋介石转过脸来对周恩来说:"恩来,你怎么不给我透个风?"

周恩来说:"我知道您的公务太忙,怕走不开啊!"

蒋介石笑笑说:"再忙,希夷的喜酒我还是要饮的!"他环视热闹简朴的大厅:"这里很热闹,很好,总指挥是周恩来吧?请开始吧!"

"大家都热闹一下,就是没有料到你会大驾光临。你来总要表示一下,说两句吧!"周恩来对蒋介石说。

"既然来了,就讲几句。"蒋介石在大家掌声中开始讲话,"我首先祝贺叶挺和李秀文新婚快乐。其次我要讲,北伐马上就要开始,独立团不但要参战,还要打先锋。"①

1926年5月1日,广州国民政府命令叶挺独立团作为先遣队,先行出师北伐。

在1925年,吴仲禧曾随军开往广西讨伐军阀沈鸿英。他哪里知道自己前脚刚走,夫人王静澜就从福建带着孩子们后脚赶到,王静澜没想到部队"人去楼空",却没有任何抱怨,又带着孩子们回到福建。

但吴仲禧行军至贺县(今贺州)时,因病不得不回肇庆就医,为不影响工作,还辞去相关职务——即王静澜和孩子们前脚刚走,吴仲禧后脚又赶到,又一次"失之交臂"。

回忆往事,98岁的吴群敢老人沉默许久,一字一字地对我说:"我们和母亲感情很深,她是一个明大义、暖人心的人。"②

5月初,吴仲禧病愈,经戴戟介绍到粤军暂编第八旅——徐汉臣旅"任中校主任参谋"③,部队驻扎新兴县。而一场平息叛乱的战斗正等着他。

---

① 何伟光:《叶挺将军与夫人李秀文的革命旅程》,卜穗文主编:《广州农讲所纪念馆论丛》第4辑,广州:广东人民出版社,2009年,第128页。

② 吴群敢访谈。

③ 林亨元、王昌明:《吴仲禧传略》,广东省政协文化和文史资料委员会编:《深潜龙潭老将军——吴仲禧纪念文集》,北京:中国文史出版社,2015年,第156页。

叛乱的罪魁祸首为杨希闵、刘震寰。二人原系滇、桂地方军阀，曾以拥护革命为名，会同许崇智的粤军将叛军陈炯明赶出广州，此后便赖在广州城内不走。城头变幻大王旗，杨希闵、刘震寰凭借手中的武装有恃无恐，部队军纪极坏，扰民肆无忌惮，官兵俨然强盗一般，此外，还"强行支配广东财政"[①]，谋逆之心昭然若揭。

叛乱之起因，据国民政府军委会档案载，是"杨希闵、刘震寰等，以东征告成，我党军及粤军，势益雄厚。杨、刘等北结段氏，西联唐继尧，谋据广州，以推翻革命政府"。[②]

5月6日，杨希闵潜赴香港，密会段祺瑞的代表和唐继尧等，共商推翻广州政府之策。5月12日，唐继尧利用副元帅（1923年，孙中山回广州重建大元帅府，推举唐为副元帅，唐拒不接受。1925年3月12日，孙中山在北京逝世，唐即通电就副元帅职）名义，任命刘震寰为"广西军务督办兼广西省省长"，并认可了北洋政府委任杨希闵为"广东军务督办兼广东省省长"。杨希闵则自任"滇桂联军总司令"。

连日来，蒋介石、廖仲恺、许崇智等多次召开紧急会议，作出保卫广州革命根据地的决议，并推举蒋介石为行动总指挥，决定分军四路平叛。粤军第一师也接到讨伐杨希闵、刘震寰叛乱的命令，徐汉臣旅奉命出击。

同时，在中国共产党的积极推动和帮助下，广州罢工、罢市，以此钳制叛逆军队的运输及给养。

杨希闵、刘震寰集中兵力，冀图在广州东北郊及龙眼洞一带负隅顽抗。

此次战斗，徐汉臣旅疾行140余公里由新兴至广州。吴仲禧第一次

① 《平定杨希闵、刘震寰叛变》，田昭林：《中国战争史》第四卷，南京：江苏人民出版社，2019年，第58页。

② 《第一次东征记略》，中国第二历史档案馆编：《中华民国史档案资料汇编》第4辑（二），南京：江苏古籍出版社，1991年，第836页。

上前线面对真刀真枪的敌人，但他毫无惧怕之心，而是沉着冷静，给指挥官出谋划策。

至11日午时，龙眼洞方面部队开始攻击叛军，很快占领地盘，取得初步胜利。翌日晨，在炮火纷飞中，一位亲历者记述，"在我们炮击石牌车站时，击毙滇军杨希闵第一师师长赵成梁"①。赵成梁是滇军的主要干将，是一张"王牌"，他的阵亡使得军心大乱，俗话说，兵败如山倒，士兵向石井一带仓皇逃窜。新街的刘震寰部亦遭联军重创，退至石井。

徐汉臣旅正在此等着他们，他们原定的任务是"守石井堵击"，见敌军仓皇逃窜、士气萎靡，吴仲禧建议"改守为攻"，主动出击。全旅将士鱼跃而出，喊杀声冲上云霄，敌兵见天降奇兵，更为慌乱，如无头的苍蝇乱成一锅粥。吴仲禧手持步枪，身先士卒冲在前面，遇抵抗者，吴仲禧果断拉动枪栓、扣动扳机，敌人一命呜呼。徐汉臣旅大获全胜，俘虏无数，"缴枪数千支"②。

战场之上，攻防之间，形势瞬息万变，吴仲禧临阵建议使局势变"被动"为"主动"，打了一个漂亮的"翻身仗"，正是有了这样的战绩，徐旅"准备编师"③，后徐汉臣升任师长。

此役，张发奎团也在龙眼洞附近的瘦狗岭与滇军接仗，蒋光鼐团在观音山与残敌激战……

这一仗从开始到结束整整打了一星期，虽杨希闵、刘震寰等皆乘机遁逃香港，但如报纸载："数万逆军，三年虎踞，雄视一切，至是一扫而荡除之矣。"

---

① 孙志平：《黄埔军校炮兵队击毙滇军师长赵成梁》，全国政协文史资料委员会编：《文史资料存稿选编·军事机构（下）》，北京：中国文史出版社，2002年，第405页。

② 吴仲禧：《我的回忆》。

③ 吴仲禧：《我的回忆》。

杨、刘叛乱的平定，让大元帅府剜掉了心腹大患，革命政权得到一定巩固。

7月1日，国民党改组大元帅府，中华民国国民政府在广州成立。

随后，国民政府师法俄国共产党"以党建校、以校领军"模式，将所属各军统一改称为国民革命军，8月26日，国民政府军事委员会下达国民革命军各军编成令：以黄埔军校训练的军官组成黄埔军校校军为第一军（军长蒋中正），"建国湘军"为第二军（军长谭延闿），"建国滇军"为第三军（军长朱培德），"建国粤军"为第四军（军长李济深），"建国粤军第三军即福军"为第五军（军长李福林）。1926年1月，改编湖南的"攻鄂军"为第六军（军长程潜）；3月，改编广西新桂系军队为第七军（军长李宗仁）；6月，湖南的唐生智参加国民革命，部队改编为第八军。各军、师两级设党代表和政治部（党代表和政治部主任多由共产党人担任）。

1926年11月，国民政府决定将首都由广州迁到武汉。此后，便进入武汉国民政府时期。

当日，胜利之时，本该举杯畅饮，孰料吴仲禧收到父亲去世的消息。悲痛之余，他请了假，踏上回闽的遥遥路途……

5 平江之役

1925年秋，戴戟新任第四军第十师第三十团团长，邀吴仲禧担任团附，部队驻扎于肇庆、广州一带。

换了全新的环境，又和熟人戴戟共事，吴仲禧本应轻松，但他始终

觉得有一种沉闷之感，如燠热的季节又覆盖了低低的浓云，让人压抑且窒息。

军中人心浮动、议论纷纷，社会上更不待言。

此时，国民党正陷于多事之秋的混乱中，局势艰危，人人自危，党中鱼龙混杂，各方势力野心勃起，"广州出现了汪蒋合作的局面"①，却不是为了共同目的，而是各怀鬼胎，玩着各自的机巧。

吴仲禧尽量摒弃政治的不良影响，全心全意履行好团附职责。他秉承团长之命令拟定本团的训练、教育计划事宜；辅佐团长整理本团军纪、风纪并帮同处理团中一切事务；监督指正各营的训练、教育，督促规定计划施行，并对各营内务、装械查视指导；监督本团各官佐遵守法令，忠勤尽职；秉承团长命令担任野外演习动员筹备等计划；辅佐团长进行或改善军官团教育，并拟具军官团教育计划。其实就是担任副团长或参谋长的角色。

工作中，戴戟对吴仲禧给予充分信任，放手让他去干。吴仲禧办事规矩，讲原则，工作能力强，帮助戴戟解决了很多问题，提高了部队的组织和战斗力，戴戟很高兴。吴仲禧也感觉到，他一路走来，戴戟对他关照颇多，两人已成为同甘苦、共患难的好兄弟，说到根本原因，是两人都是进步军校生，都向往爱国、进步，追求光明与正义，具有高尚的道德情操。事实上，后来他们都成为在解放战争中或战场起义或弃暗投明的人，"他们不顾艰辛生死完成了历史所赋予的使命，为中华民族的解放事业作出了巨大贡献"②。

转眼已是翌年夏天。1926年7月1日，蒋介石以军事委员会主席名义下达"北伐总动员令"，宣布北伐战略为："爰集大军，先定三湘，规

———————————

　① 王奇生：《国共合作与国民革命：1924—1927》，南京：江苏人民出版社，2009年，第219页。

　② 王新哲、刘志强、任方明编：《保定陆军军官学校史研究》，北京：中国社会出版社，2005年，第645页。

复武汉，进而与我友军国民军会师，以期统一中国，复兴民族。"①

9日，国民革命军10万大军在广州举行誓师大会，并发布《北伐宣言》：

> 本党从来主张用和平方法建设统一政府，盖一则中华民国之政府应由中华人民自起而建设，一则以凋敝之民生不堪再经内乱之祸。故总理北上之时，即谆谆以开国民会议解决时局，号召全国。孰知段贼于国民会议阳诺而阴拒，而帝国主义者复煽动军阀益肆凶焰。迄于今日，不特本党召集国民会议、以谋和平统一之主张未能实现，而且卖国军阀吴佩孚得英帝国主义者之助，死灰复燃，竟欲效袁贼世凯之故智，大举外债，用以摧残国民独立自由之运动。帝国主义者复饵以关税增收之利益，与以金钱、军械之接济，直接帮助吴贼压迫中国国民革命，间接即所以谋永久掌握中国关税之权，而使中国经济生命陷于万劫不复之地。吴贼又见国民革命之势力日益扩张，卖国借款之狡计势难得逞，乃一面更倾其全力攻击国民革命根据地，既使匪徒扰乱广东，又纠集党羽侵入湘省。本党至此，忍无可忍，乃不能不出于出师之一途矣……

"宣言"如讨檄，有理有据、慷慨激昂，北伐战争由此拉开序幕。蒋介石任北伐军总司令，李济深为参谋长，白崇禧任参谋次长代理参谋长，邓演达为政治部主任，郭沫若为政治部副主任。

"打倒列强，打倒列强，除军阀，除军阀。国民革命成功，国民革命成功，齐欢唱，齐欢唱。"在群情激昂的口号、歌唱声中，吴仲禧跟随大部队来到广州黄沙车站。

---

① 中国人民解放军政治学院党史教研室编：《中共党史参考资料》第13册，第314页。

这是广韶铁路始发站，站场设施简陋，站房为木板拼接，仅有2座旅客站台和1座140米的长廊雨棚。

当成千上万官兵涌入后，车站被围了个水泄不通。更有爱国学生和群众十里相送，有的妇人胳膊上挎着竹篮，装了鸡蛋、水果、老婆饼等对革命军人进行慰问。于人山人海、喧嚣鼎沸之中，吴仲禧感受到一种人心所向的力量。

沿广韶铁路北行，革命军第一站将到韶州（今韶关）。铁路于1907年始行车，全长224.15公里。路基本来也修得不怎么样，又常浸泡于雨水之中，近20年不能及时维护，部分区间枕木局部腐烂，软塌塌荼得很；车厢里破破旧旧，本来就隐隐散发着一股异味，再塞满浑身汗臭的战士，真像一口大蒸锅对着胸口冒臭气。好在，汽笛拉响，列车"喀哧、喀哧"徐徐开动时，窗口透进来的一股股热风，多少稀释了车厢里的味道。

吴仲禧坐在靠窗位置，扭头看窗外的景色，这时节，近处荷叶田田、碧水微澜，远处云雾苍苍、青山如黛，是一幅多么好的自然风景。他微微叹气，要是没有战争该有多好。

火车沿北江东岸前行，车速不快，到上坡地段更如老牛拉车极为缓慢。吴仲禧记得，1922年5月6日，孙中山先生正是坐这趟火车赴韶州督师北伐，几年过去，斯人已去，但革命者从未停下前进的脚步。

车到韶州便不能前行。中段为韶株段（韶州至株洲），未修，后面的路要靠步行。韶、株之间全长四百余公里，却并非一马平川，而要跨越崇山峻岭，一眼望去，群山嶙峋耸峙，宛如拦路之虎横亘于面前，尤其行至乐昌九峰山时，更是九峰峻耸盘旋百余里，若春季来，山涧里、溪水边、田野上，青绿、金黄、粉黛……芳香怡人、莺飞燕舞，着实美哉，但酷夏时节翻山越岭，又是负重爬坡急行军，实在不易，再强硬的汉子亦气喘吁吁、备受煎熬。

翻过此山即入湖南，故乐昌有"广东北大门"之称。革命者挺起胸，迈开步，迎着风，淋着雨，高唱"打倒列强，打倒列强，除军阀，除军阀。国民革命成功，国民革命成功，齐欢唱，齐欢唱"……管他前面是刀枪是火海，只管砥砺前行。

山间，久久回荡着气壮山河的军歌。

此前，吴仲禧已听到战报，叶挺独立团击溃四倍之敌，取得安仁、渌田战役胜利。此次战役，先行的叶挺独立团以伤亡100余人的代价换得俘敌官兵200余人，缴获迫击炮数门、机枪数挺、长短枪300余支的战果，使官兵士气高昂。叶挺独立团首战告捷和第七军钟祖培旅的胜利稳定了湖南战局，为北伐军开辟了进军道路。

吴仲禧为叶挺感到高兴，估计能很快见到他，要好好向他请教治军带兵之道。

北伐军第四、七、八军主力进入湖南后，以叶挺独立团为先锋发起湖南战役，首战吴佩孚。吴佩孚控制着湖南、湖北和河南一部分，辖有7个步兵团、3个独立旅，共约10万人，加上湖南督军掌握有4个师和3个旅，近3万人，兵力优于北伐军，一场恶战在所难免。

第四军制定作战计划，独立团在左，第十二师三十五团、三十六团在右，由两侧向醴陵攻击。

独立团先与敌军约2000余人发生遭遇战。此处地形特殊，前有河流横亘，无法徒涉，侧有小高地火力点，易守难攻，敌军处于地利之优势。双方"拉锯"一样反复拼杀，战斗异常激烈，血战至中午，独立团第九连终于攻占了泗汾桥，使敌人大为震惊，又集中兵力反扑，第九连不支之时，叶挺亲率部队饿虎扑食般袭来，又血战半小时，只见敌军尸横遍野，终于抵挡不住而向北方溃退，我军险胜。

……

各部经一天的激烈战斗和互相配合作战，于当日下午4时30分攻占醴陵城。

是役，毙敌数百，俘敌官兵500余人，缴获山炮2门、机枪3挺、步

枪千余支，其他弹药、军用品甚多。北伐军伤亡官兵300余人。

地方举行的欢迎大会在醴陵文庙举行。陈铭枢、叶挺等发表慷慨激昂的讲话，除褒扬全体将士舍死忘生、勇往直前外，还称颂醴陵共产党组织和民众对北伐的大力支援是取得胜利的重要原因。

吴仲禧亦认为，这一仗的胜利和醴陵城郊工农群众的支持、协助关系很大，群众组织军民救国团担负运输、侦察、慰劳等后勤工作，并将醴陵一带的地形详图献给我军，这一方面是由于湖南农民运动蓬勃开展的影响，另一方面也是因为作为北伐军先遣队的叶挺独立团军纪严明、秋毫无犯，在群众中留下很好的声誉和口碑。

随后，第四军两师分驻城郊从事休整。

醴陵为千年古邑，又是商业小城，城里酒楼饭馆林立，时还有赌场、妓院、鸦片烟馆等，吃喝玩乐之风盛行，一些官兵抗拒不了诱惑，有时趁夜幕掩护溜入城内饮酒作乐，甚至着军装冶游（嫖妓）之事也有发生，在群众中造成很坏影响，但由于军风纪松弛而无人过问。

在两师联席工作会议上，有一个议题是整顿军风纪问题，叶挺按捺不住首先站了起来。

他环视四周嗓门洪亮地说："我们是国民革命之军队，应极力强调严格军纪的重要，我建议立即成立军风纪检查团，今后不论何级军官界入冶游，均拘送师部严肃处理。"

吴仲禧也赞成："凡军官、士兵理应一视同仁，执法应不徇私情。"

他们的建议得到陈铭枢、张发奎两位师长的认可，随即成立军风纪律检查队，由两师派人轮流执行任务。

几天之后的一个晚上，第十二师检查队在执法过程中，发现第十师师部一个姓方的参谋处长冶游，将其抓了个正着。人被扭送到第十师师部，该师朱参谋长一下子恼羞成怒，他没有因为自己的人做了丑事、破坏了军规而去责罚，反认为被兄弟师抓了自己的军官而丢尽面子。这事传开，连戴戟也怀疑有人有意损害第十师声誉。

戴戟冲吴仲禧发牢骚："这都是叶挺的建议惹的祸，使两师高级军官之间产生隔阂，不利于革命形势。"

吴仲禧好言相劝："叶挺本意是对全体将士进行纪律约束，制度本身没有问题，是人出了问题，下回我们抓住他们的人结果也一样。"

戴戟冷静之后认同了吴仲禧的观点，叶挺的建议是严肃整顿军风纪，是好心维护全军威信，另外，叶挺独立团本身以身作则、无可指责。

由于第十师对冶游军官作出了严肃处理，两师官兵之后严守军纪，再无风波产生，群众印象很快得以改善。

得空暇，吴仲禧与叶挺单独见了一面。

吴仲禧递给叶挺一支"三五"香烟，高兴地说："希夷兄独立团一战开局，让人敬佩。"

叶挺谦虚地笑了笑："奋飞兄过奖，两军交战，狭路相逢勇者胜，打仗就要有不怕死的精神。"

吴仲禧说："希夷兄严于治军，而又能以坦荡的胸怀使士兵信服，这才是战无不胜的关键。"

说话间，一支烟燃完。大家都很忙，叶挺掏出两盒"三炮台"递给吴仲禧："战利品，不多，给你留了两包。"

吴仲禧哈哈一笑："知我者，希夷也！"

随着醴陵克复，长沙失去保护屏障，北伐军再接再厉，于7月12日攻占长沙，使得敌军被迫向平江、岳州方面退却，至此，第一期作战任务基本完成。

此时，沿途工农群众纷纷要求参军。为补充第四军实力，陈可钰在长沙成立新兵速成训练处，由共产党员沈超然担任处长负责招募新兵，从而使部队得到迅速补充。新兵经短期培训具备了一定的作战能力。

接下来，便是平江战役。

　　吴仲禧此时不知，位于湘鄂赣三省交界处的这小小的平江县，后来发生了一系列惊天动地的事件，1927年9月9日，毛泽东领导了著名的湘赣边界秋收起义，从此开始了领导中国革命武装斗争的军事生涯。1928年8月，彭德怀、滕代远、黄公略等共产党人在天岳书院发动"平江起义"，随后成立中国工农红军第五军。平江还是中国游击战的发源地，方正平、吴钦民等革命家以此地为据点开展长达3年之久的游击战争。

　　登高望远——平江北倚古城岭，南临汨罗江，是进入湖北的咽喉要道、兵家必争之地，"平江失，则岳阳不保，武汉亦危"。

　　在北伐军修整之时，吴佩孚已紧急调集数万人企图凭借汨罗江天然屏障固守，由第五十混成旅驻守平江，其他几部于外围配合作战。敌军在平江附近的鲁肃山、天岳山、甲山、钟洞大山、五里牌、岔子坳、黄甲山、澄潭等大小山头修筑了坚固的防御工事，炸毁、凿坏了渡河船只，在北伐军前进道路上，还埋了许多地雷，架设了一道道铁丝网。当然，他们的如意算盘打错了，共产党组织工农群众已探明哪里有地雷、哪里有通道，及时报告给了北伐军。

　　7月19日拂晓，佯攻开始。枪炮声连天，地动山摇，硝烟顿起，敌主力被成功吸引。各部或牵制或阻击或迂回，让敌人不明就里、仓促应战。

　　正酣战火拼之时，三十六团侦探队长梁秉枢率数十名精干士兵，在当地工农武装配合下，绕道而行又单刀直入，以出其不意、攻其不备的方式进击平江县城北门，守兵没想到北伐军来得如此神速，应对不足而被歼灭。冲入北门后，北伐军发现敌旅司令部就在附近，迅速冲上前去将其包围，但敌旅长陆潭十分狡猾，早留了一手，见情势不妙，迅速带领近百护卫士兵躲入旅部旁边几间坚固的房屋，困兽犹斗，负隅顽抗。北伐军各式装备一股脑用上，但难以攻下，敌兵还不停还击，将北伐军士兵打伤，僵持会出麻烦，若其他城门或城内敌军闻讯赶来支援，北伐军必腹背受敌。有人建议不如火攻，烟熏火燎不信敌兵能熬得住。此主意好！工农群众抱来稻草、干柴，士兵点着之后使劲投掷过去，房屋挡得住子弹，却阻碍不了弥漫的烟雾，一时间，里面咳嗽声大作，敌兵吱里哇啦乱喊，很快，窗口探出一面白裤子，敌军悉数缴械投降。而素以骄横闻名并叫嚣"叫广东军到平江来碰碰才知道我的厉害"的旅长陆潭，自知罪责难逃、开枪自尽。

也是奇怪，在大火熊熊燃烧之时，天上突然黑云密布，顷刻间大雨倾盆，将火浇灭，使得其他房屋未受刚才火势影响，群众见状无不拍手称快："革命军真得天意人心。"①

平江之役，共俘敌军旅参谋长以下军官79人，士兵1500余人，缴获大炮11门、机枪5挺、长短枪2000余支。北伐军伤亡173人②；亦有说北伐军伤亡官兵500多人（其中包括独立团伤亡30余人）③。

平江大捷振奋人心，将士舞旗举枪以示庆贺，欢呼声冲破云霄，令天地动容。

吴仲禧言："这一仗，尽管攻坚的仍是独立团和三十六团，是张发奎指挥的部队，但总的来看陈铭枢指挥的第十师配合得也不错。"苏联军事顾问则评价："该城和敌人全部防线的命运，是由叶挺独立团解决的。"④

平江城既破，吴佩孚汨水防线失去重要支撑点，汨罗江防线亦随之动摇。

浩浩荡荡的北伐大军一路前进，势如破竹，摧枯拉朽。

---

① 广东清远市政协文史委员会编：《清远文史资料（第5辑）·北伐名将陈可钰》，1992年，第75页。

② 湖南省地方志编纂委员会编：《湖南省志》第5卷 军事志，北京：中国文史出版社，1994年，第902页。

③ 广东清远市政协文史委员会编：《清远文史资料（第5辑）·北伐名将陈可钰》，1992年，第75页。

④ 《叶挺生平活动简介》，叶正大等：《记忆中的父亲叶挺》，北京：中国文史出版社，2014年，第215页。

⑥ 汀泗桥之役

接下来的大会战主战场以汀泗桥为中心、延伸周遭方圆百里。

汀泗桥位于汀泗镇；汀泗镇在湖北咸宁西南，是鄂南第一门户，粤汉路上天险。此镇地势特别，多为湖泊、沼泽，且远处三面环水，又因近日长江溃堤而致河水暴涨，各湖泊亦"水涨船高"，无法泅渡。

汀泗桥北山陵起伏，敌人占据山头，以居高临下之势虎视眈眈地盯着南面地势平坦的开阔之地，山上机枪射程有效覆盖汀泗桥至开阔之地的大片面积。

汀泗铁路横贯南北，但路基两侧没留什么空间，十分狭窄，故无法借以利用。

吴佩孚之所以底气十足，革命军步步紧逼快杀到跟前还不担忧，便倚仗有这一道雄关天堑。

汀泗桥始建于1247年（南宋淳祐七年），是湖北省最古老的石拱桥，一场大战将打破汀泗河600多年的安静与祥和。

1926年8月23日，蒋介石与唐生智、李宗仁等召开军事会议，决定兵分4路攻打：以第四军陈铭枢、张发奎两师和叶挺独立团由崇阳、通山进攻汀泗桥；以李宗仁第七军取蒲圻会攻汀泗桥；以第八军一部协助第七军进攻汀泗桥；第八军何键、刘兴两师渡江下嘉鱼，抄汀泗桥后路。蒋介石则率王伯龄第一师为预备队指挥战斗。各路分头向汀泗桥方面前进。

26日凌晨4时，第十师师长陈铭枢发出作战命令[1]：

---

[1] 《第十师交战的一般情形》（根据师长陈铭枢报告），中央档案馆编：《北伐战争》，北京：中共中央党校出版社，1980年，第95—96页。

1. 第十二师于上午6时起程（独立团及三十五团从中和铺起程，第三十六团从石坑渡起程），从西南方及北方侧面进攻汀泗桥。

2. 第三十团为先锋队，于6时半取道土岩岭、易家港、三家路向赤岗亭前进。

3. 第二十六团于8时半取道土岩岭、易家港、三家路、骆家湾等与第三十团右翼向汀泗桥进攻。

4. 第二十八团及炮兵营为后备队随二十九团之后三里前进。

军令如山！戴戟、吴仲禧作战前动员，戴戟振臂一呼："前期我三十团没派上大用场，仗都让兄弟部队打了，功劳也让他们抢了，今次作为先锋队，我们要以急行军的速度到达赤岗附近，有没有信心？"

"有！有！有！"

不多时，士兵荷枪实弹、整装待发。此时，夜色尚未褪去，吴仲禧看到，革命军人因连日长途奔袭，又无暇补觉，一脸沧桑，但精神状态极佳，个个眼珠子贼亮，像冒着一束束光芒。

三十团将士借助夜幕掩护，经过一个多小时的行进悄然抵达赤岗附近。此处距离汀泗桥仅有1000多米距离，是到了敌人眼皮子底下。戴戟登上小坡，用望远镜观察敌情之后，又让吴仲禧确认，吴仲禧观察后提醒，前面那块小高地，如果我们不占便没有地利优势，一旦占领会被高山阵地布防的敌人发现。

这的确是个棘手问题。

此时，曙光初现，警觉的敌军发现赤岗地方情况不对，瞬间，机枪手"突突突"扫射，戴戟躲避不及，左腿中弹，一时血流如注，十分危险。

卫生员为戴戟紧急包扎后，血一时止住，但无法再指挥作战，戴戟下令："由吴仲禧代理团长，指挥战斗！"

"是！"吴仲禧火线接令。

三十团开始反击。

正面进攻主要由黄琪翔第三十六团进行。吴仲禧后来忆述，张发奎一方面考虑独立团每次均当先锋征战疲劳，另一方面也想让他的嫡系黄琪翔有立功表现机会。

但黄琪翔部遇到敌人顽强抵抗，敌方凭借地利之便、坚固之工事及优良之武器进行猛烈火力封锁，气焰嚣张，吴仲禧言："激战竟日，未能突破"①。

晚间军情又变，据报有数万之众的增援之敌正星夜兼程赶来，战机稍有贻误，我军将陷入腹背受敌之险境。张发奎立即将军情上报副军长陈可钰，陈可钰下令：兵贵神速，夜晚再次发动进攻！

强攻会导致更大的伤亡，节骨眼上，当地农民向叶挺提供了智取方案。这位农民叫汪远福，在北伐军进入湖北前，受聂洪钧（1905—1966，湖北省咸宁县人，1925年参加革命，同年加入中国共产党）领导的中共咸宁县特别支部影响，加入正在聂家港一带开展农民运动的农会组织。他告诉叶挺，有一条小路，可迂回到敌人中央高地。叶挺遂向陈铭枢建议夜袭，这和黄琪翔的意见不谋而合，遂得到指挥部同意。

27日凌晨2时，月明星稀之夜。酣战后的双方都刀枪入库、偃旗息鼓，以养精蓄锐翌日再战。可敌人万万没有料到，叶挺独立团以农民为向导，长途跋涉、衔枚疾走，越过东面高山、穿过崎岖山道绕到古塘角，此位置正在守敌后方。敌人没想到背后天降奇兵，被突然发起的猛攻打得晕头转向。听到枪声，其他各路部队迅速展开猛烈进攻。

但当三十六团打至汀泗桥东南方高山附近时又遭遇敌人顽强抵抗，正奋力还击之时，吴仲禧带领三十团赶到，命令："向左侧布阵，最大程度吸引敌人火力，给三十六团兄弟创造进攻机会！"

---

① 吴仲禧：《有关叶挺同志的几个片断回忆》，广东省政协文化和文史资料委员会编：《深潜龙潭老将军——吴仲禧纪念文集》，北京：中国文史出版社，2015年，第63页。

汀泗桥终于被北伐军占领。但敌军岂能善罢甘休，又拼命组织反攻，桥又被夺了回去，还以更炽烈之火力交叉封锁——真是异常壮烈的一幕，北伐将士一排排倒在血泊中，又一排排上来，前仆后继、死不旋踵。汀泗桥在双方的争夺中"三来三去"，两军都杀红了眼，一时间，弹雨弥天、积尸如山。

与此同时，第十师突破敌人阵地，攻克汀泗桥东侧高地玛瑙岭，占据了地形优势，可以火力压制增援之敌。第十师各团及第十二师三十六团和独立团协同包围敌人左翼，激战两小时，到天刚破晓之时，汀泗桥东南一带高地全部被北伐军占领，至此敌人兵力完全处于下风。黄琪翔后来忆述，我军登上山头后，发现无数死伤在战壕里的敌军，大部负有白刃战的刺刀伤，足见战斗激烈程度。

总攻时机到，张发奎传令发信号弹，"欻欻欻"，3颗信号弹映照着我军将士勇毅的面庞，顿时，全线同时进击，枪炮声、喊杀声震撼山谷，叶挺率领独立团冲过铁桥将敌包围、缴械。

到此时，我军取得毙敌千余人、俘军官百余人的重大胜利成果。

陈可钰下令三十六团、三十团负责守桥，防止敌人反扑，其余部队马不停蹄、一鼓作气拿下咸宁县城。

站在桥上，吴仲禧看到，铁道两旁树上悬着敌军人头；淹死在水中的敌军尸体让人不堪逼视，"这就是吴佩孚军督战队的'战绩'"。[①]

张发奎后来回忆这次战役："敌人占着优势，他们的火力又很厉害，故个人不容易前进，所以必须严密地团结我们的力量而等待友军到来与我们联合作战。等二十八及二十九两团来到后，与我们联合，向右侧布阵，虽然敌人计划要攻击我们的左侧，但是他们失败了，给本团打

① 黄琪翔：《大革命洪流中的国民革命军第四军》，中国人民政治协商会议全国委员会文史资料研究委员会编：《文史资料选辑》第94辑，北京：文史资料出版社，1984年，第3页。

败了。"①

吴仲禧认为，汀泗桥之战是北伐战争中击溃军阀吴佩孚主力的一场大会战，敌强我弱，敌众我寡，敌逸我劳，敌高我下，胜之委实不易。

8月28日，蒋介石特电嘉陈可钰、陈铭枢、张发奎等攻克汀泗桥②：

> 汀泗桥、咸宁一带，探送第四军陈副军长、陈师长、张师长，并转各团长均鉴：汀泗桥夙称天险，乃我军一鼓而击堕之，负嵎逆军，歼灭殆尽，非兄等筹策攸宜，将士忠勇效命，畴克臻此，嘉慰逾恒。戴团长陷阵负伤，殊深系念。除派员驰赴汀泗桥慰问外，所有在事出力人员，着先传令嘉奖，并希将此役伤亡官兵详查汇报，以凭赏恤。蒋中正。俭。

汀泗桥之战伤亡数目单

	死		伤	
	官	兵	官	兵
第十师	3	66	2	125
第十二师	2	63	4	125
总计	5	129	6	250

---

① 《第十二师交战的一般情形》（根据师长张发奎报告），中央档案馆编：《北伐战争》：北京：中共中央党校出版社，1980年，第98页。

② 中国第二历史档案馆编：《蒋介石年谱初稿》，北京：档案出版社，1992年，第665页。

汀泗桥之战所获俘虏单

	第十师	第十二师	总数
军官	112	45	157
兵士	1684	612	2296
马匹		14	14
炮	4		4
步枪（来福）	145	1381	1526
短兵枪	10	6	16
重机关枪	2	6	8
机关枪		1	1
子弹	12箱	17箱	
炮弹	9箱	5箱	
其他来福枪		58	58
刺刀	34	2	36
机关枪架		1	1

上两表看出，吴仲禧所在第十师付出不小代价，死伤官兵196人；但战绩显赫，俘敌官兵1796人，缴获不少枪支弹药。

在战斗中，吴仲禧亲临火线指挥作战，经受了血与火的考验，革命意志愈发坚定。

吴仲禧格外推崇叶挺的英勇表现："这一仗，更可清楚地看到叶挺独立团依靠人民群众的巨大威力，他的部队不仅到处有群众帮助担架、供给粮草以及渡河船只等，而且随时有群众提供敌情、地形等情报，所以往往能够在很困难的环境中取得胜利。这是其他部队都很羡慕而又难

以企及的。"[①]

接下来几日，北伐军愈战愈勇，一个个好消息接踵而至，克长沙，克平江，克岳阳，吴佩孚军伤亡惨重，湖南战役胜利结束。

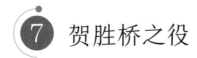

7 贺胜桥之役

1926年8月29日至8月30日，战火在距离汀泗桥40余公里的贺胜桥燃起。

贺胜桥之名始于南宋末年，此桥地处东南五省通衢的咽喉地带，自古乃军事战略要地，革命军若要进攻武昌，汀泗桥是第一道屏障，贺胜桥是第二道屏障。

吴佩孚没想到会轻易失去汀泗桥，他心急火燎、气急败坏，但又对贺胜桥抱有绝对的信心。想当年，他以两湖巡阅使身份指挥北军反攻、大败"援鄂自治军"总司令赵恒惕，就是倚仗汀泗桥、贺胜桥。民国以来军阀混战，尔攻我夺，战争频仍，然湘粤之兵始终无法越过这两道要隘而入据武汉。故吴佩孚坚信这贺胜桥北伐军是无论如何也破不了的。为鼓舞士气，他孤注一掷，亲自坐专列到一线督战，嘴里骂骂咧咧："王八里个三孙子，我他娘还真不信能在贺胜桥翻船！"

此时正值夏季，贺胜桥周围丘陵起伏，草木茂盛；远处，河汊交错，水势湍急。粤汉南北往来靠此铁路桥相通，但桥左右陆地面积十分

---

① 吴仲禧：《有关叶挺同志的几个片断回忆》，广东省政协文化和文史资料委员会编：《深潜龙潭老将军——吴仲禧纪念文集》，北京：中国文史出版社，2015年，第63页。

狭窄，不易通过。

吴佩孚因前面输得窝囊，为死守贺胜桥，以保武汉而扭转败局，他一声令下，官兵紧急调集，6万余人在贺胜桥南面构筑了纵深长达5公里的3道防线，还下了血本，拿出看家的东西——铁甲车几十辆，大炮60多门，重机枪200余挺，子弹足量供应，就是为确保防御体系万无一失。他发狠"限你们三日夺回汀泗桥"，又口出狂言"想我吴子玉昔日以汀泗桥一战而定鄂，今我要以贺胜桥一战而定天下"，摆出誓与北伐军一决生死的军阀做派。

吴佩孚总结了汀泗桥失败的教训，认为是被北伐军抄了后路而导致，故而在贺胜桥防御上，除3道防线，还在桥附近的各个山头构筑工事、安排火力点，如北伐军贸然进入，便半空爆炒毛栗子——北伐军进热锅，被吴佩孚部炒。

于北伐军而言，贺胜桥一战难于汀泗桥一役，一则，吴佩孚兵力远超北伐军数倍，武器装备更不待言，又大多养精蓄锐、以逸待劳；二则，吴佩孚赌徒心态凸显，输红了眼，杀气腾腾。

但吴仲禧认为，自古以来，凡战争之胜负未必完全取决于兵力之多寡，无数战争实践已印证这一点。而战争之性质，人心之向背，士气之高低，亦是胜负的关键，此已在汀泗桥之役"显山露水"——北伐军师出有名，打军阀、救民于水火，是众望所归、人心所向，故而才有无数工农群众相帮，有深厚的人民基础，这是吴佩孚所不具备的。

贺胜桥战役由军参谋长邓演达统一指挥，第四军以独立团和第十二师为攻桥主力，第十师为预备队，并调第八军何键、夏斗寅部自嘉鱼渡江绕攻汉口、汉阳，以抚"吴军之背"——既让吴佩孚失去后援，也让他有后院失火之惶恐。

30日凌晨总攻开始，革命战士用缴获的大炮猛烈轰炸，炮弹所到之处燃起熊熊火海，升腾浓浓硝烟。

叶挺独立团的勇士们若蛟龙出水、如猛虎下山，突入敌阵，直打得

敌军丢盔弃甲、鬼哭狼嚎，敌军精心构筑的杨林塘至王本立第一道防线被突破。

第二道防线在贺胜桥南面桃林铺至孟家山一带。此山不高，却是石头山，敌军借助有利地形固守，火力十分迅猛。叶挺率全团勇士知难而进、冒死开战，应了那句"狭路相逢勇者胜"，营长符克振身先士卒突入敌阵，虽胸部中弹仍无所畏惧，其他将士鱼跃而入直杀得敌人一排排倒下。第二道防线被一举摧毁。

此时，吴佩孚还未得到战报，他在干什么呢？有一部儿童故事书这样写道：

且说贺胜桥头凉亭里的诗文酒会，正在热闹地进行。吴佩孚是前清的秀才，喜欢舞文弄墨，又有满脑子的封建迷信思想，他在贺胜桥头举行诗文酒会，一来是为了学淝水之战的谢安石，在八公山上，一边下棋，一边指挥作战，"谈笑静胡沙"的儒将风度，二来是为了图个吉利，讨个好兆头，在贺胜桥头举行诗文酒会，含有祝贺胜利的意思。

大帅今天穿着戎装，全身披挂，十分威武，当他从那豪华富丽的铁甲专列走下来到桥头凉亭里时，恭候多时的幕僚们，有的垂手肃立，有的拱手抱拳相迎。他大踏步走到酒席首位坐下后，军乐队奏起了《满江红》乐曲，他拈须微笑，举起酒杯，朗声笑道：

今日贺胜桥决战，必将载入史册，诸君醉卧沙场，吟诗作赋，也是千古罕见的风流轶事，因此，不可没有好诗。请诸君先干了这一杯，再将好诗慢慢吟出。干！

大家也都肃立举杯：干！

一个平素最惯于拍马屁的幕僚抢先说：大帅今日威仪，较之公瑾当年雄姿英发，更胜一筹，学生有诗一首为赞——说着，他清了清嗓子，提高了声音：

大帅南征胆气豪，

十万大军贺胜桥，

连天金鼓山河动，

耀眼旌旗红日高，

投鞭断流水流西，

百越鼠辈何处逃！

贺胜一战定天下，

痛饮黄龙解战袍。

……

酒会正热闹的时候，忽见漫山遍野的溃兵向桥头阵地压了过来。

故事自然是虚构的，当不得真。吴佩孚失了汀泗桥，哪里还有这等闲情逸致？他正端坐车头密切关注战局变化，竖起耳朵听着枪炮声的动静和方向。

于北伐军来说，这第三道防线才是最难啃的骨头，它设在贺胜桥至烟斗山余花坪一带，又靠近贺胜桥桥头，是吴佩孚防守的重中之重。

第四、第七军将士全力向贺胜桥敌军正面发起冲锋，其势锐不可挡。吴佩孚顿觉不妙，如何枪炮声越来越近？他的车头架着两挺机枪，车身后排有几百人的大刀队，是在警告将士只有奋勇冲杀的份儿，胆敢后退一步，要么被机枪扫要么被大刀劈，只有死路一条。

时候不大，溃退之兵涌来，吴佩孚命令，不论旅长团长，一律杀无赦，有10余名军官被他悬首于桥头电线杆示众。

吴佩孚的滥杀暴行不但未能挽回颓势，反而引起将士慌乱，甚为滑稽的一幕出现了：将士边往回跑边开枪射击，当场打死吴佩孚副官一人，打伤卫兵二人。

吴佩孚恼羞成怒："一群憨熊！成事不足败事有余！"

不成想，北伐军刚攻入桥头，又被打退，吴佩孚远远看到，一时得

意："哈哈，乘胜追击！"他没搞清楚，那是北伐军面对强悍之敌玩的战术——佯装打不过，引诱敌军放马过来，再狠狠杀回马枪！

果不其然，当敌军像鸭子似的拥挤到桥面时，北伐军轻重火器齐齐发射，成群的敌人纷纷中弹，想跑的也没地方跑，互相推挤落入河中被河水淹死。

北伐军愈战愈勇，张发奎、邓演达、叶挺、吴仲禧等指挥官现场指挥为壮士助威，一时间，北伐军士气倍增，以排山倒海之势压过桥来。

兵败如山倒。吴佩孚见大势不妙，惊魂落魄，坐着专列朝武汉方向仓皇逃命，诸多将士也想抓住最后一根救命稻草，但残酷凄惨的一幕发生——"败兵攀援欲上，卫士呵禁弗能止，急挥刀砍其臂，人纷纷随臂堕，宛转呼号，惨不忍闻"。[1]此情此景，比曹孟德之"宁教我负天下人，休教天下人负我"有过之而无不及。

这样的首领，不败没有天理！

31日晨，北伐军对贺胜桥溃败之敌展开全面追击，因独立团和第十二师伤亡过重，暂留附近修整，第十师沿铁路向前追击。吴仲禧率领全团士兵一路狂追，他手持步枪浴身于硝烟，时有顽抗之敌躲在暗处打冷枪，吴仲禧任流弹横飞仍健步向前，消灭了部分敌军。但他亦知穷寇莫追之古训，见好就收，最后，一部分敌军渡江，一部分窜进武昌城。至此，贺胜桥战役结束。

贺胜桥一战，北伐军一举击溃吴佩孚主力，致敌死伤3005人，俘军官200人、士兵3000多人。北伐军死伤800余人。[2]

---

① 《民国政史拾遗》，沈云龙主编：《近代中国史料丛刊》第68期，转引自孙建军、朱志敏主编：《1921—2011中国共产党九十年历程 合作北伐》，长春：吉林人民出版社，2011年，第623页。

② 杨世兰、史久远、余茂笈主编：《国共合作史稿》，郑州：河南人民出版社，1988年，第152页。

贺胜桥北伐阵亡将士陵园

贺胜桥之役是决定南北两方命运的关键，加之汀泗桥之役的失败，吴佩孚"一战定天下"的痴心妄想成了泡影。

吴仲禧回头看去，贺胜桥一带左傍长江、右依湖沼群山，本极利于防御，但北洋部队何以连一日相持都不到即全面败退？他认为革命军士气高昂、北洋部队人心涣散是原因之一，自古至今正义之师必胜；更重要的是人民倾向革命，人心势不可遏，对取得胜利给予了有力的支助。

贺胜桥之役，中共武昌县地下党组织率领山坡、保福祠、贺胜桥等地区党员和农民军在贺胜桥以北袭击敌人，与北伐军形成南北夹击之势，虽不是主力，但骚扰、牵制了敌人不少兵力。

汀泗桥、贺胜桥两役，由于叶挺和独立团表现甚为勇猛，自此，叶挺被誉为"北伐名将"，所部被称为"叶挺独立团"，四军赢得"铁军"称号。

以后，《蒋介石年谱初稿》记载："十时，第四军攻克贺胜桥……阵地坚壮，北军云集，吴佩孚亲出督战，卒至节次退败。"①

是啊，就是这样一支队伍，从珠江流域打到长江流域，在几个月

---

① 中国第二历史档案馆编：《蒋介石年谱初稿》，北京：档案出版社，1992年，第667页。

时间里雷霆出击、以少胜多、勇者无敌,很快击败了吴佩孚、孙传芳几十万军队。

8 武昌之役

北伐军于武昌城外集结后,李宗仁与各队长官商议,决定一鼓作气攻下武昌城。他们当然知道武昌城不只是一块难啃的硬骨头,俨然铜墙铁壁,坚实得不得了。吴仲禧在武昌读书时看过城墙,武昌城修建于三国时期,依山傍江,凭墉藉险,九座城门,座座固若金汤。城墙不是一般的高,有的地方高达15米,平均高度约在10米左右;不是一般的厚,山炮、野炮打上去也就是掉层皮,坚不可摧。城墙四周还有一道很深的护城河,河中有水,深可没颈。

城内还有蛇山,顾名思义,如蛇逶迤横贯全城,敌人在山上部署有炮兵阵地,可居高临下观测到城外北伐军的动静。

可谓占据地利之便。

武昌守城部队虽大都由汀泗桥、贺胜桥战败的各师旅残部拼凑而成,战斗力不算很强,但倚仗又高又厚的城墙,吴佩孚试图做最后的挣扎。

逃回武昌后,吴佩孚即在湖北督军署召开军事会议,令刘玉春为防守总司令。刘玉春正是率部在汀泗桥、贺胜桥阻止北伐军失败后退至武昌的北伐军手下败将。

刘玉春让各部清点人数,总计兵员不到两万,武器装备有步枪万余支,山炮一连,机枪130余挺。他思忖,武昌城一夫当关万夫莫开,再加上这些装备足够应付。吴佩孚也告诉他，曹锟的旧部，孙传芳的江、浙、闽、皖、赣五省联军都会前来增援解围，他大可高枕无忧。

《孙子兵法》曰："故上兵伐谋，其次伐交，其次伐兵，其下攻城。攻城之法，为不得已。"但于北伐军而言，不攻又如何？

可是攻城条件委实不具备。如攻城所用云梯，因时间紧，来不及制作足够长度的，即便战士们爬到尽头，也够不着城垛。攻城之法，也可使用炮轰，但北伐军没有工兵部队，只有70门山炮，威力不足，炮弹也不多。还有一些山炮，拆开后由人力搬运至阵地再行组装，可组装时发现缺少零件。

另外，守城的马骕（保定陆军军官学校第六期步兵科毕业，时任刘玉春部参谋长）看出来："革命军虽然携有山炮，但为顾虑波及民众，所以始终没向城内发射。反之，革命军如果像北洋军阀那样不顾居民的伤亡，在这两星期的猛烈总攻击下，何尝不可击破城墙一段，冲进城去呢？"

革命军是仁义之师，怕轰城会伤及无辜百姓，便不敢放开打。

此外，攻城之法，还可利用飞机投掷炸弹，革命军从广州调来两架飞机，但由于技术不过关，炸弹乱掷一气，未击中敌人，还造成了自己部队的伤亡。

攻城开始于9月3日凌晨3时，步兵向武昌城发起攻击。5时许，第二师占据忠孝门附近和紫金山以北，并越过壕沟抵达城角，当战士们立起云梯奋不顾身攀登城墙时，守军居高临下以机枪扫射、手榴弹轰炸，只见弹光爆射，如雷霆电击亮如白昼，战士何谈生还！其他各攻城部队也遭遇类似情况，不得已，6时许攻城停止。

但蒋介石不顾将士生命，下了一道死命令：限48小时内攻下城池！

4日夜，攻城战士在夜色掩护下越过护城河隐蔽待命，至5日凌晨3时对方疲倦懈怠之时，战士们立起云梯悄悄攀爬，但仍被守军发现，火药包、爆破罐连续爆炸，机枪疯狂扫射，众多战士又献出宝贵的生

命。此时，叶挺独立团一营营长、攻城敢死队队长、中共党员曹渊等官兵请缨到城墙下，但曹渊尚未登梯即被守军子弹击中头部，当场鲜血迸溅，殒命疆场。个别士兵冒着枪林弹雨侥幸爬到尽头，发现离城堞还有两米，而瞬间滚木、礌石、机枪、手榴弹倾泻而下，战士们的尸体纷纷砸向地面。而城楼之上，敌兵不断用砖石砌补缺垛的城墙，还吊油灯于半腰，防备革命军于雨天及夜黑风高之时爬墙或在墙根埋炸药包。

刘玉春要与革命军死磕到底。

吴仲禧有劲使不上，心中焦急万分。

攻城持续到9月11日不见成效。

之后，我军改变策略——以守为攻。

时城内居民有10余万人，吃饭是大问题；且全城居民受尽恐怖、饥饿、劫掠、奸淫，民心离散，如覆水难收，"人民不怕飞机大炮而怕活活饿死，因此希望北伐军早日攻城，以免陷于不死不活的苦境"。①

刘玉春不死心，还组织3000人的敢死队试图冲出城去，但刚一露头就被生生打了回来。

城中守敌倒还有一支，是吴锡九的河南陆军第三师。当汀泗桥战事吃紧时，吴佩孚令吴锡九火速"救驾"，当吴锡九的第一列兵车开进武昌，革命军已抵武昌城下，第二列兵车侥幸开进武昌，但第三列兵车被挡在城外。

有资料言，吴锡九部第九团团长贺对廷是保定军校毕业生，与北伐军中的军事特派员王乐平是山东老乡，王乐平主动请缨前往西门，与贺对廷谈判，贺对廷幡然醒悟决议投降，但吴锡九不允许，贺对廷遂抛开吴锡九自作主张开城迎接北伐军进城。

---

① 陶菊隐：《北洋军阀统治时期史话》第八册，北京：生活·读书·新知三联书店，1959年，第62页。

　　而唐生智第八军三十九团团长王东原在1985年于台北出版回忆录《浮生简述》言，"我团第一营第三连连长朱兴曙在巡防前线时……经我允许后，10月6日遂乘香烟交替机会（围城一久，城内军官没有烟抽，城外烟贩做开了生意，城下与城上以粗绳吊箩筐载人运送香烟）攀绳上城……最后送至旅长处。旅为河南第一旅，旅长为贺对廷，朱又强调其革命大道理一番。贺大为所动，询知围攻部队为第八军唐生智所部，唐生智、贺对廷皆保定军校第一期毕业，有此同学关系，可资信托……"如此，率先入城的便是唐生智的第八军①。吴锡九换上便装逃赴上海。吴佩孚得知情况，逃往河南。

　　时隔36年之后，马骥回忆当年困守武昌城的战役用了8个字："助桀为虐，深为内疚"。②

　　据马骥忆述，守城到45天的深夜，各部队开城投降，守城警戒完全撤销。10日深夜，各守城部队各自与当面的革命军接好了头，经指定荆南中学、宾阳门内空坪、楚望台、旧都署四处，听候改编。结果，改编者占多数，淘汰资遣者占极少数。

　　吴仲禧后来回忆，"我团战士首先登城"③。当时，在城内各军纷纷缴械投降时，刘玉春还率领残部1000余人在蛇山脚下顽抗，吴仲禧指挥三十团予以坚决打击，据当时"随军记者"陶菊隐言，约一二小时之后，刘玉春被其部下拉到中华大学校长孟良佐家中，又因孟良佐的仆人报告而被擒获。而马骥言，刘玉春趁乱逃窜并藏在文华书院魏洋人那儿，被抓获后，游行示众。经查，孟良佐时"代理华中大学校长"④。

---

　　① 涂文学主编：《武汉通史·中华民国卷》上，武汉：武汉出版社，2006年，第130页。

　　② 马骥：《记困守武昌城的战役》，中国人民政治协商会议湖北省武汉市委员会文史资料研究委员会编：《武汉文史资料》1983年第3辑（总第13辑），1983年，第68页。

　　③ 吴仲禧：《个人革命历史活动的简历》。

　　④ 周川主编：《中国近现代高等教育人物辞典》，福州：福建教育出版社，2018年，第717页。

过往如云烟，谁说的对呢？王东原又言，"指挥官陈嘉谟、刘玉春在其司令部内俯首就擒"。①资料姑且都摆在这里，供读者参考。

吴仲禧言，"（第三十团）占领了吴佩孚部守将刘玉春司令部，刘也被俘"。②

武昌既克，举国震动，海内外贺电如雪片般飞来。城内，是一片欢乐的海洋，人民举着旗、拉着横幅、挥舞着胳臂迎接北伐军将士入城，同时，打出"打到军阀""废除不平等条约""收回租界"等口号，喊声、欢呼声连成一片。而这一日，恰是1911年辛亥武昌首义15周年，是一种巧合，又仿佛冥冥之中的注定。

由于各场战役取得胜利及各部扩充与整编，北伐将领普遍得以升迁，戴戟担任第二十四师师长，吴仲禧亦因战功晋升为第二十四师参谋长。③不过，叶挺没有这么好的待遇，"由于他是半公开的共产党员，在当时的革命队伍中叫作有'色彩'，虽战功卓著，却不为当局信任和重用，北伐军攻下武昌，铁军几个团的团长都升为师长，只有他任副职。"④

武汉粤侨联谊社同人还赠送张发奎第四军一面"铁军盾"，颂扬其"四军伟绩，威震遐迩""摧锋陷阵，如铁之坚"——"铁军"之名由此而来。张发奎及各部将领大受鼓舞。

此后，北伐军愈胜愈战，愈战愈胜——11月，攻克九江、南昌，至此，吴佩孚主力基本被剿。蒋介石到南昌后开始指挥进攻孙传芳，年底，孙传芳各部也基本被击败。11月11日，广州国民政府决定迁都北上武汉，陈独秀、宋庆龄、鲍罗廷、陈友仁、何香凝、谭平山、邓演达、

---

① 涂文学主编：《武汉通史·中华民国卷》上，武汉：武汉出版社，2006年，第131页。

② 吴仲禧：《个人革命历史活动的简历》。

③ 林亨元、王昌明：《吴仲禧传略》，广东省政协文化和文史资料委员会编：《深潜龙潭老将军——吴仲禧纪念文集》，北京：中国文史出版社，2015年，第157页。

④ 萧克：《铁军纵横谈》，《近代史研究》，1989年第4期，第59页。

徐谦等左派重要人士先后到达。

1927年1月，张发奎升任第四军军长，黄琪翔升任副军长。

3月，杭州、上海和南京被北伐军逐一攻克，华东亦被北伐的国民政府统一。

3月10日至17日，国民党二届三中全会在武汉南洋大楼三楼大厅召开，会议坚持了孙中山联俄、联共、扶助农工的三大政策，限制了蒋介石的军事独裁，提高了党权，支持了工农运动，是一次共产党人和国民党左派对国民党右派斗争取得重要成果的会议。

3月20日，武汉国民政府正式成立。

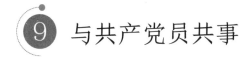

9 与共产党员共事

但蒋介石岂会任人摆布、善罢甘休？其实，早在1926年10月22日，他就电张静江、谭延闿："武昌既克局势大变，本党应速谋发展。中意中央党部于（与）政府机关仍留广州；而执行委员会移至武昌为便。否则政府留粤，而中央党部移鄂，亦可使党务发展也。"①但是，他的脸变得比老天爷还快，忽而"武汉"，忽而"南昌"，总之，想搞独裁那一套，即，往哪里迁都都没问题，如果不能一手遮天，那就另立门户。

另立门户前，蒋介石发出秘令，"已克复各省一致实行清党"——1927年4月12日，其在上海发动反革命政变，收缴工人纠察队的武器，疯狂捕杀工人和共产党员，至15日，上海300多工人被杀，500多人被

① 武汉地方志编纂委员会办公室编：《武汉国民政府史料》，武汉：武汉出版社，2005年，第77页。

捕，5000多人失踪，酿成震惊中外的"四一二"反革命政变。在此前后，广东、江苏、浙江等省相继发生反革命大屠杀。奉系军阀也在北京捕杀共产党员，李大钊、陈延年、赵世炎、汪寿华、萧楚女、熊雄等先后英勇牺牲。

4月17日，蒋介石与国民党元老胡汉民以及部分监察委员等人在南京正式组建"南京国民政府"，胡汉民任政府主席。自此，南京（简称"宁"）国民政府与武汉（简称"汉"）国民政府正式分裂，史称"宁汉分裂"。一时，国内政局迅速逆转，全国形成了北京张作霖、南京蒋介石和武汉汪精卫三个政权相对峙的局面。

武汉政府则处于新旧军阀的包围之中，风雨飘摇、岌岌可危。

吴仲禧言，"由于蒋介石的反共和分裂活动，使武汉革命政府和南京的蒋介石右派集团发生对峙"，武汉的北伐军也由此"发生分化"①。

第四军军长张发奎和第十一军军长陈铭枢两人原来就各具野心，不能团结，这时张发奎想利用和汪精卫的关系壮大自己的势力，有朝一日班师南下，夺取广东的地盘。陈铭枢则想投靠蒋介石，准备参加南京政权。结果在宁汉即将分裂之日，陈铭枢首先逃向南京，不久，他辖下的师长戴戟、杨其昌也离开武汉，杨其昌属下的三个团长也走了两个，第十一军只剩下蔡廷锴的第十师。故而，张发奎又兼任了第十一军军长，叶挺任第二十四师师长。

能与自己敬重的老同学共事，吴仲禧心里十分高兴，他暗暗盘算怎样在叶挺和自己的努力下，把二十四师这支北伐的老部队整顿得更加富有战斗力。

很快，叶挺来二十四师报到。

---

① 吴仲禧：《有关叶挺同志的几个片断回忆》，广东省政协文化和文史资料委员会编：《深潜龙潭老将军——吴仲禧纪念文集》，北京：中国文史出版社，2015年，第64页。

　　吴仲禧高兴地说："希夷，这回好了，我要向你多学习！"

　　叶挺紧握吴仲禧的手："奋飞，有你的支持，二十四师一定会成为虎狼之师！"

　　半个多月间，吴仲禧向叶挺交接了原师长戴戟的工作，他感觉与叶挺又互相增进了友谊和了解。

　　此间，第十一军成立政治部，吴仲禧和叶挺代表第二十四师前去祝贺，吴仲禧还赋诗一首：

> 帝国主义，流毒世界，
>
> 侵略弱小，民族之害。
>
> 五军崛起，解除障碍，
>
> 铁中铮铮，风闻中外。
>
> 主义光辉，政治是赖，
>
> 军队党化，以诚以爱。
>
> 努力工作，勿荒勿怠，
>
> 大部成立，范模当代。[①]

　　可好戏还没开始，吴仲禧被调任第二十六师副师长（师长杨其昌随陈铭枢、戴戟等走了）并代理师长。吴仲禧自感对二十六师不熟悉，任务比较艰巨，便抓住机会向叶挺请教。

　　吴仲禧诚恳地说："请希夷兄推荐一些可靠的骨干，以充实二十六师的干部队伍。"

　　叶挺对吴仲禧没有跟随陈铭枢、戴戟一走了之进行肯定，说："奋飞兄只管大胆地接受任命走马上任，我听说有一位年轻的骨干会派到你那里去，担任第七十七团团长，叫蒋先云。"

　　吴仲禧已知道叶挺是"著名的共产党员"，心想他说的人一定没

---

① 吴仲禧：《祝词》，广东省政协文化和文史资料委员会编：《深潜龙潭老将军——吴仲禧纪念文集》，北京：中国文史出版社，2015年，第85页。

错，另外，一听"蒋先云"这个名字，吴仲禧更是欣喜，蒋先云是共产党员，他虽未见过，但早闻其大名，他是国共两党都看好的风云人物，一位能文能武、才华横溢的书生，更是工人运动中十分活跃的精明强干的青年人。

见吴仲禧对蒋先云非常感兴趣，叶挺索性请吴仲禧坐下来，吩咐卫兵去沏一壶茶。不大会儿，茶端了上来，叶挺给吴仲禧倒了一杯，说："这是你们福建武夷山的茶，好久没喝了吧，快尝尝。"

吴仲禧闻了闻，是地道的铁观音，茶香氤氲中，吴仲禧不由想起老家的母亲。看吴仲禧发愣，叶挺笑道："等仗打完了，老兄得回家看看哇。"

吴仲禧烟瘾不小，叶挺烟瘾更大。吴仲禧听说叶挺一天只用3根火柴，早中晚各用一根，烟点着后就一支一支地续上抽。见叶挺搓手掌，吴仲禧知道他想烟了，随手从兜里掏出两包"三五"放到桌上："我们缴获的战利品，老弟也品尝一下胜利的果实！"

"哈哈哈，知我者奋飞也。"叶挺爽朗的笑声惊得屋檐下的燕子扑哧扑哧地飞走了。

随着叶挺的介绍，吴仲禧对蒋先云的了解更加深入。蒋先云是黄埔第一期优秀毕业生，在军校时曾组织青年军人联合会同孙文主义学会相对抗，在黄埔生中很有威望。蒋介石想拉拢他，派他在北伐军总部当随从秘书，欲通过他控制黄埔同学会，但他不为蒋所利用，跑到武汉来了。他在武汉由刘少奇同志介绍当工人纠察总队长，但他自己一直想直接从事军事工作，最近，他对工人运动中某些做法不太满意，觉得限制太多，束手束脚，便辞去工人纠察总队队长职务，随军北伐。

叶挺说："蒋先云积极、热情，又谦虚好学，相信你们会处得很好。"

另外，叶挺还告诉吴仲禧，从第二十四师划归第二十六师指挥的第七十一团也有好些能干的人，但具体是哪些人，叶挺没有明说。直到解放后，吴仲禧才知道该团团长刘明夏以及与蒋先云同来的余洒度也是共产党员。余洒度后任国民革命军第二方面军总部警卫团中校团附兼第一营营长、代理团长。那时还有一个人，在第七十一团三连任政治指导员，他就是萧克。若干年后，萧克去广州公干，专程去吴仲禧家中看望，当时的情景被吴群策记录下来，萧克谈到，"二期北伐时，叶挺留在武汉任卫戍司令，身边只留两个团，将七十一团拨归二十六师指挥继续北上讨伐奉军，由于拨归二十六师不久，师长（指吴仲禧）可能不一定认得我们在基层的每一个军官，可是我们对吴师长的印象却是十分深刻的。当时正值宁汉分家，基层官兵不很清楚上层发生的事，思想有些迷茫。吴师长在武汉北伐大会上，旗帜鲜明地拥护孙中山的三大政策，慷慨激昂地动员全师官兵继续北上将革命进行到底。给我们很大的鼓舞。"①

时隔多年之后，吴仲禧回想往事："有了叶挺的这些鼓励和介绍，我到第二十六师的信心就大大增强了。也正是由于这些共产党人的骨干作用，使二十六师在二期北伐中打胜了几个硬仗。"

其实，在这次深入的交流中，叶挺向吴仲禧传递了很多有价值的信息，对吴仲禧的思想转变起到了一定的影响。

很快，吴仲禧和蒋先云见面了。蒋先云真是年轻，才二十六七岁，身材虽不高大，但气质不凡，称得上气宇轩昂。说话十分响亮清脆，不带一点湖南土音。

青年才俊往往容易恃才自傲，但蒋先云对吴仲禧非常客气，先鞠了一个躬，这代表他们都是读书人，再端正地行了一个军礼，是下级对上级的尊重。吴仲禧忙还了军礼，握住蒋先云的手使劲摇了摇说："欢迎蒋团长！"

---

① 吴群策：《记萧克将军在吴仲禧家的一次亲切访谈》，广东省政协文化和文史资料委员会编：《深潜龙潭老将军——吴仲禧纪念文集》，北京：中国文史出版社，2015年，第148页。

蒋先云开诚布公："吴师长，我到武汉已经三个多月，在武昌体育场开的几次会上，我见过您，料不到今天会到二十六师来共事北伐大业。我对军事没有什么经验，大部分时间都在搞工人运动，和蒋介石唱对台戏，我没有好好读书，现在感到搞武装斗争十分重要，希望吴师长多加指教。"

吴仲禧内心感叹，真是一个态度诚恳、谦虚好学的青年！

蒋先云是1921年冬天毛泽东在湖南省立第三师范学校培育和发展的共产党员之一。1924年4月，蒋先云以第一名的成绩考入黄埔军校第一期，后又以第一名的成绩毕业，颇为蒋介石看重。听说蒋介石曾称，如果革命成功后他解甲归田，黄埔军校这些龙虎之士只有蒋先云才能指挥。周恩来担任黄埔军校政治部主任后，蒋先云被调任政治部秘书。周恩来赞扬他是军校的高材生，是个将才。在毛泽东、周恩来、恽代英、张太雷、聂荣臻、李富春等人的指导下，蒋先云逐渐成长为我党早期最具影响力的军事将领之一。

武汉国民政府为打破僵局，决定对东、南、西三面采取守势，对北面的奉系军阀采取讨伐。

1927年4月19日，第四军、第十一军在武昌南湖广场举行誓师仪式。事毕，吴仲禧率二十六师仍回徐家棚集结整顿，待命出发。

4月下旬，国民革命军从武汉出师，陆续开往河南前线。

1927年初，吴仲禧在武汉与家人及友人合影，后排左二为吴仲禧，二排右一为夫人王静澜；一排右一为大女儿吴惠卿，右二为大儿子吴群敢

此时叶挺担任卫戍司令，负责保卫武汉。

此前，吴仲禧的家属也搬来武汉居住，吴仲禧抽时间回家，看望夫人和孩子，并和大家一起照了张相。

行军途中，吴仲禧敏感地察觉到，蒋先云在对他做思想工作。

有一天晚上，蒋先云问吴仲禧："你看过陈独秀和汪精卫的联合宣言吗？"

吴仲禧如实回答说没有。

蒋先云说："汪精卫是个政客，不一定靠得住，你可能以为他还是左派，其实不是；陈独秀完全相信他迁就他，并且处处限制工农群众运动，我们党内很多人不赞成，我也有意见。"

见吴仲禧听得认真，蒋先云继续说道："共产党是真诚拥护孙中山的三大政策的，只有依靠工农群众，把革命战争进行到底，打倒一切军阀，才能实现孙中山先生的遗志。"

蒋先云的一番话如醍醐灌顶，对吴仲禧启发、帮助很大。虽然当时吴仲禧对于共产党人很尊敬和佩服，但"认识也很肤浅"①，可是，他在思考了好几天之后觉得还是应该抓住机会表达一下心愿。

几天后，在从驻马店出发行军的一次宿营中，找了个单独相处的机会，吴仲禧向蒋先云提出："像我这样旧军人出身的人，如果要求参加中国共产党有没有可能呢？"

蒋先云很爽直地对吴仲禧说："只要你有坚定的信念，党组织的门是经常开着的。"接着又说："等这个仗打完的时候，我们再好好地讨论这个问题。"

蒋先云的回答让吴仲禧感受到了莫大的鼓舞，他于沉闷的政治气氛中感受到了一缕朝阳正冲破云雾照到他困惑已久的心田。

---

① 吴仲禧：《回忆北伐军团长蒋先云》，广东省政协文化和文史资料委员会编：《深潜龙潭老将军——吴仲禧纪念文集》，北京：中国文史出版社，2015年，第54页。

大战在即，吴仲禧来不及多想。

在蒋先云的领导下，在短短一个月时间里，第七十七团的整顿和训练取得显著的成效，官兵士气大不同往日，精神面貌焕然一新，从而带动了整个二十六师的提升，这一点，吴仲禧明显感觉出来了，就连张发奎以及他所属的嫡系将领也颇感意外。

5月中旬，逍遥镇之役时，张发奎原本没打算用二十六师，可是正面第十二师的队伍在对敌人进行了两昼夜的猛攻后战况仍没有进展，形势变得十分危急，无奈，张发奎急调二十六师增援。但这时二十六师还在张明寨一带，距前线有40公里行程。军情紧急刻不容缓，夜幕降临，七十七团接到吴仲禧传达的命令后即以急行军的速度连夜赶进。吴仲禧言，"由于这支部队年纪较轻，身体素质好，平常在先云同志带领下，官兵一致，斗志旺盛，加上行李辎重少，骡马输送能力强，又善夜行军、走山路，所以在次日黎明前即赶到大路李，迫近前线"。张发奎一见喜出望外，连连称赞。

《孙子兵法》曰："不战而屈人之兵"，敌人见我增援部队开到，便无心恋战，一时间全线溃退，兵败如山倒。

吴仲禧言："这次二十六师虽然没有直接参与战斗，但我师一往无前的战斗精神和吃苦耐劳的作风，大大地改变了张发奎对我师的看法，张在我面前也特别表扬了蒋先云的领导能力。"

⑩ 临颍战役

临颍战役是北伐军与奉军主力部队的一次决战，也是二次北伐中最关键一役。

吴仲禧认为，临颍处平汉铁路之要冲，又是开封和郑州的门户，奉军如果不能守住临颍，不仅开封、郑州也不能守，而且整个黄河以南就无地盘可据，所以，奉军注定要在临颍附近与北伐军作一场决战，既是决战，对方便会做充分的准备，这对我军不利。

但是，在战役开始前张发奎对战局形势作了错误的估计，主要是自二次北伐以来北伐军连战大捷，各将领都有轻敌情绪，又认为临颍一带一马平川、无险可守，比起逍遥镇有沙河可凭，东、西洪桥前后有草河、洪河可守，此处的地形似乎对奉军更为不利。而上两次战役都打败了奉军，现在临颍孤城在望还有什么打头？甚至不少将领认为，在黄河以南大概都没有什么大仗可打了，取下开封、郑州已经是板上钉钉、不成问题的了。

吴仲禧言，当时这种估计"是违反事实的"。第一，奉军虽然节节败退，但主力并没有被打垮，各路退兵都集结到临颍城附近；第二，由郑州方面又陆续开来奉军的主力部队增援；第三，前几次战役敌人的重兵器没有什么损失，而野炮兵团的炮火射程比我军远得多，山炮、迫击炮也比我军数量多，都没有过多地投入使用；第四，临颍附近虽无险要地形，但对方先头部队已在那里修了一个多月的工事，构筑了坚固的步兵阵地和炮兵阵地，特别是在正面和右翼配备了强大的火力，这些极其重要的情况北伐军方面都不清楚。

为何造成这种被动的局面？吴仲禧言，当时北伐军侦察力量极其薄弱，一架侦察飞机也没有，只有一个骑兵连，不敢远出活动，所以如果前线没有接触，几乎一点敌情都得不到。直至我军迫近敌之十里头前哨阵地，俘获了一个敌军官，才得到下列敌情：新近由郑州开来的奉军是王树常的第十军，下辖四个旅，旅长有何柱国、刘辅廷等人，该军有野炮兵、山炮兵各一团，是奉军的主力部队；在临颍城附近还有由偃城退

来的第十七军，下辖步兵六个旅，骑兵一个旅，但不全；还有由宋庄退来的第八军残部；还有飞机一小队，坦克车一小队。总兵力约在七八万人以上。

得知敌人整体兵力情况之后，张发奎吓了一跳，感到形势非常严峻，时北伐军兵力共有五个师，即第十师、第十二师、第二十六师、第二十五师和暂编独立十五师。但第十师在羊石方面对鄢陵之敌实行警戒，第二十五师远在上蔡解决富双英的部队，独立十五师战斗力薄弱不能担任重要任务。张发奎手里可以投入战斗的实际只有两师主力部队。且前方部队已与敌接触，敌强我弱之势已经形成，来不及重新部署。

只能赶鸭子上架——张发奎即命第十二师向十里头正面攻击，第二十六师作总预备队集结，在外场待命。

5月27日拂晓，第十二师开始向十里头强攻，敌军顽强抵抗，激战竟日，双方都有相当伤亡。战至黄昏，敌军才放弃十里头退守七里头。但第十二师并不知七里头是敌人精心构筑的主阵地，28日拂晓，第十二师倾三十四团、三十五团、三十六团全力向七里头猛攻，但敌人炮火异常猛烈，北伐军发起数次冲锋都被炸了回来，官兵尸横遍野。侥幸靠近，又因是平原地区，敌人凭借构筑的工事充分发挥机枪火力，使得北伐军有去无回，伤亡重大，三十四团团长吴奇伟也受了伤。

形势对北伐军极为不利。再强攻下去，老本都得赔完。北伐军为何不用火炮开道呢？北伐军火炮射程近，打不到敌人主要阵地，而敌军的野炮射程远，可以打到北伐军队伍集结的地方。张发奎和副军长黄琪翔都冒着炮火亲临前线指挥，但无济于事。

当时，张发奎可以机动指挥的部队只剩二十六师，若敌人组织反攻，己军有全军覆没的可能。

此时，吴仲禧第二十六师师部和蒋先云第七十七团都在外场一个无名小村庄待命。当敌人的炮弹不断落在村庄附近时，吴仲禧感觉驻地已被敌人发现。但蒋先云同志很沉着，他到村外观察了战况，判断敌人的炮兵阵地就在己方右翼的前方。

蒋先云回来告诉吴仲禧："不摧毁敌人的重炮兵阵地，我军正面的进攻就不能成功，应当马上建议张总指挥派我们从右翼出击包抄敌人的炮兵阵地。"

吴仲禧赞成蒋先云的意见，马上打电话请示，张发奎同意并下令："着二十六师七十七团蒋先云部立即从右翼出击，直取辛庄，抄敌之左翼。"

吴仲禧向蒋先云传达命令之后，蒋先云及全团官兵兴奋非常，连夜轻装疾发，以急行军的速度向辛庄跑步前进。

5月29日拂晓，当七十七团接近目的地时，与敌前哨部队接火，发生了激烈的战斗。

七十七团七连连长黄克鼎后来在所写《临颍阵亡情况》中还原了当时的战况：

> ……部队即将其包围，把敌兵全部驱逐，我军占领了辛庄。接着，跟随敌兵足迹搜索前进，距离史庄800米远时，发现敌人的兵壕，便开火攻击。但是在一片平坦的麦地里，竟毫无地形地物可以利用作掩护，卧射则看不到敌人，立射又容易遭受敌人火力的损伤。尖刀连便采取猛力攻进的战术，以求迅速接近敌人。但敌前大队兵力增加，火力极强，并向我前连左翼包围过来，一排长当即阵亡，不一会，连党代表及二排长（尖兵长）也在冲锋时不幸中弹殒命，士兵伤亡更重。正面的敌军纵队冲来，全连只剩连长一人带领二十余名战士死力抵抗，士兵伤亡惨重。在战斗最危急的时刻，蒋先云奔赴火线，对尖刀连疾声高呼："不要紧，我来了，打！"便率领一营、三营冲锋。由于敌军火力甚猛，弹如雨下，我军尚未冲进第二线，即已伤亡三分之一。他左足中弹，士兵们前去救护，他不许，说："脚伤了，没关系，还能骑马，我

必杀退敌人。"便解下自己的绑腿带，包扎好流血不止的伤口，骑上战马，手举指挥刀，率领着数百名战士，冒着密集的子弹，飞奔冲入敌阵。此时，他又受重伤，人马扑地，仍然高呼："冲锋，向前杀去！"士兵们答道："请团长放心，我等决不后退。即使只剩一枪一卒，也必定与敌拼命！"他鼓励说："好兄弟！"当时有六七个士兵上前救护，他说："来两个就足够了，其余上前杀贼！"

得知蒋先云负重伤，吴仲禧非常担忧，速传令让他马上下火线。传令兵回报："我蒋先云不捉住敌人头目，不下火线！"继又挂着长枪，跨上战马，在两名士兵的护卫下再次向前冲去，士气益旺。他三次负伤，炮弹片炸断了他的腰皮带，穿入腹腔，流血不止，他仍挺身奋力高呼："冲呵！杀呵！前进！前进……"随即壮烈牺牲在疆场上。

在蒋先云同志牺牲精神的鼓舞下，全团官兵前仆后继继续猛烈冲锋，一举突入辛庄，迫使敌炮兵丢弃众多炮弹仓促撤退，敌人激烈的炮火声终于沉寂下来。

这时，第十师也赶到七里头，和第十二师一起在正面发起全线攻击。敌人失去炮火支援，不得不放弃坚固工事向后溃退，北伐军遂由三面直迫临颍城下。下午4时，北伐军攻入临颍城，取得这场激烈战役的重大胜利。

时隔多年，回忆那次战役，萧克言："师长（指吴仲禧）亲临前线，指挥部队包抄敌人的炮兵阵地，团长骑马带头冲锋陷阵。众将士前赴后继，勇往直前，直至冲垮了兵力、武器都占优势的奉军主力，取得夺取临颍的胜利。"[①]

吴仲禧认为，北伐以来，我军战斗之烈、死伤之大，实以此役为

---

① 吴群策：《记萧克将军在吴仲禧家的一次亲切访谈》，广东省政协文化和文史资料委员会编：《深潜龙潭老将军——吴仲禧纪念文集》，北京：中国文史出版社，2015年，第148页。

最。从整个战役来说，如果不是蒋先云同志首先建议以一团之众直扑右翼敌之炮兵阵地，北伐军正面两师队伍始终处于敌方优势炮火的威胁之下，不但进退维谷，实有崩溃之虞。在进攻辛庄时，如果不是蒋先云同志临危不惧、身先士卒，也很难激励全体官兵万众一心、前赴后继去突破敌人密集的火力封锁，取得攻克辛庄的胜利，"毫无疑问，先云同志在临颖战役中应立头功"。

此役缴获敌军枪支千余支，迫击炮13门，坦克车两辆。歼灭了奉军在豫的主力，为占领郑州和开封铺平了道路。

蒋先云同志牺牲后，张发奎闻讯"失声痛哭，极为悲痛"①，但当吴仲禧提出在北伐军中开一个隆重的追悼会时，张发奎答，刚刚接到武汉政府要我们紧急班师回去参加平定夏斗寅和许克祥叛乱的命令，等回武汉之后再说吧。

到了武汉，吴仲禧又再提开追悼会之事，张发奎说，现在这里反共气氛很浓，共产党员都不能在部队带兵，蒋先云的追悼会不好开。

吴仲禧当时很气愤，他想，这样一个忠于革命的共产党人为国牺牲了，军队里连个追悼会都不开，以后看谁肯跟你卖命！

1927年6月8日，中共中央军事部部长、军事委员会书记周恩来在武昌中央军事政治学校武汉分校的操场上主持了蒋先云烈士的追悼大会。在武汉的国共两党知名人士大多到会。

周恩来发表了沉痛的讲话。主持中央军事政治学校武汉分校工作并任政治总教官的恽代英在悼词中概括了蒋先云的一生："蒋介石叛变，他不为蒋所笼络，不愿做官，跑到武汉做工人运动，联合黄埔学生讨蒋。此次北伐，又出发前方去拼命。这种精神，何等的伟大，我们追悼和安葬蒋先云同志，激励了我们后死者的牺牲精神。"恽代英号召：

---

① 王涛、天虹：《张发奎将军与中共合作记略》，《广东党史》，2004年第3期，第43页。

"同志们，踏着蒋先云的道路前进！"

蒋先云牺牲后，郭沫若这样说："先云战死了，但他的精神是从此不死的。我本来很想作一篇文章来纪念他，但我觉得我们有时间性的文章，不足于纪念超时间性的烈士，足以纪念烈士的，只有他自己生前的行动，生前的誓言。"

不久，吴仲禧看到中共中央刊物《向导》周报刊登了《悼蒋先云同志》①的悼词，他逐字逐句地读，一时间，泪如雨下：

先云同志是共产党员，是无产阶级的战士，他死于国民革命的战争之中——第二次北伐时的奉军炮火之下。他的死不但足以表示无产阶级之战士能勇敢忠诚地为革命而牺牲，而且使一般革命党人都应以他为模范。

今年他只有二十五岁，民国十年他便组织心社，为湘南革命组

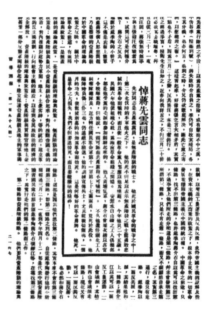

《向导》周报刊发《悼蒋先云同志》

织之开端。安源、水口山矿之工人俱乐部，都是他受党的委派而参加创办起来的。他入黄埔从军，蒋介石曾屡次诱以高官，令脱离党籍，但他说："头可断而共产党籍不可牺牲。"不久他还任湖北工人纠察队总队长，近方转任国民革命军第十一军第七十七团团长，竟死于此役。他临阵时负伤三仆三

---

① 《悼蒋先云同志》，《向导》周报，1927年4月，第198期。

起，仍追敌不稍退。他的训练宣传兵士，尤其能亲切领导，一个月的功夫，便能使新募的兵知为革命而效死。这是何等好的革命勇将。他死，是革命之大损失，我们不但要追悼死，而且要继续他的精神！

若干年后，吴仲禧仍流泪言："北伐军不开追悼会，共产党和人民却忘不了蒋先云同志的丰功伟绩……先云烈士的革命精神，永垂不朽！"

吴仲禧想起，在大革命处于危急之中时，他虽然保持了清醒的头脑，但他的第二十六师的情况有所不同，这个师没有参加前一段北伐的主要战役，新近又走了师长和两个团长，军心有些动荡，特别是对蒋介石"四一二"反革命政变后宁汉对峙的形势官兵认识比较混乱，故而，他希望蒋先云能做一些思想政治工作，尽快改变这一状况，解开官兵思想上的疙瘩。

蒋先云旗帜鲜明地揭露蒋介石的背叛行径，给官兵很大的教育。在全团官兵大会上，蒋先云铿锵有力地说："北伐打倒军阀的任务尚未完成，我们继续北上打倒直、奉军阀，把革命进行到底。而蒋介石已经背叛革命不再北伐了，我们在打倒旧军阀之后，还要打倒新的最大的军阀蒋介石。"

蒋先云一席话让吴仲禧佩服。

蒋先云义愤填膺地说："蒋介石绝不是孙中山先生的信徒，孙中山要执行联俄、联共、扶助工农的三大政策，蒋介石是坚决反对的。由于我在蒋介石身边当过几天秘书，更知道他的底细，他的案头经常摆着一部《曾国藩传》和'家书集'，他是以曾国藩自比，曾以扑灭太平天国为己任，蒋则以消灭共产党为天职。自'中山舰事件'以来，蒋介石就坚决地实行'清党'，黄埔军校早已开始，各地亦正在加紧进行，他破坏团结、分裂革命，民愤极大，我们早晚要和他相见于兵戎。"

吴仲禧当时对蒋先云说："你的讲话生动、深刻，很有说服力，官

兵们听了都很激动。"

此外，吴仲禧还充分发挥蒋先云文武双全的作用，"他还能写文章，常自己编宣传材料印发到各个连队去，士兵争相阅读"，吴仲禧读后，觉得他编得很好，同意发给其他团。吴仲禧何尝不知，此时此刻，他对蒋先云明里暗里的支持，相当于在自己的脖子上架了一把刀，但他全然不顾，因为他和蒋先云一样，胸怀国家和民族，不希望看到因为军阀混战而哀鸿遍野、生灵涂炭。

1927年5月7日，蒋先云给七十七团的军官写了一封信，吴仲禧读到了。

敬告本团官佐①

亲爱的革命的官长同志们：

相处将即一月了，在这短时期中，虽然没有经过十分严重的枪林弹雨的战况，而餐风宿露的辛苦，总算是尝试过了。我很能从你们的辛苦中深认和钦佩你们的精神，然我对于革命同志的素习，是历来不愿意互相标榜我们的强处，只是严格地批评其弱点。因为革命者只有自己从精神上去表示努力，从工作成绩上去自慰，用不着空受他人所谓的嘉奖。只有严格的批评，方可弥补自己的弱点，训练和增进我们实际做事的能力。因此我对于本团亲爱而革命的同志，只能沿其旧习，不客气地要求及评责。我相信本团官长同志最少也能知道我是革命的，我希望进一步认识我的革命性，尤希望各同志时时接受我立在革命观点上的评责。

尽管自称革命是不够的。革命者是必须要从工作上去表示他的努力，尤其是困苦艰难之中，枪林弹雨之下，更要

---

① 蒋先云：《敬告本团官佐》，《革命烈士书信》续编，北京：中国青年出版社，1983年，第12—14页。

能表示他能坚忍、能牺牲的精神，否则决不是一个真实的革命者。本团是脱胎于旧军队，我未始不知道诸同志的困苦艰难，可是我同时相信诸同志是忠勇于革命的青年，青年的革命者，只可缺少做事的经验，决不应当缺少做事的精神，去训练我们做事的能力，增进我们做事的经验。人们不是生来即是能做事的，生来即不怕死的，任他什么事体，最初必免不了许多的困难，令人难干，令人胆怯，但是有了大无畏的精神，决没有打不破的困难和艰险。

自信是勇敢的最能牺牲的还不够，必要具有临事不惧而沉着的修养。天下没有大不了的事，经过多了自可习以为常。遇事先要沉着，能沉着才能确实去观察，观察确实才能有正确的判断，判断正确才能有坚决的决心，决心坚决则胆自壮、气自豪，什么也不怕。要知道部属是以上官为转移的。上官心怯，部属则不战心寒。治军首重胆大心细，但必先胆大，而后能心细；胆怯没有不心慌的，心慌则什么也谈不上，只忙于生命一件，这才所谓天下无事，庸人自扰！

亲爱的革命的官长同志们！我们是知道革命理论的，我们是受过革命的训练的，我们不努力，不奋斗，不牺牲，不沉着，部下没有训练的士兵，又将怎样？善于带兵，决不专靠军纪来管束士兵，决不专靠几元饷洋来縻系士兵，更不能专以空头话来鼓舞士兵，必要以革命的精神去影响士兵。平时官长能努力，士兵没有不服从的；战时官长能身先士卒，士兵决没有怕死的。我前已说过，只要"舍得干"，天下没有干不了的事！

革命者必先能顾虑党国的前途，而后及于自己。我们要自信为革命者，能容得我们怕困苦怕危险吗？……

亲爱的革命的官长同志们，"岁寒，然后知松柏之后凋

也"。天下无难事，只要舍得干。望诸同志振作起来！共相奋勉！

团长　蒋先云

五月七日

吴仲禧深受鼓舞，他从蒋先云身上感受到了一种无形的力量，一种振奋的精神。

当天，国民革命军正式出征，在吴仲禧的带领下，包括蒋先云率领的七十七团全体官兵高唱"打倒列强！铲除军阀"的《北伐战歌》，离开武汉，奔赴河南前线。

只是，没想到，仅仅20天之后，蒋先云同志便血洒沙场，与他阴阳两隔。这不仅让他失去了一位亲密的战友，也失去了继续向党组织靠拢的机会。

11 经受考验

6月11日，吴仲禧奉命随张发奎部从开封回师武汉。在途经许昌时，他遇到了一次是否投靠国民党右派的意外考验。当时第二十六师宿营临近第十师，第十师师长蔡廷锴深夜跑来找他，劝他一同率部从许昌经豫东、皖北投靠南京，找原第十一军的老上级陈铭枢、蒋光鼐。两人密谈了一个通宵。

蔡廷锴说："奋飞兄原是陈铭枢、蒋光鼐、戴戟的部署，理应脱离张发奎同我共同行动。"

吴仲禧言："贤初兄此言差矣！俗话说，道不同不相为谋，奋飞通过战争的实践，通过叶挺、蒋先云的言行举止，受到了大革命的教育，也看清了蒋介石新军阀的反动本质，岂肯为一己之私而弃明投暗？有志者事竟成也，但为报效旧日上级而投靠南京政府，那不是我的'志'，我决不干！"

吴仲禧又劝蔡廷锴不应冒险。蔡廷锴见相约无望，但如自己率第十师通过皖北方振武防区，恐兵力不济，终于不敢单独发难。

但蔡廷锴由此有了不小的心病，他怕吴仲禧告发他，回到武汉后索性装病住进了医院。

吴仲禧得知情况，心知心病还得心药医，一天，他亲往医院，劝蔡廷锴："贤初兄，昔日你是好心，也就那么一说，我根本没当回事，你只管祛除疑虑，照常出来带兵，免得遭人议论。"

蔡廷锴惭愧地笑笑："奋飞兄大度，贤初不如也，有你此言，我病全好了，走，回部队去！"

王静澜后来说起此事，"在当时宁汉分裂的复杂局势下，吴仲禧是坚决维护继续奉行孙中山三大政策的武汉政府的，是非分明而又善于团结同志、共同对敌。"

若干年后，吴仲禧在回忆这一段往事时，认为自己当时拥护三大政策的政治立场还是明确的，也是与人为善的，但对旧军队中看中袍泽关系认识不够。

但是，谁也没有料到，汪精卫也不是一个省油的灯，国共合作的武汉国民政府至1927年7月15日汪精卫"分共"而从形式上终结。在一次会上，汪精卫特别提醒唐生智、张发奎等将领要注意军队中的共产党人的动向。

不久，北伐军进行第二次整编，成立第二方面军，张发奎任总指挥，谢婴白任参谋长。

张发奎对吴仲禧说："奋飞兄，你来当副官长如何？"

吴仲禧一愣，问："那我这个师长还兼任否？"

张发奎摆摆手："何必那样辛苦，二十六师部队交给第十师副师长许志锐去带，他是我的心腹，你还有什么不放心呀？"

张发奎要给他的老部下升官，而以明升暗降的方式夺吴仲禧的兵权。吴仲禧也明白，可能在张发奎眼里他始终是陈铭枢的部下。当然，张发奎也想让他跟他回广东守地盘。

吴仲禧心说，"哪有打了胜仗却被夺权的道理？"

但既然张发奎作出了决定，吴仲禧也无可奈何。

7月中旬，吴仲禧办完移交手续，随张发奎总部到达九江。张发奎因何到九江？萧克后来忆述，"南昌起义前，张发奎借东征讨蒋之机，移兵九江、南昌，窥测政治、军事气候，似有南下广东，割据一隅之意。"①吴仲禧看出了这一点，故没有接任副官长的职务，而是向张发奎称病要求离职到庐山休养。张发奎看得出来吴仲禧心里不情愿，但也不多作挽留，只说要来广东随时都有事给他做，并送了2000元作为旅费。

时值盛夏，天气酷热，庐山为避暑圣地，云山杳霭，荫凉舒爽，各方人士纷至沓来，与吴仲禧同行的还有郭沫若、季方等。

吴仲禧说："鼎堂兄（郭沫若），《请看今日之蒋介石》等檄文我看了很多遍，着实过瘾！"

此文是郭沫若于1927年3月底在南昌朱德寓所写就的，是声讨蒋介石反动政治的一篇散文，于1927年4月9日发表于武汉《中央日报》。

"军中一支笔，刺向自己的总司令！"季方大笑。

写此文时，郭沫若是蒋介石总司令部行营政治部主任，负责蒋介石机要文字及宣言起草工作。

这是在"四一二"政变以前，由郭沫若响亮提出来"打倒蒋介石"的口号，具有重大的革命意义，在人民群众中产生了巨大影响。

---

① 萧克：《铁军纵横谈》，《近代史研究》，1989年第4期，第48页。

郭沫若说："我就是要代表广大人民群众撕开蒋介石的反革命面目，表达旗帜鲜明的革命态度。"

吴仲禧担忧蒋介石会报复，因为4月19日，南京国民政府已发出第一号令，通缉陈独秀、谭平山、毛泽东、周恩来、张国焘、郭沫若、沈雁冰等197位共产党员及跨党分子。

郭沫若哈哈大笑："蒋介石是破坏革命的罪魁祸首，理应口诛笔伐，我不怕他！"

季方则说："当年我对蒋介石已感到很失望，但是择生（邓演达）兄劝我，革命不能因噎废食，要耐心地干，还说鼎堂兄也愿意和我们一起工作，所以我又干起了革命。"

季方是吴仲禧于保定军校的师兄，曾在黄埔军校校长办公厅担任主任副官，与邓演达很熟悉。

季方又说道："前不久蒋介石让我回总司令部工作，我回到上海后听到议论纷纷，觉得不对劲，蒋介石这个人靠不住，我就与他不辞而别的永别了。"

又是一片爽朗的笑声。

此时的庐山是一年里最好的季节。庐山以雄、奇、险、秀闻名于世，素有"匡庐奇秀甲天下"之誉。亭亭山上松，瑟瑟古中风，山峰耸峙，冈岭纵横，壑谷幽幽，怪石嶙峋，急流、瀑布、溪涧、湖潭分布错落有致。尤其香炉峰，在庐山西北，其峰尖圆，烟云聚散，如博山香炉之状，但在李白笔下，又呈"日照香炉生紫烟，遥看瀑布挂前川。飞流直下三千尺，疑是银河落九天"之浪漫主义色彩。

志同道合者每天相约访古揽胜、谈天说地，优哉游哉，但更多的是议论时局，均有"哀其不幸，怒其不争"之感，但自晓只是空发牢骚、无济于事，只是一肚子的话儿吐出心里稍舒坦些。

约一周后，郭沫若、季方都下山去了，直至8月初，平日聚谈的友好遽然绝迹，均不再来。吴仲禧不知为何，正在疑惑中，忽看到《牯岭

日报》刊出"叶、贺在南昌举行兵变、张发奎只身脱险"等消息，才知郭沫若去了南昌参加起义。

1927年8月1日2时，在周恩来、贺龙、叶挺、朱德、刘伯承的领导下，南昌起义开始，起义总指挥部设在江西大旅社。按照中共前委的作战计划，由贺龙指挥的第二十军第一、第二师，向旧藩台衙门、大士院街、牛行车站等处守军发起进攻；由叶挺指挥的第十一军第二十四师向松柏巷天主教堂、新营房、百花洲等处守军发起进攻。经5个小时的激战，全歼守敌3000余人，缴获各种枪5000余支。同日下午，驻马回岭的第二十五师第七十三团和第七十五团，在聂荣臻、周士第率领下参加起义，于2日拂晓开到南昌，与主力部队会合。

吴仲禧意识到，南昌起义是中国共产党直接领导的带有全局意义的一次武装起义，打响了武装反抗国民党反动统治的第一枪。他那时还不知道，南昌起义同时也是中国共产党独立领导武装革命战争和创建人民军队开始的标志。

吴仲禧感觉到，在中国共产党的领导下，一波又一波反抗国民党独裁统治的革命浪潮会如海浪般不断掀起。

听到郭沫若参加了南昌起义，蒋介石恼羞成怒，当即下令通缉，并派特务暗中追杀，这也是吴仲禧再没见到郭沫若的原因。

吴仲禧连忙下山回到九江市区，见到张发奎，张发奎气愤地说："我应叶挺、贺龙的会议邀请，从九江乘火车到南昌附近时，发现车轨被截断了，险些翻车，才知道叶、贺在南昌起义，他们派人邀请我参加，我没有参加，掉头返回了九江，这整得什么事嘛？"

吴仲禧心里清楚，张发奎是不会真正和共产党合作的，他认为自己有足够的力量可以独占广州的地盘，另外，如果和共产党纠缠在一起，势必引起蒋介石的围攻。但是，他又与中共的合作关系不错，北伐中，四军能取得辉煌战绩与四军中的中共党员的英勇作战密不可分，他自己言："（共产党人）他们帮助了我，因为他们工作得很勤奋，共产党的政工人员极为认真而优秀。"张发奎的部队也是共产党员最集中的军队,北伐后期,"估计约有2500至3000名共产党员"①。故而,他也不想和共产党兵戎相见,属于"中间派"。

张发奎又说:"不是我对不起共产党,是共产党对不起我,事前也不告诉我。事发后,我告诉教导团,凡是共产党员的,都可以站出来,我派专车送大家到南昌,保证安全,但是武器必须交出来,不能带走。"这话,吴仲禧相信。他多次听张发奎讲:"我不会杀害共产党员,在任何情况下,我不同意将共产党员当做敌人,我不反对共产党员个人。"

季方告诉吴仲禧:"我从庐山下来,发生了南昌起义,结果,我们被张发奎勒令缴械!"

吴仲禧问:"他为何要缴你们的械?"

季方说:"张发奎认为,参加起义的有原属第四军的叶挺师,而此前教导营与中共军事政治学校合并编为第四军教导团,我任参谋长,这个团的成员原是中央军事政治学校武汉分校的学生,在张发奎眼里,素有'赤化'之嫌,便极为恼怒,缴了我们的枪,事后未见异动,又将枪发还。"

季方还告诉吴仲禧,张发奎让他担任教导团团长,但他见形势复杂,情况不明,索性辞职不干。

不久,吴仲禧听说季方去了广州,后来又去了上海。两人再见时,已是几年之后,他们仍是在一起革命的同志。

未能参加南昌起义,在儿子吴群敢看来,父亲视为"终生遗憾"②。此时吴仲禧孑然一身,既不掌握一兵一卒,又无任何组织联系,颇有前途茫茫,不知何去何从之感,9月间,他在庐山又休养了一

---

① 王涛、天虹:《张发奎将军与中共合作记略》,《广东党史》,2004年第3期,第43页。

② 吴群敢:《乱世劲草》。

段时间，偶尔饮酒作诗：

> 寒流来袭，万树琼花落枝头。

> 谁料黑白无道，生灵涂炭悲哉，何时才到头。

> 霜降庐山脉，雾凇点深秋。

> 愁难断，恨难收，白了头。

> 革命之路，曙光启幕谁牵头？

> 踏去阴霾暗影，梦游华夏神州，乱世酒浇愁。

> 中华不平路，魍魉篡风流。

就算是三十出头的壮志青年之聊以自慰或借景抒怀罢。

之后，吴仲禧辗转回到福州，与母亲和已经返乡的妻儿团聚，享受算是美好的生活时光。

第五章

革命者

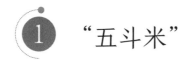 **"五斗米"**

1927年8月13日，蒋介石宣告下野。其他几个有影响的国民党人物胡汉民、张静江、蔡元培亦纷纷离宁赴沪，南京方面的实权落入桂系手中，因桂系本有联汉攻奉之意，因而促进了宁汉合流。只是，在吴仲禧看来这只不过又是蒋介石玩的权谋之术，他怎么可能甘心放弃处心积虑得到的炙手可热的权位？

从1927年9月到1928年2月间，吴仲禧赋闲家中。

一下子从硝烟弥漫的战场回到"风平浪静"的故乡，他颇有些不适应，时有恍如隔世之感，睡觉时耳边老是响起枪炮声，眼里经常闪现战士们血肉模糊的身影，突然惊醒时，再也无法安然入睡。

他索性摸黑下床出门，悄悄坐在屋檐下的木椅上，擦根火柴，点燃一支香烟，狠狠地吸几口，烟头一明一灭，像夜空中闪烁的小星星。王静澜也没睡踏实，丈夫心事凝重，她何尝不知？也便悄悄穿戴衣服，下床，去厨房烧一壶开水，再沏杯清茶，小心地放到丈夫脚下。她是一个聪慧的女人，知道这个时候不应该打扰丈夫，丈夫需要一个人静静地思考。她悄然回到床上，没有脱衣服，继续闭目假寐，但耳朵竖起来听着门口的动静，她分明听到了丈夫沉重的呼吸，她心头一紧，心疼，又无计可施。

一夜无眠。熬到晨曦微现时，王静澜再次起身，到厨房端了盆温水出来让丈夫洗漱。她也简单梳洗了一下，之后，夫妻俩牵着手出了家门，绕出街巷，迎着朝阳升起的地方慢慢行走。

吴仲禧紧紧拉着妻子的手，妻子感觉到丈夫的手是那么的有力量。吴仲禧也感觉到来自妻子内心的执着与坚定。作为一个女人，王静澜非常珍惜这短暂的温馨，她知道这个男人不只属于自己，他迟早还会离家，走他自己认定的道路，也许要经历苦难和黑暗，但她相信，他选择的一定是一条通往光明的路。而属于她的时光是那么的弥足珍贵，她要好好享受才行。

两人散步回来时，母亲已准备好早餐，有豆浆、油条、鸡蛋，还有她腌制的咸菜。看着母亲忙碌的身影，吴仲禧鼻子一酸，说："妈妈，您也来吃吧。"

母亲笑着说："囝啊，妈妈不饿，囝与囝新姆（儿媳妇）先吃，妈妈和孙子孙囡一起吃。"

几个月里，吴仲禧重温了来自家庭的快乐，朴素又真实。让他格外感到欣慰的是，母亲身体康健，腿脚灵活，孩子们无忧无虑，整日里嬉笑玩闹，他们夫妻又相敬如宾，恩爱和谐，他叹了口气，假如天下太平，这该是多好的日子。

吴仲禧的弟弟则公务繁忙，不常回来。

这段日子过得算是不错，吴仲禧积攒的薪金加上张发奎给的2000块钱，够一家子人吃喝一阵子，连同女儿读书也一点没耽误。

吴仲禧也于锅碗瓢盆间深深体会到了妻子忙忙碌碌、里里外外维系家庭、拉扯孩子们的不易。他虽然没有当面夸奖过妻子，但心里琢磨，她真是一个了不起的女子，尤其是自己居无定所之时，她经常带着俩孩子候鸟似的追来追去，辛苦自不待言，多时还很危险，但她都挺过来了，而且自己和孩子都安然无恙——他突然感到惭愧，自己何德何能，上苍能赐给自己这样一个女人！

岁末年初之时，福州天气转冷，时而阴风呼号、冷雨霏霏，甚至还飘起雪花。房子里自是冻得要命，也点了煤炉子，但门窗不密实，有的地方还漏点风。大家都穿着厚厚的棉衣围着炉子取暖。王静澜往炉膛里塞了几个红薯，时候不大，一股焦香弥散开来，俩孩子按捺不住叫嚷："妈妈，快好了吧，爸爸，我想吃，什么时候好呀。"吴惠卿忍不住用一根木棍捅了捅炉膛，一股白烟夹杂着火星子窜了出来，吴仲禧笑道："看把你们馋的，烤完红薯，再给你们烤鹌鹑蛋，还有鸡腿！"4岁多的吴群敢一听还要烤鹌鹑蛋和鸡腿，一下子不冷了，像炸了窝的小麻雀跳了起来，连连拍手："我要吃鹌鹑蛋，我要吃鸡腿！"王静澜说："就算烤熟了，你们也不能先吃，要先给奶奶吃。"老人瞪了儿媳妇一眼："我这把老骨头才不和我孙子孙女抢哩！让孩子们先吃！"

阴冷的屋子因一家人的和悦而暖意融融。

不大工夫，红薯熟了，鹌鹑蛋熟了，鸡腿也嗞嗞地冒起油香……

差不多时，王静澜又往炉膛里加了一块好炭，炉火很快又旺了起来，火光映红了吴仲禧的眉目，孩子们看到，爸爸的眼睛很亮，眼里似乎有一道火烛正微微地燃烧。

年刚过完，正是料峭春寒之时，吴仲禧经过与王静澜商议，并征得母亲同意，又踏上了外出谋职的路。去哪里呢？他心里将熟人筛选了一遍，觉得还是去南京。

其实，此时吴石正在福州。1927年10月，国民党福建省政府成立，方声涛回福建主持政务，邀请吴石回闽任省军事厅参谋处处长，致力整理本省民军。决定去南京之前，吴仲禧与吴石见过一面，方得知吴石决议要去日本学习军事。

吴仲禧非常诧异："虞薰兄事业颇为顺利，为何选择别离祖国远渡重洋？"

吴石摇了摇头："现在国内军事现状实在让人失望，我虽然从事行政工作，但又感政治混沌，力不从心，故有隐退出国、摒弃尘事的想法。"

吴仲禧关切地说："留学经费也相当巨大，虞薰兄要慎重考虑。"

吴石说："我原本也为此发愁，方主席答应帮助筹措，争取取得公费保送的资格。"

吴仲禧高兴地说："那还是不错的，听说日本陆大组织健全，颇负盛名，而日本军事教育又不同于我们所受的军事教育，对中国学生来说面临挑战，不过以虞薰兄的才学，一定能成功的。"

吴石也问到吴仲禧的打算，吴仲禧告诉他自己准备去南京，到张发奎的体系中各方面熟悉一些，谋生较为容易。

两人不约而同地叹了口气。

 为红军胜利而欢呼

但吴仲禧南京之行并不顺利，他在张发奎第四军南京新兵训练处任副主任不过半年，部队即被编遣，他的任职也自然而然终结。

1929年初，吴仲禧再次从福州出行。中国人到哪儿都认熟人，他先找老乡。时第一集团军陆军第八师师长朱绍良是福州人，参加过汀泗桥、贺胜桥战役，虽然两人不熟悉，但互相都知道。朱绍良把吴仲禧介绍到第二十四旅旅长陶峙岳处，陶峙岳虽是湖南人，却毕业于保定军校二期，与吴仲禧是校友，有了这一层关系，事情便好办多了，他担任了旅主任参谋，随部队驻扎安徽合肥。

吴仲禧与陶峙岳有过很多次推心置腹的交流，他感觉陶峙岳与一般军人有明显的不同，一身正气、嫉恶如仇、向往光明。吴仲禧看人很准，果不其然，七七事变后，陶峙岳响应中国共产党提出的"反对内战、一致抗日"的主张，积极投身抗日战场。1949年9月25日，陶峙岳率驻新疆的国民党官兵发出起义通电，毛泽东、朱德复电，指出他们的行动"符合全国人民的愿望"。1955年，他被授予上将军衔。后人有诗相赞：

受辱遂生报国心，推翻清帝献忠忱。

江城举事开新道，北伐征途报捷音。

抗日前防骁将勇，策鞭战场万蹄骎。

御倭得胜连枝斗，选择光明汝敞襟。[1]

军人不可能不打仗。因蒋桂战争爆发，吴仲禧随朱绍良部"西征武汉"，之后，南征北战于安徽、湖北、湖南等地。后张发奎在宜昌举兵反蒋，并由鄂西经湖南开赴广西；从国外返桂的李宗仁、白崇禧联合张发奎部进击广东。蒋介石任命朱绍良为讨逆军第六路总指挥，率第八师、第三师、第五十师援粤。吴仲禧随部队抵达广州，旋由粤汉路转赴前线，与张发奎、李宗仁、白崇禧对垒相持日久。

吴仲禧心说，这算哪门子事？整日里军阀混战，生灵涂炭。他为此

① 张喜海：《大张人诗词集——国民党抗日将领颂》，西安：三秦出版社，2013年，第232页。

闷闷不乐，被陶峙岳察觉，陶峙岳亦有同病相怜之悲。

陶峙岳扯着嗓门说："这哪里是什么正义之战，蒋介石把我们当什么？为一己之私肆意滥用的工具，可怜的将士，都当了他的炮灰！"

吴仲禧愤愤道："岷毓兄看得透彻，我知道去年你于济南战役之中，奋力反击日寇，一度把日寇压制下去，但蒋介石'不抵抗政策'导致济南沦陷，日寇大肆屠杀我军民一万人以上，蒋介石真是祸国殃民的罪魁祸首！"

陶峙岳一拍桌子："我因为抗击日寇而受到蒋介石仇视，又不是他的嫡系部队，职务便由师长撸到了旅长。"

两人何尝不知，军阀混战给人民带来了严重的灾难，一年半的时间，死伤士兵四五十万人，无数土地荒芜，房屋变成残砖断瓦，百姓衣不遮体、食不果腹，纷纷背井离乡，加入到沿路乞讨队伍之中。他们像荒野之上的野草，被无情地卷入这场混战的飓风之中，驰驱于豫、鄂、湘、桂、粤各省，无役不从。

中原大战之后，军阀混战局面暂告一段落。但蒋介石枪头一转，又开始对江西红军下手。1930年底，蒋介石集中力量对革命根据地进行大规模镇压。第一次"围剿"，他调集了10万兵力，当毛炳文、陶峙岳率领第八师赶到江西广昌县西南部的头陂时，因不知红军踪迹，空扑一场。

吴仲禧见空落的村庄土墙上用白粉写着大字："穷人不打穷人""缴枪不打人""优待白军俘虏""欢迎白军士兵投降""拖枪来归者赏洋十元""杀死白军官长来归者有重赏"等，心想，这就是共产党的高明之处和攻心之术。

不出一月，张辉瓒的第十八师全军覆灭，张辉瓒也被红军俘虏。鲁涤平不无悲哀地电告蒋介石："龙冈一役，十八师片甲不还"。

蒋介石故作镇定回电："十八师失败，乃是事之当然，不足为怪。我兄每闻共党，便张皇失措，何胆小乃尔！使为共党闻之，岂不为之所窃笑乎？吉安为赣中重镇，望严督固守，只许前进，不许后退"。①

陶峙岳拿着一份"吐槽"的战报给吴仲禧看——"到赤区作战是黑漆一片，如同在敌国一样"②，禁不住哈哈大笑，吴仲禧也乐得前仰后合，是啊，共产党团结的是最广泛的劳苦大众，蒋军在城市还行，到了农村等于睁眼瞎。

第一次"围剿"失败，蒋介石不死心，又调集20万兵力，以何应钦为总司令坐镇南昌指挥，对江西红军进行更疯狂的军事镇压，从江西吉安到福建建宁800里战线，分4路向中央革命根据地分进合击。毛、陶的第八师奉命活动于南城、南丰、广昌一线，又一次扑了空。

由于毛泽东正确战略部署，红军机动灵活地与蒋军玩捉迷藏，以"敌进我退，敌驻我扰，敌退我追，敌疲我打"的游击战术让来犯之敌晕头转向、疲惫不堪，结果，第二次"围剿"在苏区人民的配合下又被粉碎了。

1931年6月，蒋介石亲任"围剿"军总司令，以何应钦为前线总司令，调集30万兵力，并聘请英、日、德等国的军事顾问随军参与策划的第三次"围剿"开始。蒋介石采用"分路围攻，长驱直入"的战术由北向南进攻中央革命根据地。

吴仲禧心说，蒋光头真是不见棺材不掉泪，打起来没完没了。他厌倦透顶，索性告假回福州家中休养。他知道没了工作，一家人的生活又将陷入困顿之中，但他始终觉得，为了谋稻粱而混迹于国民党阵营，与反动、邪恶势力为伍，不断向共产党和人民发难，是一条错误的道路。

红一方面军在敌后武装和人民群众的配合下，六战五捷，歼灭国

① 谢慕韩：《蒋介石对中央革命根据地第一次"围剿"》，中共江西省委党史研究室等编：《中央苏区第一次反"围剿"史料选编 纪念中央苏区第一次反"围剿"胜利80周年》，2010年，第460页。

② 谢慕韩：《蒋介石对中央革命根据地第一次"围剿"》，中共江西省委党史研究室等编：《中央苏区第一次反"围剿"史料选编——纪念中央苏区第一次反"围剿"胜利80周年》，2010年，第460页。

民党军17个团共3万余人，缴枪1.5万余支，各种子弹250余万发，电台6部，成为中外战争史上以少胜多的典范。中央苏区第三次反"围剿"胜利结束。

这等特大新闻，各家报刊岂能不抢发头条？吴仲禧看到新闻后，忍俊不禁，吓了王静澜一跳，她凑过去一看，也扑哧乐了，原来丈夫是因蒋介石又吃了败仗而高兴！

虽然家里生活拮据，王静澜还是跑出去买了条3斤重的活鱼，打了瓶米酒，用自己腌制的酸菜做了一锅鱼。

待椒香四溢的酸菜鱼上桌，吴仲禧馋得直流口水，他招呼母亲一起吃。

他给母亲和妻子也斟满酒，大着嗓门说：

"来，让我们庆祝红军三次反'围剿'胜利！"

王静澜瞪了他一眼："你小点声，小心隔墙有耳。"

吴仲禧爽朗地说："不怕，蒋光头吃了败仗，一时半会儿还管不到这里。"

这顿饭，吴仲禧吃得特别香，酒也一杯接一杯地喝，直至面颊发红，脚步踉跄。

他很久都没有这么开心过了。

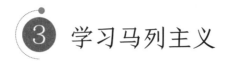

3 学习马列主义

事业上的波折、生活上的困顿并没有让吴仲禧意志消沉，虽然他觉得前路漫漫、总望不到头，但他坚定地相信，黑夜总会过去。他常常默念普希金的那一首《假如生活欺骗了你》：

假如生活欺骗了你，

你不要悲伤，不要生气！

熬过这忧伤的一天：

请相信，快乐的日子将来临。

心儿生活在未来；

现实却显得苍白：

一切都很短暂，都将过去；

过去的一切会变得可爱。

人生不如意事十之九八，可与人言者并无二三。但吴仲禧通过另一种方式找到了存在感，那就是和进步青年在一起交流。

吴仲禧在南京生活时间虽然不长，但通过王昌明等的介绍，认识了一些有为青年。林亨元后来回忆："1930年，我于上海法学院毕业后，在南京经王昌明、卓如等人的介绍认识了吴仲禧。"①卓如1933年毕业于民国大学，那时也是一名大学生。

林亨元、郑太初等青年常去吴仲禧的住处聊天、闲谈。这些年轻人思想倾向马列主义，话匣子一经打开便刹不住车，往往洋洋洒洒、慷慨激昂。吴仲禧则甘心做一个倾听者，经过一段时间的聆听，吴仲禧渐渐也开始表达自己的观点，年轻人感觉到，吴仲禧于马列主义有了十分明显的进步。其实，他们哪里知道，那段时间，吴仲禧"业余"在秘密阅读关于马列主义基本理论的书籍，否则进步不会这么明显。林亨元言，吴仲禧"谈形势，谈理论，谈马克思的辩证唯物主义和历史唯物主义，批评唯心主义，批评形而上学，滔滔不绝，津津有味"，让青年人受

---

① 林亨元：《记吴仲禧同志二三事》，广东省政协文化和文史资料委员会编：《深潜龙潭老将军——吴仲禧纪念文集》，北京：中国文史出版社，2015年，第23页。

到很大教益。那时林亨元不过21岁，而吴仲禧已经36岁了，属于忘年之交。在大革命失败后血雨腥风的日子里，吴仲禧成为林亨元等青年探索革命真理的良师益友。

吴仲禧知道穷学生生活拮据，平时吃的饭菜里难见荤腥，有时还会买两个红烧猪蹄子给大家解解馋。他收入不高，除去自用还要养活一大家子人，每月薪金所剩无几，但他从不算小账，更不觉得自己吃亏。

几位青年人大都为福州人。吴仲禧便提议大家将来回到福州后组织一个读书会，保持一个相对固定的形式，借读书的机会经常联系和交流。

林亨元、卓如等都极为赞成，回到福州后很快组织成立了社会科学读书会。读书会重在形式，没有固定的会址，大家见面开展读书交流活动，有时在吴仲禧家里，有时在林亨元家里。在自己家里，吴仲禧是主人，在其他地方，他是"嘉宾"，只要时间允许他都尽可能参加，这让青年人很受鼓舞，信心更足，思想更活跃，活动更丰富。

参加读书会的青年人越来越多，除郑太初、王昌明、卓如外，还有陈文彬、叶于绍等。陈文彬是福建学院大学部的学生，对马列主义很有研究。大家在聊天过程中不时运用马列主义的思想观点来分析政治形势，每个人都受益匪浅，也为吴仲禧"在政治思想上的进步，打下了基础"。

吴仲禧直言不讳，马列主义理论很让人开窍，很有用，是很厉害的思想武器。

围绕马列主义，有几个话题，大家经常探讨，如中国的出路何在，如何推翻帝国主义、封建主义统治的反动政权，如何建立民主、富强的新中国，如何逐步实现共产主义。越谈兴趣越高，林亨元言："当时的认识尽管还很肤浅，但大家都很热诚，并逐步坚定了政治方向。这在当时的情势下应该说是很不容易的。"当联系到当前形势，大家对蒋介石的反共暴政、残害进步人士的做法也都极为愤慨。吴仲禧则告诉大家："人类社会发展到共产主义是客观的历史规律，但需要符合实际情况的政策，有步骤地求其实现；实行孙中山的三大政策，联俄、联共、扶助农工才是实现上述理想的途径。"

吴仲禧在读书会上还经常赞扬邓演达，说邓演达是孙中山先生的忠实信徒，武汉国民政府的主要领导人之一，国民党著名的左派领袖，享有"民主革命慧星"之誉，还介绍邓演达等人领导的"第三党"，并阐述了"第三党"的政治主张和政策。他还告诉大家，自己就是这个组织的成员，希望大家也参加。

大家经过反复讨论，同意了吴仲禧的意见。

 # 4 为邓演达设置灵堂

邓演达等人是于1930年8月在上海创建的"中国国民党临时行动委员会"（亦称"第三党"），意图与蒋介石分庭抗礼。吴仲禧秘密加入其中之后从事军事、文教以及发展组织等方面的活动，与邓演达、黄琪翔、季方等一道期盼中国能重新走孙中山联俄、联共、扶助农工的道路。

1930年底，吴仲禧在西湖边的宁庐与中国国民党临时行动委员会成员李得光、邱锦章、余遇时，以及李含阳、吴资琛等人会面，根据邓演达"反蒋要抓军队"的指示，商议在国民党军队中开展工作，同时抓紧文化教育界的宣传工作，发展郑少雄等20余名党员。[1]

---

① 福州市地方志编纂委员会编：《福州市志》第6册，北京：方志出版社，1999年，第156页。

吴仲禧亲笔书写了一封介绍信并提供旅费,派林亨元前往上海同邓演达联系。

按照吴仲禧的指点,林亨元到上海后先去找暨南大学教授黄农,黄农悄悄告诉他,情况有变,邓演达因被叛徒告密而不幸被捕。黄农带林亨元找到第三党负责人之一季方,季方又将黄琪翔、章伯钧介绍给林亨元。林亨元后来忆述,"他们很亲切地鼓励我,教导我"。林亨元当即办理了参加国民党临时行动委员会的手续。同时入党的还有郑太初、叶于绍、卓如、王昌明、陈文彬等人。他们决定设立福建省国民党临时行动委员会筹备处,并指定吴仲禧和林亨元为筹备委员,由林亨元将第三党的章程、刊物以及一系列理论书籍带回福州。

邓演达被捕的消息让吴仲禧心急如焚,但他现在无兵无权、无名无分,只能干着急。同时,他心里也十分清楚,能给蒋介石说上话放过邓演达的人只有宋庆龄先生。

邓演达的被捕让宋庆龄非常关注,1931年11月24日,宋庆龄专程从上海赶到南京,将蒋介石痛斥一顿。蒋介石虚与委蛇,答应宋庆龄不杀邓演达,并准许去监狱看望。但宋庆龄一走,蒋介石依旧我行我素,他在多次诱降,并许诺给邓演达以中央党部秘书长或总参谋长等职而均被严词拒绝后,于11月29日夜,派卫队长王世和率领几名卫兵将邓演达押至南京麒麟门外沙子岗秘密杀害。

时隔多日,邓演达遇害的消息传至福州,吴仲禧愤慨得浑身打颤:"才36岁,才36岁,蒋介石,这狗娘养的!我恨不得千刀万剐了他!"

吴仲禧约集林亨元等10余人在家中秘密设立灵堂、悬挂挽联。

他再次向青年人讲起邓演达——"我同邓演达的关系非同一般,他曾经是我的上级,是我的校友,也是我志同道合的朋友。"吴仲禧声泪俱下,泣不成声,"特别是在陈炯明叛变时期,国民党遭受了异常的困难,粤军第一师亦处于风雨飘摇之中,这时邓演达起了中流砥柱的作用。后来粤军第一师能够由巩固而发展,为国民革命建立许多特殊的功绩，亦与邓演达的贡献是分不开的。"

"邓演达是民国天空翱翔的一只雄鹰啊！"

"邓演达是孙中山先生矢志不渝的拥护者、追索者！"

"这只雄鹰被蒋介石残忍地屠杀！"

"苍天有眼无珠！"

吴仲禧放声恸哭。

青年人也哭声一片。

原本，王静澜囿于世俗观念，对在家中设置灵堂一事有所顾虑，经吴仲禧解释，也帮助积极布置。但大家哭声如此强烈，王静澜不免有些担心，她不得不劝阻丈夫："大家的悲伤我能理解，但家中没有死人，你们这样大哭，不但惊动邻居，如果有特务来查问，我们该怎样办？"

反动派的血腥杀戮，没有摧毁吴仲禧、林亨元、卓如、叶于绍、陈文彬、郑太初、王昌明等革命青年的政治信念，他们借助福建省国民党行动委员会的筹备，开始建立对抗国民党的势力。

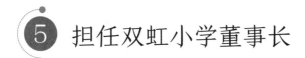

5 担任双虹小学董事长

福建省国民党行动委员会的筹备需要一处较大的活动场所，正当吴仲禧为此事而发愁时，林亨元告诉他，福州后洲有一所双虹小学比较合适，他是那所小学的校长。吴仲禧十分欣喜，原来，那是1926年冬，在国共合作阶段，林亨元、郑太初等人参加了国民党，后来又成立"青年任社"，大力支援北伐军入闽。大革命失败后，"青年任社"被迫停止

活动，林亨元等人脱离国民党后又重新集合起来，于1928年和当地人陈长辉合作在原双虹书院旧址创办了双虹小学。学校创办之初的几个骨干除林亨元外，还有郑太初、蔡训忠、阮宝清、王书锦、王仰前等，均为当地具有进步思想的知识青年。大家利用为地方兴学育才的机会，既实施新教育方针，领导学生参加社会活动，又求得政治上的前进和发展，故而，这所小学办学之初即具有革命基因，但还"只具有资产阶级民主革命思想，政治上还处于启蒙阶段"①。

理想信念之火，一经点燃，就永远不会熄灭，就会产生巨大的精神力量。双虹小学燃起的这一道革命的火烛，吸引了越来越多人加盟，卓如、叶于绍、尤光允、姚耐……这些青年人都曾在北平读大学，他们在校期间积极学习马克思主义经济学和哲学，又经常听陈达（时任清华大学教授）、施复亮（时任北京大学教授）、陈豹隐（中共党员、时任北京大学教授）等进步教授讲课，初步接受了马克思主义，思想不断进步，"彼此之间也引为同志"②。

吴仲禧和进步青年一起，以办学为掩护，探索革命真理，开展革命活动，同时向学生灌输爱国思想，启发学生领悟革命道理，努力发挥社会教育的作用。高年级学生曾组织抗日铁血团，在教职员带领下，上街宣传抗日救国主张并号召群众抵制日货。

众人拾柴火焰高，洋溢在双虹小学的革命气氛日益高涨，双虹小学也便由福州地区较早燃起革命火种的地方后来成为一所富有革命传统的学校。

鉴于吴仲禧的社会地位和资历，也为了充分发挥吴仲禧的作用，大

---

① 《私立福州双虹小学简史》，中共福州市台江区党史资料征集研究委员会办公室编：《党史资料征集与研究》第三期，1984年4月16日，第4页。

② 《私立福州双虹小学简史》，中共福州市台江区党史资料征集研究委员会办公室编：《党史资料征集与研究》第三期，1984年4月16日，第4页。

家一致推选他担任"双虹小学董事长"①。

其时，远东反帝反法西斯大同盟福州分会的会址也设在双虹小学。

"反帝大同盟"是第二次世界大战前反对帝国主义侵略战争的国际组织，1927年2月由宋庆龄（中国）、高尔基（苏联）、巴比塞（法国）等在布鲁塞尔发起成立，宗旨是反对帝国主义侵略、援助被压迫民族的解放运动。总部初设柏林，后迁至莫斯科。1929年7月在巴黎召开殖民地人民反对帝国主义大会。

中共福州市台江区委党史研究室所编的《台江革命史》记载，"当时党领导的外围组织反帝大同盟，就以双虹小学为活动据点"，吴仲禧、林亨元等人虽然站在第三党的立场，但"也是中国共产党的同情者"②，不但积极支持活动，还动员许多教职员、高年级学生参加反帝大同盟活动。反帝大同盟负责人张立后来回忆，"当时地下党经常来校活动，许多大会和小会也都在双虹小学校内召开"。③

林亨元后来忆述，"双虹小学对革命所做的贡献是与仲禧为这所学校所奠定的思想政治基础以及他的指导、鼓舞分不开的"。④

但是，由于邓演达的遇害，福建省国民党行动委员会筹备工作进展并不顺利，或如有关资料所言，"它在福建发动群众的基层工作，实际还没有展开"。⑤

1932年5月，王静澜又生了儿子吴群策，家庭人丁兴旺，令吴仲禧

① 《私立福州双虹小学简史》，中共福州市台江区党史资料征集研究委员会办公室编：《党史资料征集与研究》第三期，1984年4月16日，第5页。

② 中共福州市台江区委党史研究室编：《台江革命史》，福州：海潮摄影艺术出版社，1999年，第52页。

③ 中共福州市台江区委党史研究室编：《台江革命史》，福州：海潮摄影艺术出版社，1999年，第53页。

④ 林亨元：《记吴仲禧同志二三事》，广东省政协文化和文史资料委员会编：《深潜龙潭老将军——吴仲禧纪念文集》，北京：中国文史出版社，2015年，第25页。

⑤ 《私立福州双虹小学简史》，中共福州市台江区党史资料征集研究委员会办公室编：《党史资料征集与研究》第三期，1984年4月16日，第5页。

欣喜，但生活负担愈来愈重，有雪上加霜之感，让他愁眉不展。另外，他还要为活动解决经费，遂不得不再次"出山"去找工作，还是老办法，找老乡、找同学、找战友，这回他找到了陈维远。

陈维远是闽县人，保定军校第一期步兵科毕业。1926年参加北伐，1927年4月任张发奎部陈铭枢军司令部参谋长、第二十四师副师长。吴仲禧与其"私交甚笃"。此时，陈维远任福建省防军司令部保安第三旅旅长、闽南警备司令部司令，是个实权派。陈维远给了吴仲禧一个"肥缺"——新成立福建省水口内河护运处，派吴仲禧担任主任。

吴仲禧手下有两个团，职责是在南平至福州河流中段设卡盘查过往船只。但没过几日，吴仲禧便发现其中蹊跷，护运处名为护航，实际是收买路钱。他愤愤不平，这哪里是正规部队？分明是一群土匪——此山是我开，此树是我栽，要想从此过，留下买路财。而收入吴仲禧一丁点都无权支配，陈维远还往现场派了督查，实则就是盯梢。吴仲禧心里很不痛快，也非常抵制和反对这种骚扰百姓的行为，结果护运处只存在了半年多就在他的任内被撤销。

陈维远知道吴仲禧心里有意见，其实他也受上头管辖，那些收来的钱他也无权动用，全部要上交。

陈维远安慰吴仲禧："奋飞兄，这年头，凡事也不必太较真，你一大家子人，一女三子，多好的事，但这么多人总要吃饭不是？收保护费你不愿意干，当保安团团长如何？"

随后，吴仲禧又担任了省保安某团团长，先在古田，后迁往莆田、仙游等地驻防，倒也平静无事。其实，他自己很清楚，这是陈维远碍于情面敷衍他的职位，基本上是挂名领干薪的闲职，工作由陈维远的一名心腹主持。既是闲职，薪水也不多，也就"没办过多少实事"。

⑥ 遭蒋介石通缉

吴仲禧人生之中，第一次也是仅有的一次被蒋介石通缉，是因为参与"福建事变"。

"福建事变"爆发与参加淞沪抗战的十九路军有关。1932年1月，日本为转移国际上对中国东北问题的关注，并使国民党当局承认其占领东北的既成事实，遂于1月28日对上海闸北区发动进攻。国民党军第十九路军在蔡廷锴、蒋光鼐率领下进行了英勇的抗战，战争进行到3月3日，中国军队共牺牲4000余人，负伤近万人。十九路军的英勇行为成为中国人民抗日救亡的象征。但是，蒋介石随后却抽调十九路军到福建参与对中央根据地红军的"围剿"，这引起十九路军将士的极度不满。在中国共产党抗日主张的影响和十九路军广大官兵的推动下，1933年10月26日，国民党福建省政府及第十九路军全权代表徐名鸿和中华苏维埃共和国临时中央政府及红军全权代表潘汉年在江西瑞金草签了《反日反蒋的初步协定》。随后，蔡廷锴、蒋光鼐与国民党内李济深、陈铭枢等一部分反蒋势力，筹备发动"福建事变"。

让吴仲禧欣喜的是，"此时，红军亦派叶挺住在蒋（蒋光鼐）的家中，协助筹划"①。

吴仲禧去蒋光鼐家中找叶挺，这是他第一次见蒋光鼐。

吴仲禧说："将军大名，奋飞久仰！"

蒋光鼐笑道："奋飞兄不必客气，我们是校友，叫我憬然就好。"

吴仲禧说："若不是憬然兄率第十九路军抗击日军侵略，迫使日军三易其帅，如何能沉重地打击日本帝国主义的嚣张气焰！"

---

① 朱宗震等编：《陈铭枢回忆录》，北京：中国文史出版社，1997年，第125页。

蒋光鼐道："这一仗，付出了沉重的代价，但是打得的确很过瘾！"

一见吴仲禧，叶挺也是喜出望外，高兴地说："奋飞兄，我险些忘记，福州是你的老家！"

吴仲禧紧紧握着叶挺的手说："希夷兄，武汉一别，时隔多年，广州起义的事情我也听说了，你去了国外，我无从联系，非常焦急！"

1927年12月11日，在张太雷、叶挺、叶剑英等领导下，国民革命军和第四军教导团等联合举行武装起义，经过两个多小时激战，起义军占领了广州市区大部分地区，随即成立广州苏维埃政府。广州起义是趁国民党粤桂军阀混战于梧州、肇庆之时举行的。起义爆发后，两派军阀立即停止斗争，集中5万兵力进攻广州。起义部队经过三天三夜的殊死奋战，终因寡不敌众而失败，张太雷和许多指导员英勇牺牲。之后，叶挺流亡国外，并与中共党组织失去联系。

那日下午，三人围坐一起，茶香氤氲，香烟缭绕，有满腹的话说不完。

窗外，刚刚还是晴空万里，一时突然乌云密布起来，一群燕子排阵从窗前的天空中飞过。

蒋光鼐若有所思地说："你们看，这天气的变幻，是不是像我们正在谋划的事件，会掀起一场更大的风暴。"

吴仲禧答："不亚于一场疾风骤雨。"

叶挺道："希望它能于大雾冥晦之中，让更多的中国人看到一线光明。"

说话间，瓢泼大雨下了个酣畅淋漓，使燠热的天气陡然逆转，空气中涌来阵阵凉意。

对于反蒋抗日，吴仲禧是举双手赞成的，但从内心来讲，又感到倡议者在政治上并不可靠。这期间，"仲禧曾两次同他的老上级陈铭枢以及蔡廷锴等人在福建相逢，但都因政治上的分歧始终格格不入"①。

一天晚上，陈维远来访，问吴仲禧："在宁汉分裂时是否拒绝同蔡廷锴的第十师合作投靠陈铭枢？"

吴仲禧说："确有其事。"

陈维远说："第十一军的一些领导人认为你太不够朋友，讲了你不少坏话。"

吴仲禧万万没想到，当年为了顾全大局、与人为善的一片苦心，却引起一些人这么大的反感。

吴仲禧知道，陈铭枢、蔡廷锴已视其为"难以信任的外人"，所以不可能安排他在福建人民政府中担任什么重要的职务，对此，他看得很开，但为反蒋抗日，他仍以人民代表的身份尽力向群众做一些宣传工作。

很快，第三党负责人黄琪翔、章伯钧、季方等先后来到福州，都是先和吴仲禧接触，吴仲禧为他们安排了安全的居所和活动场所。吴仲禧参加了来闽和原在闽的第三党党员会议，会上，章伯钧讲了政治形势和各党派协议反蒋抗日、在福州成立人民政府的准备情况，并讨论了第三党党员参加反蒋抗日运动问题，会议正式决定"吴仲禧、黄农（稼初）、林亨元等五人为福建省委员会筹备委员"。②

至此，吴仲禧才加入黄琪翔主持的军事参谋团，"任高级参谋"③，并参加了军事委员会总政治部民众处的工作，担负组织工人、农民的任务——双虹小学上下总动员，林亨元、郑太初、卓如等人帮助吴仲禧进行组织群众和动员群众的工作；王昌明任宣传科

① 林亨元、王昌明：《吴仲禧传略》，广东省政协文化和文史资料委员会编：《深潜龙潭老将军——吴仲禧纪念文集》，北京：中国文史出版社，2015年，第162页。

② 郑太初：《私立福州双虹小学简史》，福建省政协文史资料委员会编：《文史资料选编》第1卷 教育编，福州：福建人民出版社，2000年，第245—246页。

③ 《私立福州双虹小学简史》，中共福州市台江区党史资料征集研究委员会办公室编：《党史资料征集与研究》第三期，1984年4月16日，第6页。

科长。

山雨欲来风满楼。正如李济深后来所言，"1933年冬，福建成立人民政府，改国旗，另组政党，各方反蒋人士，纷纷前来"①。

11月20日9时40分，"中国全国人民临时代表大会"在南门兜公共体育场举行，到会人数有10万余众。

潘汉年作为中共方面的代表应邀出席大会。

黄琪翔致开幕词："……为要达到此目的，必须排除帝国主义的侵略，尤当先打倒卖国媚外的蒋介石，和他御用的南京国民党系统的南京政府。"②

大会通过《人民权利宣言》，提出谋求中国自由独立的18条基本主张，号召全国反帝、反南京政府的革命势力立即组织人民革命政府：

一、中国为中华全国生产的人民之民主共和国，中国最高权力属于全国生产的农工及共同支持社会结构的商学兵代表大会。

二、中国国家之独立，为不可侵犯之最高原则。

三、全国人民不论种族、性别及职业，除背叛民族剥削农工者外，有绝对之自由平等。

四、实现农工生产人民之彻底解放。

五、否认一切帝国主义者强制订立之不平等条约，首先实现关税自主。

六、实行计口授田，以达到农业共营、国营之目的，一切森林、矿山、河道、荒地概归国有。

七、发展民族资本，奖励工业建设，凡有关民族生存、

---

① 李济深：《李济深自述》，合肥：安徽文艺出版社，2013年，第27页。

② 吴明刚：《1933：福建事变始末》，武汉：湖北人民出版社，2006年，第232—233页。

民生日用之重要企业，概归国营。

八、人民有劳动之权利义务，肃清军阀、官僚、豪绅、地主等寄生分子，及地痞、流氓等游民分子，肉体及精神劳工均受最大之保护。

九、人民有身体、居住、言论、出版、集会、结社、信仰、示威、罢工之自由。

十、公民有武装保卫国家之权利义务。

十一、否认南京政府。

十二、号召全国反蒋、反南京政府之革命势力，立即组织人民革命政府，以打倒以南京为中国中心之国民党系统。

十三、于最短期间召集第一次全国生产人民代表大会，制订宪法，解决国是。

十四、求中华民族之解放，形成真正独立之自由国家。

十五、消灭反革命之南京政府，建立生产人民之政权。

十六、实现国内各民族之平等权利。

十七、保障一切生产人民之绝对自由平等权。

十八、铲除帝国主义。打倒军阀，铲除封建制度，发展国民经济，解放农工劳苦群众。

当日晚8时，全国人民临时代表大会主席团举行全体会议，决议成立中华共和国人民革命政府（亦称"福建人民政府"），推定李济深、陈铭枢、陈友仁、蒋光鼐、蔡廷锴、方振武（方未到，后改戴戟）、黄琪翔、徐谦、李章达、余心清、何公敢等11人为政府委员，李济深为主席。①

会上，李章达认为，国民党已尽失人心，蒋介石宣称奉行孙中山

---

① 1933年11月22日福建《人民日报》，转引自薛谋成、郑全备选编：《"福建事变"资料选编》，南昌：江西人民出版社，1984年，第69页，原编者注：人民革命政府中央委员尚有余心清，系代表冯玉祥。

的主张，也是欺骗，国民党内部汪精卫所组织的改组委员会（即改组派），胡汉民所组织的新国民党，也是一丘之貉，没有作用。他建议应进行根本改革，立即脱离国民党。经过磋商，大家同意其观点，由李章达起草脱党宣言并领衔发出：

> "慨自国民党总理孙中山先生逝世后，南京政府成立以来，整个国民党为蒋中正所把持操纵，于是蒋氏乃得肆行其残民卖国之手段，使人民陷于悲惨凄惶之境！蒋中正既甘为孙中山之叛徒，竟悍然实施其法西斯之恐怖暗杀政策，而国民党遂成为蓝衣社之御用机关，驯至国民党自身无由自救！举世所知，无可为讳！章达等不忍民族沦亡，并尊重全国人民真正意见，谨以最光明之态度，绝对自动的于一九三三年十一月二十日，宣告实行脱离国民党籍，凡我同胞，尚祈察鉴！李章达、陈友仁、李济琛、陈铭枢、徐谦、蒋光鼐、蔡廷锴、戴戟。"①

虽然在整个事件中，吴仲禧始终未进入"核心层"，但成立当日，吴仲禧组织双虹小学师生到场庆祝，蔡训忠、王书锦、阮宝清等在福建组织群众有一定基础，在发动群众、团体参加大会方面做了许多工作，发挥了很大作用。

孰料，翌日发生一起"突发"事件——陈铭枢言，第三党在十九路军中有活动，有发展，而我们这些人已经放弃了国民党，现在却无组织、处境不利，我们另行组党如何？其意在创建"生产人民党"，解散"第三党"。

吴仲禧、季方等"坚决反对"②。

---

① 《李章达等宣告实行脱离国民党籍启事》，徐天胎编著：《福建民国史稿》，福州：福建人民出版社，2009年，第471—472页。

② 林亨元、王昌明：《吴仲禧传略》，广东省政协文化和文史资料委员会编：《深潜龙潭老将军——吴仲禧纪念文集》，北京：中国文史出版社，2015年，第162页。

　　吴仲禧反对的原因是什么呢？他后来忆述，他看出"陈铭枢是想借助邓演达过去的声望，却又不愿实行邓演达的政治主张"，其目的是"使自己成为国内所有反蒋政治力量的领袖"。

　　由于吴仲禧、季方等人微言轻，奈何不了形势的发展，但他的反对又进一步加剧了与陈铭枢、蔡廷锴之间的分歧和对立。

　　随后，李章达、李济深、陈铭枢、蒋光鼐、蔡廷锴与宣布解散第三党的黄琪翔、章伯钧等联合发起成立"生产人民党"。陈铭枢任总书记。第一批签字加入"生产人民党"的名单中，没有吴仲禧。后来，可能囿于形势，也受了黄琪翔的劝说，吴仲禧加入了"生产人民党"，如何公敢所言，"我记得当时某日，亲见黄琪翔带领了很多第三党人员往密室中签名"①，而林植夫手里有发起人亲笔签名的名单及所抄存的党员名单②，上面显示：

　　12月16日：叶挺、徐伟

　　12月19日：……吴仲禧

　　林植夫还言，"上面所列诸人都办有入党手续且全部有入党表及介绍人"。③

　　但是，生产人民党成立之初，只是把有关的党派和政治团体联合在一起，由于时间短，并没有严密地组织和实施什么行为，在福建人民政府中也未起到核心领导作用。

　　蒋介石听闻福建事变消息，连连惊呼："糟了！糟了！"

　　① 何公敢：《"福建人民政府"和"生产人民党"断片》，福建政协文史资料编辑室编：《福建文史资料选辑》第1辑，福州：福建人民出版社，1962年，第5页。
　　② 林植夫：《"闽变"这一幕》，福建省政协文史和学习委员会编：《福建抗日战争纪事》，福州：福建人民出版社，2015年，第484页。
　　③ 林植夫：《"闽变"这一幕》，福建省政协文史和学习委员会编：《福建抗日战争纪事》，福州：福建人民出版社，2015年，第486页。

11月22日，怒不可遏的蒋介石发表《告十九路军全体将士书》①：

> 我十九路军忠勇诸将士乎，昔以"剿共"抗日与不参加内战而获令誉者，今乃反为陈逆所挟持，致成破坏党国之戎首……所冀我十九路军将士咸体斯旨，一面坚持"剿匪"之原有阵线，毋见挠于乱命，一面力图正义之彰明，以促叛乱之觉悟。大义灭亲，古有明训。拨乱反正，责无旁贷。救国自救，关键在兹。

见蒋介石发威，李济深等联名致电胡汉民等寻求"道义"上的"援助"，对方却无视《粤桂闽三省联防约章草案》，斥责福建方面背叛党、背叛三民主义。特别是陈济棠一方面向蒋介石示好，一方面陈兵粤闽边境，封闭十九路军在粤机构，并停止协饷，让福建陷入孤立无援之境地。

23日，蒋介石公开宣布以军事手段镇压闽变，并派出大批特务和三十个师的兵力。

时媒体报道《蒋派蓝衣队五百来闽》：

> 福州七日电，此间当局据探报，闻蒋介石已派出蓝衣队五百名，分两批来闽，首批于二日已潜抵闽境，分地工作……②

蒋介石还勾结帝国主义对闽变进行威吓，英、日、美、法海军巡洋舰、驱逐舰、炮舰纷纷开抵福州、厦门、闽江、马江海域，借保护本国侨民、商轮为由，行恫吓威慑之实。另有日陆战队480人、英水兵30人登陆福州。

大军压境，福建人民政府组织约5万人的十九路军奋力抵抗，在战斗最激烈的时候，黄琪翔、蔡廷锴同赴前线视察，但终因力量悬殊而

---

① 《告十九路军全体将士书》，戴逸、史全生主编：《中国近代史通鉴（1840—1949）·南京国民政府时期》，北京：红旗出版社，1997年，第1040—1041页。
② 厦门《江声报》，1933年12月8日。

失败。

一时间，福建四面楚歌、危机四伏。

12月中旬，在形势极为危急时刻，李济深主持紧急会议讨论作战方针问题，通过了死守福州的作战方案，并向红军求援和争取粤方支持。

其时，毛泽东心急如焚，但以博古为首的临时中央对于十九路军和福建人民政府采取的是政治上不声援支持，军事行动上完全不配合的态度。陈铭枢言："（双方）虽签订了十九路军与红军共同抗日反蒋的协定，但还没有签订军事和边界协定、达到攻守同盟的目的。"①

此时，蔡廷锴认为"颓势如此，难以作战"，即向李、陈、蒋建议"不如退守闽南，徐图后计"。

各党派一闻退兵，"即行星散"。②

从1934年1月10日开始，参加闽变的各方人士开始分批撤离。

"'闽变'自1933年11月20日开始，迄至1934年2月中旬止，不到3个月。由于淞沪抗日名闻海内外的十九路军就是这样为反对独裁统治而遭到消灭了。"③

毛泽东在《中国革命战争的战略问题》中云："当福建事变出现之时，红军主力无疑地应该突进到以浙江为中心的苏浙皖赣地区去，纵横驰骋于杭州、苏州、南京、芜湖、南昌、福州之间，将战略防御转变为战略进攻，威胁敌之根本重地，向广大无堡垒地带寻求作战。用这种方法，就能迫使进攻江西南部福建西部地区之敌回援其根本重地，粉碎其向江西根据地的进攻，并援助福建人民政府，——这种方法是必能确定地援助它的。此计不用，第五次'围剿'就不能打破，福建人民政府也只好倒台。"

---

① 朱宗震等编：《陈铭枢回忆录》，北京：中国文史出版社，1997年，第125页。
② 《蔡廷锴自传》上，哈尔滨：黑龙江人民出版社，1982年，第314页。
③ 蔡廷锴：《回忆十九路军在闽反蒋失败经过》，全国政协文史资料研究委员会编：《文史资料选辑》第59辑，北京：中华书局，1979年，第112页。

毛泽东还说："……无论蔡廷锴们将来的事业是什么，无论当时福建人民政府还是怎样守着老一套不去发动民众斗争，但是他们把本来向着红军的火力调转去向着日本帝国主义和蒋介石，不能不说是有益于革命的行为。这是国民党营垒的破裂。"①

反观历史，可以这样理解，"福建人民政府"的成立是十九路军从拥蒋转化为反蒋达到最高峰的标志，"它具有新的内容和新的形式，它是中国资产阶级小资产阶级和它的知识分子从1927年大革命失败后面临着民族新危机激起新觉悟的表现"，但是，"试图以成立'福建人民政府'这样一个新政府指导国是，这种新的觉悟又不是彻底的，有其很多缺点，最终导致其存在的时间不长"②。

言及福建事变失败，吴仲禧感到："第三党空有一些好的政治主张，但却缺乏军事实力，往往不得不依靠一些地方实力派，而地方实力派出于自身的利益，时而反蒋，时而拥蒋，时而又为争夺地盘而混战，在政治上是靠不住的。"③

闽变失败，也印证了吴仲禧先前的担忧，"由于当时的人民政府组织内部的许多弱点，如广大群众没有真正发动起起来，参加闽变各党派都有不少政治投机的人，十九路军将领的动摇，尤其重要的是缺乏共产党的领导和合作"。

失之东隅，收之桑榆。这一次失败的教训使得吴仲禧、林亨元等深受启发和警示，他们开始认为——"革命必须有共产党的领导才能成功"。

也正是从那时起，吴仲禧等人"决然抛弃第三党，而寻找党的领

---

① 《论反对日本帝国主义的策略》，《毛泽东选集》第1卷，北京：人民出版社，1991年，第146页。

② 许锡清：《"福建人民政府"运动》，广东省政协文化和文史资料委员会编：《广东文史资料精编》，北京：中国文史出版社，2008年，第61页。

③ 林亨元、王昌明：《吴仲禧传略》，广东省政协文化和文史资料委员会编：《深潜龙潭老将军——吴仲禧纪念文集》，北京：中国文史出版社，2015年，第163页。

导了"。①

当时，面对蒋介石的通缉，吴仲禧特别想和中共接触，但蒋军来势汹汹，叶挺也跑到澳门去了，自己没有任何门路，还可能有性命之虞，因为"当时闽西南龙岩附近地区已是中央苏区一部分，境内有些零星游击队在活动。中央苏区某些领导缺乏统战思维，甚至把'闽变'时期的'第三党'人视为危险的敌人。"②

吴仲禧只能"亡命天涯"。因情势紧急，来不及带着王静澜和孩子们一起跑。王静澜和大儿子吴群敢送吴仲禧上船，面对家国诸多不确定因素和不甚明了的前景，吴仲禧视若等闲，充满自信和欢笑，还摸着儿子的头说："快点长大吧，长大了可以帮爸爸扛枪打敌人。"

逃亡之前，吴仲禧借助双虹小学掩护了反帝大同盟转入地下活动，双虹小学也由第三党的联络点转变为共产党地下工作同志的活动基地。

在广州白色恐怖之中，吴仲禧提心吊胆地过了一段时间。此时，他最担心的是王静澜和孩子们的安全，特务们找不到他，没准会找家属，这是他们一贯的伎俩。而福州与广州之间音讯全无，吴仲禧整日如坐针毡……让他惊喜万分的是，不久，妻子带着几个孩子安全地赶到广州，一家人团聚在一起。

1934年2月14日，新年。

吴仲禧想让家人吃上一顿像样的年夜饭，但囊中羞涩，没钱筹备。无奈，他厚着脸皮遣长女持信借贷。吴惠卿那时不过十二三岁，脸皮薄，她拿着爸爸的"介绍信"求这个叔叔央那个伯伯，遇到通情达理之人，门还好进；可有的人不但钱不借给，还讥讽小姑娘一番，吴惠卿面红耳赤，真恨不得找个地缝钻进去。

吴仲禧又让吴惠卿去找已到广州的陈维远，陈维远念及旧情，其小

---

① 《私立福州双虹小学简史》，中共福州市台江区党史资料征集研究委员会办公室编：《党史资料征集与研究》第三期，1984年4月16日，第7页。

② 吴群敢：《乱世劲草》。

妾却一脸鄙夷，挖苦吴惠卿："北伐胜利后，陈铭枢、张发奎、朱绍良等，你爸爸随便跟哪一个，现在生活都解决了，何至于此？"

女儿回来一五一十地陈述经过，王静澜难过得眼圈红了，但吴仲禧不以为然，一笑置之。

若干年后，吴惠卿还回忆，"当时，有人讥讽爸爸，说他不会攀附。"①

不过，"福建事变"当事者既已逃散，事态便很快平息。风声鹤唳、草木皆兵之后的当年3月，吴仲禧在余汉谋部"讨"了个参议的差事。这件事，吴仲禧先找到在陈济棠总部任参谋处长的老乡唐灏青，唐灏青给驻赣绥靖公署第六绥靖区司令余汉谋打了个招呼，余汉谋看在唐灏青的面子上为吴仲禧安排了工作——吴仲禧和余汉谋其实也熟悉，但此一时彼一时，物是人非事事休。

余汉谋说："奋飞兄，我部驻防江西大余，你支上校薪水，但不必上班，只是每月要自己到大余领取薪水。"

吴仲禧赔着笑："感谢幄奇兄怜爱，奋飞惭愧，混到这个地步，待有出头之日再回报兄的恩情。"

余汉谋说："哪里话，不是不给你实职，是下面条件艰苦，又被上头逼着天天追着红军游击队的屁股转，'剿共'这个事你干不来，何必蹚这个浑水？"

吴仲禧心里咯噔一下——若真是"剿共"，他宁可另谋出路。

上校月薪240元，以省银行发行货币支付，相当于中央银行200元，倘吴仲禧只管自己那是绰绰有余，但一大家子人要在广州租房、修缮、配置家具用品，前几个月的日子过得着实紧巴。王静澜悄悄变卖了几样首饰才解了燃眉之急。那时，她弟弟王昌明也从福州来到广州，大家生

---

① 吴惠卿：《怀念爸爸》，广东省政协文化和文史资料委员会编：《深潜龙潭老将军——吴仲禧纪念文集》，北京：中国文史出版社，2015年，第46页。

活在一起。王昌明后来回忆，姐姐对姐夫在精神、生活上给予了很大支持和帮助，有时经济困难还靠姐姐变卖首饰、嫁妆或向女方亲友借贷才度过难关。姐夫戎马一生，不管环境多么险恶、生活多么清苦，没有后顾之忧，得力于有这么一个贤内助。

这份闲差，让吴仲禧有时间每日打打太极拳、练练书法。

吴仲禧口中念念有词："易有太极，是生两仪，两仪生四象，四象生八卦，八卦定吉凶，吉凶生大业。"

王静澜不甚明了。

吴仲禧阐释道："古人认为，太极是天地未分的统一体，是世界的本原。由太极而生天地，由天地运行而有春夏秋冬，由四时运行而生八卦，由八卦而定吉凶，由吉凶而谋大事。"

王静澜说："那不就是算卦？你也信这个？"

吴仲禧笑道："算命，我是不信的，我信马克思主义，但自然与事物发展之规律，却深藏于天地间，天机不可泄露。"

吴仲禧又说道："太极拳内外兼修、柔和、缓慢、轻灵、刚柔相济，是以中国传统儒、道哲学中的太极、阴阳辩证理念为核心思想，既能强身健体，又可修身养性。"

习字时，吴仲禧以颜真卿字帖为摹本——非伏案书写，而是立于桌旁，端右臂，全神贯注，奋笔横扫。

王静澜问："你怎么这样练字？"

吴仲禧说："练颜体非如此不可。"

吴仲禧练的是《祭侄文稿》。此稿是颜真卿为纪念在安史之乱中牺牲的侄儿颜季明所做的祭文。

吴仲禧指给王静澜看："因为作者当时情绪极度悲愤，故时见涂抹之迹，国耻家仇、民族大义流淌于字里行间，可以读出颜真卿作为一代烈臣的铮铮铁骨和强烈的家国情怀。"

丈夫这哪里是在练字？分明是在磨炼富贵不淫、贫贱不移、不为名

利所驱的顽强意志！

的确，此时的吴仲禧"志在专心于政治上的探索，对自己生活上的困难始终保持乐观态度"。①他的内心不无酸楚，但现实的教训促使他"更加认真地思考中国共产党人的主张"，而非个人得失。

当然，那段时间，吴仲禧与闽变逃亡至香港的人士仍保持着秘密的联系。

1934年春，吴石以第一名的成绩从日本陆军大学毕业回国后，在国民政府军事委员会参谋本部任职，专门负责对日研究及收集日方情报。吴石在日本期间，先就读于日本炮兵学校，后升入日本陆军大学。在日本六年间，国内相继爆发九一八事变、一·二八事变，这使他有异常紧迫之感，他以强烈的爱国热情刻苦钻研军事理论基础，同时对日本国情、军情及中日两国间问题深入研究。

吴仲禧得知后，非常想见老同学一面，但受各种条件制约，未能去南京。但他想，他们一定会见面，他有很多话想对吴石说。

是年秋，吴石开始在陆军大学兼职，专门教授战术课程。

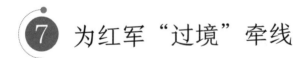

⑦ 为红军"过境"牵线

1934年6月的一天，吴仲禧租住的三楼响起了清脆的敲门声。

王静澜推开门，来人高个儿，戴金丝边眼镜，留八字胡，浓眉大

---

① 林亨元、王昌明：《吴仲禧传略》，广东省政协文化和文史资料委员会编：《深潜龙潭老将军——吴仲禧纪念文集》，北京：中国文史出版社，2015年，第161页。

眼，年纪与吴仲禧相仿。

"请问奋飞兄在家吗？"

王静澜便知是丈夫的熟人介绍而来，忙热情地将客人让进客厅，吴仲禧闻讯从书房出来，热情地问："您是？"

来人从提包里掏出一封信："是正成兄介绍我来的。"

一听是季方介绍的朋友，吴仲禧十分高兴，赶紧请来人落座，让夫人沏茶，看时近中午，又让夫人准备午饭。

来人是中共秘密党员王绍鏊①。

吴仲禧问起季方近况，王绍鏊告诉他，"闽变"失败之后，季方在上海市郊隐居待时，后因旧友被捕而被南京司令部拘禁。

吴仲禧急切地问："那现在如何？"

王绍鏊道："经审讯后获准交保释出，如今正溯江游历，看望黄埔旧友，无碍！"

吴仲禧悬着的一颗心才放了下来。

一番寒暄之后，王绍鏊直奔主题，有要事请求吴仲禧设法通过关系面谒陈济棠。

吴仲禧一愣，他和陈济棠并不熟悉，便问："可否告诉我所为何事？"

王绍鏊降低声调说："我受上海各方面的委托，面见陈济棠谈些时局问题。"

吴仲禧又问："是否为反蒋之事？"

王绍鏊稍一犹豫："此事比反蒋问题更为重要。"

王绍鏊不和盘托出，吴仲禧便明白，此事涉及机密。但此事真不是那么容易能够办到。

————————

① 王绍鏊：江苏苏州人，早年留学日本，毕业于日本早稻田大学。1911年回国后，曾当选为国会众议院议员，参加讨袁护法运动。1931年九一八事变后，在上海发起组织国难救济会，从事抗日救亡运动。1934年加入中国共产党。

见吴仲禧面露难色，王绍鏊只好如实相告："我见陈济棠只求一事，江西红军经过粤湘边境时，只要广东不出兵，红军也决不来犯广东。"

言既至此，吴仲禧便猜出王绍鏊身份——冒险为红军当说客的人，还能是什么人呢，共产党！

吴仲禧很感动，王绍鏊能对他说实话表明对他完全信任。虽然王绍鏊自始至终都没有表明身份，也没说谁派他前来，但大家都是明白人，心照不宣。

此事，若张发奎当家，没有任何问题，可吴仲禧只是余汉谋部的一个高级参谋，与陈济棠差着几个台阶。陈济棠时任国民党广州绥靖公署主任、第一集团军总司令，兼赣粤闽湘鄂"剿匪"军南路军总司令，位高权重，别说自己无法接近——即便找到能够接近之人，还要牵线搭桥促成此事，难度、危险较大。但他从王绍鏊的神态和语气中揣测出此事对共产党事关重大，甚至关乎事业成败，因此，他要硬着头皮一试。

午饭后，王绍鏊告辞离去，回旅馆等消息。

下午，吴仲禧去找唐灏青，恳托他"转请原第四军同事、时任陈济棠的参谋长缪培南代为说项"①。吴仲禧这是绕了一个不大不小的圈子。其实唐灏青可以见到陈济棠，但吴仲禧为唐灏青着想，因与陈济棠谈论政事，唐灏青还不够资格，万一引起陈济棠怀疑麻烦就大了。缪培南吴仲禧以前也很熟悉，当年北伐之时，缪培南是第十二师师长，吴仲禧为第二十六师代师长，是同僚。那为何又要经唐灏青中转？因吴仲禧与缪培南已久无交往，断了联系，若突然上门冒昧提出此要求实显唐突。

---

① 林亨元、王昌明：《吴仲禧传略》，广东省政协文化和文史资料委员会编：《深潜龙潭老将军——吴仲禧纪念文集》，北京：中国文史出版社，2015年，第163页。

　　后来，有人论及此事言，"吴请唐灏青转托缪培南向陈济棠提出王绍鳌求见，是合乎情理、切实稳妥的"。①

　　若干年后，当吴仲禧的子女们在忆述父亲革命生涯时也说过，事后王绍鳌告诉父亲，他已与陈济棠达成互不侵犯的默契，这促成了后来赣南前线双方代表的直接谈判，为中央红军长征顺利通过粤北边境创造了条件。

　　在办理此事过程中，吴仲禧与王绍鳌有过几次接触。王绍鳌多次谈论对政治时局的看法，使吴仲禧的思想受到很大启发，相互间增进了友谊和了解，这也为他后来通过王绍鳌参加中国共产党奠定了基础。

　　据爱国商人程万琦回忆，他的父亲程泽敏与红军总司令朱德交好，红军代表和陈济棠代表秘密谈判期间，在这共产党正陷入长征中生死存亡的危急时刻，"程泽敏给陈济棠带去了朱德的一封信——《关于抗日反蒋问题给陈济棠的信》：

　　　　年来日本帝国主义大侵略，愈演愈烈，蒋、汪等国贼之卖国，亦日益露骨与无耻。华北大好山河，已沦亡于日本，东南半壁亦岌岌可危。中国人民凡有血气者，莫不以抗日救国为当务之急。抗日救国舍民族革命战争外，实无他途，而铲除汉奸卖国贼尤为民族革命战争胜利之前提。年来，德与数十万红军战士苦战频年者，莫非为求得中国民族之彻底解放、领土完整及工农群众之解放耳。德等深知为达此目的，应与国内诸武装部队作作战之联合。二年前苏维埃政府即宣告，任何部队，如能停止进攻苏区，给民众以民主权利及武装民众者，红军均愿与之订立反日作战协定。……为求事

---

　　① 力群：《一个值得查证的重要史实——初期推动陈济棠同红军谈判的中共使者》，中共中央党史研究室、中央档案馆编：《中共党史资料》第66辑，北京：中共党史出版社，1998年，第168页。

之速成，德本两年前政府宣言之宗旨，敢向足下为如下之提议：

1. 双方停止作战行动，而以赣州沿江至信丰而龙南、安远、寻乌、武平为分界线。上列诸城市及其附郭十里之处统归贵方管辖，线外贵军，尚祈令其移师反蒋。

2. 立即恢复双方贸易之自由。

3. 贵军目前及将来所辖境内，实现出版、言论、集会、结社之自由，释放反日及一切革命政治犯，切实实行武装民众。

4. 即刻开始反蒋贼卖国及法西斯阴谋之政治运动，并切实作反日反蒋之各项军事准备。

5. 请代购军火，并经门岭迅速运输。

……

德　手启[1]

关于此事的背景是，1933年10月，蒋介石纠集100万军队，200架飞机，自任总司令，采用碉堡推进、步步为营的战术向红军革命根据地发动第五次"围剿"，规模空前。为避其锋芒，保存实力，1934年10月，红一方面军撤离中央革命根据地开始长征。

红军准备过粤北前，陈济棠给前方一线部队的明确任务是"保境安民"。他虽命令部队在红军必经之地修造工事，但又私底下强调，"修造之事，不急于一时，弟兄们慢慢来，慢慢来就好"。陈济棠这样做的原因是既让蒋介石觉得自己在不遗余力地堵截红军，又要兑现承诺，开放一条让红军西进的道路，不拦头，不斩腰，只象征性地追追尾，放几声空枪。

---

[1] 中国工农红军长征史料丛书编审委员会编：《中国工农红军长征史料丛书·文献（1）》，北京：解放军出版社，2016年，第53—55页。

红军过境时，陈济棠又重新认真地强调了战场纪律："敌不向我开枪，不准射击；敌不向我攻击，不准出击"，硬给红军让出了一条宽40华里的通道。不仅如此，陈济棠还对红军需要的盐、布等必需物资一律放行，并拨给红军十万发子弹。①

后世文人熊育群有赋曰：

> 遭围剿之灾阨兮，迫苏区之危急。召红军之于都兮，图战略之转移。渡浮桥之不舍兮，冀突围之重振。涉长路之漫漫兮，入粤北之南雄。战乌迳之田心兮，破封锁之首捷。……两万五之征程兮，邈悠悠之无极。越岭南之始行兮，若铁流之滚滚。……②

美国人斯诺言："当时几乎所有人都认为中国共产党的命运即将终结，认为这定是红军的死亡之旅……而此前蒋介石一度真的相信自己夸下的海口——他已经'消灭了共产主义的威胁'。"③

伟大的两万五千里长征改变了中国共产党的命运，也改变了中国的命运，吴仲禧当时不知，他为此亦付出了力所能及的努力。其实，那时他心里也燃烧着火把，你看——

"我们经过江西、广东、广西、湖南、贵州，常常夜行军，而且也容易找干竹子"，"点火把夜行军，是很壮丽的……真是可以光照十里……过山时，先头的已鱼贯地到山顶，宛如一道长龙，金鳞闪闪，十弯十曲里的蜿蜒舞蹈！从山顶回头下望，则山脚下火光万道，如波浪翻腾"④……

---

① 程桂芳编著：《担当 程万琦回忆录》，北京：华文出版社，2016年，第15页。

② 《红军长征过粤北赋》，熊育群：《我的一生在我之外》，广州：花城出版社，2018年，第247页。

③ ［美］埃德加·斯诺著，王涛译：《红星照耀中国》，武汉：长江文艺出版社，2018年，第142页。

④ 富春：《夜行军》，刘统整理注释：《红军长征记》，北京：生活·读书·新知三联书店，2019年，第213页。

是的，从1927年起，吴仲禧在"苦其心志，劳其筋骨，饿其体肤"的同时，一直在等待着"天降大任"的机会。这一时期是他的政治理想重要的转折时期，他从黑暗中看到了曙光，并开启"从旧营垒转入共产主义者的行列"①的征程。

1935年8月1日，中华苏维埃政府、中共中央发表《为抗日救国告全体同胞书》（即《八一宣言》），号召全国各党派立即停止内战，以便集中一切人力、物力、财力、武力，去为抗日救国的神圣事业而奋斗。《八一宣言》有力地推动了抗日救亡运动的发展。

时任广州实践中学校长的郭翘然后来忆述，"我在广州，亦为此而与吴仲禧等加紧联系，并先后邀请进步学者邓初民、肖隽英等到实践中学作'时事问题'和'中国社会问题'的讲演，为响应《八一宣言》进行宣传。"②

吴仲禧在演讲中说："同学们，如今这情势，'抗日则生，不抗日则死'，这是不是危言耸听呢？绝不是！九一八事变后，日寇的铁蹄从未歇息，你看他们，由东三省而热河，由热河而长城要塞，由长城而'滦东非战区'，由非战区而实际占领冀、察、绥和北方各省，这才不到4年时间，我大美山河，差不多半壁已被日寇占领和侵袭。正所谓，想当年龙虎几纷争，到如今竟成何究竟？登楼自省，觉英雄热血变成冰！"报告厅响起激烈的掌声。

吴仲禧继续讲道："得了半壁江山，日寇就会就此止步吗？绝不会！日寇最终的目的是要亡我华夏民族，将中国变成他们的附庸，他们的殖民地，将中国人变成他们的奴隶，那时候他们想来就来，想如何攫

① 林亨元、王昌明：《吴仲禧传略》，广东省政协文化和文史资料委员会编：《深潜龙潭老将军——吴仲禧纪念文集》，北京：中国文史出版社，2015年，第160页。

② 郭翘然：《我从事华南民主运动的回忆》，中国人民政治协商会议广东省委员会文史资料研究委员会编：《广东文史资料》第45辑，广州：广东人民出版社，1985年，第16页。

取就如何攫取，想要谁的命就要谁的命！呜呼哀哉！长此下去，我五千年古国就不复存在，我们中国人就成了世界上最低人一等的人，甚至连猪狗都不如的畜生！"

吴仲禧举例说："这几年，我们广州发展得不错，物价不但稳定，还下降了一些，社会稳定，人丁兴旺，码头增多，市容扩大，建筑物、汽车也多了起来，广州中心商业区也形成了，经济、商业非常繁荣，我和同学们以及你们的亲人一起，正在享受美好的生活，可是，如果日寇的铁蹄践踏至此，这一切都将不复存在，你们不再有书读，不再有安全之感，我们日日要面对日寇的狞笑和刺刀！阎罗王的勾牒时时到，那将是什么样的生活！"

吴仲禧振臂一呼："同学们，抗日救国，是我们的神圣天职。国民党的不抵抗政策，将会陷中华民族于万劫不复之境地。在这千钧一发的生死关头，我们必须响应中国共产党提出的《八一宣言》的号召，动员全国人民行动起来，停止内战，一致抗日！"

经久不息的掌声如珠江滚滚的波涛之声。

事后，郭翘然伸出大拇指称赞吴仲禧讲得酣畅淋漓，真是异常痛快！

第六章

剑指日寇

① 修筑国防工事

　　1936年初，吴仲禧听说张发奎从国外回来，正想主动和他联系时，得到消息，蒋介石给张发奎的职务是闽浙赣皖四省边区总指挥，其主要任务是"剿共"。

　　吴仲禧遂打消念头，心说，蒋光头"剿共"剿了这么多年，剿得自己毛都快没了，还他娘的剿！

　　吴仲禧又很纳闷，以他对张发奎这几年言行的了解，现在他是断断不会应这个差事的。

　　那究竟为何？

　　1933年冬，张发奎以军事参议院上将参议的名义赴欧美各地考察军事。3年里，他游历欧洲，了解了各国的军事情况，并仔细攻读政治经济学，以谋求救国救民之道。因其名声显赫，故每到一地均受到华侨热烈欢迎，让他大有众星捧月之感。在英国伦敦，他还接受了天津《大公报》记者采访，发表了慷慨激昂的讲话："祖国在今日，已危如累卵……吾人处兹非常时期，惟有各备其力，迎头猛干，以救危殆……苟有人愿牺牲一切，力捍外侮，余愿为一走卒，以从其后……吾人之目的，厥在团结以救国……如有机会，余愿率一旅之孤军奋起抗敌，期有报国仇于万一也。"①

张发奎的言辞得到海内外同胞一致赞扬。

吴仲禧看到报道后，也为张发奎之"天下兴亡匹夫有责"的精神所震撼和感动，是的，当下的中国太需要这样敢爱敢恨、敢说敢做的军人。

回国后，张发奎去南京面见蒋介石。

蒋介石假惺惺地问："向华，回来之后有何打算？"

张发奎坦率地说："今后中国出路，惟有抗战之一途。"

蒋介石接过话题："日后抗战，必让你充先锋。"

未及张发奎跟话，蒋介石话锋一转："但现在正是'剿共'关键时期，派你到闽浙赣皖四省边区任总指挥一职如何？"

张发奎脸色低沉，一言不发。

蒋介石见状，也不再言，叫他回去思考一下再行答复。

张发奎如何能接受这个差事呢？欧洲之行历历在目，《大公报》的报道犹在眼前，如果他走马上任，岂不是告诉天下人他张发奎跑到国外放了一通响屁？

但身在屋檐下岂能不低头？即便张发奎曾百战沙场、骁勇无比，有"铁军"将领之荣耀；即便他有运筹帷幄、决胜千里之雄才大略，但如果蒋介石不给他提供机会，他还不就是广东始兴县隘子镇一个普普通通

① 顾执中：《张发奎述志》，天津《大公报》1934年6月24日。

花潭奋飞
——吴仲禧传

的汉族客家人？

陈诚倒爱才、惜才，劝道："向华兄，如此执拗怕是不行，你总要先找个地方蛰伏下来才好图谋大计。"

张发奎无奈，遂于1936年春走马上任。

这一年，日寇连续在成都、汉口、上海等地制造祸端，以期挑起战火，同时，在我国长江及沿海各埠派遣舰队游弋示威，不断挑战中国人民的底线。

但蒋介石仍以"攘外必先安内"之思想对解放区进行残酷的扫荡和镇压。

毛泽东出于民族大义，多次给国民党将领写信。

致高桂滋①言："嘤其鸣矣，求其友声，暴虎入门，懦夫奋臂，谁谓秦无人而曰甘受亡国奴之辱乎？"②

给朱绍良书信一封："十年酣战，随处与先生相遇……然鹬蚌相持，渔人伺于其侧，为鹬蚌者不亦危乎？……两党两军之间，无胶固不解之冤，有同舟共济之责。抛嫌释怨，以对付共同之敌，天下后世颂先生为民族英雄……夫'剿匪'非特无期徒刑也，且是一种死刑。非曰红军宣告先生们之死刑也，日本帝国主义实宣告之；非特宣告国人之某一部分于死刑，实欲举全民族而宣告之，鸣呼危矣！"③

致杨虎城④言："目前日本进攻绥远，陕甘受其威胁。覆巢之下，将无完卵。"⑤

---

① 高桂滋：时任国民党军第八十四师师长。

② 毛泽东：《致高桂滋》，《毛泽东书信选集》，北京：人民出版社，1983年，第32页。

③ 毛泽东：《致朱绍良》，《毛泽东书信选集》，北京：人民出版社，1983年，第58页。

④ 杨虎城：时任国民党军第十七路军总指挥、西安绥靖公署主任。

⑤ 毛泽东：《致杨虎城》，《毛泽东书信选集》，北京：人民出版社，1983年，第38页。

致傅作义言①："今之大计，退则亡，抗则存；自相煎艾则亡，举国奋战则存。"②

1936年12月1日，毛泽东致蒋介石："化敌为友，共同抗日……徘徊歧途，将国为之毁，身为之奴，失通国之人心，遭千秋之辱骂。"③

蒋介石非但听不进去，还气急败坏、火冒三丈，嘴里"娘希匹"个不停。

可他万万没有想到，在中共感召和民族大义之下，1936年12月12日，为挽救民族危亡，劝谏他改变"攘外必先安内"的狭隘策略，停止内战一致抗日，张学良、杨虎城毅然在临潼对他实行"兵谏"——扣留来陕督战的蒋介石，发动了震惊中外的"西安事变"。

吴仲禧从报纸上看到"西安事变"爆发，兴奋得在房间里连连打转——

"这下好了，这下好了！你想想，九一八事变以后的这些年，蒋光头在干什么？剿共！共产党在干什么？抗日！如果蒋光头早一天同意共产党提出的抗日民族统一战线的主张，蒋光头何来今日之窘境？"

以往，王静澜不太参与丈夫关于政治的话题，但见他如此高兴，便说："国共合作，抵御外侮，如此，你便不用再寄人篱下，可以出去大干一场了。"

吴仲禧一拍巴掌："同室操戈，相煎何急，大敌当前，国民党不能再干亲者痛仇者快的事情，该彻底捐弃前嫌，重归于好了！"

局势确因"西安事变"而发生逆转。

国共再次合作。

---

① 傅作义：时任国民党绥远省政府主席、国民党军第三十五军军长。

② 毛泽东：《致傅作义》，《毛泽东书信选集》，北京：人民出版社，1983年，第43页。

③ 毛泽东：《致蒋介石》，《毛泽东书信选集》，北京：人民出版社，1983年，第88—89页。

国民党军事委员会将全国划分为山东、冀察、河南、徐海、山西、绥远、江苏、浙江、福建、广东等10个战区。

陈诚不失时机地保举张发奎去杭州主持国防工事建设。

蒋介石也知强按牛头不喝水的道理，便勉强同意了。

1937年春，张发奎改任苏浙边区绥靖主任，负责修建苏嘉杭沿海国防工事。

见吴仲禧前来投奔，张发奎十分高兴——"奋飞兄，好些年不见，别来无恙！"

吴仲禧笑道："将军牺牲一切，力捍外侮，余愿为将军一走卒，从将军之后。"吴仲禧是借用张发奎昔日之语以表心志。

张发奎听后愈发喜悦："奋飞兄来得正好，我这里正是用人之际，不过，请先委屈一下，暂在参谋处任作战科长，待人事调整后再委以重任。"

吴仲禧言："只要能抗日，奋飞不计较职位之高低。"

"好，爽快！"

两双大手紧紧地握在一起。

作战科长职位的确不高，但吴仲禧一心想到抗日前线，总算遂了心愿；另外，说不定还能与上海的季方、王绍鏊取得联系，一举两得！

国防工事是指抵抗步兵各种枪弹、机关枪、重兵器（如重炮、野炮、山炮、小炮等）及飞机炸弹的掩体，均用钢筋水泥或铁轨枕木构筑，包括指挥所、掩蔽部、观察哨等，是未雨绸缪抵抗日寇侵略的重要工程和钢铁长城。

张发奎对吴仲禧说："国防工事来不得半点马虎，关乎将士性命和战争胜负，奋飞兄务必亲自督促，不可有丝毫懈怠！"

吴仲禧深感责任异常重大。一上任，他就按照张发奎制订的缜密计划前往嘉兴、杭州、松江一带督查。

他对内弟王昌明（时任国防军事工程处工程员）说："你督造嘉兴

与金华之间的抗日国防炮台工程，责任重大，切记切记！"

国防工事构筑工作全面展开后，全国各处进度都很快，竣工之规模较大的工事有淞沪、吴福、锡澄、乍平嘉、乍澉甬、宁镇、鲁南、豫北、豫南、沧保德石、娘子关亘雁门关内长城等，此外，南京、镇江、江阴、宁波、虎门、马尾、厦门、南通、连云港等要塞区也建筑完毕。整道工事以南京为中心而渐次延展。虽因经济落后、工业基础薄弱、财政收入日绌诸多原因，国防建设受到很大限制，但亦增强了中国军队抵御日本侵略的能力。

只是，如此庞大的工程，难免出现局部问题，淞沪、锡澄、苏福等阵地，由于承包给一个姓黄的商人修造，其偷工减料而造成工事极不坚固，到"七七事变"后开战时，300多个机关枪阵地能用的不到三分之一，且壕沟中都是水，士兵泡在水里作战，很多士兵两脚麻痹不能行动。此等昧着良心发国难财者，一经查实，脑袋壳自会搬家。

由于张发奎、吴仲禧等亲力亲为、严格督查，苏嘉国防工事质量很好，被誉为"中国的兴登堡防线"。兴登堡防线是第一次世界大战期间，1916—1917年德军在西线建立的防线。当时德军统帅为兴登堡，故有此名。

张发奎听到赞誉，非常高兴，专门请吴仲禧等部下吃了顿饭。

② 加入中国共产党

1937年7月7日，七七事变（又称卢沟桥事变）爆发。

在中国共产党成立100周年之际的国庆节，笔者来到卢沟桥。

北京的秋天，天气已然变冷，天空阴云密布，风中夹杂着雨丝。我立于风雨长亭之下，仿佛听到了连绵不绝的枪炮声，看到了中华勇士铁衣披雪、宝剑飞霜、叶染猩血的场景。

1937年7月7日夜，卢沟桥日本驻军在未通知中国地方当局的情况下，径自在中国驻军阵地附近举行所谓军事演习，

卢沟桥

并诡称有一名日军士兵失踪，要求进入北平西南的宛平县城搜查而被中国驻军拒绝，日军随即向宛平城和卢沟桥发动进攻。中国驻军奋起还击，进行了顽强抵抗。

卢沟桥事变爆发后，中共中央发表《为日军进攻卢沟桥通电》，呼吁只有全民族实行抗战，才是出路。7月17日，蒋介石明确表示，"如果战端一开，那就是地无分南北，年无分老幼，无论何人，皆有守土抗战之责任，皆有抱定牺牲一切之决心。"①

新闻记者范长江在北平丰台目睹一列列火车正在加紧运送日本兵："中国的头二等客车，中国的司机开着中国人民血汗买来的火车头，载着人家的军队，经过中国的领土，开到中国的卢沟桥附近去打我们中国人。"②接着北平、天津沦陷。

卢沟桥的炮声让张发奎义愤填膺："大丈夫必当报效国家，如果此次仍不能对日作战，我就入寺为僧，永不问世事！"

---

① 《简明中共党史辞典》1921-2012，北京：新华出版社，2012年，第57页。

② 范长江：《卢沟桥畔》，解放军报新闻函授中心编：《军事新闻名篇选评》，沈阳：白山出版社，1989年，第115页。

吴仲禧咬牙切齿:"我以我血荐轩辕,杀日寇,保家卫国!"

七七事变是日本全面侵华的开始,而沉睡的中华民族亦从梦中醒来——抗战全面爆发。

很快,日军铁蹄逼近淞沪地区。自1932年签订《淞沪协定》起,日本就在上海虹口和杨树浦一带驻军,建立了海军陆战队司令部。至七七事变前,已在其控制的地区建立了据点、登陆码头和补给点,蓄意为再次发动战争做准备。

上海,成为日军首个战略目标。

一天,吴仲禧接到通讯员送来的一封信,撕开封口一看,惊喜异常,竟是王绍鏊的亲笔信。

王绍鏊此次住在嘉兴北门附近颇有气势的沈家老宅,为遮人耳目,装扮成一个商人。

老友重逢,相谈甚欢。王绍鏊不再像上次那样讳言身份,而是开门见山:"老吴,我是上海党组织派来与你见面的。"

吴仲禧急切地说:"自上次一别,再无你的消息,我一直都很担心!"

王绍鏊叹了口气:"去年6月我在南京浦口被特务逮捕,一直被关押,还差点被枪毙,现在抗日战争全面爆发,我一获释就来找你。"

当时王绍鏊奉命赴北方劝诱阎锡山加入抗日倒蒋阵营,并联络孙殿英以响应,但在浦口过江时被国民党中央组织部党务调查处徐恩曾手下的特务以"绑票式"逮捕,秘密拘禁在城内灯笼巷的第二招待所,虽受特务威胁利诱,但不为所动。几月之后,又被移禁于城外吉祥村反省院内"中央党部政治未决犯寄押室"。七七事变后,"八月四日始行释出"①。

_____

① 王绍鏊撰稿,陈正卿整理:《王绍鏊自传》,上海市档案馆编:《上海档案史料研究》第10辑,上海:上海三联书店,2011年,第125页。

王绍鏊还告诉吴仲禧，他现在在八路军上海办事处工作，参与中共中央特科的外围组织华东人民武装抗日救国会的领导工作，算是"特别党员"，此次来是受中央领导同志直接委派。

王绍鏊虽未言明受哪位中央领导同志委派，但吴仲禧猜到应该是周恩来。

吴仲禧问："不知季方兄如今何在？"

王绍鏊说："他因事前往北平，如今交通中断，无法南旋。"

"——那"，吴仲禧欲言又止。

王绍鏊说："奋飞兄有话不妨直言。"

吴仲禧眼里冒出兴奋的光芒，看到王绍鏊鼓励的目光，他再无丝毫迟疑，忙不迭地问："像我这样的身份，是不是可以申请加入中国共产党？"

话语一出，又觉得唐突。

王绍鏊一脸释然，面带微笑："哦？那你说说看。"

吴仲禧便主动"坦白"——他是旧军人出身，也曾身不由己、随波逐流，但10年前他就向蒋先云提出过相同的问题，可蒋先云牺牲后，再一直没有找到合适的机会和合适的人谈论。

吴仲禧也仔细观察着王绍鏊的表情，王绍鏊似乎一点都不感到意外。

吴仲禧不知，党组织早就注意到了他，否则，这一次不会派王绍鏊来。多年的风云变幻，吴仲禧用言行向党证明着自己，此外还有季方、叶挺、王绍鏊等人对吴仲禧的举荐，组织已将他当成了自己的同志。

听吴仲禧说完，王绍鏊非常高兴，他紧紧握住吴仲禧的手说："你有这个意愿，我可以给你当介绍人，请你把自己的经历和志愿写成书面材料，我好带回交给组织审查。"

当着王绍鏊的面，吴仲禧提起毛笔奋笔疾书——往事如歌，历历在目，荏苒的时光和青春岁月里的烽火硝烟如一条潺潺的小溪在他的笔下汩汩流淌。

吴仲禧从凄惨的童年写起，护卫孙中山、上军校、与军阀斗争、学习马克思主义理论……"我对中国共产党有深厚的感情，对共产主义有初步的认识，在我革命的生涯中，我接触到很多具有英勇战斗精神和顽强革命意志的共产党员，比如叶挺、张云逸、蒋先云等人，特别是恽代英同志几次在武汉大会上的讲话，让我非常激动，对我影响很大，我经过长时间的深思熟虑，恳切地希望加入中国共产党。"

不知不觉，一篇字迹工整的"入党志愿书"一气呵成。

吴仲禧郑重其事地交到王绍鏊手中，王绍鏊边认真阅读边频频点头。

王绍鏊又问了问吴仲禧的工作情况，吴仲禧告诉他，张发奎正在全力修建国防工事，另外，张发奎对国共两党的合作态度十分坚决，早已厌倦了内讧，多次强调只有枪口一致对外才能解救中华民族。

王绍鏊接过话头说："我党关于抗日统一战线的政策你已大致了解，你要守住这个岗位，好好做抗日工作，张发奎现在的地位很重要，你又是可以对张发奎说话的人，要坚持做张发奎的工作，苏杭嘉一带能够守住，张发奎就是抗日英雄。"

王绍鏊返回上海后，吴仲禧在焦急且兴奋的等待中一日又一日地熬着。

不日，吴仲禧收到王绍鏊来信，说王昌明会带中共中央特种工作科何克希同志来嘉兴，他还告诉吴仲禧，他的入党申请已经获得党组织批准，王绍鏊、何克希是他的入党介绍人。

吴仲禧激动得手微微发抖，他真想把这个好消息告诉所有人，可他知道，虽然国共在合作，但鉴于以往蒋介石对共产党的态度和成见，他不但不能告诉任何人，还要一直严守秘密。

吴仲禧后来回忆："何克希在我家住了几天，向我讲了党要为共产主义而奋斗的道理，以及党在抗日战争中的任务，还讲了做一个共产党

员的义务。"①

现场，何克希为吴仲禧办理了入党手续。当时，囿于条件，吴仲禧没有宣誓。直到1951年的一天上午，陈景文（曾任中共广东省委统战部副部长、新华社香港分社副社长）和吴仲禧约定在吴仲禧东山寓所补行宣誓仪式②，因为解放后中央规定，凡过去入党未履行宣誓仪式的都要补行宣誓，但组织上又考虑吴仲禧党员身份尚未公开，补行入党宣誓时只能个别进行。

陈景文和吴仲禧肃立，吴仲禧举起右拳，宣读誓词：严守秘密，牺牲个人，阶级斗争，努力革命，永不叛党。

宣誓完毕，吴仲禧已激动得泪光闪闪，口将言而嗫嚅，因凝噎而泣不成声，但继而又"表露出他一生中最神圣的笑容"③。

是啊，虽然这一时刻姗姗来迟，但他早已通过自己的行动向党践行了曾作出的郑重的承诺——为了保护党的组织，为了人民的利益，虽然穿着"青天白日"帽徽军装，但始终以"白皮红心"不断完成党组织交代的特殊任务。

入党时，吴仲禧年已42岁。他是在日寇侵略中华的炮火硝烟中入的党，是另一种意义上的"火线入党"。

自此，他结束了大革命失败后长期陷入政治苦恼的淤泥，加入到共产主义者的行列，踏入革命的新征程；也"从孙中山的忠实追随者几经

---

① 吴仲禧：《有关我入党的经过和我与党组织联系的主要情况》。
② 陈景文：《高风亮节启后人——怀念吴仲禧同志》，广东省政协文化和文史资料委员会编：《深潜龙潭老将军——吴仲禧纪念文集》，北京：中国文史出版社，2015年，第32页。
③ 陈景文：《高风亮节启后人——怀念吴仲禧同志》，广东省政协文化和文史资料委员会编：《深潜龙潭老将军——吴仲禧纪念文集》，北京：中国文史出版社，2015年，第32页。

艰辛探索"①、"从一个坚定的革命民主主义的爱国将领"成长为"一个忠诚的共产主义战士"②。

何克希还特意将党组织安排的任务交代给他:"一是长期隐蔽,在国民党部队中做上层人士的统战工作,团结张发奎坚持抗战,不与我党发生摩擦;二是在可能的范围内,配合、掩护战区里地下党的活动。"

吴仲禧欣然点头接受任务。

"但是,为了你的安全,你的组织关系只作单线联系,失去联系时,不能向地方找关系,只能等待组织派人来找你。"何克希郑重地强调了组织纪律。

吴仲禧牢记于心。

8月13日,大战在即,"敌竟集结驻沪陆军及海军陆战队约万余人,向我保安队进攻,淞沪会战序幕遂由此揭开"③。吴仲禧判断,因战事爆发,交通很快就会断绝,遂派王昌明再到上海联系,请示下一步的工作,几日后,王昌明陪何克希来到嘉兴,给吴仲禧交代任务,要求吴仲禧隐秘在张发奎上将总部进行党的秘密工作。

吴仲禧不知,和他一起生活的王昌明亦由王绍鏊介绍参加了上海地下党,也是单线联系,王昌明的上线是潘子俞。潘子俞曾对王昌明说:"我和吴仲禧联系的名字是何克希,我和你联系的名字是潘子俞。"④

① 田丰:《前言:记一位从辛亥革命走来的共产党人吴仲禧》,广东省政协文化和文史资料委员会编:《深潜龙潭老将军——吴仲禧纪念文集》,北京:中国文史出版社,2015年,第3页。

② 萧克:《代序:纪念吴仲禧同志诞辰一百周年》,广东省政协文化和文史资料委员会编:《深潜龙潭老将军——吴仲禧纪念文集》,北京:中国文史出版社,2015年,第1页。

③ 陈诚:《陈诚回忆录——抗日战争》,北京:东方出版社,2009年,第33页。

④ 王光武:《王昌明回忆战地服务队》,中共广东省委党史研究室编:《广东党史资料》第三十七辑,广州:广东人民出版社,2004年,第28页。

这一"细节",吴仲禧始终不知道。这是党的秘密战线的特殊性使然,无人例外。

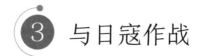

3 与日寇作战

按照日本防卫厅防卫研究所战史室《中国事变陆军作战》记载,中国政府于8月20日策定了第三战区的作战指导方针:"应以扫荡上海敌军根据地,并粉碎在沿江沿海登陆取包围行动之敌,以达成巩固首都及经济策源地之目的。"

为抗击日寇,中国政府采取了一系列防御措施:

密令驻京沪沿线的第八十七、第八十八师集结于上海外围地区;令驻嘉兴的独立第二十旅、驻蚌埠的第五十六师和驻武汉的第九十八师等部到吴县(苏州)一带集结待命。同时,将海军和空军部队向淞沪地区集中,并令海军阻塞长江江阴水道,拆除江阴以下航行标志。8月13日,将京沪警备司令部所属部队统编为第九集团军,以张治中为总司令,并推进到市区外围,准备作战;张治中随后进行了一系列部署。

战争一触即发。

8月14日,第九集团军对日军展开全面进攻。8月23日,陈诚第十五集团军向吴淞至浏河一线登陆的日军进攻;张治中第九集团军继续负责吴淞以南上海市区的作战;张发奎第八集团军担任浦东和杭州湾北岸的防御。

因张发奎部担任防御工作,遂未成为作战中心,相对较为沉寂。

但亦多次击退沿黄浦江向浦东袭扰的日军，并以火力支援第九集团军作战。

此时，吴仲禧任高级参谋。他常去张发奎办公室与张发奎一起研究敌情。

张发奎虽为儒将，却不事修饰，穿一套草绿色布质军服，理平顶头，一脸胡子，个把礼拜也不修剃，活脱脱一个士兵。夏衍曾访问张发奎后记述，"假使要找出一点和士兵们不同的记号，那恐怕只有刻在蓝珐琅质徽章中间的一个亚拉伯式的1字"[1]。办公室也不像一个司令部，倒像一间简洁的书房，靠窗摆着一张小行军床，房间中央有一张松木写字桌，背后立着一排书架。只有四周墙上贴满的军事地图营造着紧张的气氛，上面用红蓝铅笔涂涂抹抹，只有带兵打仗的指挥官才看得懂那些标记。

吴仲禧则一身戎装，穿戴得整整齐齐。

张发奎指着地图问："奋飞，你分析一下，日寇想不想速战速决？"

吴仲禧答："那是自然，在我们的国土上发动战争，它最想一战即胜。"

张发奎说："《孙子兵法》曰，故兵贵胜，不贵久。日寇决不想拖沓，所以来势汹汹，其势锐不可挡，飞机大炮无休止地轰炸，把吃奶的力气都用上了。"

吴仲禧说："以我坚固的工事，以我举全国及两党之力，您觉得战况将如何？"

张发奎略一思忖，又叹气道："不是长他人志气，灭自己威风，按照目前形势，我军真不一定挡得住，可能要做后退的准备。"

吴仲禧问："后退？退到哪里去？"

---

[1] 夏衍：《张发奎将军会见记》，杨津涛编：《抗战记忆》，南宁：广西人民出版社，2017年，第135页。

张发奎说："自然是武汉，武汉是我国心脏腹地，日寇只有攻占武汉，才能控制中原，才可以支配中国。"

又道："这虽然是我们不希望看到的，但是，光有决心是不够的，打仗是实力的较量。"

吴仲禧点点头："我们长期把精力消耗于内战，没有卧薪尝胆的准备，如今仓促应战，情况真是未必理想。"

张发奎一拍桌子："但后退不是失败，也不是目的，是战略转移！"

几日后，张发奎去上海出差，在陈诚处见到了郭沫若。郭沫若向他谈起抗日宣传工作的问题。

1928年初，郭沫若流亡日本神户，从事甲骨文、金文和中国古代史研究。1937年7月底回到上海。"兄弟阋于墙，外御其侮"，在中华民族危急关头，随着第二次国共合作开始，当年郭沫若背负的通缉令也随之撤销。

张发奎返回后告诉吴仲禧，他和郭沫若已商妥，由郭在上海物色一批青年，组织一个战地服务队到第八集团军来。

"你要做好接待准备工作。"张发奎说。

自庐山一别，吴仲禧与郭沫若也再未见过，得知郭沫若回国，吴仲禧很高兴，如果有机会，他要去拜访一下老朋友。

不久，吴仲禧也突然收到上海党组织通知，为宣传抗战，将有一个战地服务队到张发奎总部来，其中有共产党员，希望他予以支持协助。

实则，战地服务队是周恩来在庐山同国民党谈判时，根据党的抗日民族统一战线的方针和陈诚讨论确定的。

吴仲禧立即行动起来，在战地服务队到来之前，已安排好他们的工作和生活。

9月中旬，随着战局变化，中国完成在上海的防御部署，由蒋介石兼任第三战区司令长官，指挥左中右3个军作战。中央作战军（朱绍良），以1个集团军6个师（旅）向北防御；左翼作战军（陈诚），以2个集团军21个师向东防御；右翼作战军（张发奎）以2个集团军11个师（旅）向东南防御……中国军人以血肉之躯，抵挡着气焰嚣张的日寇。

9月25日，钱亦石同志（中国共产党早期著名教育家、理论家和社会活动家）带领一批青年来到嘉兴第八集团军总司令部驻地奉贤南桥镇。队员中有马克思主义哲学家杜国庠，戏剧家石凌鹤，作家何家槐、林默涵，诗人柳倩、王亚平，画家沈振黄等30余人。

为加强党对战地服务队的领导，遵照周恩来的指示，队内建立了中国共产党的特别支部，由孙慎任特支书记，直属中共中央长江局（后改为南方局）。但因庐山会谈时双方有口头协定，不得在对方军队中发展党的组织，潘汉年给特别支部宣布了一条纪律：队中所有的中共党员一律不公开党员身份，不发展党员，也不和所在地党组织发生联系。

张发奎亲自接见了他们并发表热情洋溢的讲话："在你们到来之前，我已安排吴仲禧少将高参对大家的生活以及行军途中的交通运输问题尽力作了安排，希望你们能为我军营造良好的抗战气氛，充分发挥文艺之鼓舞人心的作用，激励众将士奋勇杀敌！"

钱亦石代表全体队员表示："我们这一群人将誓死努力工作，直到抗战得到最后胜利。"他要求队员："生活简单化，行动纪律化，工作集体化，要像一个军人，不搞特殊。"

在接受了短期的军事训练之后，大家脱掉长衫旗袍，换上戎装军衣，打着裹腿，雄赳赳气昂昂开赴淞沪抗战前线。

钱亦石同志特为战地服务队创作了队歌，表达了抗战到底的决心和肩负的重任。

1=G 2/4

进行曲速度 雄壮、有力地

钱亦石词

（乐谱）

战地服务队队歌

送大家去前线的路上，吴仲禧和大家一起高唱：

"……我们愿在枪林弹雨中，把身体炼成铁，把意志炼成钢……以热忱励士气，以鲜血染征衣……动员全国同胞，争取抗战到底！"

队员们以百倍的革命热情开展了慰问宣传活动，鼓励士兵英勇抗战，组织民众为抗敌将士服务，工作卓有成效。在抗战间隙，他们为将士们演出《放下你的鞭子》《四季调》《战上海》《重上前线》《火海中的孤军》等曲目、话剧，颇受将士欢迎。孙慎为石凌鹤连夜赶写的话剧《火海中的孤军》谱写了一首歌，并在剧中饰演了一名青年战士，以高亢激越的男高音悲壮地唱着：

弥天的大火在延烧，炮在吼，飞机在天空绕，我们掩护大队撤走，八百人愿战死在今朝！

吴仲禧听得热血沸腾。

战地服务队孙慎、麦新、吉联抗3位音乐家到后方的学校、机关、团体、农村，去教唱救亡歌曲，如《义勇军进行曲》《救国军歌》《抗战到底》《抗敌先锋歌》《丈夫去当兵》等。新创作了抗日救亡歌曲，如麦新《大刀进行曲》《农民歌》《游击队歌》，麦新和孟波《壮丁歌》，孙慎《春耕歌》，孙慎和周钢鸣《救亡进行曲》，王亚平和孙慎《当兵歌》，吉联抗《九月的夜》，吉联抗和何家槐《农村妇女歌》等，脍炙人口，颇受欢迎。

吴仲禧感觉到，这群人真是激情如火，工作起来如同拼命，与将士相比毫不逊色。那时，大女儿吴惠卿中学还未毕业，吴仲禧也让她参加战地服务队，接近进步青年。

时钱亦石已50多岁，却处处以身作则，事事模范带头，每天率领队员上课出操、射击打靶，步行数十里奔走于嘉兴农村和浦东前线，不辞辛苦。由于睡眠严重不足，他很快消瘦下去，又不幸患上疟疾并转为伤寒，粒米不进。吴仲禧报告张发奎批准他去上海治疗，但他为了工作宁愿留在南桥镇，直到当地沦陷前一小时，高烧不退的钱亦石才由组织秘密转送到上海市区就医，但因为病情严重，加之上海失守，治病条件非常有限，终于1938年1月29日在上海病逝。

在钱亦石病重时，张发奎曾征求吴仲禧的意见，让杜国庠同志担任队长。杜国庠是刚从监狱中释放出来的社会科学家。

至10月下旬，淞沪会战已持续70多天，战况不妙。第三战区司令官冯玉祥回忆两月以来的情形——我们的部队，每天一个师又一个师投入战场，有的不到三个小时就死了一半，有的支持五个小时死了三分之二，这个战场就像熔炉一般，填进去就熔化了。

吴仲禧也遭遇危险，"十一月九日，我军决心全部撤退"[1]，前线

---

[1] 陈诚：《陈诚回忆录——抗日战争》，北京：东方出版社，2009年，第38页。

部队已先接撤退命令而溃逃，但"张发奎总部未得到撤退命令"①，此时吴仲禧正在平湖巡视工事，突然发现枪炮声抵近，自己身陷日军包围圈之中。

吴仲禧大惊，紧急查看，附近有一艘小汽艇，他和卫兵即刻登上汽艇，刚驶出不远，耳畔忽传来"奋飞！奋飞"的喊叫。他向岸上察看，竟是第八集团军副总司令黄琪翔。他让卫兵急速掉头，靠岸搭救。

当汽艇卷着浪花飞速驶离河岸时，日军的子弹已向汽艇射来，只是由于距离太远而没有射中。

当吴仲禧赶回嘉兴时已是夜幕时分，张发奎总部已经撤离。此时四面枪声此起彼伏，杭州也有敌情，吴仲禧只能带着一名卫士连夜追寻。一路，吴仲禧看到有的汉子挑着一副担子，前筐里装着几个孩子，后筐里装着应急的衣物食品，孩子嗷嗷大哭、妻离子散、哀鸿遍野、武器辎重抛弃得到处都是的场景，让他感到十分痛心。

吴仲禧绕道湖州折回江山，总算找到了张发奎总部。但惊魂未定的他此时又在担心还在嘉兴的王静澜和孩子们能否安全脱身。

跟随丈夫经历了太多的颠沛流离，此时王静澜非常成熟和沉着，她见势不妙，立即带孩子坐船转移。船出吴淞口，沿途受到日军飞机低空侦查、威胁。驶到宁波港，船长担心到福州后难回江浙，便推说闽江口已封港，可以全额退票，请各自从陆路返回福州。王静澜联合几个乘客一起和船员、船长谈判，最后逼着船长继续开，一直从浙江开到福州，安全到家。

吴群敢后来回忆："那时候再晚一点点，船就可能真的搁浅在半道上。"

1937年11月12日，上海沦陷，历时3个月的淞沪会战结束。

---

① 林亨元、王昌明：《吴仲禧传略》，广东省政协文化和文史资料委员会编：《深潜龙潭老将军——吴仲禧纪念文集》，北京：中国文史出版社，2015年，第165页。

淞沪会战之后，陈诚在总结得失时言，"我军使用兵力约达七十余万，敌军使用兵力亦达三十万左右。敌军外线作战，而使用兵力尚不及我军之半数，终能获致胜利者，唯一原因就是他们的装备精良。精神虽说胜过物质，可是血肉筑成的长城，事实上是抵御不了无情的炮弹的。"①

但是，淞沪会战在中国抗战史上仍具有重要的地位。此战役使日本蒙受日俄战争以后从未有过的巨大损失，打破了敌人"三个月灭亡中国"的计划，华东地区大批工商企业、学校得以内迁，对于八路军深入敌后迅速开辟敌后战场也起了一定作用。

当时美国派驻上海的一位军事观察家言，淞沪之战证明，"中国已下决心为她的独立而战，而且中国军队确有作战能力"，"日本军队自日俄战争后，被世人认为是可怕的军队，经中国一打，降到了第三等国的地位"，"中国军队过去不被外国军界所重视，这次对日抗战英勇坚毅，使外国观察家大为惊异，恢复了中国军队的荣誉"。

之后，吴仲禧成了脱线的风筝。"我和单线联系人何克希、王绍鏊同志就失去联系"。②与王绍鏊失去联系的另一个原因，或许如王绍鏊后来忆述，"……自从金同志领导以后，管理极端严肃……从我的人事关系发展出去的细胞，也一一交给组织上领导，我也不再顾问。这样过组织的生活，约有一年多。"③

① 陈诚：《陈诚回忆录——抗日战争》，北京：东方出版社，2009年，第41—42页。

② 吴仲禧手书简历。

③ 王绍鏊撰稿，陈正卿整理：《王绍鏊自传》，上海市档案馆编：《上海档案史料研究》第10辑，上海：上海三联书店，2011年，第125—126页。

④ 听周恩来授课

1937年12月13日晚，南京亦被日军攻占，六朝古都瞬间变为暗无天日的人间地狱，日军疯狂屠杀中国平民和战俘30万人以上，约2万中国妇女遭奸淫，三分之一城池被纵火烧毁。

是年底，张发奎因东战场作战不力被免去第八集团军总司令职务，吴仲禧随总部到江山办理结束手续。

南京沦陷当日，国民政府军事委员会在武汉拟定《军事委员会第三期作战计划》，即"保卫武汉作战计划"。吴石时任国民政府军事委员会军令部二厅一处处长，参加了作战计划的制定。

进入1938年，局势变幻莫测。

3月17日，徐州会战拉开序幕，日军在台儿庄遭到国民党军第五战区强烈反击。

3月29日，中国国民党临时全国代表大会在武汉召开，选举蒋介石为总裁，汪精卫为副总裁，通过《中国国民党抗战建国纲领》。

4月18日，鼓舞人心的好消息传来——台儿庄大捷，共计毙伤日军1万余人，俘敌1万余人，击毁战车、重炮，缴获坦克、战车、火炮、汽车不计其数。这是国民党正面战场取得的第一个大胜利，是我国抗战史上辉煌的篇章。但是，如陈诚言，"事隔仅仅一个多月，我们竟被包围而放弃徐州，大概的情形又和沪战差不了多少。是前车之覆，未能为后车之鉴也"。[①]

不久，吴仲禧来到武汉，在珞珈山参加将官班学习。大战将至，随着武汉全国抗战指挥中枢地位的确立，国民党想通过办学习班来提高军

---

① 陈诚：《陈诚回忆录——抗日战争》，北京：东方出版社，2009年，第48页。

官作战指挥能力。这次，他见到了吴石。

兄弟相见，欢喜异常，知无不言，言无不尽。

吴仲禧言："虞薰兄今日宏图大展，愚弟自愧不如！"

吴石言："奋飞兄不必谦逊，值此国难当头之时，名利算不得什么，唯有同仇敌忾，打击日寇！"

吴仲禧言："我看过你的《兵学词典粹编》，听说在短时间内发行三版，被军界视为最优良的军学参考。"

吴仲禧所言不虚。吴石在陆军大学授课期间，撰写了10多部军事理论专著，这奠定了他在军界中军事理论专家的地位。《兵学词典粹编》一经问世，蒋介石、冯玉祥、何应钦等国民党要员纷纷为该书题词，颇有洛阳纸贵之势。此外，三年授课生涯，使得国民党军队的许多高级将领成为吴石的门生。

吴石笑道："兄弟见笑了，浮名而已！"

吴仲禧问："虞薰兄对战争有何见解？"

吴石坚定地说："战！打他个有来无回！我现在的主要任务就是全力投入军事谋划及军事人才培训，为战争做充分的准备。"

时吴石颇得蒋介石赏识，如他所述："今主席（指蒋介石）每周必召见咨询一次，深为嘉许……"①

吴石直言不讳："蒋主席言，我们最大的失败，是情报不正确。我认同这个说法，情报对于战争太重要了，8月份，我们要在这里办战地情报参谋训练班，奋飞兄如有时间，希望也能参加。"

吴仲禧言："我求之不得，不过张发奎将军未必准我，到时我积极争取。"

将官班名为"军事委员会战时将官研究班"，直属军事委员会领导，第一期于3月1日开学，3月20日宣告结业。3月8日，蒋介石接受

---

① 郑立：《冷月无声：吴石传》，北京：中共党史出版社，2018年，第89页。

万耀煌建议，决定将将官研究班并入正在筹备举办的军官训练团，蒋介石兼任团长，何应钦、白崇禧、徐永昌兼任副团长，陈诚兼任教育长，万耀煌为副团长兼将官班主任。万耀煌在日记中详细记载了珞珈山军官训练团的情况："此次调训对象，凡未直接参战之部队，副军长、师长、旅长、团长甚至营长等均抽调前来后方，区分为将官班、校官班。"①

珞珈山军官训练团的教员既有国民党的军政官员，也有德国顾问，还有中共方面的周恩来、刘伯承等人。此时周恩来任中共中央代表和南方局书记，并任国民党政府军事委员会政治部副部长。吴仲禧忆述，周恩来曾三次为将官班学员授课。

周恩来讲了游击战争和正规战争的配合问题、沦陷区秘密通讯问题、抗日战争统一战线问题。还特别讲到毛泽东同志的《论持久战》。

第三次是以演讲的形式。在武汉大学大操场上，周恩来连讲两晚，内容主要阐述毛泽东的《抗日游击战争的战略问题》著作中的军事思想。周恩来铿锵有力、抑扬顿挫的声音让吴仲禧着迷。

周恩来号召青年学生行动起来，投身抗日战争，夺取抗战胜利，激发了学员们的爱国热情，周恩来成为"最受欢迎的教员"。②

一时间，珞珈山上随处可见英气勃发之面孔，意气风发之声音，一派新气息、新天地在郁郁葱葱的树木之中形成。

将官班上，每天下午五点，蒋介石还亲自点名训话。此外，参训人员还参观了台儿庄战利品陈列展览，参观了步炮兵射击及战车攻击等

---

① 《万耀煌将军日记》下册，台湾湖北文献社，1978年，第78页，转引自涂上飙主编：《珞珈风云　武汉大学校园史迹探微》，武汉：武汉大学出版社，2017年，第236页。

② 谢红星主编：《武汉大学校史新编》1893-2013，武汉：武汉大学出版社，2013年，第76页。

内容。

军官训练团第一期自4月13日开始编队，至5月6日结业，持续大半个月。

时周恩来、邓颖超住在珞珈山。笔者在武汉大学读书时，曾专门看过他们的故居，并写了《青年，任重而道远》一文：

我登上了那个窄窄的阁楼。

阁楼没有亮灯。对面有一扇窗，透进来一点光亮。窗不大不小。我迫不及待地打开窗，一股春天的草木的气息扑面而来。站在窗口，能看见一山郁郁葱葱的风景。正对着窗的是一棵银杏树，拔地而起，直入云天。我踮起脚尖，尽可能地探出头去，局促的目光遥望远方。我的目光迷失在氤氲的雾气之中。这是春天，珞珈山芳草萋萋，百鸟啁啾，间或掺杂着乳雀唧唧哝哝的低语。

我坐在阁楼里的一把椅子上，定定地望着那扇窗。窗口略略透进来一缕清风，与阁楼柔软、温湿的木香混杂并融合；一点或明或暗的光照着我的脸，也直抵我的心。此时，我希望这样的光亮滞于静室之中，再恒久一些——便于从容地思考，一点一滴地打捞岁月的吉光片羽，回忆一个伟人——周恩来。他曾经一定也无数次地站在窗口，静静地遥望，那时，窗外的银杏树或者还没种上，或者，正冒着新芽。他的目光，绵延而深邃，掠过草，掠过树，掠过山坡，掠过校园，掠过破碎的山河；他的眉头紧锁，宛如一个铸铁疙瘩。他是不是也坐在一把木质椅子上良久地沉思？只是，他的思绪经常要被若隐若现的枪炮声阻遏，他清晰地听到了跌跌撞撞的脚步声，听到了河流一样涌动的流民的嘈嘈切切，看到了阴云密布的天空和满目疮痍的中国。

这是武汉大学周恩来故居。

　　周恩来故居位于武汉大学珞珈山别墅群中的第19号楼，始建于1931年，是一栋坐北朝南西式二层楼房。阁楼蜷缩于二层之上。1938年5月至9月，周恩来和夫人邓颖超在楼里居住过四个月。

　　那时，空袭警报频繁，为安全计，人们就躲到防空洞或自家的床底下。"……突然，响起了空袭警报。周总理镇静自若，从容不迫地指挥大家有秩序地进入地下室，而他自己则最后一个离开会场。警报解除后，周总理又继续讲下去。"演讲结束时，"有位青年教师拿着一本小册子，请求周总理签名，周总理满怀着对青年一代的深情厚意，在小册子的扉页上挥笔写下了'周恩来'三个刚劲有力的字"。

　　此时，阁楼之下，却是异常的寂然。岁月静好，现世安稳。我站在逼仄的楼梯上，甚至听到了屋外簌簌的雨声。二楼有三间房，一间是会客厅，一间是卧室兼办公室，另一间小房是警卫人员的住所。会客厅不大，正面墙上开着两扇古色古香的绛色的窗，在灯光的映照下显得典雅而别致；目光飘出窗外，绿叶荫浓，树隙之间，雾霭析出的光影仍是斑驳陆离。墙上贴满了周恩来当年活动的照片，我细细端详，那不再是一个英俊的目光炯炯有神的青年周恩来——而是顶着一头极短的头发，一缕坚毅在剑眉跃动，一缕忧患从星目闪现，消瘦的棱角分明的脸庞透着无比的刚定。

　　在这里，周恩来组织领导了"抗日活动宣传周""七七抗战一周年纪念"等系列抗日宣传活动。会见了斯诺、斯特朗、史沫特莱等国际友人。会见了国民党高级将领、民主人士、文化界和新闻界的知名人士，宣传共产党的抗日主张。如此，此处有了一个生动、亲和的称谓："国共合作抗日小客厅”。

在这里，周恩来还多次找郭沫若谈心，促成其就任国民政府军事委员会政治部第三厅厅长。周恩来此举意在使第三厅形成以共产党员为核心，团结各抗日党派和人民团体，团结思想界、文化界、学术界的著名人士，成为在中共实际领导下的抗日民族统一战线的战斗堡垒。

走出故居，雨似是将歇未歇。我没有张开小伞，而是任由雨珠落到头上、身上。雨雾弥漫之中的珞珈山林木葳蕤，恬静葱绿，如诗如画。我沿着蜿蜒的小径，逐级而下，台阶上满是夹杂着红的、黄的、绿的颜色的樟树的叶子。我拾起一片，脉络清晰，仿佛着了力道，无比遒劲。

边走，我边回望那栋被参天大树掩映的小楼，青砖红瓦，花树扶疏。我在想象当时身兼国共两党要职的周恩来每天忙碌地工作和生活场景；想象他披风沐雨，早出晚归，过往这条小径；想象二楼的办公室通宵亮着的灯光，一位注定要彪炳史册的伟人运筹帷幄，殚精竭虑；想象他站在阁楼，望着黑魆魆的江城，直至曙色初露，东方既白。

课余，吴仲禧在校园里散步，只见山峦起伏、树木蓊郁，登高望远，东湖水面浩渺，气象万千。他也曾到周恩来寓所附近盘桓，他多么想近距离接触周恩来，甚至希望能和周恩来促膝而谈，但是，纪律要求他不能这样做，他只能把对周恩来的崇敬深深埋藏在心底。

1938年7月6日，国共两党为抵御民族大敌，进一步加强合作，召开了国民参政会第一届会议，大会庄严宣告：“中国民族必以坚强不屈之意志，动员一切物力人力，为自卫、为人道与此穷凶极恶的侵略者长期抗战，以达到最后胜利之日为止。”要求全国各党各派：“共同奋斗……尽一切努力，忍一切牺牲，以求贯彻抗战的唯一目

的。"①

武汉会战是以武汉为中心，以安徽、河南、江西、湖北四省广大地区为外围的中国军队为保卫武汉同日军展开的一场会战，其间大小战斗数百次。张发奎第二兵团的任务是由北岸浠水渡江，经大冶、阳新、瑞昌沿江东进，去解马垱、九江要塞之危。但张发奎部刚抵九江，就接到李汉魂报告马垱失守，日寇正兵分五路向武汉进攻。

从1938年6月11日日军进攻安徽安庆起，至10月25日日军进占武汉止，历时4个半月，中、日双方在长江沿线分5路展开激战，战线扩及皖、豫、赣、鄂4省数千里。日军集结了14个师团、3个独立旅团、1个机械化兵团和3个航空兵团，加上海军舰艇140余艘，约35万兵力。我军相对列阵，动员部署了14个集团军、10个军团和战区直属部队以及海空军部，约100万兵力。这一战役，中日双方投入兵力之多、战线之长、时间之久、规模之大，是抗日战争中任何战役所不能比拟的。

期间，吴仲禧一度"被派往李汉魂军团的彭霖生师担任参谋长"。李汉魂曾有这样的忆述②：

在战局的控驭方面，向兄（张发奎）信心极强，他对长江正面的全面盱衡，认为九江在消耗战后可能不保，但战略重点可移至德安、马回岭一线，歼敌致果，估计可在此线上收一战之功。

几个月夜，我随向兄在光华宝塔、上高山庙视察，均见杨家湾附近江面之敌舰活动，即下令炮兵予以轰击，而敌机亦往往窥伺我炮兵阵地施炸。

---

① 蔡翔，孔一龙主编：《二十世纪中国通鉴》，北京：改革出版社，1994年，第448页。

② 康普华主编：《李汉魂将军文集》上，北京：中国社会出版社，2014年，第205页。

　　此后数日来敌机、敌舰的轰炸、炮击几无时或已，我方亦还击，但我空军处在劣势，制空权远远谈不到，许多地面工事，这边完成，那边便为敌空中侦察探知，轰炸、炮击随至，不免又遭毁坏；湖口敌方运输船舰来往频繁，意味着敌人大规模攻势即将开始，张向公与我一直都担心姑塘一线将成为敌军登陆的所在，故此屡令守备部队加强注意，也增加了该处的防卫兵力。

　　7月23日零时，敌军不出所料在姑塘登陆，此一带为八军李玉堂部预备十一师赵定昌部队，经激战后，赵师全部伤亡枕藉，乃调李觉部的汪之斌十五师一个团由左翼赴援，在周家岭北端堵截敌军，同时又调七十军一二八师顾家齐部迂回向姑塘反攻，不料附近高地马祖山已先为敌所占，顾师所部被阻。

　　……

吴仲禧所在彭霖生师，参与过各项作战计划的制定。

罗王砦是在陇海铁路罗王车站附近的一个土寨，是徐州南面一个重要交通据点。由于地势险要，日侵略军派土肥原一个师团驻守，妄图把罗王砦与附近曲兴集等地敌营连成一片，以切断自徐州南下的通道。为了夺回这个重要交通据点，打通陇海线，上级限李汉魂部一昼夜攻克罗王砦。李汉魂召集各师高级将领彻夜商定作战计划。吴仲禧作为彭霖生的参谋长参加了作战计划的商定。

会议决定派一五五师四六三旅旅长谭生林担任主攻。

据亲历者忆述，驻守在城堡内的敌人，为了扫清射界，已将城外地上的小麦割光。我方要从外面平地仰攻进去困难甚大。为减少不必要的损耗，我方作出周密部署，首先在本阵地的村角民房凿开一道道墙孔，布置一个重机枪连封锁前面大路，以对付可能由曲兴集前来增援的敌骑兵，然后分兵数路，先以手榴弹炸开敌人预先利用铁皮卡车筑成的第一

重防线，再以猛烈炮火攻城。战斗打响后，果不出我方所料，三四百骑兵疯狂前来，我方重机枪连依靠民房作掩护沉着应战，待敌人进入我方火力网时，数挺重机枪密集射击，敌军顿时人仰马翻，伤亡过半。与此同时，我军攻城部队冒着敌人的猛烈炮火拼死发动多次冲锋，终于冲入城堡与敌展开肉博。

"活捉土肥原！""活捉土肥原！"

我军将士喊叫声不绝，威震原野。在我官兵猛烈冲击下，敌人阵脚开始动摇，我军愈战愈勇，敌人纷纷溃逃……

我军大破日寇土肥原的胜利消息传开后轰动中外，中外报刊以头版头条新闻刊登是役战况，贺电有如雪片飞来，喜庆的鞭炮彻夜响个不停。李汉魂夫人吴菊芳闻讯后，和香港知名爱国女士李志文等人组织恭祝"罗王砦击败日寇胜利慰问团"从香港赶赴前线各地，慰劳战斗官兵，还演出话剧助庆。

武汉会战后，日方宣布死伤3.5万人。

虽中国军队伤亡和耗费巨大，但中国参战的130个师没有一个被日军成建制歼灭，全部安全退往后方，日军企图在武汉消灭中国军队主力的目的未能得逞。它是中国抗日战争进入战略相持阶段的转折点，日军由于战线延长，兵力与资源不足，不得不放弃"速战速决"的企图，抗日战争此后便逐渐进入相持阶段，为中国最后的胜利积攒了力量，为日军最后的失败埋下了伏笔。

这段时期，吴仲禧身临一线参加战斗，未能赴吴石之约。1938年8月，吴石在武汉主持战地情报参谋培训班，还专门邀请周恩来、叶剑英讲授游击战法。

⑤ 任渡河架桥指挥官

早在第二兵团撤至阳新时，张发奎即接到陈诚命令，限期20天在阳新渡口架设一座大型浮桥，以便各路大军及重兵器顺利向西南撤退。

阳新县位于湖北省东南部，地处长江中游南岸，幕阜山脉北麓，南与江西接壤，素有"荆楚门户"之称。这里江面开阔，水流湍急，要在短时间内架设浮桥本就不易，且还有日军飞机不停在头顶轰炸。苏联驻中国军事顾问卡利亚金在笔记中写道："他们（日本人）轰炸了阳新渡口……"①

张发奎感到事关重大，任务艰巨，惶恐异常。

此时，吴仲禧已从李汉魂部返回。

一听要为大部队撤退而架桥，吴仲禧闹情绪："怎么又要跑？"

张发奎言："我倒认为此次撤退是战略意图的体现，武汉很难坚守，但决不能让武汉变成第二个南京。"

听张发奎如此一讲，吴仲禧觉得有些道理。早前在回来的路上，吴仲禧也看到囤积于武汉的物资正在有序运送，民众正在逐步疏散，如此，我方便是以武汉为诱饵全力消耗日军的有生力量，在敌强我弱的情况下算一招高棋。

张发奎说："这个事情如果搞不好不仅要撤我的职，我还会坐牢。"他求助的目光望着吴仲禧："奋飞兄，你可否担任阳新渡河指挥官一职？"

吴仲禧毫不推辞，火线接受了艰巨的任务。

---

① ［俄］卡利亚金著，赖铭传译：《沿着陌生的道路：一位苏联驻中国军事顾问的笔记（1938—1939年）》，北京：解放军出版社，2013年，第37页。

吴仲禧言："现在的关键是要发动群众，做好征集船只和动员民工的工作。"

张发奎言："人多力量大，你需要什么人自己决定。"

吴仲禧言："请求派战地服务队来做群众工作，并派一连工程兵协助。"

"没有问题！"张发奎爽快地答应了。

一场由群众和士兵联合承担的攻坚战悄然打响。

时值夏季，天气燠热。吴仲禧穿着灰汗衫、大裤头，带人赤脚在码头的泥沙中勘测。要架设的虽是临时桥，但要紧急运送大量车马、辎重，不但不能有"临时"之念，且要有"牢固"之心。吴仲禧告诉大家，浮桥的结构形式有两种，一种是传统的形式，在船只或浮箱上架梁，再铺桥面；第二种是舟梁合一，比如船只首尾相连，或将船只横着排列，但不管哪种形式，这么宽的河面，都需要大量船只，船只的大小也要差不多，大小不一，会导致桥面高低不同。

大家频频点头。

吴仲禧遥遥一指："大家都看到了，自武汉会战开始，敌机对渡河点狂轰滥炸，附近没有船，船工也逃避一空、背井离乡，我的判断是，紧急征集来的船只数量不会很多，难以满足需要，大家有什么好的主意？"

见众人不语，吴仲禧指了指不远处的几只废汽油桶，笑了笑。

大家还是不太明白。

吴仲禧因地制宜，决定浮墩采用木船加废汽油桶相结合的方式。

那时，杨应彬只有17岁，被从连指导员任上调回战地服务队参加发动船工工作。经四处打听，终于找到一批船工，他带了船工去给吴仲禧汇报，吴仲禧当场表扬了他。

吴仲禧还请杨应彬坐下聊天。

"小杨最近看过什么书？"

杨应彬实话实说："有文学类的，也有政治类的。"

吴仲禧说："年轻人，要多读书，将来有大用处。"

两人促膝谈心很长时间。杨应彬觉得，吴仲禧不但平易近人，还虚怀若谷。一位高级指挥官和一位小青年由此建立起忘年之交。1983年时，杨应彬还为当时的情景赋诗一首，赠与吴仲禧：

> 鄱阳湖口烽烟急，
> 幕阜山前寇已深。
> 气壮关河腾将士，
> 胸怀马列即知音。
> 岭梅高洁人恒敬，
> 嵩柏长青众久钦。
> 四化征和春不老，
> 鹏飞霄汉照丹心。[①]

吴仲禧很高兴，和了一首：

> 相逢战地艰难日，
> 敌忾同仇谊最深。
> 我本中途方识路，
> 君当早岁已知音。
> 才从实践今为贵，
> 德自虚怀古可钦。
> 忽忆阳新秋月夜，
> 扁舟促膝互谈心。

在大家的努力下，几天之后，数十艘木船、几百个废汽油桶、上千块木板整整齐齐地排列在岸边。条石、爪钉、绳索、焊机也基本到位。

---

① 杨应彬：《一代风流启后昆》，广东省政协文化和文史资料委员会编：《深潜龙潭老将军——吴仲禧纪念文集》，北京：中国文史出版社，2015年，第15页。

吴仲禧作架桥前的动员，他强调，此次架桥事关重大，希望广大群众、战地服务队的同志与工程连的战士们一起，齐心协力，既要保证人身安全，也要保证浮桥安全稳固可靠。

"开工！"吴仲禧一声令下，工程热火朝天地展开。

紧张的架桥工作开始后，战地服务队的何家槐、孙慎、石凌鹤、杨应彬、杨治明、朱河康、吉联抗、方兮、黄凛、麦新等许多同志夜以继日、废寝忘食，同船夫、民工生活、劳动在一起。吴仲禧作为指挥官，亦夙兴夜寐，夜以继日地工作，手磨出茧子，皮肤晒得黝黑，眼珠子布满血丝。尽管如此，他还不断叮嘱施工人员，浮墩要稳，面板要耐用，分配梁要牢固，要考虑江面横风、水流等因素，缆风系统和定位系统要万无一失。

由于前期准备工作充分，一周之后，浮桥已显现雏形，只见浮桥两端是横排的木舟，木舟与木舟之间用钢管加固，走在上面稳如磐石，浮桥中间采用浮墩，每个浮墩使用8—10个废汽油桶，油桶与油桶之间，通过架管连成一体，浮桥上的面板用3厘米厚以上的木板，木板平铺，木板之间间距均匀，大概10厘米左右，面板之间用爪钉连接，非常牢固。

吴仲禧高兴地说："在大家的努力下，我们在传统浮桥结构形式上的创新变成了现实，但是，当千军万马过浮桥时，这桥还能不能稳如磐石，成败要到那时再论！"

为保证浮桥绝对平衡与稳固，两端"拉力"与"定位"非常重要，只是，意外发生了——当大块锚碇条石被木船运输到设计位置后，在工人向河中抛的时候，由于激流涌动，船身摇晃，工人随条石一起坠入江中，吴仲禧见状喊道："赶快救人！"

所幸有惊无险，工人会水，又抢救及时，生命无虞，只是大腿被条石蹭破点皮。

两周之间，有敌机来犯，蓄意破坏，我军用机关枪扫射，敌机怕被打中，于仓皇间扔下几颗炸弹后逃得无影无踪。浮桥安然无恙。

两星期后，阳新浮桥顺利搭建而成，比上级要求的完工时间整整提前一周。

10月20日，日军攻占长江以南的黄石，在阳新地区的部队有被合围之险，10月24日，蒋介石下达武汉撤退命令，国民政府军事委员会在武汉举行中外记者招待会，郑重宣布"我军自动退出武汉"。汉口市长吴国桢宣称："保卫大武汉之战，我们是尽了消耗战与持久战之能事，我们的最高战略是以空间换取时间。……我们的人口疏散，产业的转移，已经走得相当彻底，而且我们还掩护了后方建设。"①

阳新浮桥成为保障大部队顺利撤退的生命安全通道。

事后，陈诚特别嘉奖张发奎。张发奎兴高采烈，多次赞扬战地服务队的工作，认为这是一个惊人的奇迹。

吴仲禧言，"这件事，不仅增加了张发奎对战地服务队的重视和信任，而且提高了他们在军队中的威望"。

---

① 涂文学、刘庆平主编：《武汉沦陷史》，武汉：湖北教育出版社，2018年，第201页。

第七章

敌后统战

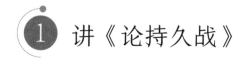

讲《论持久战》

　　广州沦陷不久，蒋介石在南岳召开军事会议，第三、第九两个战区师长以上百余人参加，周恩来、叶剑英也应邀参加。军事会议一连开了4天，宣布以防御为主的第一期抗战结束，着手调整战区，制定出第二期抗战方针。会议根据敌我战线情况，设八个正面战场战区和两个敌后战区，张发奎被任命为第四战区司令长官，负责广东、广西两地作战。

　　随后，张发奎带直属部队乘火车南行到韶关赴任，吴仲禧也随之到达韶关。韶关成为广东战时省会。中共广东省委书记张文彬和省委机关及八路军驻粤办事处也到达此地。

当时两广地区尚算一片"净土"，日军在占领广州和珠江三角洲部分城镇后，攻势告一段落。

张发奎在曲江宣誓就职后，即发表进步的《告粤人书》，强调"团结、整军、惩贪、民运、进步"之思想。

1939年1月，吴仲禧担任了第四战区军务处长。

一日，张发奎找吴仲禧。

"奋飞兄，你每个星期到游击训练班上讲一二个钟头的课如何？"

1939年，吴仲禧在韶关留影

吴仲禧问："主要讲什么内容？"

张发奎说："你是军校出身，讲什么都有用。"

吴仲禧利用这个机会，大胆地讲起了毛泽东《论持久战》的精神。

吴仲禧告诉大家，《论持久战》是毛泽东于1938年5月26日至6月3日在延安抗日战争研究会上的演讲稿，是关于中国抗日战争方针的军事政治著作。

毛泽东指出：抗日战争不是任何别的战争，乃是半殖民地半封建的中国和帝国主义的日本之间在20世纪30年代进行的一场决死的战争，全部问题的根据就在这里。

吴仲禧说，《孙子兵法》曰：知己知彼，百战百胜。打仗，不清楚敌人的情况，不清楚自己的情况，是不可能打胜仗的。毛泽东对于敌我双方的基本特点作了精辟的分析，比如日本方面：它是一个强的帝国主义国家。它的军力、经济力和政治组织力在东方是一等的，这决定了中日战争的不可避免和中国的不能速胜。然而，日本发动的侵略战争是退步的和野蛮的，必然最大地激起它国内的阶

级对立、日本民族和中国民族的对立、日本和世界大多数国家的对立，这就决定了日本战争必然失败。此外，日本的军力、经济力和政治组织力虽强，但日本国度比较小，其人力、军力、财力、物力均十分缺乏，这样的情况下，它就经不起长期的战争。而日本的侵略行为损害并威胁了其他国家的利益，因此得不到国际上大多数国家和人民的支持与同情。

吴仲禧斩钉截铁地说："这就叫作不义之战。"

毛泽东也客观地对中国的情况进行了分析：中国是一个半殖民地半封建的国家，军事、经济、政治、文化虽不如日本之强，但中国的抗战是进步的、正义的，能唤起全国的团结，激起敌国人民的同情，争取世界多数国家的援助。吴仲禧说，我们是抵抗侵略，是受害者，是弱势者，当然，我们的反抗，也是正义之师对抗不义之战。

吴仲禧问大家："我们中国是一个什么样的国家？"

战士们纷纷抢着回答："比小日本大多了，地大、物博、人多、兵多，能够支持长期的战争。"

"对！"

吴仲禧降低了声调："还有中国共产党及其领导的军队这种进步因素的存在。"

"按照毛泽东的论断，中国会亡吗？"

"不会亡！"

"最后胜利属于谁？"

"中国！"

"中国能够速胜吗？"

"不能速胜！"

"所以，抗日战争是持久战！既然是持久战，我们就要做好持久的思想准备和战略准备。"

一个士兵嘀咕："就是拖也要把小日本拖死！"

吴仲禧借题发挥，打了个比喻，就算日本是一头大象，我们是一群蚂蚁，但是大象如果极度兴奋，耗尽了体力，却又孤立无援，没吃没喝，终究会怎么样呢？筋疲力尽地倒下。且不说，我们还不是蚂蚁，我们是一群山蜂！对于来犯之敌，我们不怕牺牲，群起而螫之！就像毛泽东说的"兵民是胜利之本"。中国的兵民，就是一只只山蜂，只要大家团结起来，就会陷敌于汪洋大海。

进步军官听了吴仲禧的课十分高兴。

但吴仲禧也感觉到，一些人自此开始注意他。但他不在乎，因为周恩来同志在珞珈山将官训练班讲过这个问题，他是现学现卖，现在又是国共合作抗日时期，怕他个啥！

7月初，噩耗从家乡传来，母亲因病去世。吴仲禧回乡奔丧之后，郁郁寡欢了很长一段时间。为缓解心情，之后他与王静澜、大儿子上了一趟武夷山。

在群山乱云掩映的武夷山，吴仲禧品尝了小红袍茶叶。一僧人指着一个岩洞顶说，洞外有两棵茶树，吸日月天地之精华，人难以爬上去，只好训练大小两只猴子，各穿红色背心，攀采茶叶装入背心口袋返回。蒋鼎文①闻讯后每逢采茶季节就派兵包收全部茶叶孝敬蒋委员长，总共不到一斤。

吴仲禧心说，也许只有如此投其所好、溜须拍马的人才能入蒋介石法眼。

离开武夷山，在一个小山坡，吴仲禧突然拔出左轮手枪，对天鸣枪。王静澜责怪他扰民，他没有作声。

在南平到洋口的船上，吴仲禧看见有几个中学生模样的青年，主动上前问他们会不会唱《在太行山上》，大家都摇摇头说不会。

---

① 蒋鼎文：浙江人，1928年后任国民党第二军军长、东路"剿匪"总司令、驻闽绥靖公署主任。

吴仲禧说："我来教你们。"

吴仲禧站立船头，笨拙地打起手势，他沙哑的歌喉突然喷薄出雄厚沉稳的男中音：

　　红日照遍了东方

　　——红日照遍了东方

　　自由之神在纵情歌唱

　　——自由之神在纵情歌唱

　　看吧　千山万壑　铜壁铁墙

　　——看吧　千山万壑　铜壁铁墙

　　抗日的烽火燃烧在太行山上

　　——抗日的烽火燃烧在太行山上

　　……

他一句，青年们一句。

激情澎湃的歌声在苍穹之下久久回荡，惊了江里的鱼，山里的鸟，天空的鹰，两岸的人们也停下手中的活计驻足静静地听——

　　太行山上气焰千万丈

　　听吧　母亲叫儿打东洋

　　妻子送郎上战场　上战场

　　我们在太行山上

　　山高林又密　兵强马又壮

　　敌人从哪里进攻

　　我们就要他在哪里灭亡

夕阳将吴仲禧健硕的身影勾勒出一道剪影，他金色少将领章在阳光的照射下发出灿烂的光芒。

一曲唱罢，吴仲禧、王静澜、吴群敢和所有的青年们都泪眼蒙眬。

是啊，此时的吴仲禧，游山、拔枪、教唱，无一不是在发泄郁闷，并情不自禁地表达对理想的渴求。

1939年12月，吴仲禧调任韶关警备司令。时日寇进攻粤北，逼近韶关，日军广州基地又离韶关很近，20分钟即到，故经常前来轰炸，而我方没有战机、高射炮，日机更加来去自如。

吴仲禧会同林伟筹师守备韶关，每天忙于巡视前沿阵地，安排疏散群众，确保地方治安稳定。另外，吴仲禧因地制宜，号召农村民众建设新式瓦房——由竹子编织，搅拌泥浆围墙，下铺地板，上盖瓦片。盖一间这样的房子，花钱不多，三五天即可完工，即便被震塌也不太容易伤人。

时王静澜和孩子们也在韶关。据吴群策回忆，那时他已经八九岁了，记得很多事。他们当时住在韶关浈江一岸风采楼旁边一条小巷里比较简陋的三层楼房上，旁边是一片空地。爸爸带头在住处修建了一个两三米深的防空壕，上斜盖密密的绿竹，万一敌机炮弹落在上面可以"滑"走，且不容易引起燃烧。

每当防空警报拉响，王静澜就带着几个孩子躲进防空洞里。吴惠卿已十八九岁，一次敌机又来轰炸，几个弟弟先躲进洞里，大姐吴惠卿说，我们不能死在一起，你们两个（指吴群敢、吴群策）跑到东河坝去躲飞机，那边远一些，也比较开阔，敌机一般不炸那里。

从防空洞到东河坝要过一道浮桥。浮桥没有围栏，走上去晃晃悠悠，哥俩好不容易跑过浮桥，敌机已扔下炸弹，震耳欲聋的爆炸声之后，很多地方火光冲天。

吴仲禧指挥防空回来，不见吴群敢和吴群策，焦急地问去了哪里？

王静澜说，去东河坝躲

1940 年，吴仲禧（左二）与韶关守备部队将领在前线视察

233

炸弹去了。

吴仲禧很生气，说了一句胡闹，正要去找，哥俩回来了。原来，由于路远，回来的路上一些房屋又被炸毁，他们要爬过废墟，所以耽误了一些时间。

吴仲禧警告几个孩子，以后听到警报，老老实实藏在防空洞里。

吴惠卿出了个"馊主意"，见爸爸生气，吓得吐了吐舌头。

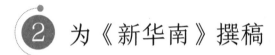

② 为《新华南》撰稿

为使广大军民从广州沦陷的悲观气氛中振作起来，加强抗战信心，坚持抗战到底，1939年4月1日，中共广东省委在韶关创办了机关刊物《新华南》，是一份16开半月刊杂志。

《新华南》是以统一战线面目出现的，未挂共产党机关刊的牌子。主编由中山大学著名教授、时任第四战区政治部第三组上校组长、中共秘密党员尚仲衣担任（实际工作由石辟澜主持），编委为石辟澜、任毕明（李汉魂秘书，思想倾向进步）、何家槐（中共秘密党员、张发奎秘书）。

但是，《新华南》的创办"生不逢时"。随着国民党顽固派开始实行"军事限共"和"政治限共"，其在山东、河北、河南、山西等地大肆残杀、逮捕八路军干部和战士2000余人。对于初生的《新华南》也采取各种手段妄图搞垮，比如，在稿件审查上加以阉割、腰斩、删削以至全篇扣留："常横遭国民党'图书杂志审查委员会'的无理阉割和检扣"，"好端端的一整期稿子，被抽筋剜肚斫去了三分之一至五分之四"，"甚焉者还要追究文责，无妄之灾，从天而降"。①第二是控制印刷条件，卡断邮路；第三是跟踪《新华南》的工作人员，监视、甚至逮捕，特务的行为肆无忌惮，他们在"我们报社的对面五六十米处专门租一间大房子住下，并把报社的围墙凿开一个大窗，整天监视着我们的行动"，②有的青年读者因此而受到审查或被投进监狱。

1940年三四月间，《新华南》被迫停刊。

1940年6月，国民党顽固派迫于各方压力，允准《新华南》复刊。《新华南》对编委会进行改组，吸收了一部分党外著名人士参加，新的编委为"李章达、张文、任毕明、何家槐、李筱峰、谭天度、陈原、魏中天，仍挂石辟澜为主编和发行人"。《新华南》改为每月一期。专栏较多，包括"社论""特辑""工作与通讯""青年问题特辑""抗战讲座""评介""文艺""奉函专载""华南之页""简复""编后记"等。

在此种险恶情境下，吴仲禧也加入到撰稿人的队伍之中。

杨应彬言，"特支成员还推动四战区的副参谋长陈宝仓、高参李章达、军法执行监吴仲禧（作者注：担任军法执行监是之后的事）等高级将领写了文章"。

左洪涛同志时任中共地下党特支书记。吴仲禧不但同他交换过对第四战区一些高级将领的看法，一致认为吴石、陈宝仓、张励、麦朝枢等人对蒋不满、倾向民主，可以多做团结工作，还介绍陈宝仓与他建立联系。陈宝仓先后担任第四战区副参谋长、代理参谋长，负责两广军政事务，也是吴仲禧在保定陆军军官学校的校友。

陈宝仓为《新华南》撰写了《天寒岁暮敌的总崩溃战》《我们怎样

---

① 魏中天：《石辟澜与〈新华南〉》，广东省政协文史资料研究委员会编：《广东文史资料》第32辑，广州：广东人民出版社，1981年，第194页。

② 李筱峰：《记石辟澜同志和〈新华南〉杂志》，广东省政协文史资料研究委员会编：《广东文史资料》第32辑，广州：广东人民出版社，1981年，第165页。

击退进犯粤北的敌人？》《我对广东青年的期望》《中国战争与反对妥协　讨击汪派汉奸的斗争》等文章。左洪涛晚年回忆："陈宝仓同志当时在张发奎所属高级军事指挥机关职位上，是我们的上级、首长，而在坚持抗战、团结、进步，反对投降、分裂、倒退的方针政策和战斗任务方面，则是我们真诚的同盟者、战友和挚友。陈宝仓领导刘田夫、何家槐和我编写了《游击战规范》，举办了多期游击战战术训练班，这些教材也通过我们转送到了延安。"

一则资料中记载，当时杂志"除了发表了毛泽东和其他中共领导人的文章外，在该刊发表文章的更多是其他各界知名人士，如：乔木、许涤新、李章达、沈钧儒、吴仲禧、司马文森、夏衍、千家驹、章乃器、钟敬文、孙大光、草明、刘思慕、毕群华、宋绿伊、沈振黄、孙慎等"。① 其中，有些稿件来自国民党第四战区政治部和国民党军政要员之笔。

7月1日出版的《新华南》发表了吴仲禧的一篇文章。

抗战三周年的工作经验与教训
吴仲禧

"七七"卢沟桥的炮声，震动了远东，震动了全世界。百年来在帝国主义铁蹄践踏下的中华民族，竟然面向敌人——日本作狮子吼。一年，二年的过着。现在又到了中华民族发动神圣抗战三周年的时候了。在战事初起时，粗暴的日本军阀，昂然自大的东方民主国，谁都料不到：中国的抗战，竟延续到三年，并且会把自称世界第一的陆军，打得落花流水，把敌人拖入泥淖中，而自己却一步赶一步的走向胜利之路。料得到的，倒是我们自己，我们在屈服与抗战到底两条

---

① 中共广东省委党史研究室：《华南抗战的号角——〈新华南〉》，李淼祥、官丽珍主编：《华南抗战号角——〈新华南〉》，广州：广东人民出版社，1999年，第13页。

路上，选择了后者。全国的意志，集中于抗日，表现空前的团结。在三民主义旗帜下，从事革命战争，予敌人以无情的打击。三个月的淞沪会战，四个月的徐州会战，六个月的武汉会战，尽量消耗了敌人。同时对内则修明政治，致力生产建设，奠立建国的基础，充实抗战的力量。在抗战第二周年的时候，事实已经替我们说明：敌人的军事进攻已由抛物线的顶点向下溜了，那么，更在内政外交窘态毕露之下，唯有发动政治经济的进攻，以遮掩军事失败的耻辱，而欺骗它国内劳苦大众。

可是军事的攻势，与政治经济的攻势，是互为消长的。离第二周年不久的时间，我们就取得湘北会战绝大的胜利。那一役指出敌人愈战愈弱，攻则必败；我则愈战愈强，守则必固，树我军事胜利的基础。此后粤北之捷，打破敌人打通粤汉路的妄想；桂南之捷，打破敌人截断我西南国际交通的妄想；绥西之捷，粉碎敌人截断我西北国际交通的妄想；豫鄂大歼灭战，更予敌人侵扰华中腹地的毒计，以重大的教训。最近汉宜道上的战讯，敌人所望巩固武汉外围者，我军反迫近汉阳。就是一年来晋省以及各沦陷区内的游击战争，逐渐消耗敌人并牵制了敌人数十万军队而使其疲于奔命。在军事上更注定了敌人不可挽救的命运。

但是，敌人的政治进攻又如何呢？蓄养已久的汪精卫之流，在本年三月继王克敏、梁鸿志之后而粉墨登台，妄想以政治分化之谋，侵略中国，藉以欺骗敌国国民，并以摇动国际视听。我民众早已彻悟，蒋委员长"屈服即自促灭亡"之昭示，且坚定三民主义之信仰，认为"此次抗战为国民革命过程中必经之途径"。再接再厉，粉碎敌伪"投降的和平"之号召。我政府复宣布准备实施宪政，切实推行新县制，坚

立政治壁垒，敌伪更无所施其技。而各友邦严正的立场，不承认汪逆的组织，更使我们在艰苦奋斗之中，得到无限的安慰，而使敌伪们丧气。

敌人为先天不足的国家，在"速战速决"情况之下，或可压榨国内民众的血汗于一时。如果长期作战，不但国内政治会生极严重的反响，且其人民在层层削剥之余，亦榨无可榨。惟是敌人对于"事变"，既一年，二年，三年全无解决的把握，也只得东施效颦，改唱"百年战争"，以自解嘲，一方面想断绝我海外物资来源，一方面想在沦陷区实施掠夺，以弥补其损失，并充实其滥费。然我自抗战开始，即按照"持久战"的方针，一面作战，一面生产，一年来西部诸省之建设，突飞猛进，西康的开发，表示我国无尽藏的物资，正用之不竭。以我大众生活的简单，战术的灵活，很容易达到自足自给的程度。至于敌人在沦陷区内成立经济掠夺机构，在我广泛游击之下，亦无法发展。

在敌阀钳制人民言论之下，而敌国人民因物力缺乏，物价高涨，壮丁丧失，战事结束悠悠无期，其不满之情绪，尚复时时流露于文字。在华军队及国内反战暴动，亦时有所闻。去年欧战将发之际，德国忽和苏联订立不侵略协定，更使敌人在外交上，彷徨无措。美国既坚决不变反对侵略者之立场，且利用废止商约，为制裁之工具。苏联则陈兵远东，守待时机，并不绝予我国以声援。任使敌内阁频更，媚美媚苏，均不得要领。内政外交，都陷于绝境。

我们——担任抗战一部工作的人们，随时体察敌消我长的情形，而谋努力之道。诚以此次抗战建国之使命，既适落在我们这一辈身上，宜如何方能达到必胜必成之目的，殊应时时刻刻发挥吾人的才智和力量以促早日的实现。宿命论者，以为天相中国，把我们抗战的成就，委诸运数；机械论者，以为中国有数千年的历史，能同化异族，必不会灭亡。把抗战的成就，列入死的形式的逻辑。这一帮人每因抗战过程表面稍有逆转，即转变其论调，根本无视在抗战中一切事物全般之事物发展，而不求其进步。这都是于抗战前途有重大的阻碍。我们要承认：在抗战第三年中，尚有少数人持此有害论调，或为其所摇动。譬如：去年粤北紧张之时，必败论者又渐渐抬头，到了捷报一传，又来了一套必胜论，好像抗战一切问题，都解决了。不知环境的变化，忘却自己的努力，是任何问题都不能对付的。尤其是：身居后方的民众对于战时错综的现象，在各具坚决不摇之意志外，还要增进本身的辨识力，来体察剖解变化的踪迹，而为努力的对象。而政府对于民众，则除以事实坚定人民信仰之外，还要使用种种方法，提高人民的知识，才能够发动它，推进战时工作。

社会经济的组织，在战时表现畸形的发展，乃必然的状况。人民生活习惯，当然亦受深大之影响。在今天，都市生活与乡村生活，其相去之远，亦足惊心。实在个人思想与行动，有不可分的关系，奢靡生活的行动，很容易引人养成懒情颓废的思想。然而太过穷困的生活，亦非所宜。在平定物价未有确实执行的时候，平民所以维持生计，无法应付，则欲灌输抗战知识，引导抗战行动，必有"缘木求鱼"之感。并且在物价伸涨的时候，如果放任不加限制，其结果所有资本，将趋于屯货之一途，而人民亦皆重商而轻工农，间接削减生产力，于抗战建国之原则，均有违背。所以对于生活日用品的价格，须有相当的稳定，对于奢侈品的价格，则不妨以抽税的方法，将其所获之利润还诸大众。

在上面我所提出提高民众知识和稳定平民生活两点，在

现在抗战第三周年了，似乎应该特别加以注意的。在过去发动抗战工作时候，最感困难的，恐怕还是民众知识太低和生活太苦的原因，而阻滞工作的发展吧！

在欧战急剧变化，侵略国趾高气扬时候，敌人的进攻，当不惜孤注一掷；而英法的处境，更使敌人想早日结束在华战事，俾有余力，觊觎远东殖民地，并乘机敲诈。那么，第四年的抗战，是益趋严重的关头，然而，也是敌寇最后的挣扎。我们要把在抗战中学习的经验，注视敌寇的行动和环境的变化，来争取最后的胜利！

（《新华南》第二卷第八期，1940年7月1日）

透过此文，我们看到一位爱国者发自肺腑的心声："全国的意志，集中于抗日"；看到一位爱国者的信心："敌人的军事进攻已由抛物线的顶点向下溜了"；看到他对毛泽东《论持久战》思想的深深折服："按照'持久战'的方针，一面作战，一面生产"；看到对某些做派之滑稽的无情批判，将其归类为"宿命论者""机械论者""必败论者""必胜论者"；也看到作者对"都市生活"之"奢靡"与"乡村生活"之"穷困"之间的"差距"感到"惊心"，且提出了对"奢侈品""抽税"之方法，可谓拳拳之心，赤子情怀。

《新华南》不但在广东省内有较大影响，且远及江西、湖南、广西等省。当时发行量五千多份，有时也达到七八千份，"但每一份，往往成为一个组织、一个团体、一间学校和一班青年共同享受的珍贵读物"。①

不过，若干年后，吴仲禧在《关于我的历史问题的几点说明》中否认写过此文，"经我再三回忆，还想不起。因为我从来没有亲自动手

① 李筱峰：《艰苦的奋斗历程》，李淼祥、官丽珍主编：《华南抗战号角——〈新华南〉》，广州：广东人民出版社，1999年，第36页。

写过什么文章，1940年夏天又是日寇对韶关大轰炸的时候，我忙于做防空、防袭工作，也没有可能（有）时间去写什么文章。这是我敢于肯定的。不过，当时是否可能有人写了文章以我的名义去发表呢？我至今还想不起有这个印象。但我愿意继续回忆，尽可能弄清这个问题。"

时过境迁，斯人已逝，笔者没有机会向吴仲禧当面了解，但是，这一"关于历史问题的说明"是于"文化大革命"之中进行的，彼时的"否认"未必是吴仲禧真实的心声，那个时代，多一事不如少一事，"明哲保身"不失为明智之举。笔者则相信，这是吴仲禧的文字，因为从字里行间看到了一颗忧患且赤诚的心。

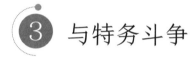

3 与特务斗争

1939年春，整个广东出现了坚持抗战、团结进步的新气象。中共广东省委和八路军驻韶关办事处充分利用较好的政治形势开展各项工作，推动广东抗日救亡运动的发展。

孰料，1939年6月12日，国民党第27集团军杨森部根据蒋介石密令，以擅自收留逃兵为由，派重机枪排和手枪队在内的小股军队袭击湖南平江嘉义镇新四军留守通讯处，当场杀害中共江西省委副书记、新四军平江留守处主任、上校参谋涂正坤和通讯处军需员吴贺泉。当晚，又将湘鄂赣特委书记、八路军少校副官罗梓铭和新四军驻赣办事处少校秘书、中共江西省委组织部长曾金声及通讯处秘书和工作人员吴渊、吴泽众、赵禄吟等人活埋，酿成震惊中外的"平江惨案"。

"平江惨案"是抗日战争时期国民党破坏团结和抗战的罪行之一，

激起了广大人民的愤怒，当消息传至延安，各界集会抗议、揭露蒋介石的罪行。毛泽东在延安人民追悼平江惨案死难烈士大会上指出，国民党蒋介石的《限制异党活动办法》是这次惨案发生的根源，为此，"就要取消《限制异党活动办法》，就要制裁那些投降派、反动派，就要保护一切革命的同志、抗日的同志、抗日的人们"。①

时国民党实行新闻封锁，吴仲禧得知消息是在7月7日抗战爆发两周年纪念日之际，中共南方局和新华日报社于《新华日报》"七七纪念特刊"向国民党统治区社会各界揭露了平江惨案真相。

吴仲禧义愤填膺，去找张发奎。

吴仲禧一拍桌子："蒋介石真是刽子手、土匪、流氓！"

张发奎亦非常惊愕："没有想到，明明是国共合作，却暗地里使阴招，当年张学良、杨虎城就应该一枪把他毙了！"

吴仲禧愤愤不平："当年共产党为抗战计，周恩来专门去找张学良、杨虎城说情释放蒋光头，蒋光头不但不感恩，还变本加厉！"

张发奎道："是啊，他是不会忘记当年那一幕的，听他的幕僚说，每年到12月12日，他都要在台历上重重地勾画一笔！这个人报复心很重，与共党不共戴天。"

随着国民党顽固派发动第一次反共高潮，广东形势随之恶化。八路军驻韶关办事处作为党在广东唯一公开机构，负责各方联系并从海外运入军用物资事项，吴仲禧担心特务们会对其下手。

在吴仲禧接任警备司令后不久，该办事处主任云广英曾到司令部拜会。云广英不知吴仲禧的政治身份，属于礼节性拜访。吴仲禧与他畅谈自己坚持团结抗战的主张，还向他索取《新华日报》等报刊，此后，约其多次面谈。后来，吴仲禧利用职务之便，对办事处加以保护，让密切

---

① 毛泽东：《必须制裁反动派》，《毛泽东选集》第二卷，北京：人民出版社，1991年，第578页。

监视的特务找不到下手机会。

不出吴仲禧所料，"平江惨案"发生后，特务们谋划破坏八路军驻韶关办事处。吴仲禧闻讯后即派亲信通知云广英注意防范，做好应对措施，万一遇到紧急情况，迅速通知他。

几日后，云广英告知吴仲禧有特务在办事处附近骚扰，吴仲禧即派副官和卫兵前往驱散。

1940年1月15日，中共中央针对陈诚在韶关发表所谓八路军游而不击的反共反八路军的演说，以朱德、彭德怀、王稼祥、林彪等18名八路军高级将领名义致电国民政府主席林森、军事委员会委员长蒋介石等，痛斥陈诚的谰言，以大量事实阐述八路军抗日伟绩，揭露顽固派在各地制造反共反八路军事件的阴谋，要求杜绝摩擦，巩固团结。

此后形势略有好转。但到当年10月，国民党顽固派又发动第二次反共高潮，形势更为恶化。而吴仲禧与组织失去联系已有几年时间，面对严峻形势，他始终"没有得到向党请示报告工作的机会"①，又不敢乱找横的关系。

他该怎么办？

他忧心忡忡，夜不能寐。

那段时间，他特别想季方、王绍鏊——你们在哪里、在做什么？

他感觉到，没有党的领导，自己就像迷路的孩子。

内心几番挣扎之后，吴仲禧拿定主意，困难的日子如浮云一样，总会过去，渐亮的晨光，总会到来，自己要熬过黑暗，黑暗中，虽然没有烛光，但自己激烈的心跳和明亮的眼睛，不就是前进的鼓点和方向么，虽然"机构大了，内部的政治情况也复杂起来"，但他毫不畏惧，"一意孤行"，经常以参加酒宴的名义，不在吃喝，而在探听情报。

一日，吴仲禧听到广东省政府保安队要去抓云广英，便佯装醉酒，

---

① 吴仲禧：《我参党后一些工作情况的交代》。

借机让亲信卫兵、福州同乡陈德润去叫王静澜和王昌明接他回家。

王静澜赶到现场后，吴仲禧用福州话耳语："我是装酒醉，刚才听到机密，他们要抓云广英，你们马上通知云广英逃脱！"

回到家后，王昌明急叫陈德润赶去东河坝转告云广英及时撤离。

事后，吴仲禧对王静澜说："这次真是好险，特务们去东河坝抓云广英时，韶关八路军办事处只剩清道夫。"

特务们绞尽脑汁，也没想出到底是哪个环节泄了密。

吴仲禧的"亲共"活动，不可能不被特务察觉，但因其处事谨慎，特务们一时找不到有力证据，且吴仲禧位高权重，他们也有所顾忌。

但是，当吴仲禧触及到其切身利益之后，特务们不再客气，而是伸出魔爪欲将吴仲禧置于死地。

司令部上校参谋长、军统特务胡某是吴仲禧前任吴逎宪[1]的心腹，掌握着司令部实权，两个稽查大队多是他的党羽、打手。而吴仲禧能直接指挥的只有两个宪兵排，用来巡查交通要道、军人风纪和保护司令部。

一日，吴仲禧发现胡某有受贿嫌疑，遂借机下令将胡某扣押，门口安排宪兵手持步枪看管，禁止与任何人联系。司令部其他人见状，都不敢吭声，低头疾走。

吴仲禧抓住了胡某什么把柄呢？司令部规定，工作人员只准在较为偏僻的东河镇活动，而胡某批准黄昏后可以到较繁华的西河活动。西河有什么呢？妓艇。胡某一定接受了老鸨的金钱或者肉体的贿赂才顶风违纪。

不过，这次吴仲禧没有调查出结果。为何？老鸨哪里敢说实话，说了实话军统势必报复，等于自寻死路。

---

① 吴逎宪：1939年底任广东省政府委员兼保安处长，1940年任韶关警备司令部中将司令。

吴仲禧不得不放人。

特务忌恨，密报蒋介石指吴仲禧有"袒护异党嫌疑"。"证据"——特务们挖空心思想起云广英有一次去看吴仲禧，带进去一个包，出来时包却不见了，怀疑那包里有不可告人的秘密。

蒋介石电饬张发奎、余汉谋查究。时张发奎第四战区司令长官部已移设广西柳州，广东地区由余汉谋第七战区负责，但余汉谋知吴仲禧同张发奎关系密切，便请张发奎拟复。张发奎拟了一个"查无实据"并建议将吴仲禧调回柳州的电稿，经余汉谋会签后复告蒋介石。蒋介石见两位长官联名，特务们又未拿到真凭实据，遂卖了个人情，同意吴仲禧去柳州赴任。

特务们"百密一疏"。吴群敢后来回忆，他当时少不更事，曾去云广英处借过一本《红色文献》，可能因其是孩子，特务们没有注意，进出大门都未受到盘问和跟踪，实属侥幸，否则吴仲禧至少有连带关系，有嘴说不清。

翻过年，吴仲禧便离开韶关到柳州，就任第四战区中将军法执行监。走之前，他安排王静澜和孩子们先回福州老家，待他安顿好后再接大家回来。

一见面，张发奎便卖了个"顺水人情"——

"奋飞兄，有人密告你袒护异党，经我力保你才无事，你可要请客啊！"

吴仲禧借题发挥："这帮特务，真是无事生非，唯恐天下不乱！"

吴仲禧知道，张发奎曾因被特务告密，说他保存实力、牺牲友军而被蒋介石扣留过，张发奎对特务也是深恶痛绝。

此事便不了了之。

1942 年，吴仲禧在柳州时所照照片

吴仲禧由此也知道特务的险恶和"通天"本事,遂处处小心。

但吴仲禧没想到,国民党顽固派又制造了震惊中外的"皖南事变"。

1941年1月4日,新四军军长叶挺率领新四军军部、一个教导团、一个特务团和三个支队的各两个团共9000余人由泾县新四军军部所在地起程,向茂林地区前进。国民党反动派预先布置由顾祝同等指挥的7个师、8万余人兵力袭击,新四军猝不及防,寡不敌众,除2000多人突围外,3000多名指战员壮烈牺牲,其余被俘。蒋介石随即宣布取消新四军番号,并下令向新四军其他军队进攻。

"皖南事变"震惊中外,新四军苏南挺进纵队司令员管文蔚诗云:

> 巍巍云岭一片雪,
>
> 八千健儿不见逐。
>
> 祈求豺狼何所益,
>
> 悔未北渡过昭关。①

周恩来在《新华日报》上愤然写下了"千古奇冤,江南一叶;同室操戈,相煎何急?!"的题词。

1月20日,中国共产党中央革命军事委员会发布命令:

> 国民革命军新编第四军抗战有功,驰名中外。军长叶挺,领导抗敌,卓著勋劳;此次奉令北移,突被亲日派阴谋袭击,力竭负伤,陷身囹圄。迭据该军第一支队长陈毅、参谋长张云逸等电陈皖南事变经过,愤慨之余,殊深轸念。除对亲日派破坏抗日、袭击人民军队、发动内战之滔天罪行,另有处置外,兹特任命陈毅为国民革命军新编第四军代理军长,张云逸为副军长,刘少奇为政治委员,赖传珠为参谋

---

① 管文蔚:《惊闻皖南事变》,中国新四军和华中抗日根据地研究会编:《铁军战歌 新四军和华中抗日根据地诗词集》,南京:江苏人民出版社,2018年,第271页。

长，邓子恢为政治部主任。着陈代军长等悉心整饬该军，团结内部，协和军民，实行三民主义，遵循《总理遗嘱》，巩固并扩大抗日民族统一战线，为保卫民族国家、坚持抗战到底、防止亲日派袭击而奋斗。①

吴仲禧为蒋介石再一次的穷凶极恶而愤慨，也极担心叶挺的安全。

他去找张发奎："这些丧尽良心的民族败类，在日本帝国主义的铁蹄肆意践踏中华民族大地的危难之际，竟然肆无忌惮地向坚持团结抗日的骨肉同胞开枪！"

张发奎沉痛地说："这是中华民族抗战史上惨烈悲壮的一幕！我也没有想到蒋介石为达到消灭异己的目的，置抗战大局于不顾，置全国人民团结对外的强烈愿望于不顾，冒天下之大不韪，悍然挥起血腥的屠刀！"

吴仲禧道："争地以战，杀人盈城，罪不容诛！"

广西政治形势由此变得十分凶险。但在吴仲禧等人的努力下，"张发奎是全国战区司令长官中唯一没有发表'反共'通电的"②。

据孙慎后来回忆，战地服务队"特支"在吴仲禧家里召开过一次支部大会，专门传达毛泽东同志就"皖南事变"发布的命令和讲话。"特支成员们还向吴仲禧、王昌明介绍延安整风情况，告知一些党内动态，又将《联合党史》和党内刊物给王昌明看。"

皖南事变后，八路军桂林办事处被迫撤离，中共外围组织、隶属第四战区的抗敌演剧队第四队也成了国民党军统特务紧盯的目标。为了保存党的力量，左洪涛建议陈宝仓出面，把抗敌演剧队从柳州调到靖西开展抗日宣传。陈宝仓设法说服了张发奎。由于这件事情，陈宝仓被国民

---

① 《中国共产党中央革命军事委员会命令》，《毛泽东选集》第二卷，北京：人民出版社，1991年，第771页。

② 杨应彬：《一代风流启后昆》，广东省政协文化和文史资料委员会编：《深潜龙潭老将军——吴仲禧纪念文集》，北京：中国文史出版社，2015年，第16页。

党军统特务视为"'赤化'嫌疑人"。①

"皖南事变"后，新四军苏中军区第四分区司令部成立，季方担任司令员，后加入中国共产党。吴仲禧闻讯暗暗为季方高兴。

但始终没有叶挺的消息。直到1943年夏，蒋介石允许叶挺从湖北恩施"移住"柳州，电令由张发奎负责看管。

吴仲禧和左洪涛听到消息后一起商量营救叶挺的办法，但又不知叶挺被扣押在哪里。两人商量直接去找张发奎问。吴仲禧还找到秘书长麦朝枢，说服他一起去见张发奎。

一见面，张发奎说："你们的来意不说我也知道，是要谈叶挺的问题吗？"

张发奎接着说："叶是我的旧部，此事我考虑再三，实在无能为力，你们也不必多说了。因为我只负临时看管的责任，根本无权过问处置的问题，一切都要由蒋介石决定。"

吴仲禧说："作为北伐时的老战友，我们去探望一下、见见面总可以吧？"

张发奎说："叶挺是由桂林宪兵团刘团长直接看管的，规定不准人去探望，连我也没去看过，你们是不能去的。"

深谙世故的张发奎并不愿意叶挺到他的地盘上来，认为这是陈诚将烫手的山芋甩给了他，因此极为小心，生怕节外生枝。

吴仲禧和麦朝枢只好退去。事后，吴仲禧将情况告诉左洪涛同志，"此事没有取得什么成效，后来叶挺同志又被转押走了。"

叶挺其实是被转押到了桂林。叶挺之子叶华明后来忆述，分别4年之久后，1943年夏，叶挺与家人在桂林相见，住在观音山，是以软禁的方式。叶挺另一个儿子叶正明忆述，他们住在观音山麓的一个防空洞里，

---

① 《血沃宝岛——中共台湾英烈》，北京：人民出版社，九州出版社，2022年，第95页。

家的隔壁住着一个特务，距家五六丈远的一个小铺子里住着四个特务。

虽被软禁，但叶挺仍能和李济深、何香凝、柳亚子、千家驹交往，周恩来也可通过地下关系与叶挺联系，一些新四军的老旧部也悄悄登门拜访。但这些吴仲禧并不知道，左洪涛也许知道却没有告诉他。

1941年4月21日，福州沦陷。得知消息后，吴仲禧焦急万分，非常担忧王静澜及孩子们的安全。

王静澜又一次面临生与死的考验。她是抗日家属，很可能成为日军抓捕的对象。怎么转移？如何转移？人多目标大，哪个孩子先转移到什么地方最安全？王静澜临危不惧，处事不惊，组织指挥得井井有条——将原住在福州市区的婆婆转移到在崇安当区长的吴仲林处，安排在福州念初三的大儿子随学校去了沙县，然后把家中物品打包存放在郊区乡下娘家，自己和其他几个孩子迁往弟媳吴小华的娘家，全家分散在崇安、沙县、洋口三处……事实证明，王静澜的所有安排都是完全正确的，家里任何事情都没有发生，全部都安全。回忆往事时吴群敢言："这么多年下来，通过这些事，展现出了母亲应对困难、处理事故的决断能力"，"母亲有很强的能力，她把全部的聪明、才智、能力、感情都投入到家庭，为家庭提供了最强有力的支撑，也是最温暖的港湾。"

是呵，有的女人，看似柔弱，实则坚强；有时，不仅坚强，还很聪慧。在那样动荡乃至战火纷飞的年代里，一个女人能保众多子女活命已是不易；能保众多子女平安、生命无虞，难上加难。

不久，王静澜和孩子们都安全地来到柳州，全家人又一次团聚在一起。

于黑暗的摸索之中，吴仲禧终于盼来了党。

1942年起，王绍鏊和吴仲禧又建立了联系。时王绍鏊人在香港，在得知吴仲禧在柳州的职务和地址后，多次通过通讯联系。吴仲禧由此得知季方的情况。1938年春，季方返回上海，由王绍鏊介绍加入

由宋庆龄领衔发起成立的华东武装抗日自卫委员会，在海门、启东、南通、如皋一带推动地方武力抗日。1939年春，因国共第二次合作，"反蒋"已成过去，季方"遂勉为其难，接受朋友劝告，前往谒蒋，蒋委员长派办公厅主任贺耀组代为接见"，被陈诚聘为设计委员会委员，被李济深任为少将指导员，但其无意蛰伏陪都，"决定返回敌后从事抗日工作"……

1943年春，地下党派徐明诚持王绍鏊介绍信来到独登山与吴仲禧见面。此后每过一两个月，吴仲禧都会叫担任军法执行监部中校督查官的王昌明借由柳州到桂林领取经费，到桂林七星岩山脚下徐明诚家里请示汇报工作。

徐明诚由潘汉年直接领导。他交代给吴仲禧的任务是继续做好统战工作，特别要与掌握实权的国民党军官打好交道，向他们宣传抗战思想以及共产党的主张和政策。另外，徐明诚还请吴仲禧帮忙安排地下党员廖维城在军法执行监部负责工作联系。

吴仲禧曾让王昌明请示徐明诚，可否向战地服务队"特支"说明他们俩也是共产党员，徐明诚明确指示："你们不好参加进去，你们只可站在'特支'外围掩护他们比较妥当。你们千万不要发生横的联系。"①

吴仲禧牢记党组织交代的任务，不断对张发奎开展工作。他的策略是，突出张发奎同军统特务、CC分子之间的矛盾，转移他对地下党活动的注意力。

吴仲禧了解到，张发奎对蒋介石派来的政治部主任梁华盛、副主任侯志明等深怀戒心，认为这些人是来监视他、随时向蒋介石告密的。吴仲禧抓住张发奎心理，经常向他"反映"政治部那班人背着他所进行的种种活动，以加深张发奎对他们的不满。

---

① 王光武：《王昌明回忆战地服务队》，中共广东省委党史研究室编：《广东党史资料》第三十七辑，广州：广东人民出版社，2004年，第29页。

④ 与吴石共事

那还是1940年初的时候，吴石到桂林行营担任白崇禧的顾问。吴仲禧在参加南方各省部队整训会议时，与吴石相见。

在会议的间隙，他们寻了一处清净之地。吴仲禧高兴地说："昆仑关大战，虞薰兄运筹帷幄，决胜千里，名声大噪！"

昆仑关，为南宁北侧的天然屏障。1939年12月16日，桂林行营下达反攻南宁作战命令，而作战计划，是由吴石制定的，他通过大量收集情报，详尽进行侦查，快速制定了缜密的作战计划。18日拂晓，激战在昆仑关隘口周围的崇山峻岭展开。中国军队第5军荣誉第1师及后续增援部队于十余日间，同仇敌忾、争夺厮杀，共歼灭日军4000余人，击落、击毁日机20余架，沉重打击了日军王牌第五师团，获得大捷。喜讯传出，举国欢腾，第五军军长杜聿明一战成名，吴石也因之名声大噪。

此役，后人有诗《昆仑关大捷》[①]赞曰：

> 昆仑喋血英雄汉，举世惊呼刮目看。
>
> 莫谓东洋胜我辈，同心勠力伏波澜。

吴石说："谢谢奋飞兄抬爱，昨日之事，浮云而已，你看我现在，混得也不怎么样！"

吴仲禧说："虞薰兄没有什么背景，蒋介石又偏听偏信，但我相信，你一定有出头之日。"

吴石略微降低声调："自抗战以来，你看看我们一些人的做派，贪污腐败，占着茅坑不拉屎，这样下去，迟早要亡国！"

吴石坦诚相见，吴仲禧也无须客套，除了自己的身份，其他的知无

---

① 刘周堂：《海边闲语》，长沙：湖南师范大学出版社，2016年，第25页。

不言、言无不尽。

会议期间，他们私下里还见了三四次面，每次几乎都是彻夜长谈。

吴仲禧便对吴石的思想有了明确的认识。

首先，吴石认为抗战以来国民党部队屡战屡败的主要原因是将帅无能、纪律废弛。例如，陈诚只受过中级军事教育却被委以重任，提拔之快中外罕见。陈诚所用的参谋长杨杰更是只会自吹自擂，毫无真才实学和作战经验，往往总部作战命令还未下达，部队已转移阵地。可陈诚一直神气十足、独断独行，像保卫武汉这样的大作战计划，连白健生（崇禧）也没有参加讨论。又如，汤恩伯、刘峙也是屡战屡败、屡败屡升的人。汤在河南部队纪律极坏，天怒人怨，可中央置若罔闻。长此下去，战局将不堪设想。

其次，吴石主张两广密切合作。他说，张发奎在北伐中有很高的威望，但他的得力将领和精锐部队所剩无几，连韶关局面也不能完全控制，今后只有同广西加强配合，才能站稳脚跟，在抗战中有所作为。吴石表示可以在白健生方面做些工作，也希望吴仲禧能对张发奎做些工作。

吴石还讲到自己。他学习、研究军事20多年，写过几本军事著作，翻译过几部兵学名著，在陆大教书时有几套讲稿，但一直没有机会带兵上战场，深感遗憾。有人讥其为"书呆"，但谁都不肯给他带兵的实权。白崇禧器重他的学识，但也没给他什么实权，大概因为他专心学术，不会搞奉迎拍马、官场应酬那一套。

吴石还告诉吴仲禧，他真是很佩服共产党人，1937年在武汉期间，他就读过毛泽东的《论持久战》，是了不起的著作，既运用古代孙吴的兵法，又透彻分析敌我双方的态势，恐怕国内没有第二个人再能写出这样的文章。他已建议白崇禧印发给各战区部队长官阅读。

1940年底，经白崇禧介绍，吴石调任第四战区参谋长。如此，吴仲禧和吴石便成为日日可见的同事。

但张发奎对吴仲禧言："我怕同吴石搞不好关系，你要多利用同乡、同学之便对吴石做团结工作。"

吴仲禧实事求是地介绍吴石:"他这个人我了解,人虽然清高一些,但心眼不坏,他不但不会干扰您的工作,反而会成为您的得力助手,您就看好吧。"

张发奎对吴石的担心很快消除,他也感觉到吴石为人正派,一心埋头工作,不搞阴谋,也不拉宗派,于是放手把整个军事部署工作交给吴石,吴石也成为他的得力助手,久而久之,两人还建立了深厚的友谊。

当时,第四战区内部派系很多:一派是以政治部主任梁华盛为首的国民党特务系统,他们奉命监视张发奎的言行思想,经常向蒋介石打小报告;一派是张发奎的亲信,如冯少田、余海湛、高若愚等,为张发奎出谋划策、掌握要害部门;还有一派是战地服务队的进步人士,"他们的核心实际上是中共特别支部"①。

吴石显得有些"鹤立鸡群"。吴仲禧有意识地对他开展影响和争取工作,并引导他团结进步力量,同特务系统进行坚决斗争。

有一次,战地服务队抗日演剧团在柳州演出,剧中讽刺了一些不抵抗主义者,影射蒋介石消极抗战。政治部特务系统要求演剧团修改台词,否则不许公演。在吴仲禧的影响下,吴石对特务系统的无理要求大为光火,还特意约陈宝仓、高若愚和吴仲禧一起去观看,并在谢幕时上台同演员握手、拍照,以示支持。特务们见状只能作罢。

1941年1月,皖南事变后,吴仲禧担心会影响第四战区抗日统一战线的局面,也担心吴石的态度会发生转变,便去找吴石,进行了深入的交流。

吴石对中国共产党领导的新四军的遭遇深表同情,对蒋介石的倒行逆施深表不满。

---

① 《血沃宝岛——中共台湾英烈》,北京:人民出版社,九州出版社,2022年,第56页。

吴石站起身，握紧拳头，重重地砸了一下桌面，愤懑地说："皖南事变完全是第三战区的事，目前还不至波及这里。我们现在的主要任务是对日寇即将继续南下做好各种作战准备。国共之间的摩擦不应扩大。两党联合抗日已感力量不足，再要反共只有亡国。"

而对白崇禧与何应钦发的反共皓电，吴石非常遗憾，并对吴仲禧说："有人说我依靠白健生，难道我在国内国外军校名列前茅也是靠他吗？我从来不依靠任何人，谁是真正爱国的我就跟谁走。"

吴石言行一致，表里如一。吴仲禧看到，在担任参谋长四五年间，吴石把全部精力都用在抗日战争的军事部署上。当时国民党军事当局对广西防务极不重视，以为美军将领史迪威、魏德迈都有打通滇缅路的意向，广西只起后方兵站的作用，故兵力部署十分单薄，特别是桂北没有重兵。吴石则力主必须周密部署、防止日寇由湘入桂或由粤西入桂，他曾请中央调杜聿明远征军的一部留驻桂北，但没有得到批准。

在吴仲禧眼里，吴石对本职工作极为认真，每次去他的办公室，都看到他在埋头工作，环顾四周，挂满军用地图，而所有作战计划都由吴石亲自草拟。

吴仲禧还看到，每天清晨，吴石都骑着高头大马到郊外驰骋练武，风雨无阻，意在鼓舞将士士气，为官兵们做出表率。

吴仲禧积极争取的另一个人是张发奎。但他感觉到，张发奎思想上虽然始终愿意与共产党保持一些合作，但又想拉开一些距离，属于不亲不疏的状态。

一次宴席上，吴仲禧佯装喝醉，畅谈北伐时第四军是最拥护三大政策的事迹，借题发挥挖苦战区政治部一些特务的可耻行径。

张发奎摆摆手，笑道："奋飞兄又喝醉了。"并派车送他回家，实则为吴仲禧打掩护。

那段特殊而敏感的时期，吴仲禧为统战工作所付出的努力，很多人都看在眼里，后来，林亨元、王昌明忆述，"（吴仲禧）一是争取第四战区参谋长吴石、副参谋长陈宝仓团结抗战，积极支持我党进步力量的一些活动，而且后来在解放战争的胜利形势下为党提供了重要的军事情报。二是联络了一批张发奎周围比较开明的高级幕僚，如张文、张励、郭冠杰、丘哲、麦朝枢等人"。①

吴仲禧后来忆述，"在抗战几年同吴石的共事中，我们经常交谈，他总流露出一种愤懑、失望的情绪。一方面，他想在抗日战争中扎扎实实做一些事情，渴望自己在军事上能学有所用、用有所成；另方面，他又逐渐看透了国民党内部的腐败，官场的钩心斗角，意识到自己无论怎样努力都无法改变这种局面，因而内心相当苦闷。他对共产党人是有好感的。他读过毛泽东的一些军事著作，亲自在武汉珞珈山听过周恩来的演讲，还同叶剑英等有过交往，都给他留下了很好的印象。我向他叙述我在北伐战争中接触过的叶挺、蒋先云等共产党员的事迹，介绍党对抗日民族统一战线的主张，都引起他很大的兴趣和赞誉。不过这时候，他还看不清楚共产党的力量，因而，思想上仍在彷徨之中。"②

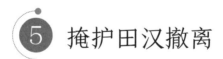

5 掩护田汉撤离

吴石长期的担忧终于演变为现实。1944年春夏，关内日军的76万部队中有51万人用于执行进攻豫、湘、桂的"打通大陆交通线"作战。

---

① 林亨元、王昌明：《吴仲禧传略》，广东省政协文化和文史资料委员会编：《深潜龙潭老将军——吴仲禧纪念文集》，北京：中国文史出版社，2015年，第169页。

② 吴仲禧：《回忆吴石烈士》，广东省政协文化和文史资料委员会编：《深潜龙潭老将军——吴仲禧纪念文集》，北京：中国文史出版社，2015年，第79页。

在紧要关头，桂林文化界在中共中央南方局领导下发动了声势浩大的"保卫大西南"抗日救亡宣传活动。7月7日，一场扩大的宣传活动在柳州举行，吴仲禧、李章达等人昂然地走在游行队伍的前列为号召团结抗战而积极出力。

吴石一再电请国民党中央调兵支援，但国民党"为了北扼共产党，南灭异己，竟然不发一兵一卒，且下达的军令还与战区时常出现矛盾，令部队无所适从"。[①]

9月初，蒋介石两次电令张发奎等死守广西北大门全州，以争取广西全境主动。但9月14日，当日军第十一军和第二十三军同时对全州发动进攻时，因张发奎部九十三军军长陈牧农失职而导致全州失守，张发奎一怒之下枪毙了陈牧农。

11月11日，桂林、柳州失守。张发奎见战况不妙，随即作出后撤部署。计划分两步撤退：第一步撤至南丹六寨镇；第二步向贵州的独山、都匀、贵阳方向撤退。广西省政府则从桂林迁往百色。

一时间，桂林火车站人山人海，桂黔公路人车拥挤不堪。加之天气又极冷，老百姓拖儿带女、颠沛流离，上有敌机轰炸，后有敌寇紧追，大批难民折臂断足，血流殷地，偃仰僵仆，令人目不忍睹。吴石的一个儿子也在这次逃难中不幸身亡。

左洪涛得到周恩来指示——务必不遗余力地协助田汉、邵荃麟、端木蕻良、许幸之、更夫等一大批党内外文艺工作者和民主运动知名人士安全撤离。

"皖南事变"后，田汉根据中共南方局关于"隐蔽精干，长期埋伏，积蓄力量，以待时机"的方针，由党组织安排离开重庆，乘船东下。1941年夏间，田汉偕老母幼女欣然来到秋意正浓的桂林，与前三次

---

① 《血沃宝岛——中共台湾英烈》，北京：人民出版社，九州出版社，2022年，第56页。

来去匆匆不同，这一次，他一住就是3年。田汉除了指导帮助杜宣进一步筹建新中国剧社外，又指导帮助文艺歌剧团和中兴湘剧团的成立；不仅在生活上关心艺人，更重要的是写剧编戏支持他们的艺术事业。在抗战期间，田汉最突出的贡献之一是创作了大量的激励和团结全国军民抗日救国的话剧和电影剧本，除《卢沟桥》外，还有《最后的胜利》、《怒吼吧，漓江》、《秋声赋》、《再会吧，香港》（1942年初，与夏衍、洪深合著，因遭禁演，后改名《风雨归舟》）、《黄金时代》等。

对于这样一位为抗战宣传作出特大贡献的著名人士，吴仲禧困难再大也要保证让他安全撤离。但车票一票难求，怎么办？吴仲禧、左洪涛想方设法从长官部副官处、兵站总监和柳州铁路交通警备司令部等单位购到几十张火车票、汽车票。后来有人忆述，"吴仲禧与王昌明，还协同'特支'成员执行周恩来指示大力帮助经柳州撤退的知名人士田汉等20多人，并用第四战区军法监部的公务名义，代搞免费的火车票与撤退汽车"[1]。随后，吴仲禧将田汉、金仲华、周钢鸣等一部分文化界知名人士送到金城江车站安全撤离。几天后，金城江车站大火，交通完全断绝。

吴仲禧还想到徐明诚一家。他让王昌明去桂林将徐明诚一家接到柳州一起撤退，王昌明回来说徐明诚一家已于前一日从桂林离开。

按照既定撤退方案，大部队先撤至距柳州近300公里的六寨。但受车辆、辎重、伤员制约，经十余日方到达。

六寨是一个小地方，方圆不到3公里，当数万难民和后方机关人员麇集于此时，街镇显得异常拥挤。

张发奎的指挥所也临时设立于此。

但谁都没有想到，一场厄运正在悄悄逼近。

时国民革命军第九十七军军长陈素农见距南丹县城东南方向约50公

---

[1] 王光武：《王昌明回忆战地服务队》，中共广东省委党史研究室编：《广东党史资料》第三十七辑，广州：广东人民出版社，2004年，第36页。

里的六甲、拔贡、侧岭、八圩等火车站已无人看管，车厢货物无主。为不落入日军之手，他电报重庆派飞机轰炸，并阻击进入六甲和拔贡的日军。国民党重庆方面收到电报后，与美空军研究决定派飞机轰炸。

27日下午1时许，十几架飞机出现在六寨上空，因能清楚地看到是美军飞机，难民惊喜异常，都高兴地冲出去观看，认为这下可以有效阻击日军的追赶。张发奎部亦士气大振。

孰料，突然间，这些美军飞机在无辜且善良的人们头顶投掷了无数颗重型炮弹——轰、轰、轰，只见难民群集之处血肉纷飞、鬼哭狼嚎；旋即，飞机低飞盘旋俯冲，以机关枪轮番扫射，如无头苍蝇乱窜的难民齐刷刷倒下……持续半个小时的轰炸、扫射，导致上万难民葬身火海，尸横遍野。

张发奎的长官司令部也受到重创，张发奎险些遇难，在卫士的及时救护下方才幸免，而军训部中将督查陈克球、干训团少将教育长王辉武，另有一个高射炮少将指挥官、8名上校及800多名官兵葬身美机炸弹之下。

请求轰炸车站和阻击日军的战斗机为何对自己人下狠手？因六甲距六寨仅50公里，九十七军对空联络指明是炸"六甲"，美机领航译音错误，把"甲"译成"寨"，一字之差，导致二战史上最惨重的误炸发生。

张发奎号啕大哭。他虽身经百战，但从未见过如此惨状。他在回忆中说："这是我一生最难忘的往事，对于盟机的作战史上亦是荒唐愚昧的一幕。部队里的一个中将、两个少将、八个上校和很多员官长、八百多名士兵都葬身于盟机的炸弹下，其他民众的死亡最少在五千以上。"

吴仲禧一家侥幸躲过此劫。

时吴仲禧大女儿随夫婿所供职银行职员一起撤离，大儿子在交大读书不在现场，4个男孩由吴群继带领随军部疏散专车先行撤往南丹，后转移至贵州安顺。

由于军法执行监部有案犯、档案、军事法院，机构庞大，疏散车比较宽敞，左洪涛、林默涵等随车西撤。

吴仲禧则由长官部统一分配一辆小车，直到日军占领全州才带着王静澜和2岁多的小女儿出发。为了多带食品，连卫士也没有带。可是，司机在驶出柳州后突然说马达坏了，车中没有备用零件不能行驶——这是当时一些司机的惯技，趁主人不得不步行走远后，将汽车和车上细软一并开走。

吴仲禧出于无奈，又怕司机行凶逃逸，遂拔出手枪："如能在20分钟内修好并把我们安全送到目的地，可保司机人车自由，如果修不好，我就用枪击穿轮胎，大家共同步行。"

司机识时务，不久，说车已修好，可以继续行驶。

在小汽车驶往贵州新的长官部途中，吴仲禧看到两列火车连车顶上都挤满了人，据说火车在连续转弯和过隧道时，由于车顶没有牢固抓手，不少人坠车死亡。

画家沈振黄则出了意外。他自己包车从六寨护送妻儿及军属去独山，在行驶中，将座位主动让给难民老妇坐，自己则爬上车顶。车至老甲河时，因让道急转弯，他从车顶尾部跌地脑盖破裂而牺牲。第四战区军法监部上尉书记官武奇雷坐后部汽车路过，见是本部长官吴仲禧的朋友遇难，便主动帮助将沈振黄遗体埋葬在独山邻近山坡，又帮助沈振黄爱人刘曼华，将悲痛欲绝的母子扶上车，护送到军法监部的贵阳新驻地……沈振黄是三十年代上海有名的画家，与鲁迅素有往来。在第四战区当干事时，他身穿军服，脚穿草鞋，以漫画、木刻画、小画报形式进行抗日救国宣传，与吴仲禧关系要好。后来，重庆文化界进步人士在沈钧儒①支持下召开追悼大会，又由张发奎、郭沫若、茅盾等49人联名登报为遗属募集基金。新中国成立后，沈振黄被追认为革命烈士。

---

① 沈钧儒：浙江人，1907年学成归国，参加辛亥革命，加入中国同盟会。1936年与邹韬奋等七人被捕，史称"救国会七君子事件"，新中国成立后，任最高人民法院院长、全国人大常委会副委员长等职。

往事不堪回首……

"桂柳会战后，吴老（指吴仲禧）和张励、麦朝枢、左洪涛、黄中厪、何家槐等与张发奎在百色策划，如果日军打到重庆，张就联合云南的龙云在桂滇边另行开创局面。"①但后来情况变化未能实现。孙慎则言，"左洪涛、黄中厪随即邀请张的幕僚与张发奎共同研究具体办法，决定在云南、贵州、广西、广东地区开创一个强大的抗日民主根据地。吴老参加了这次会议，并分工由他和麦朝枢、张励与李济深、蔡廷锴、谭启秀等进行联系"②。

而经历了这一切，尤其一个儿子不幸罹难，吴石对自己效忠的"党国"产生了怀疑，他开始醒悟，"认识到西南战场之所以一败再败，绝非军队装备差、训练差或指挥失当所致。国民党腐败专制独裁、脱离民众才是根本原因"③。

吴石在极端愤懑之时，对家人说："我再也不干了！"

此时，宋代白玉蟾的《慵庵铭》不断在他心里跃动：

> 慵观溪山，
>
> 内有画图；
>
> 慵对风月，
>
> 内有蓬壶；
>
> 慵陪世事，
>
> 内有田庐
>
> ……

他愤而辞去第四战区参谋长之职，"告老还乡"。

---

① 杨应彬：《一代风流启后昆》，广东省政协文化和文史资料委员会编：《深潜龙潭老将军——吴仲禧纪念文集》，北京：中国文史出版社，2015年，第16页。

② 孙慎：《回忆吴仲禧同志》，广东省政协文化和文史资料委员会编：《深潜龙潭老将军——吴仲禧纪念文集》，北京：中国文史出版社，2015年，第29页。

③《血沃宝岛——中共台湾英烈》，北京：人民出版社，九州出版社，2022年，第57页。

6 掩护战地服务队

与战地服务队并肩战斗的日子，是吴仲禧一生难忘的记忆。新中国成立后，吴仲禧写过一篇文章，深情回忆了那一段难忘的往事。

1937年底，随着张发奎被免去第八集团军总司令职务，"树倒猢狲散"——战地服务队也接到命令，拨归浙江省主席黄绍竑指挥。大家不愿意去，但胳膊拧不过大腿，不久便转移到金华工作。到金华后，大家成了没娘的孩子，"主人"黄绍竑只同大家谈过一次话，省政府也没有哪一个机关管他们。

至1938年春，张发奎奉令在长沙恢复编组第八集团军的指挥机构，等于官复原职，此时，吴仲禧看到机会，即和总部参谋长陈宝仓、高参高若愚等人鼓动张发奎要回战地服务队。

没料，黄绍竑却复电战地服务队准备留下使用。

张发奎发脾气："给他，他不用，让大家坐冷板凳；我们要，他又不给，什么人嘛！"

吴仲禧趁机代拟了一份措辞强烈的电报，对张发奎说："那我们就上告，找陈诚，找郭沫若，不信他不给！"

黄绍竑无奈，只好同意战地服务队回归建制。此事，杨应彬记得清楚，是吴仲禧"积极帮助张（张发奎）把战队收回建制"。

1938年4月间，战地服务队到达武汉，在武汉"战时工作干部训练团"受训，周恩来接见了他们。周恩来、博古同志召集特别支部成员开会，给大家分析形势、部署工作，从战略、政策、策略上，对抗战和党的统一战线工作作了深刻、全面而又生动具体的阐述。

一些同志表示想去延安，还说他们追求进步、向往革命，组织上应

当鼓励和支持。杨应彬后来回忆当时的情景，周恩来风趣地说："党员嘛，党指定在哪里就在哪里战斗"，又说："延安小米不多，你们去学习三两个月还得派出来，不如在现岗位坚持的好。"周恩来最后鼓励同志们："你们撤出来容易，再进去就困难了。你们应在（张发奎）那里坚持下去。"①

战地服务队在"战干团"受训一个月，尚未结业，就被调遣随张发奎的第二兵团（后来则是第四战区长官司令部），转战于武汉、湖南郴州、广东曲江等地。吴仲禧也回到第二兵团总部报到。总部位于湖北麻城东南宋埠，是一个较为富庶的小镇，有"小汉口"之称。

吴仲禧始终牢记组织的嘱托，想方设法关照战地服务队队员。

吴仲禧接到王昌明反映，有几个CC分子经常和队员闹摩擦。

"CC"系中央俱乐部之简称，国民党特务组织之一。陈果夫、陈立夫是该组织的主要头目，参加该组织的绝大部分是党棍、政客、流氓和堕落的知识分子，他们积极进行反共反人民的活动，为蒋介石清除异己。政治部主任郑震宇是CC派的领头人物，此外，秘书黄征瑞、政治部下设政治大队第一中队长文振汉都是国民党特务。特别是黄征瑞在北平时已"名声大噪"，进步教授许德珩就是被黄征瑞逮捕的。

吴仲禧决心要治一治这帮特务。

机会来了。

战地服务队中姚耐是从延安来的，思想进步，又担任政治大队副大队长，让黄征瑞非常不舒服，经常俟机寻衅。一日，黄征瑞借与姚耐谈工作的时机再次挑衅，先吵后打，姚被打得满脸鲜血直流。第三中队长林亨元冲上前拉架，并马上写了呈文状告黄征瑞，呈文写好，即带一部分队员到司令部去找吴仲禧。

---

① 杨应彬：《往事悠悠五十年》，《杨应彬文集》，作家出版社，2001年，第417页。

"如果此事不能得到正确处理，不给黄征瑞有力打击，黄就会变本加厉地迫害我们，姚耐、我以及一部分抗大青年将会发生危险。"

吴仲禧安慰林亨元："此事由我处理，你先带队员回去，不要给人以聚众闹事的口实。"

吴仲禧带着呈文，找到张发奎，据理力诉黄征瑞无理殴打政工人员的野蛮行为，并主张依法惩办。

张发奎大发雷霆，立即在呈文上批示：拘办黄征瑞！

黄闻讯连夜潜逃。

吴仲禧对第二兵团内部的革命力量起到了保护和使之转危为安的作用。林亨元后来忆述，"吴仲禧同志一生为革命做了大量的工作……这件事只是他所做工作中很小的一部分。但从这很小的一部分工作中，可以看出他对真理追求多么热切，对革命事业多么忠诚，对革命青年多么爱护"。[①]

到柳州后，吴仲禧一家人的居住环境得到很大程度的改善。那是一处距离市区五六公里远的独登山上的一座"豪宅"，屋主何世礼是香港知名爵士何东的儿子，美国西点军校毕业，蒋介石为拉拢英美支援印缅作战，便委任他为四战区兵站总监，这"豪宅"是张发奎为他修建的庄园。何世礼离开时没有房产归公的概念，而是"就近"将住宅所有门户钥匙交给了吴仲禧。吴仲禧在请示张发奎后搬入。

进入庄园，大门口有3间大房，用于来访者登记、等候通报、短暂会谈和守门者休息住宿。顺坡而上，绿草如茵，草木扶疏。路旁，还有一片小湖，湖水微澜，极为幽静。

步入主房，客厅极大，一可会客、二可宴会，有四间正房，亦有厨师、近身服务人员住宿之处。后面，是独享的防空洞。

---

① 林亨元：《记吴仲禧同志二三事》，广东省政协文化和文史资料委员会编：《深潜龙潭老将军——吴仲禧纪念文集》，北京：中国文史出版社，2015年，第26—27页。

主房和后排之间构成一个有围墙的整体。另一侧另有20多间房，供家客和守卫们居住。

刚搬进来时，吴仲禧见庄园有多余的空地，就同王静澜商议，选一小块喂猪养鸡，以实现自给自足。王静澜在娘家时就干家务，会喂猪养鸡、养鹅养蚕，她从附近农家买了一些家畜、家禽，很快，"鸡飞狗叫"，有了生活的气息。院子里还开满了花，那真是红石榴花满西窗，黄蜀葵叶扫东墙，孩子们在花丛中嬉戏玩耍，别有一番情趣。

吴仲禧了解到，执行监部内关押了10多名逃兵，原来都是朴实的农民。他考虑到如果将他们遣送回原籍必将受到保甲长迫害，还有可能再次被抓，与其继续关在牢里白吃饭，不如放他们出来干些杂活。这些人当然乐得出狱，他们在庄园组成了一个"劳动班"，工作勤勤恳恳，每天，挑来猪草和淡水喂猪，一段时间后，猪长得膘肥体壮，宰杀之后，吴仲禧让侍卫将一半猪肉送到机关食堂加菜，一半留下自用和招待朋友。在抗战后期，通货膨胀，生产萎缩，奸商囤积，工薪叫苦，吃肉成为一件很奢侈的事情。没有战事时，有实权的高官经常相互宴请，但市区内用餐消费高，吴仲禧囊中羞涩，就在庄园内用自产食材招待同僚。

每回都是王静澜亲自下厨，几个孩子当帮手，张发奎等人都应邀前来做过客。酒菜上桌，蛮丰盛，大家觥筹交错、把酒言欢、大块吃肉、大口喝酒，非常热闹。

由于此地"山高皇帝远"，也方便了吴仲禧与原战地服务队的同志们聚会。逢假日休息，吴仲禧常以长辈身份请大家到家中吃饭，既为改善大家的生活，也为增进友谊。

茶余饭后，大家坐下聊天。

一次，吴仲禧问："你们都看过整风文件没有？比如毛泽东的《改造我们的学习》？"

有的人非常惊讶，《改造我们的学习》是毛泽东1941年5月19日在延安干部会上作的报告，毛泽东为中央起草的延安整风文件之一，他们也是刚传达学习不久。

见众人不敢吱声，吴仲禧哈哈大笑："这些书不能马马虎虎看，我们这里也应该整整风。"

若干年后，大家回想这一幕时认为，"这不仅表现了吴老对革命青年在政治上的关心，也反映了他从旧营垒转入党的怀抱之后，如饥似渴地学习马克思主义的急切心情"①。

王静澜后来忆述，"他（吴仲禧）在政治上能跟随时代前进，同他认真学习马列主义理论、毛泽东思想是分不开的。早年他从探索马列主义理论中寻找出路。记得他私存枕下，经常阅读的，是一部四卷装红色封面的《唯物史观》；在抗战中，他特别注意阅读《新华日报》等直接来自党中央的报刊；后来更是反复研读延安整风的有关文献，常向我讲解理论联系实际和批评与自我批评的精神"。

由于"特支"队员们经常到独登山聚会，遂引起特务注意，不但进行跟踪，还散布"共产党在独登山开会""共产党又在独登山开会了"等消息。王昌明向吴仲禧报告，吴仲禧平静地说："我在军法监部掌大权，特务们又查不到证据，怕什么？如我们查到特务毛病，我还要查办查办，有机会时我还要在张发奎面前将他们的军。"

1942年初，农历除夕，吴仲禧特意在独登山家中设家宴，公开宴请"特支"所有成员。这种大明大方的方式，让特务一时间摸不清吴仲禧葫芦里卖什么药。大年初一，吴仲禧又大摆筵席，邀请张发奎、吴石、高若愚、黄和春、陈宝仓、麦朝枢、张励等高级将领来家里热闹。这"连环招"效果出奇地好，特务们再也不敢找吴仲禧和"特支"队员的麻烦了。但"这顿酒宴开支大，还由王昌明在公费中造账'报

---

① 刘田夫、杨应彬、郑黎亚：《忆一位真诚的共产党员》，广东省政协文化和文史资料委员会编：《深潜龙潭老将军——吴仲禧纪念文集》，北京：中国文史出版社，2015年，第11页。

销'"①，吴仲禧算是"假公济私"了一回。

随着形势的发展，对于战地服务队，长官部一度有人以战区没有战地服务队的编制为由，主张加以遣散。

吴仲禧找到张发奎说："战地服务队的业绩，你是看到的，架设浮桥，是立了功的，有人主张遣散，这是过河拆桥！"

张发奎道："这批人是郭沫若介绍来的，我们不能'召之即来、挥之即去'！"

正是在吴仲禧、陈宝仓的谏言下，战地服务队虽然没了"建制"，但人员基本上都保留了下来。而张发奎在用人上，除"引用旧四军系人物外，亦尽力推荐较进步分子和启用部分青年"，故而，"左洪涛、何家槐当了长官部的秘书；杨应彬、吉联抗、郑黎亚等到了游击训练班。多数同志在政治部属下的中山室和志锐中学、实验中心小学工作。杨应彬后来忆述，"这个时候'战地服务队'组织已经取消，但按照周恩来同志的指示仍继续坚持工作。成员分散在战区司令部各个部门。左洪涛、何家槐任张发奎的秘书，替他写了不少文章。'特支'的组织关系则由南方局交由张文彬同志联系。"

对这一批进步青年，吴石本来不太了解。当吴仲禧介绍是郭沫若从上海推荐来的一批很有朝气、很有作为的青年后，便开始处处维护他们。当有人散布左洪涛、何家槐思想"左倾"、不适合在张发奎跟前当秘书时，吴石强调他们有文化、能力强，不要相信没有根据的话。政治部散布说战区办的实验小学老师郑黎亚、吕璧如等政治思想有问题，叫政治部的军官不要把子弟送去读书。吴石听后大为发火："以后这个小学有什么困难就来找我，我的女儿就在那里念书，我没发现有什么不好。"吴仲禧也将三个孩子送到小学念书，并住在老师宿

---

① 王光武：《王昌明回忆战地服务队》，中共广东省委党史研究室编：《广东党史资料》第三十七辑，广州：广东人民出版社，2004年，第35页。

舍里，吴惠卿后来回忆，因为学校条件比较艰苦，三个弟弟不习惯，开始不愿去，但爸爸不改变主意，坚持让他们去寄宿，以便接受革命教育。

1943年2月，斯大林格勒苏军大捷，这是苏联历史上空前壮烈的斯大林格勒保卫战的光辉胜利，标志着整个反法西斯主义战争的伟大深刻的转变。闻知消息，原战地服务队的几乎全体同志都到吴仲禧家来聚会、庆祝。

吴仲禧早早地嘱咐王静澜准备好茶点，待同志们一来，吴仲禧兴奋地和大家一起畅谈，还唱起了《喀秋莎》：

　　……

　　　驻守边疆年轻的战士，

　　　心中怀念遥远的姑娘；

　　　勇敢战斗保卫祖国，

　　　喀秋莎爱情永远属于他。

　　　勇敢战斗保卫祖国，

　　　喀秋莎爱情永远属于他。

　　　正当梨花开遍了天涯，

　　　河上飘着柔曼的轻纱；

　　　喀秋莎站在峻峭的岸上，

　　　歌声好像明媚的春光。

　　　喀秋莎站在峻峭的岸上，

　　　歌声好像明媚的春光。

吴仲禧一句俄语一句汉语，他声情并茂的演唱让同志们高兴地鼓起掌来，但文艺出身的同志又觉得非常好奇，因为他们从未听过这首歌。

吴仲禧告诉大家，《喀秋莎》是苏联歌曲，正是在这次战争中流传开来的，歌曲描绘春回大地之时，一名叫喀秋莎的年轻姑娘站在鲜花盛

开的河岸边放声歌唱，思念在边疆保卫祖国的爱人。

吴仲禧问大家："你们是不是认为喀秋莎只是一位姑娘的名字？"

大家面面相觑，不知道如何回答。

吴仲禧笑道："喀秋莎还是苏联一种火箭炮的名称。苏联共产国际兵工厂组织生产了这种火箭炮，用'共产国际'这个词的开头'K'命名并把'K'印在火箭炮身上，但前线官兵不知道这种火箭炮的名称，就根据炮身的"K"图形叫它'喀秋莎'。'喀秋莎'火箭炮给予了苏德战场上的德国国防军以极大的火力打击，德国官兵称它为'斯大林的管风琴'。"

大家如梦初醒，却不知道吴仲禧为何这么快地知道并学会了这首歌，几番盘问，但吴仲禧均笑而不语。

那天，大家玩得很晚，直至深夜。

这些集会在抗日的局面下给地下党同志的碰头创造了方便的条件。左洪涛等同志也曾多次主动提出借吴仲禧家里开些小会，因为"身份"原因，吴仲禧没有参加会议。解放后，左洪涛告诉吴仲禧，他们实际上是在他家里开党的支部会议。此外，同志们的马列著作和进步书籍没有安全的地方存放，都寄存在吴仲禧家。吴仲禧为掩人耳目，对有的图书进行"包装"，"有一本《共产国际纲领》还换上了《健身守则》的封面"①。

战队服务队队员刘田夫、杨应彬、郑黎亚后来回忆，同志们在生活上存在困难或者生病需要诊治的，吴仲禧都利用自己比较优越的经济条件给予力所能及的帮助。"在整个抗战期间以至解放战争初期"，他们同吴仲禧在"长时间的相处中，对彼此的思想倾向、政治态度都逐渐了

---

① 杨应彬：《一代风流启后昆》，广东省政协文化和文史资料委员会编：《深潜龙潭老将军——吴仲禧纪念文集》，北京：中国文史出版社，2015年，第16页。

解，工作上也就越来越紧密地互相支持和配合了"。[1]

1943年秋的一天，凌晨2时，吴仲禧赴酒宴后急忙回到家里，派人叫王昌明赶过去。

"柳州行政专员尹承刚在酒宴上秘密问我，你单位有否王昌明？有否高学斌？我说王昌明是我亲戚，没有高学斌。尹承刚就说，重庆行营刚来密电，说是由衡阳感化院逃来柳州的共产党员高学斌，在龙城中学被身穿中校军服的王昌明带走逃脱。王昌明既是你亲戚，我把密电转给你查明后，用公文答复我。"

王昌明说："高学斌已化名高峰，正在你家当家庭教师。他原是由林亨元从衡阳招收进政治工作大队当队员的共产党员，在去年被逮捕送去衡阳感化院，我无力救出。两个月前我和孙慎去龙城中学碰见他，他说刚到柳州又想马上离开，没地方好去。我说不怕，可以跟我去，我就叫他住在独登山军法监部。不久你叫我找家庭教师教你的几个小孩，我就介绍高峰上任。"

吴仲禧说："那你叫他连夜逃走，我怕特务会来抓他，到时我们就被动了。"

王昌明叫醒军法监部看守所所长莫光仁，莫光仁是王昌明从南雄带来的亲信，由莫护送高学斌去柳州火车站……几日后，脱险的高峰安全抵达贵州省节毕县。

吴仲禧以军法执行监部行文尹承刚："本单位无高学斌。"

尹承刚密电复报重庆行营："查无共产党逃犯"了案。

此次实属侥幸。因尹承刚与吴仲禧是保定军校同学，又同在柳州担任要职，每星期一次战区碰头会，会后经常互设酒宴款待，才有此袒护之举，否则后果不堪设想。

---

[1] 刘田夫、杨应彬、郑黎亚：《忆一位真诚的共产党员》，广东省政协文化和文史资料委员会编：《深潜龙潭老将军——吴仲禧纪念文集》，北京：中国文史出版社，2015年，第11页。

　　吴仲禧所做的这一切，外人能被蒙在鼓里，但如何瞒过身边工作人员？

　　副官林云青是国民党军令部二厅直接派出的谍报参谋人员。原为第三战区福建前线漳州107师司令部谍报参谋，1943年底到桂林陆大参谋班再造，教官、福州人何心浚曾与他谈战史、论抗战、述十九路军战绩，林云青觉得其言明理动听，何心浚亦觉得林云青是一个积极进步的青年，遂介绍到吴仲禧处担任副官。

　　1944年春，林云青前来报到，为工作方便，吴仲禧让他住在庄园里。时间不长，林云青已察悉吴仲禧是一个进步人物。吴仲禧的书架上陈列的是《共产党宣言》《资本论》和闻一多的著作，还有《新中华报》《整风文献》等书刊。吴仲禧的孩子回忆，父亲那时还花200元法币托人买了一套第一版《鲁迅全集》，拿到后如获至宝，经常翻阅。

　　林云青还发现，吴仲禧在言及蒋介石时从不称"委员长"，而称"蒋光头"。那时"系统"内的人听到"蒋委员长"时都要起立作肃穆状，更不要说直呼其名讳、挖苦其相貌。

　　林云青后来忆述："我原想初出茅庐，籍以攀附，却出现如此局面，深感进退两难。"

　　林云青随身带有两份密码本，可以随时将吴仲禧"亲共"情况电报中央。

　　但他没有这样做，一则他和吴仲禧是老乡，自跟随吴仲禧以来，吴家人对自己极为亲近，像对待自家人一样，朝夕相处，谈笑自如，"我对他已经产生了深厚的感情"。另外，林云青知道吴仲禧早年参加革命，历尽艰苦，一心为国效劳——"读进步书，看进步报刊，有何不可？"

　　渐渐，林云青受吴仲禧感召，认为吴仲禧进步的思想"关系国家民族前途至大"，而"我何能及"，更生"敬佩的心"。

　　是啊，原本，林云青还想着自己的前途，但思想转变之后，他认为："我若离开他，换一个人在他身边，发现这些问题，他的安全又是如何？"

自此，林云青选择了"默然不发"，一心一意跟随吴仲禧，还替吴仲禧做了不少掩护的工作。①

这是值得吴仲禧格外庆幸的事。

---

① 林云青：《抗战回忆片断》，中国人民政治协商会议福州市台江区委员会编：《台江文史》第2辑，1986年，第7页。

第八章

胜利曙光

日军受降

抗战胜利的曙光姗姗来迟——1945年8月15日，日本宣布无条件投降。

消息传至延安时，"新华社译电员一路奔跑呼喊着把胜利的消息传到每一个窑洞。狂热的学生撕破棉袄，掏出棉花扎在棍子上，蘸上煤油点起火把，到大街上游行。在延安市场沟卖水果的农民，激动地把成筐的果子抛向天空，让人们吃'胜利果实'"。[①]与此同时，中国各地的

---

① 中国国家博物馆编著：《共和国领袖故事 毛泽东》，上海：上海教育出版社，2014年，第113页。

人们兴高采烈，奔走相告，纷纷举着"庆祝抗战胜利"的彩旗穿梭在大街小巷。

一座座城市，锣鼓声、鞭炮声响彻云天。

高原、平原、内陆、沿海、街镇、乡村，秧歌、高跷尽情扭动；鱼翔浅底，百舸争流。

战争的苦难终于结束了！

中国人民终于战胜了凶蛮无比的日本侵略者！

是啊，胜利的喜悦感染着所有人。张发奎在忆述中写道："胜利的歌声、欢呼声、笑逐颜开的言词，包围着我的四周。战争结束了，黩武侵略者已放下了他的武器，人类希望的和平，终于显出了一线的曙光。"

那日晚，吴仲禧也特别高兴，参加完军部庆功宴，回到家时他已显醉意，但仍然让王静澜打开一瓶珍藏的好酒，并破例给每一个孩子倒了一杯。他举起酒杯，眼含热泪，对全家人说："日本鬼子投降了，战争结束了，我们将迎来美好的日子，来，干杯！"

吴仲禧连饮三杯，之后，醉意蒙眬，酣然入睡。一轮圆月透过玻璃窗映照着他的脸。王静澜依偎在他身旁，枕着他的鼾声恬然入梦。

抗战胜利后，中共认为张发奎对国共今后合作的态度至关重要。因张发奎部驻扎广西百色，便让左洪涛同志设法让广西将领黄中廑出面请张发奎吃饭。黄中廑为第三党党员，与张发奎身边工作人员左洪涛、何家槐、杨应彬、麦朝枢等联系密切。

当日，出席作陪的有张励、李任仁等倾向民主的人士，吴仲禧也在座。

酒过三巡，黄中廑试探着问："向华兄，日寇投降，中华自此安宁，兄有何打算？"

张发奎大着舌头硬邦邦地顶道："今朝有酒今朝醉，明天没酒喝凉水，来，喝！"

李任仁时任广西省政府委员、广西宪政促进会会长，他冲大家使了个眼色说："将军戎马一生，功勋卓著，如今山河收复，不愁没酒喝。"

张发奎继续装糊涂："海上生明月，天涯共此时，一个月后，就是中秋佳节，到时我再请诸位一醉方休！"

张发奎这是对政治问题避不表态。他或许踌躇满志，一心想到广州去当接收大员，或许如麦朝枢所言"显然是完全抱了对国民党和共产党两不粘的中间态度和逃避现实的消极思想"[1]。

但大家铁了心，要问出个究竟。

借助酒劲，吴仲禧直来直去："那是依旧掩护民主运动呢，还是有所改变？"

左洪涛附和："如果依旧掩护民主运动，我们都愿意跟随您前去广州，如果有所改变，我们立即离开，另寻出路。"

张发奎一拍胸脯："这一点，大家放一百个心，我坚持原来的主张，绝不改变态度，大家想干啥干啥，尽可高枕无忧。"

吴仲禧相信，张发奎说到做到，他一直反对压迫工农革命，但如萧克后来分析，他"不是真正的革命派"，在革命的巨浪洪涛中，哪里有左右逢源的船？

不久，国民党政府迁都南京，各战区撤销。吴仲禧随张发奎第二方面军到广州。吴群敢后来忆述，吴仲禧"奉命首批进入广州受降"。

而吴石则于1945年春，经好友、国民党军政部次长林蔚推荐，赴重庆出任军政部部长办公室主任参事。日本战败投降后，吴石更是殚精竭虑、夙兴夜寐地工作，心情却无比轻松。8月，吴石随国民党军队接收上海。

陈宝仓则作为山东胶东区特派员，前往青岛接受日军投降。受降仪式后不久，陈宝仓调任国民党国防部联合勤务总司令部第四兵站中将总

---

① 麦朝枢：《我所了解的张发奎》，全国政协文史资料委员会编：《文史资料存稿选编·军政人物（上）》，北京：中国文史出版社，2002年，第905页。

监，负责调拨及生产山东境内所需军用物资和粮饷。陈宝仓知道这些物资和粮饷大多用于进攻山东解放区，所以决心暗中帮助人民解放军。但是，没有不透风的墙，他的举动被国民党山东省主席王耀武向蒋介石告发，陈宝仓因此被蒋介石免职。

张发奎已从投降代表呈报的资料中，明了日军在我国全部兵力部署，驻广东方面敌军的第二十三军辖有三个师团，四个独立旅团，及海南岛与香港防卫部队，总兵力近14万人，以及防御广州之部署与阵地各种设备。

看到一长串"清单"，张发奎、吴仲禧等大吃一惊——若非敌人投降，继续打下去，我们不知还要花费多大的心力，牺牲多少将士的性命，拖延多长的时间！

张发奎与众将官一起拟定受降及接收计划之步骤，要领如下：

（甲）受降步骤：

（1）接防日军占领区：规定各受降部队接收地区任务，迅速推进，接防日军占领区，并限定移防后日军之集中地点。

（2）解除日军武装：规定日军于移防之时，仅准其暂行携带之步枪、轻机枪及少数弹药，其余武器弹药缴交受降接收部队，日军于移防集中后，开始解除全部武装。

（3）集中管理日俘：日军集中全部解除武装后，视为战俘，送至指定之集中营，受我军监视，教育管理。

（乙）接收要领：

（1）日军本身之装备，直接缴交受降部队接收。

（2）日军日侨所控制之工厂、工场、仓库、公营民营事业等，均先交由受降部队警戒，仍留原负责人看管，列册移交中央各部会特派员、地方机关之主管代表接受，整理利用。

（3）受降部队所接收之一切武器弹药器材等，一律移交各主管部门之接收代表接受之。

（丙）受降部队任务区分及行动：

（1）粤南区总指挥邓龙光，指挥第四十六军、雷州独立挺进支队及沿海警备大队。以第四十六军主力进驻雷州半岛，以一个师进驻海南岛，负责接收各该地区日军投降及地方绥靖。

（2）新一军孙立人军长，指挥该军及重迫炮营，暨第十三军之第八十九师，即由现地经梧州、三水向广州推进。该军主力配置于广州市，各以一部分置于三水、顺德，监视该方面日军及受降实施。

（3）第十三军（欠八十九师）继新一军后，即沿梧州、三水、广州推进，以主力配置于广州（不包市区）至九龙之广九铁路沿线，以一部推进香港，监视该方面之日军及受降实施。

该军主力到达广州时，第八十九师即归还建制。

（4）第六十四军沿合浦、化县、阳江向开平、台山、新会附近推进，以主力配置于新会、台山、鹤山地区，监视该方面日军，及受降实施。

（5）各部队接近日军防区时，得直接与日军交涉接防事宜，并令其按指定地点集中。

（丁）日军移防后之集中地点及我接防部队：

（1）日第二十三军军部及军直属队集中广州河南，由我新一军接防。

（2）日第二十三独立旅团集中广州河南，由我新一军接防。

（3）日第十三独立旅团集中石围塘，由我新一军接防。

（4）日第八混成旅团集中芳村花地，由我新一军接防。

（5）日第一三〇师团集中新会，由我第六十四军接防。

（6）日第一二九师团集中东莞，由我第十三军接防。

（7）香港守备队集中宝安，由我第十三军接防。

（8）海南岛守备队集中琼山，由我第四十六军接防。

随后，各部以作战态势迅速向指定地区前进。除原在越桂边境的第六十三军改归第一方面军指挥，向河内、海防担任受降任务外，其余均向东行进。

敌人自宣布投降后，已将外围部队向后逐渐集结。

9月8日，张发奎令中将高级参谋张励为主任，率领官兵百余人乘8架盟机由南宁飞往广州。

从现有的资料中，看不出吴仲禧是在这一批人员之中，还是随后与张发奎一同前来，但无论怎样，当乘坐的飞机穿过云层开始下降，他俯瞰下空，看到郁郁苍苍的越秀山与浩渺蜿蜒的珠江就在眼前，那么熟悉而又陌生时，定会禁不住感慨万千——自1935年别离，已有10年之久，这是他第一次以胜利者的姿态荣归！

回首往昔，吴仲禧满心悲壮。他何尝不知，日军占领广州后即对广州人民实行了残暴统治和血腥镇压，7年！整整7年！从1938年10月到1945年8月，日军杀人放火、奸淫掳掠，逼迫广大市民家破人亡、四处逃难，一个拥有100多万人口的名城仅剩10多万人。日本侵略军为巩固其法西斯统治，除在市区和郊区驻扎重兵外，还在广州设立宪兵司令部，扶植汉奸组建伪军警部队，成立和平救国军、广州治安维持会、广东省保安司令部、广东省江防司令部等敌伪机构。在日伪军警统治下，广州人民生存自由权利没有保障，人们度日如年。民族败类随意进入民房杀人放火、奸淫妇女、掠夺财物，只要发现可疑的人或稍有反抗的人，便横加种种罪名以杀害。日军在黄埔设立宪兵大本营，每天都有从各地抓来的抗日志士经刑讯迫害后被押往附近的牛山脚下旧炮坑里杀害，炮坑堆满中国死难者数以万计的尸体，被人们称为"万人坑"。新

中国成立后，文冲船厂在那里修建宿舍时还挖出许多尸骨。

张发奎一行抵达广州时，在机场受到群众热烈欢迎。他检阅了欢迎队伍及仪仗队后即率领新一军部队举行入城仪式，汽车、骑兵、步兵以雄壮威武的姿态通过庄严而辉煌的凯旋门，沿市区主要街道巡行，张发奎和博文将军以同盟国并肩作战的象征站在一辆全新吉普车上，向夹道欢迎的民众挥手致意，欢呼声、国旗猎猎之声、爆竹声，惊天动地，让张发奎激动无比，博文将军也被这东方式的热情所感染，这是他毕生难忘的愉快和光荣。

受降仪式在中山纪念堂举行。

9月16日上午，9时30分，张发奎司令官、吴仲禧等乘车莅临受降仪式现场，总计有高级军官、政府高官、社会贤达、新闻记者等183人。

日军投降代表二十三军司令官田中久一、参谋长富田少将，海南岛日军指挥官代表肥后大佐在我卫兵押护下，进入受降会场。

昔日不可一世的刽子手，没有了往日的趾高气扬、飞扬跋扈，而是目光呆滞、垂头丧气。

日代表登台后，向受降官鞠躬致敬，立正候命。

张发奎响亮地询问了田中等人的身份后，令其坐下，随即下达"国字第一号命令"，并由作战处处长李汉冲朗声宣读，继而由日、英翻译员以日语、英语宣读，

中国战区陆军第二方面军命令国字第一号

第二方面军命令

中华民国三十四年九月十六日于广州司令部

一、日军驻华派遣军总司令官冈村宁次大将，已遵日本帝国政府及日本帝国大本营之命，率领在中国（东三省除外）、越南北纬十六度以北、台湾、澎湖列岛之日本陆海空军，于中华民国34年9月9日在南京签具降书，向中国战区最高统帅特级上将蒋中正、特派代表中国陆军总司令一级上将何

应钦无条件投降。

二、遵照何总司令命令，及何总司令致冈村宁次大将中字各号备忘录指定本官及本官所指定之部队，接收广州、雷州半岛、海南岛及其各附近地区日本第二十三军所属各部队与海南岛日海军部队及其辅助部队之投降。

三、上第二项之日本军队，应于中华民国34年9月16日，照下列规定切实施行：

（1）所有受降区内之日本陆海空军，及其辅助部队应即停止敌对行为，遵照本部第四号备忘录所规定之日军初步移防规定切实办理，候令解除全部武装。

（2）所有本受降区内之日本陆海空军，及其辅助部队武器、弹药、装具、器材、文献、档案等，应集中保管不得破坏，并造具详细清册，静候本官派员点收。

（3）所有日本部队解除全部武装后，仍保持纪律，至解除全部武装后之集中地与给养输送等项另令之。

（4）在本受降区内，所有日军控制下之车辆船舶（包含商船）及一切军用物质，除依照本部第四号备忘录规定，业已移交者外，其余均须停留于现在位置，不得移动或破坏，并须立即取消所装载之爆炸物，搬移于安全地点，妥为标志封存。特别指定航行内河之大小船舶，全部集中于高要。航行海洋之大小船舶，分别集中于黄埔及广州湾。

（5）所有本受降区内之军事与非军事之一切交通通讯设施及器材，均须保持完整，不得移动或破坏，并造具图表，静候接收。

（6）所有本受降区内之一切军事设施及建筑物，如陆上水上海空军基地场站设备，军需仓库，领港设备，防空设备，暂时或永久性陆上或海岸防御工事、炮台、要塞、连同

一切有关军事生产发明之计划与设施等，皆须保持完整，维持良好状态，静候接收。

（7）所有本受降区内，关于军事控制下之民用财产（包括日本侨民）均不得移动，或使用与破坏，并造具清册，静候接收。

（8）所有本受降区内之日本侨民，应就现地静候命令，但应即呈出名册及居留地点，其所有之武器，亦应列表呈出，由本官派员验收。

（9）在本受降区内之盟国战俘及被拘人民事项，特规定如下：

（甲）盟国战俘及被拘人民之福利及安全，在未正式接收以前，必须立即恢复自由，并妥为维护，所有一切管理及生活物品、卫生，应予充分供应，直至正式接收为止。

（乙）盟国战俘及被拘人民之拘留地点，所有一切设备、储藏、记录、械弹、卫生器材等，在未正式接收以前，应负责保管完整。

（丙）在本司令官所辖部队进驻地区内之战俘及被拘人民，应遵照本司令官备忘录第四号所规定办理，交由接防部队接收。但在交接时，应由日方供给彼等15天之充分给养及生活用具，并先行指派该战俘及被拘人民中之高级人员暂时负责维持管理。

（10）贵官奉行本命令时，应立即呈出如附表所列各种图表册。

四、上项应切实遵守，并即通令所属各部队切实遵照实施。

右令：日军第二十三军司令官田中久一。

司令官陆军上将张发奎

第二方面军国字第一号命令另有附记及附件若干，包括"盟国战俘及被拘人民姓名及集中营位置表"，"伪军组织之主要人员姓名及其部队机关状况报告书"。

随后，宣读田中久一投降受领证：

田中久一受领证

谨收到中国战区陆军第二方面军司令官陆军上将张发奎国字第一号命令一份，当遵照执行，并立即转达所属及所代表各部队之各级长官士兵遵照，对于本命令以及以后之一切命令指示，本官及所属与所代表之各部队之全体官兵均负有完全之责任。

日本驻华南支派遣军

第二十三军司令官陆军中将田中久一

吴仲禧望着眼前的敌酋，不知其内心是悔悟抑或愤恨。但后来听说，田中久一虽身陷囹圄，但并不甘心，且狞笑道："日本战胜而投降真不服气，且看十年之后，谁执亚洲牛耳。"[①]

宣读完毕，田中久一战栗地用随身携带的日本毛笔、墨砚签署降书，旋即退出。

田中久一在投降书上签字投降

---

① 李汉冲：《广州受降接收与肃奸纪实》，广州市政协文史资料委员会等编：《广州抗战纪实》广州文史第48辑，广州：广东人民出版社，1995年，第488页。

第二方面军在广州参加受降仪式的中方将领合影。图前排右六为张发奎；右二为吴仲禧

现场顿时响起雷鸣般的掌声，各界人士互相拥抱、握手、合影，激动得泪光盈盈。张发奎端坐在第一排，与参加受降仪式的将领合影留念，吴仲禧也坐在第一排，从他威严的目光中看出，那是一个对中华民族、对中国人民都极为重要的时刻，他为能见证这一时刻而感到荣耀之至。

整座广州城，锣鼓声、欢呼声、龙腾虎跃之声此起彼伏，宛如江洋湖泊沸腾一般。

当日，各报竞相出版号外，记录下历史性的一刻。

广州市民舞着醒狮庆祝抗战胜利

岂止在广州，岂止在今日——自日本外务省向美国、中国、英国、

苏联发出乞降照会以来，中华大地无时不群情振奋、欢呼歌唱。时在成都燕京大学执教的陈寅恪百感交集，作诗一首：

降书夕到醒方知，何幸今生见此时。

闻讯杜陵欢至泣，还家贺监病弥衰。

国仇已雪南迁耻，家祭难忘北定诗。

念往忧来无限感，喜心题句又成悲。[①]

受降仪式后，张发奎仍担心日军虚与委蛇，再使什么阴谋诡计。9月17日，他召见田中久一，再次重申相关命令和要求，田中久一向张发奎保证服从命令、听从指挥，他本人不会逃跑也不会做任何出轨之事，同时尽职尽责约束好部下。

月余，张励向张发奎报告，广州日军于9月23日开始解除武装，29日进入河南之南石头、石涌口、白蚬壳等集中营；源潭、新街之日军独立第八旅团于10月10日进入芳村集中营；大良、东莞、雷州半岛及海南岛各地之日军自9月27日起至11月中旬止，先后缴械集中完毕。分散各地的日侨、朝鲜侨民及台湾籍人等，于广州市内和海南岛之海口、榆林港各地分别集中管理。日军缴出大小武器等17万余件，另一小部分为飞机和海军舰艇。

至此，受降工作告一段落，受降过程中未发生骚动及重大破坏情况。

张发奎心中的一块大石头方才落地。

---

① 陈寅恪：《乙酉八月十一日晨起闻日本乞降喜赋》，《陈寅恪集·诗集》，北京：生活·读书·新知三联书店，2001年，第49页。

② 惩治汉奸

第四战区军法执行监部已改为第二方面军军法执行监部，吴仲禧仍担任军法执行监。但他的任务已不限于惩治军内违法案件，主要转为惩治汉奸罪行。当时《新中华报》《新华日报》都对吴仲禧肃奸行动进行过报道。

抗日战争延续8年，汉奸如过江之鲫，多得数不清，肃奸工作任务相当繁重。第二方面军在"受降接收委员会"内设立"审查组"（由第二方面军法监部兼理）负责此事。

当张发奎、吴仲禧得悉大汉奸汪精卫的妻子陈璧君、伪广东省长褚民谊等一批伪政府官员仍蛰居广州，即令肃奸人员将陈璧君、褚民谊和伪广东省府民政厅厅长周应湘、伪财政厅厅长汪宗准、伪建设厅厅长李荫南、伪教育厅厅长陈良烈、汪精卫女婿何文杰、褚民谊的秘书徐义宗、高齐贤等9人逮捕，并奉国民党中央政府的电令递解南京审讯。

但是，国民党各派系从一开始就没有想着如何肃奸，反而都认为肃奸是一个大肥缺。蒋介石也想肥水不流外人田，最后指定"由军统局兼理负责"，肃奸的机构定名为"肃奸专员办事处"（简称肃奸处），但此机构"挂靠"在张发奎的长官部。

一时间，魑魅魍魉齐齐登场，上演利益争夺大戏。有的在汉奸逃避之后，将各伪机关或汉奸住宅占为己有，将其内部尚未拿走的现金财物抢掠一空。汪精卫在德政北路住宅藏有大量珍藏古玩，伪省市政府机关内有大量现金财物及家私用具等，军统人员如获至宝，巧取豪夺，等罗卓英以省政府名义去接收时，仅剩空荡荡的建筑，别无它物。

特务针对汉奸的一些比较好的房屋产业，要么威迫其交出契据，改换成自己或亲属的姓名；要么转手一卖了之，痕迹全无；要么以"保护"作为交换条件，令部分奸商交出货物或所占之股份，一旦不答应则"公事公办"。奸商畏惧特务淫威，也恐被举报，并想摘掉"汉奸"帽子，一般都顺水推舟、"洗脚"上岸。被贪污的数字难以估计。

军统大小特务虽未能在日军手中公开"合法"地接收，却都喝了"头啖汤"，无不势利双收，腰缠万贯。

除特务和喽啰外，中央各特派大员也加入贪污舞弊之序列，胆子更大，手段更狠，无所不用其极。因其均为中央各部院长之亲信，有强大的官方背景和靠山，他们冲锋在前，背后另有受益者，因此肆无忌惮、明目张胆，如变卖隐藏、伪造涂改接收清册单据等，等于明抢或劫掠。

中央银行黄金盗窃案尤为引人瞩目。在日军移交物资中，原本有黄金和白银库存共约数十吨、珠宝钻石首饰万余件。经广州行营经理处、财政部特派员和中央银行特派员三方面派员现场点收之后，封存于中央银行广东分行仓库内，由中央银行负责保管。蹊跷的是，不久后，一部分黄金和钻石珠宝就不翼而飞，价值巨大。但经调查，仓库封条并无启封痕迹，看来是"内鬼"作案。调查之后，不少接收人员露出马脚，但在官官相护之下，终未有明确的处理结果，成为一笔谁也说不清，也不想说清的糊涂账。

具体到张发奎第二方面军，有一些权力的人物与前述贪污行为相比是小巫见大巫，但大偷小摸现象也层出不穷。

张发奎对贪污腐败行为咬牙切齿。

他拍案大怒："我们虽赢得了胜利，但我们先哲遗下来的羞耻观念，却已荡然无存了。"

张发奎问吴仲禧："听说老百姓中流传一首民谣？"

吴仲禧犹豫，说不出口。

张发奎说："知道什么就说什么，我就想听真话！"

"看错老蒋，迎错老张，搭错牌楼，烧错炮仗。"

张发奎极为恼火："多数接收人员的低能和贪污，直接造成了接收工作的混乱，接收人员为个人打算的多，为国家设想的少。他们藏匿埋没、折扣报销、贵贱调换、敲诈勒索，手段层出不穷。结果发财的是私人，吃亏的是国家。我相信，如果不管，'胜利财'与'劫收'两个词，将来是会添入'辞典'的。而最让人不堪的是，人民由希望的高峰跌进了失望的深渊。胜利的光荣，因此而黯淡褪色。"

吴仲禧建议："对于罪大恶极的汉奸该抓就抓，该杀就杀，值此特殊阶段，不杀鸡不足以儆猴，先速办几个汉奸，让老百姓看一看，鼓舞一下精神。"

吴仲禧建议先拿吕春荣开刀。

吕春荣是高州人，钦廉讲武堂毕业。1910年加入同盟会。历任广东南路八属联军第二师师长，高州善后绥靖处长。1923年任陈炯明粤军第四师师长，长期盘踞南路。

经查实，广州沦陷后吕春荣降日充当汉奸，出任日伪广东治安维持委员会副委员长兼保安处长，后任伪广东省政府副主席兼广东和平救国军总司令。1939年吕春荣任汪伪军事委员会委员、军事参议院中将参议。吕春荣初任保安处长不久，即在爱群酒店附近遇刺，但"大难不死"，后央求日本宪兵予以保护，并收罗当时流氓地痞组成所谓"自警团"，由日本人发给枪支以壮声势。吕春荣之妾刘惠群还献媚日寇办了一间"惠群学校"，在百姓的孩子中推行奴化教育。1939年初，吕春荣还与电白县汉奸地主许宝石父子勾结，私运钨矿资敌。1939年7月6日，伪广东新闻记者联合会在文德路公余俱乐部成立，吕春荣到会训话，大放日华亲善谬论，会后领导巡行。翌日为日寇在卢沟桥发难两周年，伪会承日人意旨，定是日为"兴亚纪念日"，在中山纪念堂开庆祝大会，由吕春荣任大会会长，又集合鼓乐、醒狮、顶马、飘色等在市内巡行，并一连数天在大德、新星、新华、金声各院放映日本宣传片，免费入场，酣嬉歌舞以献媚敌人。是中华民族的大败类、大汉奸。

时吕春荣被羁押，吴仲禧前去提审。

吕春荣言语粗鄙，面目可憎，虽知罪大恶极，仍奢求生还之机。

吴仲禧对其所犯罪行一一宣告，问其还有什么话说，其"扑通"跪下，声泪俱下，祈求只要不被枪毙，做牛做马都行。

吴仲禧厌恶地瞥了他一眼，拂袖而去。

在吴仲禧主持的军事法庭裁定下，吕春荣等汉奸被判处死刑。

吴仲禧建议张发奎在对吕春荣执行死刑前召开记者发布会，大造声势，张发奎认为主意甚好。

10月14日，是执行吕春荣死刑的日子。

张发奎特别举行记者招待会说："肃奸必须雷厉风行，我虽与吕有旧交，亦决不徇情，为大快人心起见，特在天字码头执行枪决示众。"

时吴仲禧副官林云青担任监斩官。他全副武装、骑马前导，囚车跟在后面，沿途人山人海，喊声如雷，这是抗战胜利后广州地区首次枪毙大汉奸，广州市民高呼"枪毙大汉奸""吕春荣死有余辜"，不少群众还投掷石头、泥块击打，无不感到出了一口恶气。

吴仲禧后来回忆，当时还枪毙了日伪间谍黄美莲、勾结日伪的"大天二"高根（广州沦陷后，珠江三角洲的绿林由李福林等收编成立游击司令部，却不给这些人经费，这些人便演变为霸地打劫、鱼肉百姓、无恶不作的"大天二"，高根便为其中之一）。

同期，还有一批汉奸分别于各地被处决。如原韶关维持会会长陈修爵、西江保安处长范德星、东江抗红义勇军少将司令李潮（李剑琴）、雷州守备司令符永茂等。

吴仲禧想，能为千百万在抗战中受苦受难的人民讨还血债，平民

愤、惩奸腐，是百年难逢的大快人心之事。而在当时利益纷争复杂的情形下，吴仲禧虽身陷泥淖但出淤泥而不染，体现出高尚的道德情操。他久历贫富而不移，多次力拒送上门的不义之财。若说唯一"例外"，便是分配给他的房屋。按当时规定，连房屋原有物品在内全归新住房者所有。当时原房主是日本主管文化出版的官员，家中有大半个房间的白纸，吴仲禧经熟人变现补贴生活之需。

1946年2月，第二方面军奉命改为国民政府军事委员会广州行营（简称广州行营），张发奎任行营主任。

在张发奎的提议下，1946年2月下旬，肃奸处"改组"为广东肃奸委员会，他当主任委员，亲自领导肃奸工作。

广东肃奸委员会隶属军事委员会广州行营，由第二方面军司令部、广东省政府、广东省党部、广州特别市党部、广州市政府、军法执行监、广东高等法院、广东省参议会、广东省保安司令部、广州市警察局等10个单位各派高级官员1人为委员。后来又增加了三青团的代表，共计11人。他们是：余俊贤、曾三省（省党部）、江冷（广州市党部）、詹朝阳（省政府）、祝秀侠（市政府）、吴仲禧（军法执行监）①、诸光祖（广东高等法院）、赵超（省参议会）、张祖华（省保安司令部）、陈鲁慎（三青团广东省党部）、袁公超（广州市警察局）。委员们推荐余俊贤为主任委员（后由李大超代理）、詹朝阳为秘书长。委员会下设总务、检举、逮捕3个组。委员会的职责是：发动全省机关团体及民众，从事检举汉奸工作；检举省区内大小汉奸；统一受理检举及处置汉奸事宜；防范及消弭一切汉奸行动或言论。在"省检委会"领导下，番禺、高要、惠阳、中山、三水、英德、博罗、遂溪、海口、台山、海康、顺德、东莞、澄海、潮安、德庆、曲

---

① 方志钦、蒋祖缘主编：《广东通史》现代下，广州：广东高等教育出版社，2014年，第938页。

江、始兴、南海、湛江、汕头等21个县市也先后成立了检举汉奸的组织机构。国民党广东省政府还公布了《人民检举汉奸实施办法》（简称《实施办法》），提出："凡参加敌伪组织各级人员及附逆分子，均应检举之"，"凡属中华民国人民或机关团体，均应负检举汉奸之义务"。要求检举人等用书面形式详述汉奸及附逆分子的犯罪事实与罪证，指出其藏匿地点等。还规定，对于举报有功者给予奖励。

此时，军政部特派员莫与硕和张发奎的办公厅主任李节文的不法行径入了吴仲禧的法眼。莫与硕虽然是上面下来的特派员，但行政职级上是张发奎的下级。吴仲禧接到密报，莫和李二人有倒卖枪械的行为。

他当即去找张发奎。

张发奎勃然大怒："他们这是吃了熊心豹子胆！"

莫与硕因是陈诚的人，有背景有后台，故上任后疯狂劫收，有人曾提醒他慎重一些，他不以为然："我现在取名为田夫，立心要做田舍郎，还怕什么？"

张发奎也有些耳闻，但一直顾及陈诚的面子，只希望莫与硕做得不要太过分，但没想到他胆敢联合自己的"心腹"将接收过来尚未启用的数千支步机枪卖给中山护沙总队及黄角乡一带五龙堂之地方土匪恶霸，那可都是全新的装备，这哪里是什么贪污，简直是祸国殃民、罪大恶极！

莫与硕的算盘打得却精。他请省政府主席罗卓英（罗是陈诚系中主要骨干）派李节文担任护沙总队长，如此，既可树立自己的武装势力，又可让李当卖枪之捎客，一举两得，势利双收，真是处心积虑，谋划已久。

据情报人员侦悉，是夜，莫与硕与李节文将在天字码头用轮船装运枪械。吴仲禧报告张发奎后，张发奎迅速调集兵力，令六十四军一五九师师长刘绍武率队前往侦查进剿。

数千支步机枪的装运非短时间可以完成。当部队疾行而至时，只见月黑风高之下的码头人影幢幢，士兵们正在忙着搬运武器。刘绍武一声令下，战士们齐刷刷现身，咔嚓嚓拉响枪栓，吓得作案者魂飞魄散、举手投降，赃物全部缴获。

莫与硕、李节文落网后，为防陈诚包庇徇私情，张发奎让吴仲禧立即起草电文上报中央。此事立即引起较大震动，何应钦、白崇禧等人也纷纷借此案攻击陈诚。后经蒋介石批准，莫与硕、李节文被判处死刑，于1947年9月16日由吴仲禧监斩，在广州执行枪决。

可吴仲禧哪里知道，张发奎表面上清廉，实则也在劫收过程中捞了不少好处。有人悄悄告诉他，张发奎光是全新的汽车轮胎就贪污了一万多二万条，还有日军及汪伪政府各大仓库，张发奎也不放过。张发奎在沙面的住宅地下室，装满了古玩、珍品及上好紫檀、酸枝器物。

与贪官污吏丑陋行为形成鲜明对比的是，时广州物价飞涨，米每斤超过法币100元，猪肉每斤720元，牛肉每斤420元，柴火每担2200元。人民的日子苦不堪言。

期间，张发奎还组织"日军战犯调查组"，进行日军在华南之具体罪行调查，逮捕第一批战犯21人，包括华南级别最高、广东第一号战犯田中久一。

对于田中久一，吴仲禧恨得牙根痒痒。他听李汉冲言，待在监狱中的田中久一对中日战争不大发表意见，只简略地说过，此次中日战争，日本应负侵略责任，不过这是政府的责任而不是军人的责任。他不承认军事上的失败，说日军的失败不是战略战术的失败而是日本政府政策之失败。说日军的南进是错误的政策。但他又说军队作战只能一鼓作气，拖长了士气就会下降，近二三年来日军士气下降了，纪律也废弛了，再打下去日军也确实无法维持。谈到他个人的希望时，他说日本侵略的罪恶，作为一个高级军人，应该负一定的责任，现在和平了就是好事。他说他也日夜祈祷和平，并拿出他写的一本"和平亲善"给人看。问他有什么要求时，他说他个人无所要求，任由中国政府处置。

吴仲禧本想去会会田中久一，看看这个恶贯满盈、双手沾满中国人民鲜血的刽子手的心到底黑成什么样子，又一想，秋后的蚂蚱蹦跶不了多久，多看他一眼多一些晦气，随他去吧。

③ 帮助同志

吴仲禧一边惩处汉奸，一边关注时局的变化，探听来自重庆的动静。他知道，自1945年8月28日下午3时36分毛泽东、周恩来一行乘坐的476650号军用飞机在重庆九龙坡机场着陆起，全国人民都在关注国共两党谈判的过程和结果。报纸上刊登了毛泽东头戴灰色拿破仑帽、身着中山装第一个走出机舱并向在场的人们挥手致意的照片，他为毛泽东弥天大勇赴渝州深感敬佩，要知道，那很可能是蒋介石摆下的一场"项庄舞剑，意在沛公"的鸿门宴。而毛泽东如果不来，蒋介石就可以顺理成章地把"不要和平"、挑起内战的罪名扣到共产党和毛泽东身上，但来了无异于深入龙潭虎穴，命运堪忧。

副官刚送来一份重庆《新华日报》，上面有《毛泽东答路透社记者问》。路透社驻重庆记者甘贝尔书面提出了12项问题，毛泽东同志给予答复。吴仲禧逐字逐句阅读：

（一）问：是否可能不用武力而用协定的方法避免内战？

答：可能。因为这符合于中国人民的利益，也符合于中国当权政党的利益。目前中国只需要和平建国一项方针，不

需要其他方针，因此中国内战必须坚决避免。

（二）问：中共准备作何让步，以求得协定？

答：在实现全国和平、民主、团结的条件下，中共准备作重要的让步，包括缩减解放区的军队在内。

（三）问：中央政府方面须作何种的妥协或让步，才能满足中共的要求呢？

答：中共的主张见于中共中央最近的宣言，这个宣言要求国民党政府承认解放区的民选政府与人民军队，允许他们接受日本投降，严惩汉奸伪军，公平合理地整编军队，保障人民自由权利，及成立民主的联合政府。

（四）问：你对谈判会达到协定甚至只是暂时协定一事，觉得有希望吗？

答：我对谈判结果，有充分信心，认为在国共两党共同努力与互相让步之下，谈判将产生一个不只是暂时的而且是足以保证长期和平建设的协定。

（五）问：假若谈判破裂，国共问题可能不用流血方法而得到解决吗？

答：我不相信谈判会破裂。在无论什么情况之下，中共都将坚持避免内战的方针。困难会有的，但是可能克服的。

（六）问：中共对中苏条约的态度如何？

答：我们完全同意中苏条约，并希望它的彻底实现，因为它有利于两国人民与世界和平，尤其是远东和平。

（七）问：日本投降后，你们所占领的地区，是否打算继续占领下去？

答：中共要求中央政府承认解放区民选政府与人民军队，它的意义只是要求政府实行国民党所早已允诺的地方自治，借以保障人民在战争中所作的政治上、军事上、经济上与教育上的地方性的民主改革，这些改革是完全符合于国民党创造者孙中山先生的理想的。

（八）问：如果联合政府成立了，你们准备和蒋介石合作到什么程度呢？

答：如果联合政府成立了，中共将尽心尽力和蒋主席合作，以建设独立、自由、富强的新中国，彻底实行孙中山先生的三民主义。

（九）问：（Ａ）你们的行动和决定，将影响到华北多少共产党员？（Ｂ）他们有多少是武装起来的？（Ｃ）中共党员还在些什么地方活动？

答：共产党员的行动方针，决定于党的中央委员会。中共现有一百二十余万党员，在它领导下获得民主生活的人民现已远超过一万万。这些人民，按照自愿的原则，组织了现在数达一百二十万人以上的军队和二百二十万人以上的民兵，他们除分布于华北各省与西北的陕甘宁边区外，还分布于江苏、安徽、浙江、福建、河南、湖北、湖南、广东各省。中共的党员，则分布于全国各省。

（十）问：中共对"自由民主的中国"的概念及界说为何？

答："自由民主的中国"将是这样一个国家，它的各级政府直至中央政府都由普通平等无记名的选举所产生，并向选举它们的人民负责。它将实现孙中山先生的三民主义，林肯的民有、民治、民享的原则与罗斯福的四大自由。它将保证国家的独立、团结、统一及与各民主强国的合作。

（十一）问：在各党派的联合政府中，中共的建设方针及恢复方针如何？

答：除了军事与政治的民主改革以外，中共将向政府

提议，实行一个经济及文化建设纲领，这纲领的目的，主要是减轻人民负担，改善人民生活，实行土地改革与工业化，奖励私人企业（除了那些带有垄断性质的部门应由民主政府国营外），在平等互利的原则下欢迎外人投资与发展国际贸易，推广群众教育，消灭文盲等等。这一切也都是与孙中山先生的遗教相符的。

（十二）问：你赞成军队国家化，废止私人拥有军队吗？

答：我们完全赞成军队国家化与废止私人拥有军队，这两件事的共同前提还是国家民主化。通常所说的"共产党军队"按其实际乃是中国人民在战争中自愿组织起来而仅仅服务于保卫祖国的军队，这是一种新型的军队，与过去中国一切属于个人的旧式军队完全不同。它的民主性质为中国军队之真正国家化提供了可贵的经验，足为中国其他军队改进的参考。①

吴仲禧伏案沉思，中国共产党是真正把强国富民放在第一位的。共产党人为了国家和平统一，人民不再遭受战火摧残而愿意作出牺牲和让步，但蒋介石呢？其内心在做着剧烈的斗争，他想趁谈判之机扣押毛泽东。很多年以后，吴仲禧从蒋介石日记中看到，正是在毛泽东答路透社记者问发表的同一天，蒋介石勃然大怒，写道："……如此罪大恶极之祸首，犹不自忏悔，而反要求编组一百二十万军队，与割据陇海路以北七省市之地区，皆为其势力范围，所有政府一再劝导退让，而总不能餍足其无穷之欲壑，如不加惩治，何以对我为抗战而死军民在天之灵耶！"

蒋介石心知肚明，这是中共作出的有原则性的让步，同意让出广东、浙江、苏南、皖南、皖中、湖南、湖北、河南（豫北不在内）等八

---

① 原载一九四五年九月二十七日重庆《新华日报》。

个解放区，将上述地区的军队逐步撤退到陇海路以北及苏北、皖北解放区。但蒋介石不想给中共哪怕弹丸之地，时刻欲致中共于死地。

吴仲禧深深地感到后怕。

10月8日，张治中在重庆军委会礼堂举行盛大晚会招待毛泽东，周恩来、王若飞也应邀到会。张治中致词称，今后我们实行民主、和平、团结、统一，埋头努力30年，迎头赶上去，真正作世界上五强之一。

毛泽东发表谈话称，和平、民主、团结、统一、富强，是我们今后的方针，我们要用统一的国家迎接新局面。

10月9日，蒋介石及夫人宋美龄在重庆山洞林园邀请毛泽东午宴，周恩来、王若飞及宋子文、王世杰、张群、张治中、邵力子应邀作陪。餐后，蒋介石与毛泽东进行会谈，蒋介石仍要中共改变对国内政策方针，放弃军队和解放区，毛泽东明确表示不能同意。

谈判艰难地进行着，但总算于10月10日"尘埃落定"。当日，国共双方代表在重庆桂园签署《政府与中共代表会谈纪要》即《双十协定》。《纪要》就和平建国的基本方针、政治民主化、国民大会、党派合作、军队国家化、解放区地方政府等12个问题阐明了国共双方的见解。其中有的达成了协议，有的未取得一致意见。国民党方面接受了中共提出的和平建国的基本方针，承认要坚决避免内战。

当日，国民政府令授予蒋介石及何应钦、吴敬恒、戴季陶、张伯苓、胡适等7278人"胜利勋章"；方先觉、端木杰、刘膺古等1822人"忠勤勋章"；肖勃、宋锷、王可襄等12人"云麾勋章"[①]。吴仲禧获

----

① 李新总编，韩信夫、姜克夫主编：《中华民国大事记》，北京：中国文史出版社，1997年，第313页。

得"忠勤勋章"①, 吴石也获得"忠勤勋章"②。这是对在抗日战争中作出贡献的人士的褒奖。

直至10月11日, 毛泽东等安全返回延安当晚, 蒋介石还于日记中写道: "甚叹共党之不可与群也。"

此时吴仲禧觉得, 形势是朝着光明的方向在发展的, 内战的阴影一时半会不会笼罩中华大地。

可未出几日, 吴仲禧便看到蒋介石秘密下发的《剿匪手本》。此"手本"吴仲禧曾于1933年见过, 是蒋介石编的专门讲述如何进攻红军和革命根据地"要诀"的小册子, 这次属于重印, 内容没什么变化。

蒋介石密令, 此次剿匪为人民幸福之所系, 务本以以往抗战之精神, 遵照中正所订《剿匪手本》, 督励所属, 努力进剿, 迅速完成任务。其功于国家者必得膺赏, 其迟滞贻误者当必执法以罪。希转饬所属剿匪部队官兵一体遵悉为要。

吴仲禧顿觉事态严重, 距和谈结束未及两日, 蒋介石便如此明目张胆、大动干戈, 和谈的结果是竹篱笆墙抹石灰——表面光。

他想起毛泽东同志于两月前写过的一篇文章, "抗战胜利是人民流血牺牲得来的, 抗战的胜利应当是人民的胜利, 抗战的果实应当归给人民。至于蒋介石呢, 他消极抗战, 积极反共, 是人民抗战的绊脚石……这是一场很严重的斗争"③; "我党应准备调动兵力, 对付内战",

---

① 【吴仲禧】词条, 陈予欢编著:《保定军校将帅录》, 广州: 广州出版社, 2006年, 第359页。

② 《吴石年表》, 郑立:《冷月无声: 吴石传》, 北京: 中共党史出版社, 2018年, 第316页。

③ 毛泽东:《抗日战争胜利后的时局和我们的方针》,《毛泽东选集》第四卷, 北京: 人民出版社, 1991年, 第1129页。

"这一争夺战，将是极猛烈的"①。中共对此有清醒的认识。对于蒋介石的阴谋和为人，中共中央和毛泽东早已洞察，1945年8月13日，毛泽东指出，"蒋介石对于人民是寸权必夺，寸利必得。我们呢？我们的方针是针锋相对，寸土必争"②。

广州连新路127号4楼，是吴仲禧租住的宿舍，成为解放战争期间地下党的联系点。吴石及刘人寿所派袁锟田来穗时皆住于此

面对突然出现的情况，吴仲禧让林云青迅速联系左洪涛，左洪涛当即表示向党组织汇报。

10月25日，张发奎在广州召开"两广绥靖会议"，提出限期二月将华南人民武装力量"清剿"完毕。

华南人民武装力量主要以东江纵队为主。在抗战中，在中共中央和中共中央南方局领导下，东江纵队从无到有，从小到大，已发展到11000余人，此外，还有琼崖纵队7000余人，珠江纵队2700余人，韩江纵队2000人，中区、南路人民抗日解放军4000余人，创建了中国共产党领导下的拥有超过600万人的抗日根据地和游击区。

① 《中央关于日本投降后我党任务的决定》，中央档案馆编：《中共中央文件选集》第15册1945，北京：中共中央党校出版社，1991年，第228页。
② 毛泽东：《抗日战争胜利后的时局和我们的方针》，《毛泽东选集》第四卷，北京：人民出版社，1991年，第1126页。

对于这样一支队伍，蒋介石视为眼中钉、肉中刺、心头大患，急欲除之而后快。

不几日，国民党军队在广东展开全面内战，分别在惠东县南部稔平半岛、深圳东南部大鹏半岛、宝安路西解放区等发起进攻，妄图把东江纵队一举消灭。

面对来势汹汹的敌人，东江纵队执行中央指示，坚持"打游击"、分散战斗，经受了严峻的战火考验。一些优秀的指战员没有牺牲在抗日战场，却倒在内战的血泊之中。

12月22日，受美国总统杜鲁门派遣，马歇尔抵达重庆，专门调停国共冲突。以他为首，连同国民党政府代表张群（后换成张治中），中共代表周恩来组成三人小组，至1946年1月10日，经过六次会议制订了一份停战协议。1946年3月，三人小组就停止敌对行动达成协议，国民党当局承认广东中共领导的抗日武装力量，同意抗日武装北撤，撤退船只由美国负责。据此，蒋介石与毛泽东命令各自部队停战。协议也规定在北平设立军事调处执行部以落实协议。实地作业小组由国民党政府、中共与美国派遣同等人数的代表组成，负责实地执行停战命令的条款。

在广州，军调部派出的第八执行小组的主要任务是就中共广东武装部队北撤事宜进行谈判。执行小组的三方代表分别是美方代表米勒、国民党代表黄维勤和中共代表方方。

谈判看似和气，实则硝烟弥漫。现场驻扎多名特务监视中共代表的一举一动。据随谈判小组的翻译员林展曾回忆："国民党在大院门口派了多名便衣人员，名曰'保护'，实则是限制中共代表的行动自由，提防外界进步人士、群众与代表们接近。"[1]谈判期间，国民党还两次派人潜入中共代表的住处毁坏电台。

---

① 张映武：《东纵北撤　一路智斗》，《广州日报》，2013年6月29日，B9版。

那一时期，吴仲禧不断地解救共产党同志。

一天，左洪涛陪同李嘉人来找吴仲禧。

左洪涛急切地说："东江纵队有两个复员的同志被广州行营政治部拘捕，请设法营救释放。"

吴仲禧详细问被捕者的姓名、籍贯，被捕的时间、地点，关押在何处等，立即派副官查询。之后，还派员前往探望。不久，两位同志顺利脱险。

1945年11月，共产党员王俊（又名王辛农）被军委会专员公署监护营逮捕，王昌明立即报告吴仲禧，吴仲禧叫王昌明持他的中将军法执行监名片前往交涉，并由王昌明以上校督察官身份保释王俊出狱。

入冬后的一天，杨应彬找到王昌明，一位革命同志被当作政治犯在押。经吴仲禧批准，杨应彬以广州行营参谋身份保释。

为掩护杨应彬、郑黎亚在敌营工作，吴仲禧不但担任了他们的婚姻介绍人，还邀请张发奎到婚礼现场祝贺并讲话，让五岁的女儿吴韶风充当花童。

吴仲禧"导演"的这一幕，对于杨应彬夫妇接下来的工作起到了很好的帮助，使他们在敌营继续坚持了两年。

杨应彬、郑黎亚婚礼合影。吴仲禧在后排（右2）。前排左边花童为吴韶风

1946年1月15日和2月5日，广东区委和"东纵"司令部分别迁入香港，很快，中共在广东进入了艰苦的隐蔽斗争阶段。

此时，吴仲禧得到党组织的指示：长期坚持，准备力量，等待时机。

这年2月，张铁生①到广州筹办《自由论坛》（另有说法，在张发奎的赞助下，一些中共人士和进步人士创办了《自由世界》）期刊，宣传民主运动，左洪涛、何家槐约同李章达、许崇清、吴仲禧、张励、麦朝枢等加入担任编撰工作，并由麦朝枢向国民党广州市党部办理登记。

出版第二期时，国民党省党部和市党部的反动分子指使暴徒殴打摆卖刊物的报贩，并由警察把《自由论坛》期刊全数没收。事情发生以后，张铁生约吴仲禧、李章达、许崇清、张励、麦朝枢五人联名具帖约请国民党广东省党部主任委员余俊贤、广州市党部委员高信、广州市社会局局长李东星等CC中坚分子到太平新馆吃晚饭。

席间，吴仲禧说："《自由论坛》言论正当，并没有反政府、反人民的表现，而且已经在广州市党部正式登记，并无其他违禁之处，不应禁止发行，可否继续准予出版？"

李章达、许崇清等都表达了相同的意见。

余俊贤等只是面带微笑，饭可以吃，酒可以喝，但对此问题要么顾左右而言他，要么装傻不表态。

散席后，余俊贤几人到李东星那里密议，并迅速捏造"莫须有"之罪名电报蒋介石。翌日，蒋介石要求执行党纪惩办李章达、许崇清等五人，另电张发奎将左洪涛、何家槐扣解重庆讯办。《自由论坛》从此宣告结束。张发奎不得不资送左洪涛、何家槐到香港。②

"五人"中，当有吴仲禧。他是否受到党纪惩办，不太清楚。但"党纪惩办"并无标准，即便是被要求扣解重庆讯办的左洪涛、何家槐，都被张发奎送走了，那吴仲禧躲过一劫也没什么奇怪的。

---

① 张铁生：1927年加入中国共产党，1938年回国后，积极参加抗日救亡运动，抗战胜利后，任中共香港工委书记。

② 麦朝枢：《我所了解的张发奎》，全国政协文史资料委员会编：《文史资料存稿选编·军政人物（上）》，北京：中国文史出版社，2002年，第906页。

1946年3月12日是孙中山先生逝世纪念日，吴仲禧参加了在李章达家举行的中国国民党民主促进会筹备会。此前，张发奎邀请国民党元老李济深、何香凝来到广州，另外，蔡廷锴、蒋光鼐等也相继前来。参加会议的还有梅龚彬、张文、谭启秀、云应霖、张励、李镇静、余勉群、麦朝枢等，会议通过了组织章程。4月14日，举行第二次会议，推选理事、常务理事。吴仲禧担任理事。李济深、蔡廷锴、李章达、张文、李民欣、秦元邦、陈此生、谭冬菁、司马文森、叶少泉、余勉群为常务理事，李济深为理事会主席，通过了《成立宣言》。《宣言》回顾了中国人民为在中国实现民主政治的长期奋斗历史，指出，在政治方面，国民党必须结束党治，实行民主，停止内战，建立民主联合政府，保证人民的各项民主自由权利，一切民主党派一律平等。在经济方面，要实行民生主义的计划经济，遵循节制私人资本、发展国家资本、平均地权三条基本途径。在不损害国家主权和民族资本的条件下利用外资。在外交方面，实行公开外交。在军事方面，实行军队国家化，任何党派和个人不得拥有军队。另外，还提出要改善人民生活、民族平等、男女平等等问题。5月15日，中国国民党民主促进会的《成立宣言》在香港《华商报》上发表。同年5月21日，"民促"又在《华商报》上发表了《政治主张》，对《成立宣言》有较大的发展。

"民促"成立后，蔡廷锴、李章达、吴仲禧等人决定在广州筹办一家日报，作为"民促"的机关报，但报还未出版就被广州行营封闭，蔡廷锴、李章达被勒令出境，被迫去了香港。

④ 与潘汉年相识

　　吴仲禧回广州参加活动，只能"偶尔"为之，或者一些活动场合虽然出现了他的名字，他却未必真正到场，因为1946年春，军法执行监部宣告撤销，他已被调任南京军事参议院中将参议①。

　　临行前，吴仲禧曾在家中设宴，请张发奎、麦朝枢等十余人参加。酒酣胸胆尚开张，大家谈论时局，也颇为放得开。

　　吴仲禧半开玩笑："张主任，蒋光头嘴上答应给你六个团剿匪，但未发一兵一卒，国共本来可以和平相处，如今战火又要烧到家门口。"

　　麦朝枢也说："不如我们起来反蒋，也做一回山大王。"

　　张发奎借着酒劲，站起，两腿并拢，立正，大声说："你们反我可以，委座我不能反！"

　　大家笑得前仰后合。

　　还有件让吴仲禧高兴的事，3月4日，叶挺被释出狱。他被国民党关押足足5年，在共产党的营救下获得自由。

　　后来，吴仲禧得知，出狱前军统特务沈醉问叶挺："叶将军，你出狱后，第一件要做的事是什么？"

　　叶挺不假思索地回答："我将来出去第一件要办的事，便是请求共产党恢复我的党籍。

　　出狱后的第二天晚上，叶挺坐在昏暗的灯光下，回想起几十年来戎马倥偬、多灾多难的生涯，感慨万千，不禁奋笔疾书给党中央写了一份

---

　　① 林亨元、王昌明：《吴仲禧传略》，广东省政协文化和文史资料委员会编：《深潜龙潭老将军——吴仲禧纪念文集》，北京：中国文史出版社，2015年，第169页。

电文：

　　"毛泽东同志转中国共产党中央委员会：我已于昨晚出狱。我决心实行我多年的愿望，加入伟大的中国共产党，在你们的领导之下，为中国人民的解放贡献我的一切。我请求中央审查我的历史是否合格，并请答复。"

电报发出第二天，党中央以异乎寻常的速度给叶挺回了电报。复电是经过毛泽东亲自修改的，电文说：

　　"你为中国民族解放与人民解放事业进行了二十余年的奋斗，经历了种种严重的考验，全中国都已熟知你对民族对人民的无限忠诚。兹决定接受你加入中国共产党为党员，并向你致热烈的慰问与欢迎之忱。"

3月6日清晨，在重庆白市驿机场，叶挺冒着滂沱大雨等候为他的冤案奔走了5年之久的周恩来。3月7日，中共中央南方局为叶挺举行了隆重的入党仪式。

可吴仲禧没有想到，他还没有机会与叶挺再次见面，4月8日，就传来叶挺遭遇空难的消息。吴仲禧悲痛异常，他在心里发问："这接连的不幸，留给我们的只有深深的悲痛！难道真的是天妒英才吗？勇冠三军的叶希夷真的就这样走了吗？"

吴仲禧一遍遍吟诵叶挺的《囚歌》，声泪俱下：

　　为人进出的门紧锁着，

　　为狗爬出的洞敞开着，

　　一个声音高叫着：

　　爬出来吧，给你自由！

　　我渴望着自由，

　　但也深知到（道）

　　人的躯体那（哪）能由狗的洞子爬出！

　　我只能期待着那一天，

地下的火冲腾，

把这活棺材和我一齐烧掉，

我应该在烈火与热血中，

得到永生！

临行前，吴仲禧还去了一趟香港，找到左洪涛，透漏了自己的想法——向党组织当面汇报工作，并去延安学习。

左洪涛说："你的想法很好，现在这个形势，我也需要向党组织报告，这样，我写一封信，你借机去一趟上海。"当时在一些反动人物的策划下，张发奎在中山纪念堂公开发表反共讲话，左洪涛看到广东形势呈恶化之势。

为了防止授人以柄，吴仲禧和夫人王静澜去上海时对外宣称是去看望儿子吴群敢。

抗战胜利后，吴群敢已随校回迁，先在交通大学继续读书，此时已经毕业，在上海证券交易所调研处任编辑。

吴群敢参加工作后，吴仲禧曾写信给儿子："十里洋场，慎之戒之。"可他哪里知道，早在1941年，吴群敢在广东曲江仲元中学读书时就加入了共产党。在《中共交通大学地下党史大事记》中有这样一句话："早在中学入党的李嗣尧、吴群敢、袁嘉瑜、钱存学先后考入交大渝校。除了李嗣尧与中共重庆市江北县委领导人李晓岚单线联系外，其他3人与组织失去了联系，以个人身份进行活动。"

吴仲禧也没有想到，这一次自己想见的人竟是由儿子引荐的。

吴群敢与王绍鳌原本不认识。在与组织失去联系之后，吴群敢在一个偶然的机会加入了上海民盟，而王绍鳌是民盟主委。

王绍鳌如何成了民盟主委？

王绍鳌后来忆述，"日本投降后，把汉奸残余的气氛肃清，民主运动逐渐地萌芽滋长起来。我得到组织的同意，参加了民主运动。因为重要的情报也必须从各种组织中来争取，不是凭空可以得到的……参加各种的政治团体，一面固然为了推动民主运动，一面也是搜集政治上情报的一种方法"。

但吴群敢隐隐感觉王绍鏊的身份没那么简单，决定冒险一试。

一日夜幕时分，吴群敢来到原法租界福履理路，叩响了王绍鏊居住的寓所门环，工夫不大，一个女佣打开小窗问："你找谁？"

吴群敢说："我找一下王绍鏊主委。"

大约10分钟后，门开了，一个气宇轩昂的高大汉子堵住门口，厉声问："你找王绍鏊什么事？"

吴群敢见状，有些害怕，怀疑自己是不是撞到了国民党特务。

吴群敢猜测父亲与王绍鏊认识，他灵机一动说："我是吴仲禧的大儿子，我来找他的朋友。"

汉子一听，哈哈大笑，说："你真是他大儿子？嗯，我看着像，来，请！"

吴群敢当时有些纳闷，国共正在和谈，上海局势还算稳定，王绍鏊为何对一个普通来访者如临大敌？

他哪里知道，寓所三楼还住着一个人，就是共产党在上海的情报负责人张唯一①。

初次见面，两人谈得不深，王绍鏊也绝口不提与吴仲禧更深层次的交往。一来二往，熟悉之后，王绍鏊告诉吴群敢："我同你父亲也失去联系了，你有空给他写封信，请他到上海来叙叙旧。"

通过王绍鏊，吴群敢恢复了党员身份。

吴群敢住的寓所位于上海霞飞路霞飞坊对面的一个弄堂里。一家人

---

① 张唯一（1892—1955）：湖南桃源人。1927年加入中国共产党。1928年初到1933年底，任中共中央秘书处文书科长。1933年中共中央迁入中央苏区后，留在上海中央局文书科。1935年2月不幸被捕，在狱中坚贞不屈，保卫了党中央地下文件库的安全。1937年经组织营救出狱，继续在上海从事地下斗争，协助潘汉年辗转上海与香港之间开展统战工作、搜集敌伪情报，为党中央决策提供了依据。全国解放后，先后任中央人民政府情报总署副署长、政务院副秘书长、周恩来总理办公室主任等。

团聚，欢喜异常。晚饭后，吴仲禧对王静澜说："你和儿子慢慢聊，我去见一位老朋友。"

吴群敢站起来问："您要见的人，我已经替您约好了。"

吴仲禧一脸诧异，看着儿子，半晌说不出话。王静澜也非常惊讶，像看陌生人似的望着儿子。

儿子诡秘一笑，给爸爸一张写着地址的纸条。吴仲禧半信半疑，按着纸条上的地址，竟然找到了王绍鏊。

两人一见面，紧紧地拥抱在一起。

吴仲禧激动得热泪盈眶，他何尝不知，找到王绍鏊就是找到了党组织。

吴仲禧将左洪涛的密信交给王绍鏊，说："这是左洪涛同志写给周恩来同志的信，内容不详。"

寒暄几句，王绍鏊就带着密信向党组织汇报去了。

为了让王静澜和儿子放心，吴仲禧往回打了个电话："你们放心，我在你们舅舅家住下了，过几天回去。"

深夜，王绍鏊赶了回来，对吴仲禧说："周恩来同志非常重视，指示左洪涛相机撤退。"

原来，随着国共两党关系再次恶化，当时云集广州的演剧五队、七队和新中国剧社以及一些公开搞民主运动的社会名流均遭特务监视、威胁，左洪涛恐生意外，专门写了密信请示组织下一步该如何处理。

几日后，吴仲禧在王绍鏊家中见到了上海地下党组织负责人潘汉年和张唯一。

对于潘汉年[①]，吴仲禧仰慕已久。他是中共历史上隐蔽战线、文化

---

① 潘汉年（1906—1977）：江苏宜兴人。1925年加入中国共产党。1936年任中共与国民党谈判代表，1937年9月任八路军驻上海办事处主任。抗日战争和解放战争期间，在上海等地领导对敌地下斗争和开展统战工作。中华人民共和国成立后，任中共中央华东局社会部部长和统战部部长、上海市委副书记和第三书记、上海市副市长等。

战线和统一战线的卓越领导人，曾担任中共中央特科科长、中央情报部部长，长期战斗在蒋管区、日伪统治区的上海、香港、重庆。他领导的情报系统深入到蒋伪、日特机关，收集情报送往中共中央，作为制定反蒋、抗日政策的依据。他利用特殊关系建立了地下交通线，把革命者、救援物资、民主爱国人士安全地送到根据地，功勋卓著，是中共情报战线的传奇人物。

吴仲禧没想到潘汉年如此年轻，不过40岁。也没想到看上去风流倜傥、西装革履、出口成章的儒雅书生竟是令日伪闻风丧胆的中共情报战线领导人之一。

潘汉年高兴地握着吴仲禧的手说："久闻奋飞兄大名，今日终于得以一见。"

吴仲禧则说："岂敢岂敢，奋飞对您仰慕已久，这回总算得以一见真容。"

张唯一说："周恩来同志让我们代表他向你问好，你如果有其他什么事，可以另约时间和周恩来同志面谈。"

吴仲禧或许不知道，张唯一也颇有资历，在中央未进入苏区前，曾任中央文书科长，负责保存中央机关某些文件、用品和密写中央文件分发各省的任务。第二次国内战争时期被捕，到抗战开始释放政治犯时才获释。他在南京八办、武汉八办工作时，都是在周恩来、董必武、李克农的直接领导下。

吴仲禧急切地说："我要求到延安学习的事情，不知道恩来同志答应了没有？"

潘汉年接过话茬："你提的要求，我们反复研究了，内战必将扩大，我们急需蒋军的军事情报，这项工作十分重要，但又不是一般人所能做到，组织上认为你是最合适的人选。"

吴仲禧希冀的目光飘过一丝失望，但转瞬即逝。

潘汉年鼓励说："以你的社会身份和社会关系，去解放区不如留在

国民党区配合解放战争的作用大。"

吴仲禧明白这是组织上对他的信任，虽然这个工作十分艰难，也十分危险，但为了新中国，为了共产党，他决定放弃去延安学习的想法，愉快地接受党派给他的任务。

潘汉年又问："南京方面还有什么旧关系可以利用？"

吴仲禧说："国防部史料局局长吴石是我同乡，辛亥革命时同时参加福建北伐学生军，后来又同时参加保定军校第三期学习，抗日战争后期又曾和他一起在第四战区张发奎那里工作，他当战区参谋长，帮助我们做了不少统一战线工作，我这次到南京还要请他帮助。"

潘汉年高兴地表示："你还要继续争取他，我们同志中很少具备你这样的条件的。"

吴仲禧与潘汉年、张唯一连续谈了三个晚上。几人敞开心扉，知无不言，言无不尽。对吴仲禧来说，那是此生以来最为光明的时刻，潘汉年让他保持长期隐蔽的指示，据说也曾请示周恩来同志。吴仲禧心中多么希望能见到周恩来同志，过往人生之中，他很多次见过，也很多次听过他讲话、授课，但是，没有过面对面直接的交流。

潘汉年特别叮嘱吴仲禧："一定要设法通过吴石的关系在国防部内找一个实职，以便更好地开展军事情报工作。"

吴仲禧说："我回去就去找吴石帮忙，他一定能够办到。"

回到儿子寓所后，吴仲禧夫妇又住了几天。此时，吴仲禧发觉吴群敢的精神面貌越来越发生明显的变化，有时，连他这个父亲都觉得陌生。此时，吴群敢正和同学们研究马克思的《资本论》。那时，马寅初老先生担任中华工商专科学校经济学教授，吴群敢去过他的寓所，是学校的三楼宿舍、一个十一二平方米的小间，既是先生的卧室，又作书房。室内一张书桌，一张单人木板床，一架书籍。因马寅初正用心研读《资本论》，吴群敢便和鲁令子、林同奇、耿庸、尚丁、郭可禾、郭可宏、沈岳如等八人组织了一个"资本论学习小组"，八人中有四位是地下党员，大家逐章逐节阅读、讨论，以便能向马寅初先生讨论。马老谦逊地说："我治学四五十年，搞的是资产阶级经济学，现在得好好学习马克思主义经济学了。"马老还说："有人骂共产党，我就是拥护共产党，共产党来了，怕什么？我在杭州有四百亩土地，我全部献出来！"大家听到马老的话，都很激动。

吴群敢在父亲面前抑制不住激动的心情说起马寅初老先生，吴仲禧甚是欣慰，他岂能不知学贯中西的马寅初先生的大名，他为人刚直不阿，特别是在民族危亡的紧要关头，面对国民党当局利用时局混乱横征暴敛、巧取豪夺、大发国难财时，他拍案而起，写文章、做演讲揭露当局贪污腐败，抨击战时经济，呼吁征收发国难财者的财产税。抗日中，他发表文章和讲演，公开点名猛烈抨击官僚资本，大声疾呼要求没收宋子文、孔祥熙和其他官僚的财产以充抗日军饷。马寅初的呼声得到社会各界的强烈共鸣，也让蒋介石如鲠在喉，蒋介石下令逮捕马寅初，并关在息烽集中营。1941年，在马寅初六十大寿之时，南方局领导重庆大学师生及山城人民冲破重重阻力，举行了"遥祝马寅初先生六十寿辰大会"，周恩来、董必武、邓颖超联名赠送大红寿联"桃李增华坐帐无鹤，琴书作伴支床有龟"。

经不住各界压力，蒋介石不得不改用软禁方式，将马寅初的活动范围限制在重庆歌乐山上大木鱼堡的自家院内。当局禁止他担任公职，包括在公立学校任教、演讲，也不准报刊发表他的文章。他多次撰文投稿都被退回，经济上陷入困境。周恩来得知马寅初失去生活来源的消息后，派《新华日报》前去采访，并将他的文章在报纸上发表，给予最高标准的稿酬。1944年12月，由于周恩来等在国民参政会上的强烈呼吁，加上全国抗日民主运动的高涨，国民党当局被迫宣布恢复马寅初人身自由。近两年的监狱生活，3年的软禁，没有磨灭马寅初的锐气，他的思想反而更加敏锐、意志更为坚强。

吴仲禧从1944年12月的《新华日报》上读过马寅初恢复自由后的第

一篇文稿——《中国的工业化和民主不可分割》。他清晰地记得，马寅初大声疾呼中国需要工业化，尤其需要民主。因为中国工业化与民主不可分割。他认为，中共今日在西北所做的工作，就是最接近于社会的和政治的民主制度。今日惟有从速组织联合政府，召开国是会议，开放言论，确立各党合法地位，建立地方自治。

儿子能够有机会向这样一位大儒当面请教，是极大的幸运。

离开上海后，吴仲禧赶到南京报到，住进吴石家里。

吴石家位于国民政府外交部旁边的湖北路翠琅村一号连排小院落，与胡雄一家为邻，胡雄时任江宁要塞司令，与吴石是挚友。另据吴石的三儿子吴韶成回忆，国防部分给吴石一套房子，隔壁就是毛人凤家。

客房是在客厅边通廊围出的，与旅馆相比条件较差。但吴石家中亲戚朋友不断，来人都愿意住小客房，其中缘由，或如吴石在其《自传》中自我检讨："会性忠厚，待人以诚，一生成败皆系于此。以能尽力为人助，故能得生死患难之交。以待人诚笃，故或见款于小人，颇受其累。"①

两人聊天。吴石言："广州当时接收情况如何？"

吴仲禧言："接收官员巧取豪夺，贪污腐化泛滥成灾。"

吴石言："上海也是一个样子，'五子登科'式的'劫收'，人民苦不堪言，社会民怨沸腾，国民党不亡是无天理！"

见吴石对蒋政权似已彻底绝望，吴仲禧心里一动，言："抗战胜利的喜悦，我竟一点也感受不到，只觉得山雨欲来风满楼，天下还得乱一阵子。"

吴石言："我现在经常收听新华社广播，有些重要内容还让韶成帮

---

① 吴韶成：《忆父亲吴石最后的日子》，福州闽都文化研究会编：《左海风流》，福州：海峡文艺出版社，2019年，第218页。

助记录。"

吴仲禧担心隔壁的毛人凤，吴石言："管他娘老子的，我从不掩饰对中共的好感。"

吴石还告诉吴仲禧，你被授予了一枚"胜利勋章"[①]。

吴仲禧言："看这个形势，内战随时要打起来，这枚胜利勋章，实在是徒有其表。"

吴石说："蒋介石亲自找我谈过一次话，说史料局这项工作很重要，国民党部队8年抗战的光荣历史和丰富经验，就要靠我这个部门来编写战例、战史，总结经验，发挥传统。"

但是，吴石很气愤地说："起初我很兴奋，拟了人员编制、经费预算，可一到陈诚那里就被砍了一半。现在国防部各厅、局的厅长、局长大半是我的学生，他们有钱有势，我这个史料局长却比他们矮了半截。"

吴仲禧言："蒋介石喜欢重用嫡系，这我们都知道，哪怕在抗战中屡战屡败的人，也个个得到重用，而你接受过系统的军事教育，又有实践经验，却一直坐冷板凳，得不到重用，这确实不公平。"

吴仲禧何尝不知，自己的这位同学、老乡、战友，是一个多么正直、孤傲又有能力的人，而国民党官场的钩心斗角，如一盆又一盆冷水，不断浇灭他一次次萌生的热情。

吴仲禧提出："军事参议院完全是个虚的机构，连个办公地点也没有，虞薰兄能否设法帮我在国防部谋个实职。"

吴石说："我尽力帮助，虽然我没有什么实权，但认识的还不少，再说，我的学生也有掌握一定实权的，我推荐一下，但你也要有思想准备，国防部名义上是白崇禧当部长，但实权还是在陈诚手里，重要的人

---

① 【吴仲禧】词条，陈予欢编著：《保定军校将帅录》，广州：广州出版社，2006年，第359页。

事安排，陈诚也做不了主，需报蒋委员长核准，所以此事不能着急，应该需要一点时间，我先运作，一有消息会及时告诉你。"

吴仲禧说："能够做一些实际工作，精神上也比较好些，我们正当壮年，闲下来人就废了。"

几日后，临分别时，吴石言："奋飞兄，秋风多厉，为国珍摄，回粤之后，多加保重。"

离开南京后，吴仲禧回上海将上述情况向潘汉年、张唯一、王绍鏊作了汇报，包括在南京和吴石交流的情况，以及向吴石探询美国顾问团和蒋介石的关系情况。据吴石说：美国佬在南京活动密不透风，所有招待工作由陈诚一手包办，有重要问题都是马歇尔直接找老蒋交谈，白健生也没有参加。不过美国出钱，中国出人，美国全力帮助老蒋，要消灭中国共产党，和平谈判完全是骗局。可是老蒋还埋怨美国运兵北上运输不及时，以致东北失去主动权。胜利后，美国已有情报给老蒋说共军数十万大军已将东进，劝蒋放弃东北，大军入关，在长城以内和共军决战，老蒋不但置若罔闻，而且亲到长春督战。马歇尔认为大势已去，不久就要回国。

潘汉年听后高兴地说："奋飞兄此次赴南京很顺利，我们对你今后的工作寄予很大的希望！"

吴仲禧路经香港时，见着李济深、蔡廷锴、黄琪翔、梅龚彬等人，他们知道吴仲禧将要到南京工作，都希望吴仲禧和吴石替他们做些策反工作。

1946 年初，吴仲禧遵从中共上海地下党的决定，继续留在国统区，从事军事情报工作。图为吴仲禧与夫人王静澜在广州合影

回到广州，吴仲禧见着左洪涛同志，告诉他，信已经由上海地下党组织亲交周恩来，周说请示的问题将另行答复。

吴仲禧也见到了张发奎，告诉他，他的工作已调往南京，但眷属仍长住广州，广东还是他的老家，随时要向他领教。

回家路上，吴仲禧看到，广州学生运动发展很快，反内战、反饥饿、反压迫的呼声震动全市。

很快，左洪涛接到上级指令，由"特支"提供帮助，掩护演剧五队、七队成员以复员名义率先撤离广州到香港。随后，其余各队也得到妥善安排，没有遭受国民党特务的迫害。很快，左洪涛也安全撤至香港，在港粤工委任党派组组长。

9月中旬，吴仲禧接到吴石来信，说国防部已委派他为监察局中将监察官，要他即赴南京就职。监察局的职位虽不能直接掌握军事机密，但可以借机在南京活动，并有机会到各地巡查、视察，对于搜集军事情报是有利的。

吴仲禧去上海汇报了工作变化情况，潘汉年、张唯一都很高兴，勉励吴仲禧一番，叮嘱仍采取长期隐秘的方式，一切情报工作直接向上海组织请示报告。

5 在逆流中行进

调到南京后，初来乍到的吴仲禧，一切得从头开始。

吴仲禧的顶头上司是彭位仁，他虽只是中将官阶，但出自陈诚嫡系，故平日里飞扬跋扈、目中无人，又因吴仲禧长期随张发奎任职，更

对吴仲禧不屑与歧视。吴仲禧感受到了此人的冷漠与骄横，心想，以后的日子怕不好过，可一想到这个机会是吴石千辛万苦帮助争取来的，他还有更重要的任务要完成，内心便也坦然。

在机关里混的人都是猴精，非常善于察言观色，老板对谁好对谁热情，下面的人就对谁好对谁热情，老板板着脸甚至冷若冰霜，下面的人肯定不会没事献殷勤。吴仲禧一个人坐在阴暗的办公室里，点燃一根烟，吧嗒吧嗒抽了两口，突然想喝杯茶，可暖瓶里没水，想烧一壶水，又不知去哪里烧，正焦灼之时，吴石来电话，说晚上一起吃饭，吴仲禧的心情一下子由阴转晴。

吴石办公室在吴仲禧楼上，为避嫌，他没上去。临下班时，吴石下来，一进门，看到这样的环境非常生气，出门把监察局办公厅一位负责人叫来："奋飞兄也是中将级别，这个中将也不是纸糊的吧，是蒋委员长任命的，怎么搞这样一个两头不见阳光的办公室？"

吴石又摇了摇暖瓶，"监察官第一天报到，你们连一壶开水都不给提供？要不要我每天给监察官打好开水、泡好茶啊？"

那位负责人面红耳赤，连忙向吴仲禧道歉，"今天事情多，忙糊涂了，怠慢了吴监察官，明天一定安排好。"

吴仲禧大度地笑笑："不打紧，大家慢慢就熟了，以后还请多关照！"

真是朝中有人好做官。

不久，张发奎那里出了件事情，彭位仁令吴仲禧前往查处。吴仲禧心里一惊，让他去办老领导的案子，的确出乎他的意料。这不是让自己为难吗？

监察局负责调查监督有关陆海空军一切经济事项，调查、视察部队，并有权将武装部队的状况报告主席及参谋总长。此前，吴石说监察局是个得罪人的清水衙门，有些事不好处理，但吴仲禧想，自己的目的是找个名正言顺的理由到前线去为解放军搜集情报，对吴石所说的困难没有多想。

官大一级压死人。无奈，吴仲禧只能硬着头皮去往广州。

事件源于广州行营仓库失火，举报者称这不是一起普通的失火事件，是有人借机转移库存敌伪物资。

与吴仲禧同行的是彭位仁派的一个上校科长，名为助手，实为耳目，专为彭位仁通风报信。

吴仲禧到广州后带着助手去见张发奎，张发奎一听要查行营仓库失火有无虚报一案，当即脸色阴沉、十分生气。

他怒发冲冠，冲着那个科长嚷道："你算什么东西，跑来查我，我一个行营主任，陈总长连我上报的仓库失火损失的报告材料都不相信，那我这个行营主任还有狗屁用？要查张某有无舞弊也可以，那就请陈总长派大员来查吧！"

说完，拂袖而去。

上校科长吓得腿肚子打颤，呆呆地看着吴仲禧，吴仲禧表现出极为尴尬的样子，心说，我看你给你的主子怎么汇报？

晚上，张发奎专门设宴为吴仲禧接风。

张发奎端起酒杯："奋飞兄，我下午不是冲你发火，我是借机下个双黄蛋，糊陈诚和彭位仁两张老脸，老弟你不要往心里去。"

吴仲禧站起身碰杯："这我还能看不出来，他们欺人太甚，我也不想来，但彭位仁非要派我来，他是想让我出丑啊。"

酒过三巡，张发奎拍了拍吴仲禧肩膀，让副官拿过一个木质盒子说："我知道你在广东接收时十分清廉，不爱汽车、别墅、金条、美女，那我就把这个送给你。"

就是这方砚台，后来还引起一些传闻轶事。

张发奎在口述历史中，说汪精卫的汉奸老婆陈璧君喜爱收藏古砚，其中一方端砚被自己据为己有。

陈璧君的确得到过一方端砚，是广东传世的三大名砚之首的"千金

猴王端砚"。此砚成品于清光绪年间，长25.5厘米，宽17.6厘米，高2.7厘米。据传，张之洞任两广总督时的幕僚何蓬洲在主持开发大西洞（端州老坑）时，每采到上品端石，便令高手雕制成砚，最好的送张之洞，其余的才流入市场。何蓬洲则收藏了三方好砚，分别命名为猴王砚、松鹤砚和鱼脑冻碎石砚。抗战时，何姓后代把千金猴王砚卖给了一古董商，几经辗转，被汪精卫之妻陈璧君收藏。日本投降后为接收大员掠取，难不成这个大员就是张发奎？

若真是此砚，不要说吴仲禧，任何读书人得到它都如获至宝。价值不菲当然是一个原因，更主要的是读书人离不开笔、墨、纸、砚文房四宝。设想，闲暇时，在书房细细品鉴，见砚堂内有大片鱼脑冻，四周以火捺环绕，形成一只自然天成、栩栩如生的蹲形猕猴；砚边、背刻山水、岩石，构成花果山、水帘洞之意境；石色青苍、微带蓝紫，质地细腻温润嫩若肌肤的砚台，轻轻摩挲之，如小儿肌肤般湿滑，是怎么样的一种雅趣？

据有关资料，此砚"曾先后经古董商、汪精卫之妻陈璧君、广州市文物店、中山大学商承祚教授、广东省文管会等辗转收藏"，现藏于广东省博物馆。

吴群策告诉笔者，他见过张发奎送给父亲的砚台，没有雕刻，颜色墨绿，石质滑润，体积也不大，像一本书。谈不上名贵，但这件事足以体现张发奎对原清廉部属的尊重和谢意。

吴仲禧将这块砚石视为值得纪念的传家宝，爱之不舍。

一起仓库失火案能查出什么名堂？即便有名堂，也早已寻觅不到任何踪迹了。

不过，吴仲禧另有收获，通过多次与张发奎接触，他了解了蒋介石布置于第二线的兵力情况，收集到了两广蒋军番号、兵力、布置等情报，可以提供给党组织参考。

回到南京后，吴仲禧境遇更不如以前，那个随从已向彭位仁打过小报告，彭位仁对张发奎更怀恨在心，对吴仲禧也更有看法，甚至怀疑他挑唆张发奎来压他。

时局的变化如一股强大的逆流——内战全面爆发。

1946年6月，蒋介石以25个旅，约21万兵力向中原解放区发起进攻。此后，更以58个旅，约46万兵力进攻华东解放区；以28个旅，约24万兵力进攻晋冀鲁豫解放区；以18个旅，约16万兵力进攻晋察冀解放区；以20个旅，约9万兵力进攻晋绥解放区；以16个旅，约16万兵力进攻东北解放区；以19个旅，约15万兵力进攻陕甘宁解放区；以9个旅，约7万兵力进攻广东游击区和海南岛游击区。

凭借绝对优势的兵力和装备，蒋介石以斩草除根、赶尽杀绝之"雄心"狂妄地宣称要在"5个月内在军事上解决整个中共"。

这一年的8月，美国进步作家和中国人民的老朋友安娜·路易斯·斯特朗又一次来到杨家岭毛泽东的住所。毛泽东居住的窑洞前半山坡平台上，有一棵不小的苹果树，浓密的树冠撑出了一片清凉的树荫，树下有一个小小石桌。毛泽东招呼客人围坐到石桌旁，发表了他对第二次世界大战后世界格局和中国战局的惊世宏论。

毛泽东慷慨激昂地指出："一切反动派都是纸老虎。看起来，反动派的样子是可怕的，但是实际上并没有什么了不起的力量。从长远的观点看问题，真正强大的力量不是属于反动派，而是属于人民。"①

吴仲禧暗暗叫好——是的，一切与进步、与民主、与人民为敌的反动势力，都是纸老虎！

此时，国民党为巩固其专制统治，在全国范围内加强特务统治，除军统、中统等特务机关进一步发展完善外，军警、宪兵也加入到特务组织行列，肆无忌惮地进行白色恐怖活动。1946年国防部保密局成立后，其主要精力更集中于反对共产党、镇压民主爱国运动和打击反动派等方

---

① 毛泽东：《和美国记者安娜·路易斯·斯特朗的谈话》，《毛泽东选集》第四卷，北京：人民出版社，1991年，第1195页。

面，并派遣潜伏特务在已解放地区从事地下破坏活动。

监察局与保密局在同一栋楼。吴仲禧在上下楼的过程中经常与特务头子擦肩而过，当他看到共产党员被五花大绑押解进来时，他甚至会不由自主地摸配枪，想奋不顾身地营救。但小不忍则乱大谋，他按捺住愤怒的心情，心里流着血，却要装作事不关己高高挂起的样子。

1947年3月底，吴仲禧飞琼崖处理海口接收地产贪污嫌疑案。案件与军统特务蔡劲军有关。

蔡劲军可不是善茬，此人出身黄埔二期，与军统特务头子郑介民是同乡，在国民党军事委员会侍卫室工作多年，任少将组长，还是广东省政府主席罗卓英的亲信。此人身上血债累累，1935年7月22日，其捕获上海地下党李金林等，因李等叛变，致使上海地下党遭受巨大损失。全面抗日战争爆发后，蔡劲军在粤西广东南路建立专门对付共产党的特务网络，致使南路上空乌云密布。

显然，蔡劲军对吴仲禧前来查其部下的案子深为不满，但表面上又表现出一副热情好客的样子。在他的暗中唆使下，军界有头有脸的人物都前来嘘寒问暖，争相请客。

饭，吴仲禧本可以不吃，但他想从各个方面多了解一些对共产党有利的情报，故而来者不拒，几乎天天参加宴请，和"同僚"谈笑风生，而对案子的事情"漠不关心"。但蔡劲军岂是好对付的主儿，他暗中收买了吴仲禧的随行人员，将一辆市面上贱卖的敌伪小汽车送进广州，开到在广州定居的王静澜面前，说是吴仲禧花低价买的。王静澜不明就里，暂且收下。

吴仲禧在海口查案结束，返回广州才知道这事，不禁惊呼："不好！中计了！"

果不其然，彭位仁的电话追了过来，令他马上回去述职。

吴仲禧回到南京后面见彭位仁。

彭位仁一拍桌子，声色俱厉："有人控告你贪污舞弊，陈总长交代

318

要彻查此案！"

吴仲禧不卑不亢地回应："吉普车我没有收，那是有人设计陷害！"

彭位仁叫嚣："你没收怎么会在你家门口？你老婆收就等于你收！"

彭位仁不分青红皂白将吴仲禧扣押，并送往国防部军法局"木笼大厦"看守所。

军法局可不是一般机构，是审判大案、要案之处。据吴仲禧之子吴群力言，"全案移送同期受理中共北方地下组织案的国防部军法局审办，个中的风险之大可想而知"。

吴石闻讯后大发雷霆，怒气冲冲地去找彭位仁论理："就凭一辆破车，要查，也要查一查是谁送的，为什么送？吴仲禧有没有签字接受的单据，哪有没查到实据就先扣押高级将领的道理？"

彭位仁虽然理亏，但仍坚持要查个水落石出。

吴仲禧后于简历之中言，他被关押于看守所整整18天。

18天，即便未被定罪，但进了那个地方，再谈论做人的尊严恐怕过于奢侈。吴仲禧在忆述中虽然没有记载被严刑拷打和威逼利诱的细节，但刑讯、捏造、逼供、胁迫等必是少不了的，只是情势轻重不同而已。在那异常煎熬的日子里，吴仲禧看到很多共产党人坚贞不屈的身影，他们经受住了一次次严刑拷打、威逼利诱，但均不为所动，直至慷慨赴死。也有和他一样选择弃暗投明者，如国民党陆军大学毕业的谢士炎等，正是于吴仲禧被收押之前由叶剑英介绍秘密加入中国共产党，但不久被捕入狱，后被军法局以"泄露军机"为名枪杀在南京雨花台。谢士炎临刑前还赋诗一首：

> 人生自古谁无死，况复男儿失意时。
>
> 多少头颅多少血，续成民主自由诗。①

---

① 中共北京市委组织部组织编写：《中国共产党北京历史》，北京：北京出版社，2019年，第95页。

吴仲禧暗自庆幸，若此次以"涉嫌通共"之罪名进来，那绝对是体无完肤、九死一生。

吴仲禧也在不停地思考中国的未来。他默诵毛泽东发表的《新年祝词》："1947年将比1946年取得更重要的胜利。独立、和平、民主的新中国一定要在今后数年内奠定稳固的基础。"他浑身充满力量，他仿佛看到在新年的曙光中，山东、华中野战军连夜发起鲁南战役，经20天作战，歼灭国民党军两个整编师、一个快速纵队总计5.3万余人，两个师长被俘的胜利画面。他也知道，国民党政府已经通知中共驻南京、上海、重庆的办事处，限3月5日前撤离全部人员。中共中央予以强力回应："蒋方这一荒谬措施，无论是出于蒋介石本人的命令或是其地方当局的胡作非为，都是表示蒋方已经决心最后破裂，放手大打下去，关死一切谈判之门"，"妄图内战到底，实现其武力消灭中共及全国民主势力的阴谋"。"蒋介石这一荒谬步骤，如不立即改变和放弃，那真是他自己走到了绝路，一切后果应由他负责。"[1]

吴仲禧被关押，吴石心急如焚，他再一次找到彭位仁。

"彭局长，吴仲禧是由我负责举荐的，现在过去这么多天，下面的人也没查出什么问题，还不放人，难道是有意和我过不去？"

彭位仁正为如何"送神"而犯难，他连连摆手，满脸含笑，"吴局长多心了，彭某也是执行上面的命令，现在案情虽然还没有定论，但——"

"你也不必为难，我负责保外候讯，人若跑了，你抓我问罪。"

"哪里哪里——那好吧，看在吴局长的面子上，那就先停职候讯，职务不撤销，工资照发，就当休假，但要保证随叫随到。"

吴石将吴仲禧接到家里住下，当晚为他设宴压惊。

---

① 中共中央文献研究室编：《毛泽东年谱》1893—1949 修订本 下卷，北京：中共文献出版社，2013年，第172页。

吴石笑道："奋飞兄，不怪我吧，给你找了这么个不好对付的差事？"

吴仲禧笑道："虞薰兄此言差矣，这个差事还是我请你求人求来的，虽然受了些波折，但也感受到了世态炎凉，一幕幕，都是人性之'复活'啊！"

两个人哈哈大笑，推杯换盏，大快朵颐。

彭位仁所言"停职候讯"无非是自己给自己找个台阶下，如此，吴仲禧便是自由的，他可以随意往来上海、南京之间，不受盘查。

第九章

隐秘战斗

革命形势的发展，要比吴仲禧预料的迅猛、快速得多。虽然情势对国民党反动派、特务分子已显不利，甚至一些上层官僚已开始寻找退路，甚至作逃离前的准备，但是，这并不意味着敌人会"放下屠刀、立地成佛"，相反，那些忠于蒋介石的顽固派还想孤注一掷、"力挽狂澜"，作东山再起的春秋大梦。如此情况之下，特务们的活动便更加猖獗，他们宁可错杀一千，不想放过一个，白色恐怖的魔影时刻飘荡在吴仲禧等共产党人的头顶，南京如此，上海亦如此。

此时，吴仲禧虽处于"候案"状态，但人一直没闲着。

在上海期间，吴仲禧在儿子那里居住。为便于父母生活起居，吴群敢在公寓里顶了一个"小单元",勉强算作"两室一厅"。那时房源极为紧张,房租看似不贵,但转让费贵得离奇,吴群敢用了两根总计20两的金条才将公寓弄到手。他的月薪为法币120元,收入还算可以。

这房子前后两门都通往街道,方便进行隐蔽活动。后来,王绍鏊撤离上海前曾在此暂避,为掩人耳目,他每天早晨都从后门出去,走一段路到杜美公园打太极拳,再绕到另一条街道从前门返回。

由于赋闲、"无所事事",吴仲禧担心组织上对他失去信任,但王绍鏊经常来看他,明确表示组织对他完全信任,如果行动还可以自由的话,党的工作可以照常进行,这使吴仲禧"心情更感振作"①。

不久,吴仲禧与刘人寿相识。刘人寿后来回忆,"1947年张唯一同志命我去联系当时任国民党政府国防部监察局中将首席监察官之吴仲禧同志。张说,吴是王绍鏊的关系,1946年潘汉年同志曾亲自接见。"②刘人寿二十六七岁,操四川口音,面庞白皙且清秀,一双眼睛清澈又机警,浑身洋溢着文质彬彬的儒雅,与潘汉年的形象、气质十分相似。刘人寿言,"我们这个单位大约是一九三九年建立的,它的领导人有潘汉年、张唯一等……到了一九四六年夏,国民党反动派发动全面内战,敌区白色恐怖加紧,张唯一不宜再留在上海工作。经周恩来同志同意,他于一九四七年撤离上海,但仍在外地继续领导我们的工作,直至全国解放。"

大家在一起无话不谈。但王绍鏊、刘人寿始终未当着父子俩的面将对方的身份挑破。但刘人寿悄悄告诉过吴群敢他父亲是"我们的人",可从未告诉吴仲禧他儿子的身份。父子俩坚持原则、守口如瓶,从不吐

① 吴仲禧:《解放战争时期与吴石的交往》,广东省政协文化和文史资料委员会编:《深潜龙潭老将军——吴仲禧纪念文集》,北京:中国文史出版社,2015年,第117页。
② 刘人寿:《光辉的、革命的、战斗的一生》,广东省政协文化和文史资料委员会编:《深潜龙潭老将军——吴仲禧纪念文集》,北京:中国文史出版社,2015年,第18页。

露自己的政治面目。吴仲禧更不知道,儿子已进入共产党情报部门,上线是史永①。史永代替潘汉年在上海主持工作。万不得已时,吴仲禧也会让儿子替他去执行任务,但从不说明任务的具体内容和情报来源。

一对心有灵犀的父子,为了对方的安全和革命的事业,都选择当了"套中人",却于黑幕之中悄然携手,共同承担着革命路上的如晦风雨。

那段时间,吴群敢也没闲着。一次,吴群敢告诉刘人寿,他的同学鲁令子在联勤部上海一家单位工作,自己可否主动接触一下。

刘人寿非常警惕:"这可不是闹着玩的!"

一段时间后,刘人寿同意吴群敢去试试。

吴群敢和鲁令子连续几个晚上谈论内战形势,鲁令子对局势颇有见解。

1947 年,吴仲禧、王静澜、吴群敢在上海合影

吴群敢见状,单刀直入:"你以为共产党如何?"

鲁令子言:"中国和人民的希望之所在。"

一对青年的手紧紧地握在一起。

很快,吴群敢拿到了鲁令子提供的敌军运输情况的报告。不久,在刘人寿的发展下,鲁令子加入了中国共产党。鲁令子还找当时在国防部任上校军需官的邬时垊拿到了国民党军需补给表、联勤部组织系统表等

_____

① 原名沙文威,解放后曾任中共南京市委统战部副部长、全国政协秘书长。

情报。实则，邬时坻也是共产党员，但当时"一时失去组织联系"①。邬时坻于1937年10月到延安进入抗日军政大学三期学习，1938年2月加入中国共产党，组织上后来要他设法打入白崇禧内部。

那段时间，吴仲禧和吴石的交往频次越来越高。除在南京见，有时也在上海见。

吴石是一个极聪明的人，他逐渐感觉到吴仲禧似乎在进行一些秘密的活动。

从哪里察觉出来的呢？

一般来说，吴仲禧是军人，那他的朋友中，军人便多，可吴石发现，来找吴仲禧的都不是军人，似乎三教九流、应有尽有——比如林亨元，是上海律师，也是沈钧儒先生的助手；王绍鏊，是社会贤达。

另外，这些人层次也比较高，思想非常开明，谈吐不俗，完全不像混社会的人。

一般来说，一个人的社交圈子与他所从事的职业关系很大，和一个人说话，"三句话不离本行"，便也说明他的朋友一般都是围绕着"本行"而衍生的，但吴仲禧交往的人不是。一来二去，吴石心里便洞悉一二："难不成我的这位发小已经加入了共产党？"

怀疑归怀疑，但吴石从未挑破。

吴石也乐得和这些人交往，每每谈论一些话题，大家的观点也竟趋同，故而谈笑甚欢，从未有不愉快发生。大家对吴石也非常敬重，倒不是在意他的官阶，而是对他著作等身的学问格外佩服。

1947年夏，根据党中央、毛主席的战略决策，刘伯承、邓小平率领晋冀鲁豫野战军主力，千里跃进大别山，形成东慑南京、西逼武汉、南拢长江交通、瞰制中原各省区之势，揭开中国人民解放军由内线作战

---

① 刘人寿：《光辉的、革命的、战斗的一生》，广东省政协文化和文史资料委员会编：《深潜龙潭老将军——吴仲禧纪念文集》，北京：中国文史出版社，2015年，第18页。

转入外线作战、由战略防御转入战略进攻的序幕，扭转了整个战争的形势，为夺取全国胜利创造了极为有利的条件。

刘、邓大军挺进大别山打乱了蒋介石的整体军事部署。随着蒋介石战略目标的转移，共产党在山东、陕北地区被围困的紧张局势顿时改变。不仅如此，在毛泽东和中央军委的战略思想指导下，陕北、山东、晋西南人民解放军分别在彭德怀、陈毅、贺龙和陈赓的率领下趁机发起全面反击，将战线由解放区引向蒋管区，从根本上扭转了解放军一度处于被动的局面，并使整个解放战争进入一个新的阶段——全面规模的进攻即将开始。

自以为是的蒋介石大为震动。他将负责指挥战役的参谋总长陈诚叫来一通臭骂。随后，为收复这一极端重要的战略区域，以稳定南京、武汉和长江北岸各省区局势，同时借以调和与桂系的矛盾，蒋介石遂借重号称"小诸葛"的白崇禧以国防部长身份兼九江指挥所主任，去往前线督战。

11月，从南京组成的九江指挥所人员到达九江后，白崇禧即召集黄百韬、李良荣等开军事会议，研究对大别山的围攻作战计划。

面对敌军的布局和蠢蠢欲动的态势，刘人寿告诉吴仲禧，到南京时最好通过吴石能够在九江指挥所找一两个有旧关系的人通通气，因为"这一方面没有我们的人"。

一日，在吴石家，两人正聊天时，有年轻军官来访。

吴石介绍："这是我在陆军大学教过的学生胡宗宪，他每次到南京必来看我。"

胡宗宪恭谨地答："我能在白崇禧主任那里谋个情报科长的职，全赖老师举荐。"

吴仲禧起身向胡宗宪祝贺："胡科长年轻有为，不愧是虞薰兄的学生，后生可畏！"

落座之后，胡宗宪从皮包里拿出一份《敌我双方兵力位置要图》请老师指点。"这是参谋处编印的作战态势，以旬报的方式印制，您是这方面的专家，学生想听听老师的意见。"

吴石大致浏览之后，顺手递给吴仲禧："奋飞，你也是行家，你给提提意见，让我的这个学生取取真经。"

吴仲禧接过，旬报32开本，仅八九页，内容包括国共双方的部队番号、兵力、主官姓名、战斗损失等项，但既有文字简述、判断，又有态势要图、统计数字，叙述得当，简明扼要。不由夸赞："不愧是吴局长的高徒，资料翔实，判断准确，不但为我各级军事指挥官作战提供决策依据，也对军事院校人员研究战略、战术很有帮助。"

吴石一脸得意。

胡宗宪连忙道谢："您过奖了，能得到您和老师的肯定，我这辛苦也算没白费。"

胡宗宪又说："吴将军如有兴趣，待我回到武汉后也定期寄送一份供您参考、指正。"

吴石点点头："你可是遇到高参了，以后吴将军也就是你的老师，你要好好学习。"

吴仲禧暗喜，真是踏破铁鞋无觅处，得来全不费工夫。

此后，无论吴仲禧人在何处，"战报"总会及时寄来。

但吴仲禧那时并不上班，属于漂浮不定、居无定所的状态，"战报"是如何转交到党组织手里的呢？

吴群敢起了关键作用。

其实，上一次吴仲禧从张发奎处了解的蒋介石布置于第二线的兵力情况，也是通过吴群敢送出去的。当时，吴仲禧身边跟着随从，不便在上海停留。王绍鏊找到吴群敢，吴群敢立即坐了五六个小时的火车赶到南京，从父亲那里获得情报后返回上海交给了王绍鏊。

关于这份连续的作战旬报，吴群敢后来回忆："刘人寿同志常来电话探询收信情况，我按期收到后立即转给刘人寿。"

　　吴群敢是一个闲不住的青年。除为党组织传递情报外，还积极投身社会活动。1947年冬天，马寅初在学校小礼堂演讲。会前，马寅初发现有特务跟踪，但他从容不迫地走进会场说："我晓得人群里面有特务，用手枪瞄准我的胸膛。我不怕！怕就不会到这里讲话了。我反对国民党贪污腐化，反对蒋介石的独裁，我不要当立法委员，有人骂我当学生尾巴，有人却当了美国人的尾巴。"

　　吴群敢带头热烈鼓掌。混杂在人群中的特务见状灰溜溜地走了。

　　刘人寿得知情况后，予以严厉批评，"在解放区，你有飞机大炮，我也有土枪土炮，同蒋介石大不了拼个鱼死网破。在蒋管区，他最恨的，宁可错杀一千也不肯放过一个的，就是我们这种从内部挖他墙脚的人。我们没有刀枪，又要虎口拔牙，唯一的办法就是善于隐蔽。"

　　吴群敢从未挨过刘人寿如此严厉的批评，一时说不出话来。但他经过认真思考，认为刘人寿言之有理，自己任何的麻痹大意，包括前期参加组织"资本论读书会"，是因为对参加军情工作不满足和不安心，而一旦出了差错，就会让自己和组织遭难，甚至导致满盘皆输、血流成河的恐怖局面。

　　1948年6月28日，九江指挥所改名为"华中剿匪总司令部"，正式设在汉口。[①]白崇禧被免去国防部长职务，专任"剿匪"总司令，负责湘、鄂、豫、皖、赣5省军事，辖有第五、第八、第十五、第十六、第十七、第二十一共6个"绥靖"区和3个兵团，共16个整编师33个旅。这些机密信息，包括三个兵团负责人以及所辖部队指挥官的详细信息，都通过"战报"及时传递。

　　共产党组织自收到第一期"战报"，便认为这是正式编印、书面有据的第一手情报，且有连续性；后经作战部门对蒋军情况的核对，证实

---

① 文思主编：《我所知道的白崇禧》，北京：中国文史出版社，2003年，第152页。

其内容记载完全属实，包括敌军对我军的判断，都非捕风捉影。这些材料既有国民党军队的部署位置，又有对人民解放军兵力部署的判断，情报价值极高。

1948年夏，刘人寿去香港述职前，又介绍其妻黄景荷定期从吴群敢处取情报。而潜伏于上海的中共中央情报系统则通过无线电台将情报向党中央或指定单位传递，时任潘汉年系统上海部译电员侯德华后来回忆："经我翻译上报的重要情报有……华中剿总战报"。

那是一段危机四伏的时期。

吴群敢后来也说："此件的邮寄方式曾使我甚敢不安。"其中缘由，是因胡宗宪将吴仲禧视为老师的挚友，属于同道中人，故两人不可能约定隐蔽的方式传递材料，如果那样吴仲禧便等于不打自招，承认自己索要旬报存在不可告人的目的。每一期旬报胡宗宪都通过邮局邮寄，信封上的收件地址和收件人都是打印的——上海证券交易所调研处吴群敢转吴军法总监。

以这样的方式传递军事情报，很容易引起特务关注。

距吴群敢所居住的霞飞路公寓不远，是亚尔培路（今陕西南路），那里有一幢红砖结构的三层楼花园住宅，是国民党中央调查统计局上海办事处。周围密植冬青为屏障，四周岗哨密布，警戒森严。内设刑讯室、牢房、半地下水牢及各种刑具，是一个对共产党员、革命志士、爱国民主人士进行逮捕、囚禁、施用酷刑、残酷杀害的魔窟。

在敌人眼皮子底下传递情报，吴群敢压力很大，他经常带着情报坐有轨电车，骑一段自行车，再走一段路，有时还要走到租界，同时暗中观察身后是否跟有"尾巴"。吴群敢言："我抱着侥幸的心理，独自忐忑不安地担着不得不冒的风险，幸而一直未被敌特察觉。"

可能，应了一句老话——最危险的地方最安全，最透明的方式最不容易引起敌人的怀疑。估计特务们看到过这份邮件，毕竟它是连续不断

的通过邮局寄送，但看到收件人的地址和信息，保不住会这样想，就是有天大的胆子也不敢这样明目张胆地传递情报，一定是正常的工作，索性不去理会，倘若如此，于吴仲禧父子而言，真是天大的侥幸。

② 深入虎穴，获取绝密情报

1948年6月，赋闲广州的吴仲禧接到吴石来信，案子经查无实据，已宣判吴仲禧无罪，国防部恢复他中将部员职务，即将派往"徐州剿总"服务。

当时正值淮海战役前夕。吴仲禧即往香港找潘汉年请示，潘汉年、张唯一对吴仲禧的新任命极为重视，要他在前方尽力收集情报。

离开香港后，吴仲禧先去上海看儿子。此次赴"徐州剿总"获取情报危险重重，他有很多话想和儿子说，但往往话到嘴边，又咽了回去。

待了几日，临走前一天晚上，吴群敢邀请鲁令子来家里与父亲见面，鲁令子后来回忆，"群敢做了几个菜为他父亲送行，我应约作陪。"①

看着年轻人在厨房里忙碌的身影，吴仲禧心头突然涌出一种难以言状的复杂情绪。是啊，人非草木，孰能无情！何况是对自己的儿子。世事难料，自己这一去，究竟会有什么样的结果，完全不知。若是一场生离死别呢？想到此，他不由站起身来，走到窗口，看熙熙攘攘的街市，

---

① 鲁令子：《吴老给我的教育和鼓舞》，广东省政协文化和文史资料委员会编：《深潜龙潭老将军——吴仲禧纪念文集》，北京：中国文史出版社，2015年，第22页。

无限感伤，几欲落泪。但他又把眼泪强忍了回去，当着两位年轻人，纵有太多留恋与惆怅，也不能表现出来。

不一会儿工夫，油焖笋、五香熏鱼、糖醋排骨、腐乳汁烧油菜端上桌来。还有两个下酒菜——茴香豆、鸡翅膀。

吴仲禧的鼻翼间香气四溢。

"老大，手艺不错，别多做，我们三个人，够吃就行。"

"爸，还有一个紫菜虾米汤，马上就好。"

吴仲禧招呼："来，小鲁，请坐。"

鲁令子说："谢谢吴伯伯，我给您斟酒。"

酒是绍兴黄酒。上海什么样的酒都有，但吴仲禧最喜绍兴黄酒，那滋味绵延悠长，令人回味无穷。

年轻人举杯向吴仲禧敬酒，他一饮而尽。

"这样的好日子希望以后天天有。"

"爸，放心吧，以后不但天天有，还会越过越好。"

"吴伯伯，今天大家高兴，您能不能借着酒兴，给我们作首诗？"

吴仲禧略一思忖，吟咏了一首魏晋南北朝时期的《临行与故游夜别》：

> 历稔共追随，一旦辞群匹。
>
> 复如东注水，未有西归日。
>
> 夜雨滴空阶，晓灯暗离室。
>
> 相悲各罢酒，何时同促膝？

吴仲禧问他们读过没有，两人摇头。

吴仲禧说："那我简单解释一下这首诗，共追随，指的是与友人相处共事。辞群匹，是指与许多朋友告别。诗歌的整个基调，表现作者别离之际情绪低落，但又期待早日一同促膝而坐，落脚点充满着一缕希冀。"

年轻人频频点头。

吴仲禧说:"我斗胆改一下,改成四句——"

历稔共追随,一旦辞群匹。

自有西归日,遑论同促膝?

鲁令子连声叫好!

吴仲禧回敬两位年轻人:"我是你们的长辈,更是你们的朋友——没有风雨,何来彩虹!干杯!"

……

从"徐州剿总"探取情报,吴仲禧感到任务非常艰巨。要想顺利完成任务,需要吴石的帮助。

吴仲禧返回南京后直接去找吴石。

吴石说:"徐州行营主任刘峙的参谋长李树正是我的学生,我给你写封介绍信,你带给他。"

吴仲禧说:"感谢虞薰兄,我的工作这就好开展多了。"

吴石当即亲笔写了一封很有分量的信,信中说吴仲禧是他多年的同窗、同事、挚友,务必请李树正多加关照。

徐州历来为兵家必争之地。熟悉三国的人都知道,时群雄割据,徐州是各路诸侯反复争夺之地,曹操攻陶谦,刘备战吕布,袁术攻下邳,曹操终于攻破徐州。晋末的两次北伐,徐州是发动攻击的前沿阵地。北宋末年,宋金在徐州地区征战激烈。再往后,朱元璋攻打徐州北取中原,清兵以徐州为据点力阻太平军。到了民国时期,蒋、冯、阎新军阀中原大战,中日台儿庄会战,都以徐州为中心。

以徐州为中心的淮海战役战线,位于江苏、安徽、山东、河南四省交界处,属黄淮平原,介于黄河、长江之间,北上是济南,直通平津;南下可达长江,直下南京、上海。这一片地域幅员辽阔、地形开阔、村落稠密、铁路纵横、公路四通八达,利于大兵团作战。蒋介石也清楚,如掌握了徐州和淮河以北的平原地区,也就控制了长江以北,直接威胁到南京和上海的安全,其战略地位异常重要。

但蒋介石"百密一疏"，偏偏派刘峙当总司令。吴仲禧心中暗喜——蒋光头这仗恐怕不好打。其时，国民党军内部一听是刘峙来主持大局，议论也是沸沸扬扬，"徐州是南京的大门，应派一员虎将把守；不派一虎，也应派一狗看门，如今只派来一只猪，眼看着大门是守不住了。"

对刘峙其人，吴仲禧知道一二。说起来，两人还是保定陆军军官学校同学。刘峙也曾"战功赫赫"，但在"卢沟桥事变"发生后，刘峙被任命为第一战区第二集团军总司令，在与日军作战中，石家庄、邢台、邯郸、安阳等重地相继失陷，使刘峙声誉大落，被人讥讽为"长腿将军"，意思是跑得比兔子还快。

1942年，刘峙任重庆卫戍司令兼防空司令时，还发生了一件惊天丑闻。年初的一天，日本飞机对重庆进行"疲劳轰炸"，群众都躲进了一个防空洞里。在轰炸间隙，群众提议解除警报，让大家出去透透气，但没有得到同意。当群众实在忍不住向外跑时，发生群体拥挤和踩踏事故，但现场无人维持秩序，最终导致几千人被闷死在洞里，酿成轰动全国的重庆隧道惨案。

惨案发生后，防空司令部调担架营去运尸体，当时有很多人还处于假死状态，但担架兵为了搜集财物，将没死的人活活掐死。现场检查的军官倒很负责，下令搜查所有的担架兵，却将搜出的金银首饰、手表、纸币等用小汽车往刘峙家里连送三次。一时间，社会舆论对刘峙进行了强烈的谴责，刘峙成为过街老鼠，人人喊打。

1946年8月，刘峙奉蒋介石之命，集中30万兵力进攻冀鲁豫解放区，但9月1日在大黄集一带整编第三师被解放军歼灭，师长赵锡田被俘。

虽然刘峙总给蒋介石惹祸，但蒋介石仍对其偏爱有加，他刚被撤职，又很快当上了"总统府"战略顾问委员会上将委员。

对于起用刘峙，蒋介石的幕僚也曾建议考虑是否欠妥，但蒋介石一意孤行，为此还特意搭配杜聿明给他当副手。

解放军知道对手是刘峙后，解放军鲁南军区司令员张光中在临城贴出传单，鼓舞人民说："国民党在徐州来过三个大将，前年来的叫薛岳，打了败仗撤掉了。去年来了顾祝同，庸碌又无能，我们把他赶走了。今年来的叫刘峙，也是有名的大笨猪，我们要想生活过得好，就要勇敢上前打进徐州去杀猪！"

不入虎穴焉得虎子！

吴仲禧即刻动身去往徐州。

时津浦铁路上交通已十分混乱，南京国民党补给前方的物质都堆在车站上运不出去，乘客大多是难民。

吴仲禧坐了两天一夜的火车才到达徐州。

适逢刘峙在徐州西的商丘、砀山邱清泉部视察，副总司令杜聿明在徐州东的新安镇、运河镇黄百韬部视察。

李树正看过吴石的介绍信，对吴仲禧分外客气。"大家都是柳州的老同事，现在天气这样热，前方又这样乱，你这样大的年纪用书信来报到就可以了，何必辛苦亲自来呢？"

吴仲禧答："都是公差，国防部要我来了解点情况，回去好进行汇报。"

李树正问："我的老师吴石可好？"

吴仲禧说："我出发前专门去看过他，身体尚佳，但整日操劳修史之事，可谓侠之大者，为国为民，呕心沥血。"

李树正说："我的老师是'十二能人'，这个工作他做最为合适。"

吴仲禧笑道："能文、能武、能诗、能词、能书、能画、能英语、能日语、能骑、能射、能驾、能泳，全能冠军，虞薰兄的确是我军中之出类拔萃的人才。"

李树正又言："您长途劳顿，不如先休息两天，我再接您过来仔细看看。"

吴仲禧说："倒也不累，但我突然前来，恐怕会打乱你们的工作安排，先安顿下来也好，明天若参谋长有时间，我再过来学习。"

吴仲禧想第一时间去机要室，正好刘峙、杜聿明不在，方便行动。但风尘仆仆，初来乍到，若执意先去机要室，显得突兀和操之过急，容易引起李树正反感甚至怀疑。

他便在李树正安排的一间相当清静的房子里休息。

三天后，李树正邀请吴仲禧到参谋处机要室看双方兵力部署的要图。

进入机要室，吴仲禧看到，二万五千分之一比例尺的军用地图贴满室内，上面用红、蓝铅笔划分两军的位置以及国民党部队的番号。

国民党徐州"剿总"前进指挥部旧址

吴仲禧内心紧张至极，可又要表现得若无其事。他实在想不出有什么办法能够将图上的情况全部记在脑中，李树正在旁他又不能拿出笔记本记录。他只能尽力观看图上布置情况，待对全局有些印象时，已经头昏眼花。

李树正说："吴将军是专家，您多指点。"

吴仲禧说："岂敢岂敢，我军的战略布防是蒋总裁亲自审定的，我哪有资格评点，观摩、学习、领会而已。"

为了不引起李树正的丝毫怀疑，吴仲禧时而贴近细细查看，还以手丈量，时而眉头紧蹙，又点点头，"我军布防如此严密，则淮海之役高枕无忧矣。"

吴仲禧扭头问："刘总司令、杜副总司令何时回来？"

李树正答："我也说不准，但我已经向他们报告了您来的消息。"

在有一句没一句的闲聊间，吴仲禧还在强迫自己默记要点。

吴仲禧说："养兵千日用兵一时，但军中不可一日无粮，也不可一日无饷，前线有什么困难，不妨详细告诉我，以便我回去汇报，或许能帮助将士们解决一些实际困难。"

李树正说："谢谢吴将军体恤一线将士们的辛劳，目前虽然还不存在什么问题，但保不住中途会出现供应不上的局面，届时还请吴将军费心督办。"

吴仲禧说："好，有机会为前线将士们服务，吴某不胜荣幸。"

见时间差不多了，吴仲禧说："我听见电话一个劲地响，都是耽误不得的军务，要不参谋长先处理军务，另外我今天精神不太好，隔几天再来学习一次。"

李树正满口答应，并叮嘱一位年轻参谋："我这几天有事外出，你负责陪好吴将军，吴将军是国防部大员，可以在总部各个部门、地方随意查看。"

参谋响亮地答："是！"

回到房间，锁好房门，吴仲禧抓紧将看到的情况尽可能记在笔记本上，也不敢用文字表述，只能使用只有自己才看得懂的符号。

第三天，那位参谋陪着，吴仲禧先礼节性地到有关办公室转了转，勉励大家各司其职，为战争的胜利做好各自的工作，最后又来到机要室。

因李树正有话在先，参谋非常殷勤，又是端茶倒水，又是准备水果。这时，吴仲禧故意摸了摸口袋："哎呀，出来时忘记带烟。"

参谋见状："吴将军，我不抽烟，您先喝茶，我去外面给您买两盒。"

机要室是绝密之所，没有上级的命令，其他人不可随便进入，这便给吴仲禧提供了宝贵的时机。听着参谋的脚步声走远，他迅速掏出早已准备好的小笔记本，将地图上重要的布防简明扼要地记了下来。在记的过程中，他的两只耳朵如兔子耳朵一样灵敏，时刻防范走廊的动静，防止不速之客突然闯入。

细细端详，吴仲禧觉得地图上的这条战线好像一条长蛇，若以徐州为中心，东起海州，西止商丘，北起临城，南达淮河，其中还包括几个重要城镇，如新安镇、峰县、枣庄、台儿庄、临沂等，按二万五千分之一比例来计算，战场深广的度当在200公里左右。其兵力布置则以徐州为中心，杜聿明机械化部和邱清泉兵团均集中在徐州附近。黄百韬兵团则驻在徐州东约五十余里在曹八集和碾庄一带。李弥兵团则分布临城、韩庄一带。从部署看来，国民党肯定估计中共主力以徐州为主攻方向，把机械化部队和国民党中央军都集中在徐州附近，徐州一带是一片平原，正是机械部队发挥战斗力的场地。又把李弥兵团安排在徐州东北，临城、韩庄附近，黄百韬兵团安排在碾庄、新安镇一带，邱清泉兵团安排在徐州附近，这样三个兵团形成掎角之势，徐州有事互相呼应，这样在布置上便相当周到。

但是，吴仲禧在地图上没有发现黄维兵团的位置，推测他可能在豫东向宿县移动中。

吴仲禧的判断是准确的。后来，战役打响后，吴仲禧得知解放军主攻不向徐州，而是首先歼灭黄百韬兵团，使其三个兵团无法相助，以便各个击破。

大功告成，吴仲禧的心紧张得怦怦直跳。为掩饰内心慌乱，他索性坐了下来，品着香茗，又剥开一个橘子，慢慢地嚼。

一会儿，门口响起参谋的脚步声，他推门进来，拿着两盒"三五"："对不起，让吴将军久等了，我忘记问您平时抽什么烟，就自作主张选了'三五'，不知道合不合您的口味？"

吴仲禧已是神情自若、气定神闲，笑道："谢谢，我平时就抽'三五'。"他掏出钞票，要付钱，参谋赶紧说："您不用客气，这都

是接待费，不用给我。"

吴仲禧说："那我拿一盒即可，一盒你们留下。"

参谋说："您太客气了，这样李参谋长会责怪我。"

吴仲禧说："那好吧，我就恭敬不如从命。"

他点燃一支烟，招呼参谋也坐下，跟他聊了聊家常。参谋刚开始拘谨，渐渐也便放开了。

回到住处，吴仲禧便面临两难抉择，如果他不辞而别，一走了之，必定会引起李树正怀疑，恐怕潜伏生涯就此结束，还有性命之虞，也愧对党组织的信任和重托，另外，敌人还有可能修改战略部署，那他好不容易拿到的情报就变成了一张废纸。可如果贻误时机，延误了解放军的战略布局和行动，就会酿成严重的后果。

怎么办？怎么办？

吴仲禧在房间里团团打转，一支接一支地抽烟，大脑紧张地思考。

但想来想去，没有更好的办法。

下午，李树正回来，要吴仲禧再提提意见。

吴仲禧说："这一次详细看了，部署很周密，我提不出什么意见，前方将士辛苦了！"

吴仲禧故作病态状："岁数一大，真是不中用，拉肚子，感觉浑身乏力。"

李树正关切地说："现在气候还好，可能是水土不服，这个地方的水硬，我刚来时也跑肚拉稀。"

李树正主动提出："要不我派人送您先回南京看病，待身体恢复之后，再来不迟。"

吴仲禧故意推脱，急忙摆手："我这刚来，此时回去，怕人议论，刘总司令、杜副总司令也都没见，十分不妥。"

李树正说："刘总司令、杜副总司令这几日还回不来，没关系，我会向他们解释。"

言已至此，吴仲禧便借坡下驴，后来，吴仲禧回忆，"李树正爽快地同意了，并代刘峙正式批准我回后方，而没有产生丝毫的怀疑。"

第二天一早，吴仲禧登上了开往南京的火车。徐州有直达上海的火车，但他没有坐，如果直接去上海，一定会引起李树正的怀疑。

在火车上，吴仲禧长出了一口气。回想整个过程，虽然看起来一切顺利，但稍有不慎，就会有"风萧萧兮易水寒，壮士一去兮不复还"的壮烈。他也意识到，窃取情报，真是极危险的工作，也需要足够的智慧和胆量。

回到南京后，吴仲禧没有停留，换了列车直奔上海。

找到刘人寿之后，吴仲禧当着他的面，凭借记忆对情报再次进行仔细标注，力求精准还原。刘人寿后来回忆，"在淮海战役开始前，仲禧曾主动去徐州，了解敌军部署，并亲自写了材料交我上报。"

这份情报，也是由潘汉年系统上海部译电员侯德华发出的，他说："我被电文内容所震撼"，他还说，一份份情报获取的过程"都是惊心动魄的战斗"。

也有人说，这份被世人称为《徐州"剿总"情况》的绝密情报，迅速地"经王绍鏊、刘人寿、李白等人接力，交至中共中央负责情报的李克农手中"[1]，电报内容包括：徐州"剿总"的范围、所辖绥区、"剿点"兵团、主官姓名、兵力配备等。电报内容还有：徐州"剿总"对我军可能发起攻势之估计、"剿总"之作战意图等。前一部分是吴仲禧如实记录，后面的内容则是他对形势的估计，提供给中共中央决策参考。后来，刘人寿也才知道，"潘汉年领导的情报系统，主要任务是搜集战略情报，即了解敌方的战略意图和动向，以及影响日本和国民党的国际势力的战略意图和动向，供中央决策参考"。因此，我方人员就必须在

---

① 王夫玉编著：《第三党历史》第2版，南京：东南大学出版社，2016年，第254页。

敌区长期潜伏，并利用一切可能利用的力量和机会，接近或打入敌方的决策部门和情报机构。

时隔多年之后的2009年秋，《无名丰碑》专题展览在河北西柏坡陈展，一块展板上写着"决战淮海前的重要情报"，格外引人注目，上面写道：淮海战役前，潘汉年领导的我秘密党员吴仲禧以国民党国防部中将部员身份被派往"徐州剿总"视察工作。其间，他利用参观机要作战室的机会，凭记忆写出"徐州剿总情况"上报党中央，这是淮海战役前，我军获得的最早又较为全面的情报，对全面部署淮海战役起到了重要作用。解放后，有中央调查部的同志告诉吴仲禧，"你在解放战争提供的军事情报十分重要，很有价值，有的还直接呈毛主席参阅。"①

这段文字充分肯定了这份情报的分量和价值。

10月间，中共中央情报部又陆续收到有关地区情报组织发来的关于徐州国民党军部署的一系列情报，如徐州蒋军军事部署、兵力分配详情和蒋军全部兵力新番号、主官位置表等。这些情报对徐州"剿总"司令刘峙集团七十多万人的新部署和作战意图叙述得详细具体。尤其淮海战役前夕，何应钦召开国防部会议部署作战，并责成郭汝瑰制定作战计划，这份情报也很快到了共产党手中——郭汝瑰，黄埔军校第

决战淮海前的重要情报

淮海战役前，潘汉年领导的我秘密党员吴仲禧以国民党国防部中将部员身份被派往徐州剿总视察工作。期间，他利用参观机要作战室的机会，了解了徐州剿总关于"徐蚌会战"的计划，凭记忆写出《徐州剿总情况》上报党中央。这是淮海战役前，我军获取的最早而又较为全面的情报，对全面部署淮海战役起到了重要作用。

国家安全教育馆《无名丰碑》专题展出"决战淮海前的重要情报"

---

① 田丰：《前言：记一位从辛亥革命走来的共产党人吴仲禧》，广东省政协文化和文史资料委员会编：《深潜龙潭老将军——吴仲禧纪念文集》，北京：中国文史出版社，2015年，第7页。

五期毕业，1928年加入中国共产党，抗日战争时期，参加淞沪及武汉战役、长沙第三次会战，曾两度出任国民党国防部作战厅长、陆军总司令部参谋长，授陆军中将，在抗日战争时期以优异表现获得蒋介石赏识。但他始终心向光明，将大量国民党军的作战计划发往延安，为解放战争的胜利作出了难以估量的贡献。

11月中旬，中情部又收到上海吴克坚情报系统发来的国民党《国防部对淮海战役估计》的重要军事情报；接着又发来了《徐蚌会战的国军部署》情报，都十分重要。

《孙子兵法》曰：知此知彼，百战不殆。由于我军对集结于徐州及其周围地区的国民党军队的兵力部署了如指掌，根据解放军参战部队和武器装备上的优劣情况，中央军委和毛泽东决定采取将敌军的重兵集团多次分割并集中优势兵力各个予以歼灭的英明战略决策。

1948年11月初，淮海战役打响。对于我军来说，整个战役共分三个阶段——第一阶段是集中兵力歼灭黄百韬兵团完成中间突破；第二阶段是将蒋介石徐蚌会战的如意算盘打得稀巴烂；接下来便进入第三阶段。

此时，吴仲禧又到了上海，天气很冷，他穿着单薄，刘人寿专门为他做了一件呢子大衣。这件大衣，吴仲禧一直珍藏，只有到了一些重要的场合才会拿出来穿一下。他从各方面得到的消息已经知道东北野战军解放东北全境后，即挥师入关，解放军的神速动作将敌分割包围于北平、天津、张家口、塘沽几个据点。

不久，毛泽东在《中国军事形势的重大变化》一文中断言："原来预计，从一九四六年七月起，大约需要五年左右时间，便可能从根本上打倒国民党反动政府。现在看来，只需从现时起，再有一年左右的时间，就可能将国民党反动政府从根本上打倒了。"[1]

① 毛泽东：《中国军事形势的重大变化》，《毛泽东选集》第四卷，北京：人民出版社，1991年，第1361页。

1948年的最后一天。

蒋介石邀请了40名国民党高级首领共进午餐。大元帅坐在餐桌上首，一开始谁也不语，但沉寂很快就被蒋介石那歇斯底里的声音打破："我不是很想这样做，而是你们，国民党党员，要我辞职；我打算离开，但不是因为共党，而是因为本党内的某些派别。"①主人有些失声了——那是他自掘坟墓的哀哀之音，他何尝不清楚，新年即将响起的钟声正是为他敲响的丧钟——在中共电台的广播中，他已被称为"头号战犯""向美国出卖中华民族利益的国民党匪帮的头子"。电台广播的45名战犯名单中，蒋介石夫妇排在最前面。

1949年的钟声如约而至，毛泽东豪情满怀地写下了《将革命进行到底》的新年献词。

1949 年元旦，毛泽东发表《将革命进行到底》②新年献词

吴仲禧将收音机声音调到微微能听到为止，波段调整到延安新华广播电台：7500千赫，呼号XNCR。

由于电台信号波动的缘故，播音员的声音断断续续：

……敌人是不会自行消灭的……不会自行退出历史舞

---

① 罗礼太：《蒋桂矛盾与美国对华政策》，厦门：厦门大学出版社，2001年，第245页。

② 毛泽东：《将革命进行到底》，《毛泽东选集》第四卷，北京：人民出版社，1991年，第1372—1380页。

台……用革命的方法……坚决彻底干净全部地消灭一切反动势力，不动摇地坚持打倒帝国主义，打倒封建主义，打倒官僚资本主义，在全国范围内推翻国民党的反动统治，在全国范围内建立无产阶级领导的以工农联盟为主体的人民民主专政的共和国……使中华民族来一个大翻身……

更让吴仲禧激动的是，他听到了这样的"进军令"和"宣言"：

一九四九年中国人民解放军将向长江以南进军……将要召集没有反动分子参加的以完成人民革命任务为目标的政治协商会议，宣告中华人民共和国的成立，并组成共和国的中央政府！

吴仲禧压抑激动的心情，将收音机调频旋钮随意拧了几下，关掉了收音机。

他站在窗口，点燃一根烟。昨夜，上海下了雪，鹅毛般的大雪覆盖了这座美丽的城市，此时，大街上万籁俱寂，少见行人。他不由想起自己当年在这里作为学生军集训时的情景，往事如梦，却又那般清晰……他相信，这座城市很快就会迎来光明，人民解放军将雄赳赳气昂昂地来到这里。

吴仲禧穿上大衣，下了楼，出了大门，向黄浦江边走去。

他伫立江畔。风狠命地吹着哨子，大雪在风中漫卷，落在他的头上、脸上，他不由高声朗诵毛泽东的《沁园春·雪》：

北国风光，千里冰封，万里雪飘。望长城内外，惟余莽莽；大河上下，顿失滔滔。山舞银蛇，原驰蜡象，欲与天公试比高。须晴日，看红装素裹，分外妖娆。

江山如此多娇，引无数英雄竞折腰。惜秦皇汉武，略输文采；唐宗宋祖，稍逊风骚。一代天骄，成吉思汗，只识弯弓射大雕。俱往矣，数风流人物，还看今朝。

雄厚的声音在风雪之中夹杂、飘荡。从《沁园春·雪》中，他再次

深切地感受到了中国共产党人的自信和气魄。是呵，"数风流人物"是谁呢？是包括毛泽东在内的全体共产党人和中国受压迫受奴役的人民。

1949年1月6日，华东野战军发起总攻，杜聿明率邱清泉、李弥两兵团被解放军围困在永城东北地区，数日之后，陷于粮草断绝、饥寒交加之中，军心动摇。杜聿明给南京国民党政府发急电要求立即空投20万只防毒面具，妄图率残兵败将放毒气突围、做垂死挣扎。但此情报落在国民党军联勤总部共产党内线情报人员手里，故被拖延缓办。

9日晚，杜聿明部已陷于十分混乱之中，根本无法控制。杜聿明知道大势已去，遂决定各部队分头突围。他自己则带着副官、卫士10余人单独行动，10日凌晨，被解放军俘虏，从此开始了长达10年的战俘生活。

至此，淮海战役全部胜利结束。

当然，在淮海战役刚开始时，还有一段"插曲"——张克侠、何基沣率领国民党政府军第七十七军和第五十九军2万余人起义。张克侠，1929年7月秘密加入中国共产党，后重返西北军，历任第六战区司令部副参谋长，第三十三集团军参谋长、副总司令，第三绥靖区副司令官。何基沣，1939年加入中国共产党，后奉命回原部队工作，1948年11月淮海战役时，任国民党政府第三绥靖区副司令官。

苏共领导人斯大林得知我军于淮海战役大胜的消息，既赞扬又惊讶，认为60万装备很差的解放军竟然打败了80万装备精良的国民党军队，真是奇迹！

是啊，这一中外战争史上的奇迹显示了以毛泽东为首的中共中央的高超的军事指挥艺术，而我党的情报搜集工作也起了重要作用。如萧克后来所言："他（吴仲禧）作为党在敌方工作的一颗'冷棋子'，在斗争的关键时刻，果然发挥了人们意想不到的重要作用。"[①]

---

① 萧克：《代序：纪念吴仲禧同志诞辰一百周年》，广东省政协文化和文史资料委员会编：《深潜龙潭老将军——吴仲禧纪念文集》，北京：中国文史出版社，2015年，第2页。

当时，吴仲禧对情报发出之后的事情是一无所知的。但他始终知道，他不是一个人在战斗，在这样一条隐蔽战线上，有很多人为了同一件事而铤而走险，大家都是一个目的——为了新中国的诞生。

实则，随着国民党军在各个战场上的节节败退，隐蔽战线的斗争形势非但没有"衰退"的迹象，反而显得更加严峻。因为双方都知道，在战争决胜时期，军事情报尤其显得重要。而在这样特殊的时期获取情报，危险重重，稍有不慎，便有杀身之祸。

1948年12月29日晚，国民党特务侦查出李白电台的方位，李白再次入狱。

吴群敢后来回忆："尽管当时我对李白电台被破坏，刘人寿、黄景荷撤离的实情并不了解，但从所接触情况来看，联系突然中断的经过很不寻常。1948年底的一天，上午10点多钟，黄景荷突然来找我，当时我住在虹口狄思威路金仲华的家中，黄很平静地通知我，刘人寿约我晚上6时在国泰电影院见面，她同金家女佣谈了一下家常后就离开。当时我预感定有紧急要事，因黄景荷不轻易前来找我，我在入住金家时，刘人寿曾告诫我说金家目标很大，黄非有特殊情况当不会轻易来此冒险。果然不出所料，当日我准点到达国泰电影院门外时，见刘人寿从人群中边走边对我说，这里的电影不好看，我们到那边的兰心戏院看看。待我们走到僻静处，刘要我立即同我的一个联系人王某联系，说有个小箱准备寄存他家，并要我7点再回到兰心戏院门口，届时跟着他走不要说话，会有一个穿工人服装的人拿着一个提箱走近我身边，将箱递给我，我也不要说话，接过后即送王某家中暂存。但当我按嘱打电话同王某联系后，回到兰心戏院门前时，刘人寿又对我说，这个计划取消，约我周二晚8点在虹口某书店内相见。但从此后多日同一时间，我在该书店等候，都未见刘到来，我判断一定是出了大事。原交我转移的可能是电台及其配件，尽管他们处变不惊、若无其事，但仍掩盖不了事实的异常。"

吴仲禧后来也回忆："这次任务的完成，如果没有吴石的有力帮助，没有李树正按照吴石的嘱托作了种种关照，是不可能这样顺利的。"

吴仲禧还回忆："1947至1948年间，解放战争的形势逐步起了根本性的变化。吴石知道我正在进行一些秘密工作，也就主动为我提供条件，给了我很大的支持和帮助。"

50年后，刘人寿写道："我们这些人，在敌区长期埋伏，远离领导机关，并不能常常知道自己工作的实际效果。虽然已事隔近50年，但这个评价使我们确知了自己的局部工作起了有利于全局的作用。毫无疑问，这对我和有关的同志，是个莫大的鼓励和安慰！"[1]而"仲禧同志后期的工作，主要是领悟了党的政治原则，主动活动、主动开辟，并不是一举一动都要等组织决定，事实上敌区环境，组织上也不可能事事指示"。

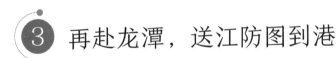

③ 再赴龙潭，送江防图到港

中国人民解放军在全国各战场的节节胜利，特别是辽沈大捷，使国共双方的力量对比发生了根本的变化，国民党军队已由内战初始的430万人下降到290万人，中国人民解放军则由120余万人增至300万人，翻了一番还多，而比数量更重要的，是士气和人心。

---

① 刘人寿：《关于淮海战役的最早又较全面的情报》，广东省政协文化和文史资料委员会编：《深潜龙潭老将军——吴仲禧纪念文集》，北京：中国文史出版社，2015年，第100页。

好消息接踵而至：

——我军包围天津，全歼守敌活捉陈长捷，解放天津。

——北平守将傅作义接受和平改编，北平宣告和平解放。

不到三个月时间，三大战役取得彻底胜利，全国人民欢欣鼓舞。

南京已陷入无政府状态。蒋介石又作虚伪的和平谈判建议，自己则引退飞往溪口，让位给李宗仁作为和平谈判的代理人。

蒋介石临走前，委任汤恩伯为江防总司令，把上自湖口下至上海的40余万大军以及数十艘军舰和强大的空军统归汤节制。江防一切计划、方案由汤恩伯全权处理，向蒋负责，李宗仁、何应钦、顾祝同都无权过问。

一日，刘人寿通知吴仲禧再去南京，完成两个任务：一是通过吴石了解蒋介石引退后，李宗仁作什么打算，以及吴的最近倾向；二是设法与在汤恩伯江防总司令部内地下党员鲁蟊联系。

吴仲禧接受任务后来到南京，住在吴石家里。正是严冬时候，晚上焙火，暖意融融，两人谈至深夜。

吴石说："蒋已暂时引退赴溪口，让位要李宗仁暂时代理。但李仍在坚辞中，因恐蒋有诈，但最终要接受的。因为共军大部队南下前进很猛，已迫近长江北岸，国军只剩乌衣、浦口和安广三个据点，中共渡江只是时间问题。不过在渡江这仗没有决定胜负之前，蒋已准备将自己的重要文件和贵重财物和一部分嫡系部队迁到台湾。其他行政院、国防部人员则由李负责迁到广州，成立临时总统府与中共形成对峙的局面，必要时我准备随国防部到广州再说。现在还有第二个人民代表团赶往北平和中共谈判中，如果战犯名单能够取消的话，和平谈判也可能有希望。"

吴仲禧说："现在议和，恐怕于事无补，虞薰兄将来如何打算？"

吴石说："一叶浮萍，随波逐流。"

最后一晚，吴仲禧对吴石说："我下一次还要来看你，但在你这里来往很不方便，见着客人也不好招呼，是不是能替我寻一个比较方便的

住宿地方？"

吴石说："我秘书龙舜琴，是广西人，家住在市中心，人很忠实，家里人也简单，你下次就住在他家里，有电话可以联系。"

龙舜琴原名龙业鼎，北京大学毕业，攻读俄语。吴石任第四战区参谋长时，他在第四战区外事处工作。此后，一路追随吴石。当年那首《喀秋莎》，正是龙舜琴教会吴仲禧的。不过，吴仲禧和吴石都不知道，龙舜琴早于1922年就经李大钊介绍加入了中国共产党。据龙氏后人言，吴仲禧和龙舜琴合作非常默契，龙舜琴多次为吴仲禧"保存公文包及手枪"[①]。

翌日，吴仲禧去国防部领取了工资。那是他最后一次从国民党手里领工资。

晚些时候，他也与鲁蕃取得了联系。两人一见面，认识，鲁蕃就是鲁令子。此时，彼此都已知道对方的身份，除去年龄的因素，他们更像是老相识、老朋友，内心涌动着无比的温暖和感动。

离别时，吴仲禧叮嘱鲁令子："胜利一定属于我们，在最后的关头，务必多加小心！"

鲁令子握着吴仲禧的手说："我会的，您也多保重，我们在新中国见！"

吴仲禧返回上海后，向王绍鏊、刘人寿汇报了此行情况。

刘人寿高兴地说："不虚此行！"

那段时间，京沪杭警备总司令部彻夜灯火通明。国民党为挽救败局，阻止人民解放军渡江，一面发动"和平"攻势，争取时间扩编军队，一面在美国顾问策划下，依长江天堑进行布防。不久，汤恩伯向沿江守备部队下达作战命令，明确各军的位置和任务，以及后勤补给的细则。这一作战命令，由鲁令子管理。

---

① 龙氏后人龙万建等提供材料。

刘人寿得知消息，急忙去找吴仲禧："鲁令子手里有一份重要材料，他无法送来，现在只有你去最合适。"

吴仲禧没想到要再赴龙潭。他点着一支烟，慢慢地吸着。他岂能不知道此时去南京危险重重，因为越到最后的关头，敌特的活动会愈加凶险，狗急跳墙，手段将无所不用其极，万一走漏一点风声，不但他有去无回，而且会累及家人。可是，作为一名共产党员，如果敌人的阴谋不能为我军掌握，那将有多少战士牺牲，人民群众又将遭受多少苦难，新中国的脚步又将迟滞到何时？想到此，他站起身，对刘人寿说："就算是龙潭虎穴，就算是刀山火海，我也必须去闯，赴汤蹈火，死不足惜。"

吴仲禧请组织留意，一旦他有什么意外，一定通知自己的家人转移。

刘人寿紧紧地握着吴仲禧的手："任何人对革命的贡献，组织都记在心里，请你放心，我们会留意南京的一举一动。"

12月30日上午，鲁令子来到龙舜琴家，见到了吴仲禧。

鲁令子说："这是一份机密文件，但我无法抄写，所以带出了原件。"

吴仲禧一看，是汤恩伯签署的给沿江守备十个军军长的作战命令，对东起江阴、西至芜湖沿江各军的作战任务都作了详细规定，对我军事关重大。

吴仲禧关切地说："你把原件带出来了，这非常危险，要尽快送回去。"

鲁令子说："我也没有别的办法。"

吴仲禧说："那你现在就抄写。"

吴仲禧和龙舜琴在客厅和阳台上放哨，鲁令子在书房紧锣密鼓地抄写。

鲁令子抄写完毕，将情报交给吴仲禧，自己收好原件，迅速赶回京沪杭警备总司令部，偷偷把原件放了回去。

次日一大早，吴仲禧乘坐火车赶回上海，但是，到上海后却找不到刘人寿。

吴群敢已察觉刘人寿出了什么状况，但由于工作纪律要求，他没有将他与刘人寿中断联系的具体经过告诉父亲。吴群敢后来回忆："我只是再往该书店几次寻访后告诉我父亲，与刘已经无法联系。"还告诉父亲，刘人寿可能去了香港。

吴仲禧焦急万分。他当机立断，让吴群敢、林亨元托关系千方百计买到一张去香港的飞机票。到香港后，吴仲禧在六国饭店住了几天才找到刘人寿。刘人寿告诉他，潘汉年、张唯一都在香港。

刘人寿说："我留了暗号，在桂系一位立法委员那里，我以为你会去那里。"

吴仲禧说："没关系，你为什么跑到了香港？"

刘人寿说："国民党反动派依靠美帝国主义提供的最新技术，侦查出李白秘密电台所在的地址。李白在紧张工作时，突然被军警包围，他迅速采取了应急措施，但还是不幸被捕了。我也被叫到淞沪警备司令部审讯，幸亏我能言善辩，把敌人唬住，才把我放走，我不得不紧急避来香港。"

吴仲禧脸上浮现一缕阴云。他们都知道，李白凶多吉少。事后得知，李白受尽了种种惨无人道的酷刑：上老虎凳、灌自来水、灌辣椒水，这都是"小儿科"。敌人把一根很长的针一半戳进李白的手指甲中，一半留在外面，然后用火烧针，针烧红了，热量直钻指甲缝，手背立即肿起来，血也变紫。敌人还用香火烧李白的眉毛和鼻子……1949年5月7日，也就是上海解放前的20天，李白英勇牺牲。后来，文艺工作者根据他的事迹，拍成电影《永不消逝的电波》，激励一代一代青少年沿着烈士的足迹奋勇前进。

革命者的鲜血不会白流，血债必将血还！

看到情报，刘人寿大喜，连声说："太好了，太好了！你知道吗，当时李白发的就是这个情报！我们现在用电台发出去，还不至贻误时机。”

很多年以后，吴仲禧得知，中共至少从十几个渠道获取了“江防图”情报，其中，吴石也提供过一份。

刘人寿后来回忆这一幕时说：“我于1949年1月中旬奉命转移到香港。仲禧曾到港交给我包括江防部署等不少有价值的情报。”

1949年1月25日，已经“引退”的蒋介石在溪口召见何应钦、顾祝同、汤恩伯等，共同策划江防部署，决定将长江防线划分为两个战区：从湖北宜昌至江西湖口段，由华中“剿总”白崇禧所属15个军约25万人防守，其中以13个军沿江守备，2个军置于长沙、南昌等地机动；从湖口东至上海段由汤恩伯京沪杭警备总司令部所属25个军约45万人守备，其中18个军用于江防，7个军控制浙赣路及浙东地区，作为机动。同时，以海军第二舰队、江防舰队的舰艇120余艘，空军第四军区所属4个大队的飞机近60架，负责封锁江面，构成所谓陆海空三军立体防线。此外，李宗仁还计划从新疆等地调兵10万加强江防力量。

可蒋介石哪里知道，他自以为天衣无缝的的江防计划，早已被我军兜了个底朝天。

④ 新中国的脚步

那段时间，吴仲禧一直在香港。一天，林亨元介绍党中央社会部派出的谢筱迺来见他。

谢筱迺是吴仲禧的老乡，当年也在战地服务队工作。

谢筱迺说:"吴将军,组织上派我去福建工作,我想和吴石建立联系。"

吴仲禧说:"没有问题,他即将到福建上任,估计不久会来广州,到时候我帮你引荐。"

吴仲禧心说,现在是该同吴石敞开谈的时候了。

4月间,吴仲禧回到广州。吴石随南京政府南迁,也来到广州,住在吴仲禧家里。

吴仲禧夫妇设宴,既为老友接风,又为老友送行。

吴仲禧说:"虞薰兄此次回家乡任职,也算荣归故里,能为家乡多做很多事情。"

吴石苦笑:"我们之间就不说客套话了,这些年,我的确有些心灰意冷,惟有和奋飞兄在一起时,方觉得敞亮愉快。"

吴石向吴仲禧透漏,国民党国防部保存有500箱重要军事机要档案资料,白崇禧、陈诚主张直接运送到台湾,他建议"暂移福州,进则返京(南京)容易,退则转台便捷",被陈诚采纳。

吴仲禧大喜:"虞薰兄高明,此举利在人民和国家。"

吴石说:"国民党大势已去,我早已不想跟它走了。"

吴仲禧说:"虞薰兄的选择是对的。"

吴石问:"我一直想问你,一向同你联系的那些人,真能代表共产党吗?"

吴仲禧说:"虞薰兄尽管放心,他们每一个人都代表共产党,我给你介绍可靠的人同你联系。"

吴石索性向吴仲禧交底,这500箱重要军事机要档案,他准备在时机成熟时发动福州起义,到时交给人民解放军。

吴仲禧紧紧地握住吴石的手,久久不松开。

但隐秘战线,即便是亲兄弟、父子与夫妻之间,有些话也是不能说的。吴仲禧如此,吴石亦如此。

吴石对吴仲禧有所保留。来广州之前，吴石在何遂的介绍下，在上海锦江餐馆与中共中央上海局书记刘晓、副书记刘长胜，负责统战工作的张执一等见面，经过坦诚交流，确定工作关系，指定何康和张执一同志负责与其联系。从此，开始走上革命道路。①

当然，吴石也告诉吴仲禧："最近上海方面有人通过何遂的关系同我联系，让我在海军方面做一些策反工作，我已对林遵舰长做了工作，林已答应在适当时机起义。"实则，从1949年初开始，为给共产党传递情报，吴石经常坐火车往返南京与上海之间。

吴仲禧非常高兴地说："还有一个人叫谢筱迺，是我的同乡，你也认识，你到福州后，他会和你联系，有些工作包括重要的材料，交给他，你尽管放心。"

吴仲禧的书房，一连几个晚上都亮着灯，他们久久地畅谈，希冀着中国的未来。

吴石去福州之后，蒋介石一直很关注。若干年后，国民党将领李以劻在忆述文章中写道，吴石由国防部史料局长调回福建任福州绥靖公署副主任后，蒋介石曾问李以劻："据报（吴石）有厌战言论，曾多次向人说国民党不亡，是无天理。"李答："今年5月底他来福州，邀我到温泉路家中吃饭，说福州易攻难守，福建是山岳地，便于打游击，但打游击是共产党起家本事，我们比共产党差远了；从三年国共战争来看，今日之国民党已无可战之将，也无可战之兵，他这个绥署副主任是心有余而力不足，同样也是饭桶。当今之计，从政略、战略、战术、战斗的诸方面看，一线之望可以持久者是守岛屿，因共方无战船，不能水战。"②

此后，蒋介石便对吴石的使用又有了新的打算。

---

① 吴建华：《隐蔽战线传奇英雄吴石》，福建省炎黄文化研究会、福建省作家协会编：《走进仓山：琼花玉岛起风帆》，福州：海峡书局，2018年，第211页。

② 王舜祁撰文，奉化市政协文史资料委员会编：《蒋介石三次下野》，2004年，第186页。

解放后，林亨元告诉吴仲禧："吴石在福建表现十分积极，通过谢筱迺同志给我们党提供了不少重要的军事情报，中央很重视。"[①]吴石提供的情报"得到中共中央和第三野战军的高度重视"[②]。

1949年4月20日晚，国共和谈破裂，人民解放军兵分三路强渡长江。不到3天，国民政府军苦心经营了3个半月的长江防线彻底崩溃。

1949年4月22日凌晨，毛泽东根据所获情报，亲自执笔在新华社发表《我三十万大军胜利南渡长江》，所用电头为"长江前线二十二日二时电"，短短100多字却气势磅礴——

> 国民党反动派经营了三个半月的长江防线，遇着人民解放军好似摧枯拉朽，军无斗志，纷纷溃退。长江风平浪静，我军万船齐放，直取对岸，不到24小时，30万人民解放军即已突破敌阵。

而经过对一份份"长江防务兵力部署和作战方案要图"的对比，国民党于江防部署上存在的致命弱点，是我军掌握主动，迅速突破长江天堑的关键。

1949年4月23日，南京解放。

南京解放当日，林遵率第二舰队30艘军舰宣布起义。吴仲禧小姨子、王静澜妹妹王光贞之女翁妫君后来回忆，解放战争期间，父亲翁政衡任第二舰队"江枫"号军舰舰长，与林遵为军校同学，关系很好。1948年冬，姑公吴仲禧从徐州回到南京去看望他们，吴仲禧和父亲谈了很久，"鼓励我父亲'相机起义'，不要去台湾"[③]。起义后，刘伯承司令员曾登"江枫"号，接见了父亲，还摸摸已在舰上的翁妫君和弟弟

---

① 吴仲禧：《回忆吴石烈士》，广东省政协文化和文史资料委员会编：《深潜龙潭老将军——吴仲禧纪念文集》，北京：中国文史出版社，2015年，第83页。

② 《血沃宝岛——中共台湾英烈》，北京：人民出版社，九州出版社，2022年，第64页。

③ 翁妫君：《怀念敬爱的姑公》，广东省政协文化和文史资料委员会编：《深潜龙潭老将军——吴仲禧纪念文集》，北京：中国文史出版社，2015年，第49页。

的头说："小弟弟、小妹妹，不要怕，我们是中国人民解放军，现在解放了，你们可以回南京安居读书了。"

1949年5月27日，上海解放。

1949年6月下旬，吴石从福州抵达广州。因广州要大搜捕，吴仲禧夫妇由林云青护送离穗到港。离穗前，吴仲禧给几个孩子买了一些大米，但没有钱再给他们。王静澜忍住泪水告诉孩子们，以后请林云青叔叔多照顾你们。后来，几个孩子为了应付生活，在征求林云青的同意后，把家里最值钱的电话机连同号码转让给了别人，换了2400港币，维持了几个月的生活开支。

很快，广州全城戒严，国民党军警在全城展开大搜捕，做最后的垂死挣扎。

吴石立即赶到香港，住进了吴仲禧入住的九龙佐顿饭店。

吴石告诉吴仲禧："我带了两份重要的材料，准备直接交给华南分局。"说着，从行李箱的隐蔽处拿出那两份材料。

吴仲禧一看，一份是国民党部队留存西北各地的部队番号、驻军地点、部队长姓名、现有人数和装备、准备整编的计划等；另一份是国民党部队在长江以南，川、滇、湘、粤、闽各省的部队建制和兵力等。

吴仲禧紧紧握住吴石的手说："虞薰兄，这都是国民党军委会编制的绝密材料！一路过来，可遇到什么危险？"

吴石说："特务们很多，危险是有的，但有惊无险，逢凶化吉。"

第二天，华南分局饶彰风、张铁生同志来到佐顿饭店，吴石把两份材料当面交给他们，饶彰风、张铁生非常高兴。

吴石说："以后有材料或情况，我会设法通过奋飞兄联络。"

饶彰风问："听说你福建绥靖公署已经结束，被调任国民党国防部参谋次长，要到台湾去？"

吴石点点头。

吴仲禧很着急："你可要考虑清楚，到台湾去是否有把握？"

饶彰风也说："如果能不去，可就此留下，转赴解放区。"

吴石坚决表示："我的决心已经下得太晚了，为人民做的事太少了，现在既然还有机会，个人风险算不了什么。"

吴仲禧问："那你的家属怎么办？"

吴石说："为了避免嫌疑，夫人王碧奎和两个小儿女也要一同去台湾。韶成和大女儿兰成留在大陆，我虽已作了安排，还请奋飞兄和组织上在必要时给予照顾。"

吴仲禧说："我们的老同事陈宝仓中将思想倾向进步，我已和他约定，你到台湾后，他与你联系，好作你的助手。"

陈宝仓被免职后赋闲于南京家中，心情一度郁闷。吴仲禧常去他家探访，两人下下棋、喝喝茶、聊聊天。陈宝仓的妻子师文通烧得一手好菜，尤其是红烧狮子头与饭店大师傅相比也毫不逊色，两人有时免不了浅酌几杯。

吴仲禧说："自箴兄身经百战，战果累累，我一直很佩服。"

陈宝仓说："国共合作，我们战胜了日本帝国主义。可现在国共内战局势逐渐明朗，国民党败退台湾的征兆已经浮现，我等该何去何从？"

戎马一生，阅人无数，陈宝仓岂能猜不到吴仲禧与中共的关系？

吴仲禧斩钉截铁地说："江山将来一定是中国共产党领导的广大人民的！"

一来二去，陈宝仓坚定了信心，拿定了主意，他告诉吴仲禧，他在台湾有一些旧部、旧友，而且熟悉国民党军队的内部机构和运作方式，可以奔赴台湾为中国共产党工作。

两颗火热的心仿佛炉膛中的炭火在可劲地燃烧。

1948年春，在吴仲禧的精心安排下，陈宝仓前往香港，秘密加入了李济深领导的中国国民党革命委员会，并且与中共中央香港分局负责人方方、饶彰风见了面。

　　正是从这一刻开始，陈宝仓投身革命的决心变得异常坚定，他由衷地相信，只有在中国共产党的领导下，中国这艘巨轮才会劈波斩浪、一往无前。

　　1948年底，通过陈诚斡旋，陈宝仓"资共"嫌案被撤销，调任国民党国防部中将高级参议，算是重出江湖。1949年春，他受中共中央华南分局（原中共中央香港分局）和民革中央派遣，随国民党军队撤退台湾。为消除蒋介石的怀疑，家眷也一同赴台。

　　吴石点点头说："党的事业未雨绸缪，精心布局，时时高人一筹，蒋介石焉能不败，革命焉能不胜？"

　　吴仲禧言："等你百战归来！"

　　陈宝仓既先期到台湾秘密开展党的地下工作，吴石再去，等于有了强有力的帮手，对开展工作极为有利。

　　刘人寿后来回忆，吴石当时提供的那份情报，"由我们抄录后原件退吴"。

　　1949年5月上海解放后，中共中央上海局并入中共中央华东局。为加强情报联系，此次吴石在香港还与中共中央华东局驻香港负责与中共台湾地下党组织联络的万景光见了面，确定了吴石赴台后的工作任务安排。

　　万景光向吴石表示，台湾是国民党退守的最后据点，希望他为"解放战争的最后一仗"作出自己的贡献。①

　　1949年8月14日，吴石接到总统府侍从室发来要其赴台的电报。16日，吴石乘机离开福州飞赴台湾。他的副官聂曦也同机前往。17日，人民解放军解放福州。吴石的随从参谋王强按照吴石的安排，将吴石保护的这批档案移交第十兵团司令部。1984年，这批档案被专家鉴定为"孤

---

　　① 《血沃宝岛——中共台湾英烈》，北京：人民出版社，九州出版社，2022年，第65页。

本珍贵文献"。

同年7月,张发奎也辞去所有职务出走香港,从此离开政治舞台。

1949年10月1日,在万众瞩目之中,中国人民解放军战士高擎
"八一"军旗,迈着刚劲雄健的步伐向庄严的天安门广场走来,一辆辆
装甲车、坦克车气势磅礴地向天安门广场开进……毛泽东主席在天安门
城楼上庄严宣布:中华人民共和国中央人民政府已于本日成立了!

震天撼地的广播、威武飒爽的军姿、轰鸣作响的礼炮、万众沸腾的
欢呼,展示着新中国国家和军队的尊严和中华民族的精神。

吴仲禧激动地说:"受压迫的中国人民从此挺直了腰杆,中国人民
从此彻底地真正地站起来了!"

1949年10月14日,人民解放军第四野战军第十五兵团四十三军
一二八师三八二团、四十四军一三二师三九六团进入广州市区。7时前
后,人民解放军先后攻占了国民政府总统府、广州绥靖公署、广东省政
府和警察局等重要机关,兵团主力随后跟进,在中共广州地下组织的配
合下,9时许,广州的战斗全部结束。华南大都会广州宣告解放。

广州城内一片沸腾。

广州解放后,在穗港通车的
第二天,吴仲禧欢欣鼓舞地从香港
回到了人民的广州。不几天,叶剑
英接见了他,并加慰勉。当组织上
通知他党的关系已从上海转来广东
时,吴仲禧激动得流下了眼泪。

此时此刻,吴仲禧对于自己
能从一个旧军人成长为光荣的共产

广州人民夹道欢迎解放军

党员,感到无比自豪。经历了十多年的地下工作,他多么渴望能以一个
公开的共产党员身份堂堂正正地在人民政权下工作、为新中国的建设做
出力所能及的贡献啊!

第十章

壮士暮年

 人民公仆

硝烟远去。

55岁的吴仲禧坐在家中的沙发上,翻阅当天的《人民日报》。偶尔,他的目光掠过报头,思绪仿佛还在过去的岁月中飞翔、驰骋。他不由想起很多人、很多事,想起自己大半生的经历,真可谓历尽坎坷、九死一生,内心禁不住波澜起伏。

他对王静澜感慨道:"今天的生活来之不易,我们和孩子们要好好珍惜。"

组织上已和他谈过话——由于工作需要,还不能正式公开他的中共党员身份。

听到这个消息，吴仲禧心里咯噔一下，非常失望，如果说过去不能公开，是革命的需要，现在革命成功了，还不能公开，为什么？

他毕竟是从腥风血雨之中走过来的人，他很快机敏地意识到，组织上这样做一定是有原因的，他的脑子里突然想到吴石、陈宝仓等人，是啊，他们都是和自己走得最近的人，如果台湾知道吴仲禧是共产党员，那特务们狼狗一样敏锐的鼻子就会闻出吴石、陈宝仓身上散发出的异样气息，且革命的几十年，还有多少同志与自己产生过蛛丝马迹的关联，多得数不清楚，如今，自己安全了，可其他同志呢？

想到此，吴仲禧完全同意组织的决定。

那一时期，叶剑英同志主政华南。他先后安排了一批党外人士在政府机关中任实职，担任厅局长，个别担任广东省政府副主席、广州市副市长。叶剑英认为，"对他们要作妥善安置，不能过河拆桥"①。于是，吴仲禧便以党外人士的身份被任命为广东省人民法院副院长。

这是1950年1月的事。

但吴仲禧以党外人士工作，尴尬的局面便出现了——他不能参加党组会议，不能参加党的生活，很多党的重要文件也不能阅查等，甚至还有一些重大决策事项的研究，吴仲禧不能参加。

但吴仲禧坦然面对了，心说，这点委屈和别扭算得了什么？他不但对工作没有丝毫的抵触情绪，自身也从未觉得"低人一等"，还严格按照组织的要求，"除做政法工作之外，多做党的统战工作"②，经常以民主人士身份参加各种社会政治活动。

但组织上为了便于吴仲禧开展工作，也尽可能提供了一些帮助，当

---

① 广东叶剑英研究会编：《叶剑英在广东的实践与理论》，广州：广东高等教育出版社，1997年，第397页。

② 陈景文：《高风亮节启后人——怀念吴仲禧同志》，广东省政协文化和文史资料委员会编：《深潜龙潭老将军——吴仲禧纪念文集》，北京：中国文史出版社，2015年，第31页。

时的省政府领导同志古大存（时任中共中央华南分局常务委员、副书记兼统战部部长、广东省人民政府副主席、中南军政委员会委员）、云广英（时任广东省人民政府秘书长）、左洪涛（时任广州市军管会房屋分配委员会主任、中共中央华南中央分局统战部副部长、广东省人民政府副秘书长兼办公厅主任）对省法院办公室主任徐明交代，吴仲禧副院长虽然不能参加一些重要的会议和部署，但会后要个别向他传达，征求和尊重他的意见。

徐明后来回忆，"我们也是按照要求这样做的。吴老很满意，并经常提一些很好的建议，主动支持和配合法院党组贯彻执行，使工作开展得很顺利。这充分体现了他的坚强的党性和组织观念。"

50年代初，新中国政权刚刚建立，美蒋特务机关不甘心失败，经常蠢蠢欲动，试图卷土重来。

特务们利用各种手段和形式，通过深圳潜入到广州进行破坏活动，甚至策划在广州繁华地点如火车站、海珠桥、中山路、北京路、岭南文化宫、发电厂、飞机场等地进行爆炸活动。当特务们被公安机关抓获、审讯之后，程序便走到了法院，加上土匪恶霸等案件比较集中，法院审判任务十分繁重，但法规又存在不健全的掣肘和弊端。

吴仲禧对工作人员说："法院的业务许多都要从头开始，旧的一套不能用，新的法规还没有建立，一定要认真研究和掌握好党的方针政策，才能办好案件，不出偏差。"

1951年春，最高法院中南分院院长雷经天同志来广东，会同吴仲禧等前往惠阳、潮汕、兴梅三个专署检查法院工作和审批重大的反革命案件。此时，吴仲禧已是省法院代院长。

一路上，徐明看到，雷经天、吴仲禧两位院长一边听各地负责人汇报工作，一边亲自审阅案件，晚上很少休息。他们对案情有疑问时会让主办人员详细汇报，还要调阅证据资料，再经反复分析讨论后才审批。他们认真负责、一丝不苟的精神使徐明和相关工作人员深受感动。

在以"代院长"职务领导省法院工作中,吴仲禧认真贯彻党的方针、政策,坚持实事求是精神。在"三反"运动中,原华侨投资企业公司的一位副经理被认定有贪污行为,关在省法院看守所,但经调查只是在工作中执行政策有偏差,本人并无贪污的确凿证据。吴仲禧了解后主张立即放人,其他问题另作处理,大家都很同意他的意见,立即照办,"后来证明吴老的分析和决定是正确的"。

吴仲禧仍时时牵挂着吴石、陈宝仓等的安危。

吴仲禧后来回忆:"吴石赴台后,我一直没有得到他的音讯,直至广州解放初期,华东局方面派人来对我说,吴石的工作已由他们取得联系,我才放下心来。不料几个月后,突然从香港报纸上看到吴石在台湾被公开枪决的长篇报道,不胜震惊、惋惜和哀痛。"

吴石去了台湾之后,开展了大量的工作。江南《蒋经国传记》载:"吴石在台湾的特工工作,遍及东南长官公署、保安司令部和空军部队"。但是,由于叛徒蔡孝乾的出卖,台湾地下党组织遭到重大破坏,大批地下党员被捕,吴石情报组也未能幸免。1950年2月,朱枫、聂曦身份暴露被捕,3月,吴石、王正均、陈宝仓也相继被捕。

在国民党保密局监狱三个多月的审讯中,吴石遭受百般酷刑,导致一只眼睛失明。他每一天都在等待死神的来临,知道将不久于人世,遂写下2000多字的遗书。

特务为从陈宝仓那里得到更多有价值的情报,对他施以酷刑,但他态度坚决,拒不"认罪"。

聂曦、王正均面对威逼利诱和严刑拷打,都拒不承认,"死不悔改"。

经严酷审讯,国民党特务一无所获。审讯情况上报蒋介石后,他暴跳如雷,恼羞成怒,亲手下达"吴石匪谍案"死刑令。

1950年6月10日下午4时30分,台湾当局以"为中共从事间谍活动"的罪名,对"国防部中将参谋次长"吴石以及朱枫、陈宝仓、聂曦等四人执行死刑。

吴石英勇就义前，写下了绝笔诗篇：

> 天意茫茫未可窥，遥遥世事更难知。
>
> 平生殚力惟忠善，如此收场亦太悲。
>
> 五十七年一梦中，声名志业总成空。
>
> 凭将一掬丹心在，泉下差堪对我翁。

不久，吴石的副官、中共隐蔽战线吴石情报组成员王正均也英勇就义。

吴石遇难的消息，让吴仲禧一时昏厥。苏醒之后，他禁不住老泪纵横。

他想起曾与吴石于白洋淀上的一幕，依稀如昨：

> "不知将来有没有戴笋皮笠子，穿荷叶衣服的时候？"
>
> "范蠡归湖，诗酒生涯，好个潇洒！"
>
> "倘若一夜风来，吹散了我们，又当如何？"
>
> "一叶孤舟，随波逐流。"
>
> "它会去哪里？"
>
> "从相同的地方来，必是要去相同的地方。"
>
> "最终会泊在一处看同一的风景。"
>
> "我会隔船相问——渔父何方居住？"
>
> "半壶绿醑，数卷残书，此身即是吾庐。"
>
> "我就登你的船，到你的庐中，也作新渔父。"
>
> ……

他来到珠江边，遥望东面，似在隔水问樵夫：

"虞薰兄，虞薰兄，我们约定，要一起作渔父啊！"

吴仲禧不知，他逝世若干年后，《蒋经国的晚年岁月》一书问世，书中有台湾当局于1950年6月11日《"中央"日报》发表的对吴石案的说明：

"……旋吴石于同年10月由港抵台，因吴在港另由投共之吴仲禧从中怂恿，并告吴石以前第4兵站总监中将陈宝仓已早在台湾为中共工作，嘱吴到台与陈联络，陈可协助采集情报……吴石与陈取得联系后，陈即供给我军防守部队番号等情报，交由吴石，吴石即以一部分情报，派聂曦持往香港，交付中共人员。"①

后来，吴仲禧在回忆文章中写道，"吴石直接参加为我们党提供军事情报的工作，是1949年春天以后的事"，他又说，"对他在解放战争期间通过几条渠道为我党所做的工作，我知道的也只是一部分"。②

党和国家始终没有忘记风雨同舟、患难与共的战友。1973年11月15日，吴石被追认为革命烈士。1994年，吴石的子女将他和妻子王碧奎的遗骸捧回祖国大陆，安葬在北京郊外的福田公墓，"碑文由原中共中央调查部部长罗青长亲自审定，吴石生前秘书郑葆生题写"。③1950年7月，脱离险境、人在香港的陈宝仓的妻子师文通、女儿陈禹方想方设法，托熟人殷晓霞将陈宝仓的骨灰带到香港。1953年9月，陈宝仓的骨灰由北京市人民政府安葬在八宝山革命公墓。2010年12月，朱枫的骨灰从台北迁回祖国大陆，安放在北京八宝山暂存。2011年7月，有关部门安排专机将朱枫骨灰护送到家乡宁波，安放在镇海烈士陵园。朱枫故居被命名为全国国家安全教育基地……

如李济深《在悼念陈宝仓同志》的悼词中所言：

"陈宝仓同志为革命而付出了宝贵的生命，这正如万千个革命烈士临危受命，临大节而不辱的奋斗精神一样，他是死而无憾的……我们的同志和祖国人民是永远不会忘记

---

① 李松林：《蒋经国的晚年岁月》，团结出版社，2019年，第56页。

② 吴仲禧：《回忆吴石烈士》，广东省政协文化和文史资料委员会编：《深潜龙潭老将军——吴仲禧纪念文集》，北京：中国文史出版社，2015年，第82页、第74页。

③ 《血沃宝岛——中共台湾英烈》，北京：人民出版社，九州出版社，2022年，第69页。

他的！"

1953年，按照全国统一部署，广东省各级法院全面开展司法改革，吴仲禧一方面积极主动地参加运动的领导，一方面客观地对待自己。运动开始后，他一再表示，自己解放前担任过多年国民党第四战区的军法执行监，现在又担任人民法院的领导工作，这是一个很大的转变，自己难免存在不少不符合人民利益的旧思想和旧法观点，希望大家在运动中帮助纠正。吴仲禧诚恳的态度和自我批评精神，对运动起了很好的带动作用。通过司法改革，法院系统破除了旧法观点，提高了审判人员的思想认识，改进了工作作风。省法院许多工作制度，如成立审判委员会，坚持走群众路线办案，加强调查研究，注重证据等措施都逐步建立、健全起来。接着，公、检、法又联合派员进行积案清理工作（包括国民党遗留下来的重要积案），由省公安厅马甫同志、省检察院王元芳同志和省法院徐明同志三人组成领导小组，一些重要的会议都请吴仲禧参加，吴仲禧也很支持。经过半年多的努力，这项任务基本完成。

在同事们眼中，吴仲禧作风谦虚谨慎、平易近人，善于团结同志一道工作。不论出差或到基层工作，都能同大家打成一片，从不摆架子，不提特殊要求。司法改革前，法院从法商学院调来一批青年干部，吴仲禧对他们的工作、生活都很关心，一再关照徐明要做好安排。程继锐、宁工、朱育民、芦其栋、傅经周等许多同志，都对吴仲禧认真负责、坚持原则、严于律己、团结关心同志的优良品德记忆犹新。

1955年1月，组织上决定吴仲禧任广东省司法厅厅长，党组织也决定公开他的中共党员身份，任司法厅党组书记。

宣布那天，吴仲禧当着很多人的面喜极而泣——是啊，他期盼这一天已经很久很久，虽然姗姗来迟，但终于还是等到了。

那晚，几个熟悉的朋友在一家粤菜馆摆酒设宴，为吴仲禧庆祝。

吴仲禧携王静澜参加。大家举杯起立,为他和协助他默默工作的王静澜敬酒——那是一个无比祥和又温馨的时刻,荣耀又庄严的时刻,与所有仿佛要经过岁月沉淀之后才"熠熠生辉"的共产党员一样,吴仲禧感慨颇多。

他不禁朗诵起清代诗人郑板桥的《竹石》:

咬定青山不放松,

立根原在破岩中。

千磨万击还坚劲,

任尔东西南北风。

一片叫好声!

包间门没关,过往客人均侧目往里看,吴仲禧挺直了胸膛,此刻,他一点都不怕,他从没有像今天这样真正放开、真正地做回自己过。

这些具有共同的政治立场、思想信仰和理想追求的人,再次起立举杯,为吴仲禧夫妇坚不可摧的爱情基础,为他们忘我无我的忍让牺牲精神,为三十多年种植的饱经风霜雨雪的爱情之树结出丰硕的果实而真心庆祝。

此后十余年,吴仲禧还在其他很多岗位上工作过。按照党组织决定,担任民革中央委员、民革广东省委副主任委员、广东省政协副秘书长、党组成员、常务委员、文史资料研究会副主任委员,《孙中山年谱新编》编纂组组长等。无论在哪个岗位上,他都对党的领导高度崇敬和自觉服从,孜孜不倦地探求真理,坚定不移地身体力行,兢兢业业地埋头工作,从不计较个人名利。

可是,1966年5月,"文化大革命"开始了,同年8月,吴仲禧被监护审查。

陈景文后来回忆,"文化大革命"期间,不少领导干部都被送到广州沙河地区的"梅花园",名为"监护",实则监禁,那里戒备森严,人一进去便彻底失去了自由,与外界失去了联系。

陈景文说："我和吴老二人本是同一单位的，大概因'身价'不同，所受待遇各异，我受集体监管，吴老关在什么地方，我本不知道。有一天，我下地劳动，路过一个'别墅'式的小楼，远远地看见'别墅'的围墙内一个老人在'散步'，细看是吴仲禧同志。"

他向吴仲禧招手致意，轻轻道了一声："保重！"

吴仲禧也招手致意："保重！"

在那样特殊的年代，他们之间这样一个动作、一句问候传递着关爱和温暖，那是足以激励他们好好活下去的情感支撑——任何时候，甚至越是艰难和危险的时候，不忘初心地活下去越是硬道理。

但陈景文后来劳动再路过那座"别墅"时，却不见了吴仲禧的身影，估计已转到别的地方去了。

……

岁月之河，缓缓流淌。

1972年12月，吴仲禧被解除监护返回家中，但一直赋闲，没有工作。

1976年，"四人帮"被粉碎后，吴仲禧心情大为舒畅，几年不作诗也不敢作诗的他脱口而出七律一首：

> 万家怒讨"四人帮"，
>
> 剥尽画皮正气扬。
>
> 残酷已逾诸吕暴，
>
> 穷奢犹似蒋家狂。
>
> 身从狗洞成权贵，
>
> 种出文妖号智囊。
>
> 赖有英明领导者，
>
> 千钧棒起四凶亡。

如陈景文所言，经此动乱，"四人帮"终于垮台，坏事又变成好事，经过拨乱反正，无数老革命、老干部又还其历史的本来面目，重新

走向工作岗位。

1978年，吴仲禧担任全国政协第五届委员会委员。

1979年，中共广东省委作出结论，"吴仲禧同志的历史是清楚的，政治上无问题。省委一九七三年二月二十三日对吴仲禧同志政治历史问题所作的结论应予撤销"。此后，吴仲禧担任了广东省政协副主席。

这期间，吴仲禧根据组织上的指示，继续做一些争取张发奎的工作。

1982年，李汉魂应廖承志的邀请回国访问时，吴仲禧遵照组织安排同李会见，畅谈分别以来的巨大变化。

1981年1月，吴仲禧为纪念孙中山先生写了一首诗：

辛亥革命七十周年纪念
——怀念孙中山先生

翠亨四野云天秀，

继起洪杨造化移。

三月羊城流碧血，

入冬鄂渚动旌旗。

奔波海外侨民助，

创学军中志士随。

大业起从形势转，

晚年救国有深思。

在辛亥革命70周年纪念前夕，吴仲禧写诗悼念孙中山并寄怀台中旧友：

武昌十月王朝覆，

迎主中原一布衣。

胡虏争传流寇患，

黎民早望逸仙归。

宣言立法平民制,

誓绝遗留帝政基。

大陆未忘公伟绩,

台中故友莫相违。

"文革"前,吴仲禧曾负责省政协的文史资料征集工作;"文革"后,一些老同志鼓励吴仲禧写回忆录;晚年时,中共党史资料征集部门也多次催促他撰写史料,但他一直没有写自己的经历传记。反而,他深切悼念叶挺、蒋先云、吴石等已遇难或壮烈牺牲的战友,认为自己有责任提供鲜为人知的史实,故在80多岁高龄时奋笔疾书,写出了烈士们的光辉业绩送交党史资料征集部门,"而他自己的回忆录却未能写成"。

1980年10月,吴仲禧写过一首古体诗词,抒发对改革开放的良好祝愿:

七律①

空前民主振人心,改革仍从体制寻。

独有元勋高表率,何难后起学良箴。

已看远路光明近,岂惧黄昏岁月侵。

今日争谈形势好,愧无佳句作长吟。

1981年9月30日,全国人民代表大会常务委员会委员长叶剑英向新华社记者发表谈话,进一步阐明关于台湾回归祖国,实现和平统一的方针政策。讲话一经发布,即引起全国人民热烈拥护。各界人士纷纷发表谈话,年已86岁、时任民革广东省委副主任委员的吴仲禧在接受新华社记者采访时说:"我认为这个谈话语调温和,入情入理,希望台湾国民党当局要好好考虑。如果有个别人阻挠这个谈判,一意孤行,他将会受

---

① 雍桂良主编:《中国爱国诗词大词典》,长春:时代文艺出版社,1991年,第1074—1075页。

到整个中华民族的谴责。"①

　　随着年岁愈来愈高，吴仲禧读书时怕自己记不住，经常在文件、书籍上圈圈点点，也写了不少读书笔记。他家里的案头上不仅常摆着一些政治书籍、党报党刊，他还长期自费订阅一些文学刊物。1983年初，吴仲禧病重期间仍要孩子们每天把重要新闻、社论读给他听，还叮嘱孩子们要把家里订阅的报纸、书刊整理好，待他病愈后阅读。②

　　无论身居何位，吴仲禧对党的信念一以贯之地忠诚。徐明言，"他为党为人民做了许多工作，但他从来不居功自傲，也不流露于言行。反而总认为自己过去在地下工作的环境下学习不够，水平不高，对党安排的岗位深恐未能胜任，因而从不计较职位高低，总是谦虚谨慎，尊重领导和同事，兢兢业业地贯彻党的各项政策。这种为党忠心耿耿的高尚品德是十分难能可贵的。"王静澜则言，"他常对我说，他最怕的是闲散下来，只要是党需要的工作就很好。"

　　让吴仲禧欣喜的是，他在有生之年见到了吴石留在大陆的子女吴韶成和吴兰成，得知他们的母亲在吴石遇害后也牵连入狱，后经故旧多方营救才被释放，直至1980年5月才得以移居美国洛杉矶。兄妹俩在有关部门的安排下，于1981年冬天赴美探亲，终于见到了分别近40年的母亲和弟弟妹妹，回来时带了一份吴石在狱中秘密书写在画册背面的绝笔书。

　　吴仲禧一字一顿地读着——

　　"我家累世寒儒，读书为善……十余年来风尘仆仆，又因抗战八载，以迄于今，戎马关山都无闲逸之境……"

---

　　① 新华社北京十月二日电：《京、津、沪、穗、汉各界人士热烈拥护叶剑英委员长谈话》，新华社新闻稿，1981年，第6C期。
　　② 吴群继、吴群策、吴群任、吴群力：《隐蔽战线上忠诚的共产党员——忆父亲吴仲禧》，广东省地方史志办公室编：《父辈的足迹》，广州：岭南美术出版社，2011年，第166页。

从遗书中，吴仲禧看到了吴石的生平抱负，凛然的正气，交代后事之后从容赴难的决绝之心，"凭将一掬丹心在，泉下差堪对我翁"——更表现了这位好老乡、好同学、好兄弟、好战友、好同志的坚贞不渝、宁死不屈的革命精神。

每每回忆与吴石的往事，吴仲禧莫不心潮激荡，多年哀思无从化解。

吴仲禧心说，吴石烈士若九泉之下有知，也该感到欣慰，他在大陆的二位儿女分别毕业于南京大学、上海第一医学院，大学毕业后都参加了革命工作，并都加入了中国共产党。

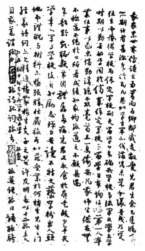

吴石遗书

② 和谐的家庭

纵观吴仲禧一生的革命生涯，虽然其踪迹总是漂泊不定，但他是一个家庭观念极重的人，对妻子王静澜和子女们尽心尽力，没有给他们丰富的物质和钱财，但给了他们顽强生活下去的勇气和勇敢面对艰难困苦的毅力和信心。

在王静澜眼里，吴仲禧是一个"朝夕相处的良师益友"①，他追

---

① 王静澜：《安息吧，亲爱的仲禧》，广东省政协文化和文史资料委员会编：《深潜龙潭老将军——吴仲禧纪念文集》，北京：中国文史出版社，2015年，第42页。

求真理，"确是生命不息、战斗不已"，他在斗争中，"一贯是非分明"，而又"善于团结同志，共同对敌"，"总是不顾个人得失，自觉服从组织的决定"。于生活上，解放后，随着日子逐渐好转，丈夫却戒掉了香烟，每月的花费除了购买书报再无其他。他经常告诫孩子们要严格要求自己，注意节俭，不要搞特殊化。

1950年6月底，吴群敢从上海调到政务院（后改为国务院）总理办公室财经组工作。吴仲禧对儿子讲，你能在总理身边工作，是组织上对我们一家人的高度信任，也是周总理对你政治素养和业务能力的高度认可，你在工作中务必要谨言慎行，要保守秘密，要注意什么样的朋友能交往，什么样的朋友坚决不能交往，要多为总理分忧解难。

王静澜曾赴北京看望儿子，回广州后对吴仲禧讲述了见到周总理、毛主席的情景，格外欣喜与自豪。吴仲禧说，组织、首长信任、关心群敢，我们更要在行动上作出表率，不能拖儿子的后腿。

解放初期，组织上分配吴仲禧夫妇住进一座四房两厅的小楼房里，因"文革"中吴仲禧被监护审查，楼房被划出一半分给另外一位干部居住，和王静澜共同生活的两个儿子只能分别住在阳台、车房里。后来，在落实政策时有人劝吴仲禧申请要回另一半房子，吴仲禧坚持能将就住下就行。反而，他多次同孩子们谈起要珍惜全党、全国人民安定团结的局面，要更勤奋地学习和工作，为发展祖国大好形势而努力。

吴惠卿后来忆述，我们有一个和睦的大家庭。我是长女，下面有六个弟弟一个妹妹。在艰难的岁月，爸爸为了革命事业走南闯北，妈妈几乎承担了抚育八个子女的全部责任。尽管生活动荡、艰苦，但他们相濡以沫，互相支持；爸爸总是鼓励我们从小就要培养自立的能力，让我们到群众的实践中去经受磨炼，爸爸对我们弟妹们的严格要求，更是我们铭记不忘的。爸爸给弟妹们起的名字，就寄托了他自己的思想。我几个弟弟的名字，分别叫：群敢、群继、群策、群任、群兴、群力。我觉得爸爸心里有民众，也希望他的孩子将来能好好地为国家、为人民群众服务。

在广州，广东省委讲师团原团长吴群策老人怀念父亲："父亲是一个有信仰、有担当，决不随波逐流的人。他作为资深的国民党高级将领，能够在中国近代复杂的历史巨变中，一步一步朝着正确的方向走来，成为坚定的共产主义战士，这不仅要不忘复兴民族的初心，而且要不断洗涤地位和权力可能给自己蒙上的灰尘，努力使自己成为一个纯粹的人，而他正是注重自身修养，严于律己，生活情趣高尚的人。他一夫一妻相守65载，家庭生活美满，是我们后辈的至高楷模。……人生，淡泊名利，才能致远。"①

1951年，抗美援朝战争爆发时，吴群任才16岁，正在广雅中学念初中，吴仲禧夫妇鼓励儿子报名参加空军，并亲自到校欢送，吴仲禧还在儿子的日记本上写上这样的话：

群任吾儿：

我希望你坚强地英勇地向前看向上飞，飞到祖国的边疆，永远为祖国的光荣而奋斗。

你的父亲，你的几个哥哥，早已是反侵略战线的一员，我们家庭的温暖难道不是应该到战场上去体验吗？

祝你健康！

父母禧、澜字

1951年1月17日于东山

吴群任参军后，一直坚持在青藏高原工作了十几年，转业后从事文艺写作。

对于母亲王静澜，孩子们也心怀感恩之情。在回忆母亲的一生时，说她在很多事情上都想得比较周到，帮了父亲很多忙。也都为她惋惜，在当时的社会情势下，她的家务负担太重了，不然，她一定会成为一个

---

① 吴群策访谈。

很好的妇女干部。

吴群敢言："特别是在家里遇到几次大的困难的时候，母亲都独立带领家里人转移，无论是从上海转移到福建，还是从福建再往广东方向转，几次转移，她都独立操作、独立进行。"

正如田丰所言，"吴仲禧总是鼓励子女自立、自强，从不干预、插手子女的工作安排"。

吴仲禧最小的两个儿子，后来一个当工人、一个务农。

③ 斯人已逝

1983年6月15日，吴仲禧病逝于广州，享年88岁。

一颗伟大的革命的心脏停止了跳动。

1983年6月29日《南方日报》发表了消息：

吴仲禧同志追悼会在广州举行

本报讯　中国共产党党员、第五届全国政协委员，第五、六届广东省政协副主席，民革中央委员、民革广东省委员会副主任委员吴仲禧同志因病医治无效，不幸于1983年6月15日在广州逝世，终年88岁。吴仲禧同志追悼会于昨天下午在广州殡仪馆大礼堂举行。

送花圈的有：

全国政协、民革中央、中共中央组织部、中共广东省委、省顾问委员会、省纪律检查委员会、省人大常委会、省政府、省政协、省军区、省委组织部、省委统战部，省、市

民革，省、市各民主党派，省委、省府有关部委厅局，广
州市有关领导机关，吴仲禧同志家乡福建省、福州市委和民
革等；

民革中央领导人王昆仑、朱学范、贾亦斌，农工党中
央领导人季方，省、市负责人和吴仲禧同志的生前友好任
仲夷、刘田夫、林若、梁灵光、李坚真、谢非、吴南生、王
宁、王德、尹林平、区梦觉、罗天、梁威林、李建安、寇庆
延、陈越平、杨康华、郑群、萧隽英、罗西欧、方少逸、何
宝松等；

港澳知名人士庄世平、李子诵、陈复礼、袁耀鸿、黄祖
芬、王衡、邓典初、曾敏之等。

省委书记谢非主持追悼会，省政协主席梁威林致悼词。

悼词说，吴仲禧同志早在青年时期，就思想进步，追求
真理。他在1911年投身福建学生军，参加孙中山领导的辛亥
革命。在北伐战争中，任国民革命军团、师参谋长、代师长
等职，屡立战功。1937年7月，参加中国共产党，根据党的指
示，利用国民党高级将官的特殊身份，进行地下工作，积极
开展抗日统战活动，掩护过许多同志和进步人士。解放战争
期间，他继续留在国民党国防部从事地下工作，不畏艰险，
深入虎穴，出色地完成了党交给他的任务，并配合淮海决战
渡江南下，追歼残敌，作出贡献。1946年积极参加李济深、李
章达、蔡廷锴等知名人士组织成立民革前身中国国民党民主
促进会的工作，作出成绩。

解放后，吴仲禧同志历任广东省人民法院代院长，省
司法厅厅长、党组书记，省参事室副主任，省政协常委、副
秘书长、副主席，省人民代表，全国政协委员，民革中央委
员、省民革副主委。10年动乱中，他与林彪、"四人帮"的

极"左"路线进行了坚决斗争。粉碎"四人帮"后，他精神振奋，衷心相护党的十一届三中全会以来的路线、方针、政策，坚持四项基本原则，为进一步发展爱国统一战线，巩固和发展安定团结的政治局面继续作出应有的努力。

悼词说，吴仲禧同志几十年来从一个爱国军人、民主主义者成长为坚强的共产主义战士。他立场坚定，作风正派，勤奋学习，工作积极，勇于坚持原则，开展批评与自我批评；他关心群众，生活艰苦朴素，遵守纪律，不谋私利，为革命事业奋斗一生。

省、市负责同志和吴仲禧同志生前友好谢非、吴南生、王宁、尹林平、杨应彬、寇庆延、罗天、梁威林、梁广、罗明、杨立、王越、黄康、曾天节、郭翘然、陈伊林、左洪涛、李洁之、何宝松等参加了追悼会。

参加追悼会的有省直各部门的负责同志、机关干部和吴仲禧同志的亲属共五百余人。

是的，很多人都在怀念他。

即便时隔多年之后，仍有很多人在怀念他。

田丰描述吴仲禧的一生，他"从辛亥革命一步一个脚印地勇敢走来，主要是因为他始终胸怀国家和民族的命运，孜孜不倦地探求革命真理，从不因个人的权位而影响进退。他谨记孙中山要做大事，不是要做大官的教诲，一生淡泊名利，为信仰、理想而又不畏艰险"。[1]

杨应彬言："他的革命精神永葆青春，鼓舞后人奋勇前进。"[2]

---

[1] 田丰：《前言：记一位从辛亥革命走来的共产党人吴仲禧》，广东省政协文化和文史资料委员会编：《深潜龙潭老将军——吴仲禧纪念文集》，北京：中国文史出版社，2015年，第8页。

[2] 杨应彬：《一代风流启后昆》，广东省政协文化和文史资料委员会编：《深潜龙潭老将军——吴仲禧纪念文集》，北京：中国文史出版社，2015年，第17页。

刘人寿言："仲禧同志的一生是光辉的、革命的、战斗的一生！是'回首平生无憾事'的一生！"①

1995年6月，萧克撰文《纪念吴仲禧同志诞辰一百周年》②：

吴仲禧同志是中国大革命时期北伐军一位有名的将领。二期北伐时，担任国民革命军第二十六师的代理师长，我曾在拨归他指挥的二十四师七十一团的连队工作，是上下级指挥关系。记得在武汉誓师北上大会上，他在检阅台慷慨激昂，动员全体官兵要革命到底，彻底打垮北洋军阀，统一中国，实现孙中山联俄、联共、扶助农工的三民主义，给我留下深刻的印象。

后来在临颍大战中，他亲临前线指挥，果断地率领部队从敌军主阵地东北迂回奉军主力炮兵阵地，断敌退路，该师共产党员蒋先云团长身先士卒，壮烈牺牲，将士们前赴后继，终于突破了敌人的主阵地，取得了临颍战役的决定性胜利。在祝捷会上，吴师长神态凝重，举杯激励大家为国争光，洒酒奠祭阵亡将士，献身革命的爱国精神溢于言表，场面感人至深。

遗憾的是，在大革命失败后直到70年代末的半个世纪里，我一直未再获得这位爱国将领的音讯。

1982年我到广东，听说广东省政协有一位副主席名吴仲禧，我忙打听他是否就是大革命时期的吴师长。恰好广东省省长刘田夫同志是他的老战友，刘证实了这一点，并告诉

① 刘人寿：《光辉的、革命的、战斗的一生》，广东省政协文化和文史资料委员会编：《深潜龙潭老将军——吴仲禧纪念文集》，北京：中国文史出版社，2015年，第21页。

② 萧克：《代序：纪念吴仲禧同志诞辰一百周年》，广东省政协文化和文史资料委员会编：《深潜龙潭老将军——吴仲禧纪念文集》，北京：中国文史出版社，2015年，第1—2页。

我：吴仲禧在1937年已秘密加入中国共产党，此后一直隐蔽在国民党军队的上层做地下工作，解放战争期间曾从国民党国防部、"剿匪"总部等要害部门为我党提供了许多重要情报。我知道后十分高兴，即日专程到吴仲禧家里拜访。我们回忆起北伐战争共同的戎马生活，历历在目。他谈到大革命失败后的彷徨，几经艰难曲折才加入共产党的历程，既有感慨，也有欣慰。

在吴仲禧同志一生不平凡的经历中，我想特别值得记述的大概是这样两件事：一是他从一个坚定的革命民主主义的爱国将领，终于成长为一个忠诚的共产主义战士；二是他作为党在敌方工作的一颗"冷棋子"，在斗争的关键时刻，果然发挥了人们意想不到的重要作用。

我和吴仲禧同志在广州相见不久，他就在1983年与世长辞了。1995年是他诞辰100周年，他的战友和有关组织决定出一本纪念专辑，我为这位战场上的故人的纪念专辑写几句话，既为怀故，也启迪后人。

是的，吴仲禧走了，但他的精神还在，从未远离。

2022年4月5日，又一个"清明"。

这天，吴氏子女和所有孩子们一样，格外怀念自己的父母。吴仲禧已离开他们39年，他们对父亲的纪念源于内心深深的感怀，他们无法忘记——即便再过去半个世纪、一个世纪，他们和我们以及他们和我们的后代，都无法忘记那些曾为民族、国家命运而浴血奋战过的志士仁人，没有他们，何来一代一代人幸福美满的生活？

未来，仍然——路漫漫其修远兮。但吾等中华儿女，必将上下而求索，沿着无数革命先烈和革命前辈的足迹，以"富贵不能淫，贫贱不能移，威武不能屈"的中华民族之伟大精神，向实现中华民族伟大复兴的中国梦而奋勇攀援！

附录

吴仲禧年表

▷ **1895年（清光绪二十一年），出生**

农历八月十七日，出生于福建闽县吉祥（现福州市）一个小商人家庭。

▷ **1896年（清光绪二十二年）—1904年（清光绪三十年），1岁—9岁**

幼年在城镇度过，孩提时受到父亲一定的启蒙教育。

▷ **1905年（清光绪三十一年），10岁**

入读私塾，接触中国古代文学作品。

▷ **1908年（清光绪三十四年），13岁**

入铺前小学读书至15岁。

▷ **1911年（清宣统三年），16岁**

11月，受黄花岗烈士林觉民等影响并响应武昌起义，参加福建北伐学生军。

12月，北伐军学生报到、集训。

▷ **1912年（中华民国元年），17岁**

1月，学生军开拔上海；21日，抵上海后训练。

2月，学生军抵达南京，编入南京陆军入伍生队第二营；15日，护卫孙中山赴南京明孝陵行祭告典礼。

3月10日，袁世凯在北京就任临时大总统。

4月1日，孙中山发布《临时大总统解职令》。

6月，学生军队伍解散，资遣回籍，以待后命，第一次军旅生涯结束。

夏，参加陆军第二预备军官学校选拔考试。

冬，赴武昌入学，接受军事基础教育。

▷ **1913年，18岁**

7月，欲同吴石等回福建参加倒袁运动，因海上交通受阻未成行；在校园秘密设立灵堂，悼念因在江西参加反袁运动被捕牺牲的同学。

▷ **1914年，19岁**

冬，从陆军第二预备军官学校毕业。

▷ **1915年，20岁**

年初，以入伍生身份分发北洋部队锻炼。

夏，入保定陆军军官学校第三期步兵科学习，接受高等军官教育。

12月，袁世凯复辟帝制，吴仲禧义愤填胸，参与学校暴动后离校革命。

▷ **1916年，21岁**

6月6日，袁世凯去世。

7月初，吴仲禧回到学校继续学业。

冬，从保定陆军军官学校毕业返乡。

▷ **1917年，22岁**

1月，派往福建第十一混成旅服务；不久，因被排斥而回福州，到铺前小学兼课。

▷ **1919年，24岁**

与王静澜女士结婚。

▷ **1921年，26岁**

7月，中国共产党成立，吴仲禧有所关注。

▷ **1922年，27岁**

秋，粤军东路讨贼军许崇智部入赣转闽，吴仲禧在龚师曾旅任参谋。

▷ **1923年，28岁**

春，随龚师曾旅赴闽东，讨伐臧致平等。

8月，逃离战乱返回福州。

▷ **1924年，29岁**

春，赴广州寻找工作。

4月，往肇庆西江讲武堂任教官。

10月，在粤军第一师徐景堂部邓演达团余汉谋营任连长。

▷ **1925年，30岁**

3月12日，闻孙中山先生逝世，内心痛苦难以言状。

5月，随军开往广西讨伐军阀沈鸿英；行至贺州，因病返回肇庆；病愈，到粤军暂编第八旅徐汉臣旅任主任参谋，驻扎新兴县。

6月间，赴广州参加平息杨希闵、刘振寰战斗；后父亲去世，返乡。

秋，在国民革命军第四军第十师第三十团任团附。准备北伐与叶挺

相识。

▷ **1926年，31岁**

7月，参加国民革命军在广州举行的誓师大会；后随部队开赴湖南。

8月，参加平江战役；汀泗桥战役中，因团长中弹负伤，代理团长指挥战斗；月底，指挥第三十团参加贺胜桥战役。

9月至10月，参加武昌战役，占领吴佩孚部守将刘玉春司令部；因战功晋升第二十四师参谋长。

▷ **1927年，32岁**

春，任第二十六师副师长、代理师长；与蒋先云相识，支持蒋先云诸项革命举措，并表达加入中国共产党愿望。

4月下旬，随国民革命军开赴河南。

5月底，于临颍大战中，所辖蒋先云七十七团包抄敌炮兵阵地，配合主力部队击溃奉军，攻占临颍。蒋先云牺牲。

6月初，回师武汉，提议举行蒋先云烈士追悼会，未获同意；6月8日，参加周恩来主持的在武昌中央军事政治学校武汉分校操场上举行的蒋先云烈士追悼大会。是月，回师武汉途中，受投靠国民党右派考验而不为所动。

7月，北伐军整编，调任第二方面军总部副官长，未上任。是月中旬，随张发奎部抵达九江，称病离职赴庐山休养。

8月1日，南昌起义爆发，因未参加而终生遗憾。

9月间，返回福州。

▷ **1928年，33岁**

3月，在第四军南京新兵训练处任少将副主任。

9月，部队编遣，被免职，返回福州。

▷ **1929年，34岁**

3月，在第一集团军陆军第八师第二十四旅任主任参谋，驻扎安徽合肥。

▷ **1930年，35岁**

6月，在第六路军总部任副官处长，驻扎南京。

是年，与进步青年林亨元、郑太初等结识，常谈马列主义。

8月，加入邓演达等在上海创建的中国国民党临时行动委员会。

秋，被动参加朱绍良第六路军对共产党革命根据地的"围剿"，身在曹营心在汉。

年底，与中国国民党临时行动委员会成员李得光、邱锦章、余遇时在西湖边的宁庐会面，根据邓演达"反蒋要抓军队"指示，商议在国民党军队中开展工作，同时抓紧文化教育界的宣传工作。

▷ **1931年，36岁**

6月，蒋介石发动第三次"围剿"，告假回福州休养。

是年，在福州经常参加林亨元、郑太初等进步青年组织的社会主义科学读书会；读书会有时在自己家里举行，探讨中国的出路、如何推翻帝国主义和封建主义统治的反动政权、建立民主、富强的新中国，逐步实现共产主义的理想等话题。

8月，介绍林亨元等加入中国国民党临时行动委员会；担任福建省国民党行动委员会筹备处筹备委员。

11月底，邓演达遇害，在家中设置灵堂以祭奠。

▷ **1932年，37岁**

春，在"双虹小学"任董事长，开展革命活动。

年中，在福建省水口内河护运处任少将主任。

▷ **1933年，38岁**

2月，在福建省某保安团任团长。

10月，接待参加筹备成立福建人民政府的黄琪翔、章伯钧、季方等人；加入黄琪翔主持的军事参谋团；以福建人民代表身份参加福建人民政府成立活动。

12月19日，加入生产人民党。

▷ **1934年，39岁**

1月，福建人民政府失败，遭蒋介石通缉而流亡广州。

2月，借债过年。

3月，在粤军第一军余汉谋总部任参议。

6月，中共党员王绍鏊经季方介绍前来，积极协助中共与陈济棠达成红军在粤赣边境双方部队互不侵犯默契。

▷ **1935年，40岁**

8月1日，中华苏维埃政府、中共中央发表《为抗日救国告全体同胞书》（即《八一宣言》），响应《八一宣言》，到中学积极宣传。

▷ **1937年，42岁**

春，张发奎任苏浙边区绥靖主任，负责修建苏嘉杭国防工事；任作战科长，负责嘉兴平湖地区等国防工事修建。

8月，经王绍鏊、何克希介绍加入中国共产党，并按照党组织指示，作为单线联系的地下党员留在国民党部队进行抗日民族统一战线工作。

9月，收到党组织通知，掩护和配合来张发奎部队中的战地服务队的人员和活动。

11月，巡视平湖工事时身陷日军包围圈脱逃。

▷ **1938年，43岁**

春，在武汉参加国民党军官训练团学习，聆听周恩来等授课；学习结束，到张发奎第二兵团总部报到，驻扎湖北麻城。

是年，为第二兵团内部革命力量提供多次保护。

6月，参加武汉会战，一度派往李汉魂军团彭生霖师任参谋长。

7月，调回第二兵团总部任少将高参，并任阳新渡河架桥指挥官，顺利完成架设浮桥任务，保障大批抗日部队及重炮武器安全西撤。

▷ **1939年，44岁**

1月，任第四战区少将军务处长，驻扎韶关曲江；为游击训练班授课，讲授《论持久战》。

7月1日，在《新华南》发表《抗战三周年的工作经验与教训》。

是月，母病逝，回乡。

12月，任韶关警备司令；积极保护八路军驻韶关办事处的安全。

▷ **1940年，45岁**

10月，面对国民党顽固派不断掀起的反共高潮，保护八路军驻韶关办事处主任云广英撤离。

▷ **1941年，46岁**

1月，任第四战区中将军法执行监，驻扎柳州。

5月，反复研读延安整风的有关文献。

是年，积极配合原战地服务队在第四战区的中共特别支部开展工作，独登山住宅成为"特支"队员经常开会、学习之场所。

▷ **1942年，47岁**

春节，邀请"特支"全体成员到家中赴宴，给特务以无言的警告。

▷ **1943年，48岁**

2月，斯大林格勒苏军大捷，邀请原战地服务队全体成员到家中庆祝。

春，得知叶挺"移住"柳州，积极组织营救无果；与中共地下党员徐明诚取得联系接受新任务。

秋，掩护中共党员高学斌逃跑。

▷ **1944年，49岁**

11月，桂柳大撤退时，协助中共"特支"安排田汉等20多人顺利撤往后方。

▷ **1945年，50岁**

8月10日，日本宣布无条件投降。

9月16日，随张发奎等参加日军受降仪式。

10月，以第二方面军中将军法执行监身份，主持审判日伪汉奸；10月14日，对吕春荣执行死刑。

11月，营救共产党员王俊（又名王辛农）。

年底，营救东江纵队两名复员同志。

▷ **1946年，51岁**

2月，担任《自由论坛》期刊编撰工作。

3月12日，参加中国国民党民主促进会筹备会；任理事。

春，调任南京军事参议院中将参议；转道上海，承担向周恩来送密信任务；与潘汉年结识。

▷ **1947年，52岁**

5月，来沪，与刘人寿结识。

9月，任南京政府国防部监察局中将首席监察官。

11月起，通过九江指挥所、华中"剿匪"总司令部，定期获取作战旬报。

▷ **1948年，53岁**

5月，任南京政府国防部中将部员。

6月，获取"徐州剿总情况"绝密情报。

▷ **1949年，54岁**

3月，将"江防作战命令情报"送至香港。

6月，与吴石在香港见面；吴石将国民党军委会编制的长达几十页的绝密材料交与华南分局饶彰风、张铁生同志。

10月，广州解放，由港返穗。

▷ **1950年，55岁**

1月，任广东省人民法院副院长、代院长。

10月，参加广东省第一届各界人民代表会议；当选第一届协商委员会委员。

▷ **1951年，56岁**

9月，参加广东省第二届各界人民代表会议，当选第二届协商委员会委员。

▷ **1952年，57岁**

10月，参与领导省人民法院司法改革运动。

▷ **1953年，58岁**

12月，任广东省参事室副主任。

▷ **1954年，59岁**

8月，当选广东省第一届人民代表大会代表；后继续当选第二、三、五届人民代表。

▷ **1955年，60岁**

1月，任广东省司法厅厅长，党组织公开中共党员身份，任司法厅党组书记。

5月，按照党组织决定继续参加民主党派工作，先后兼任民革第一至第五届广东省委员会副主任委员。

▷ **1956年，61岁**

2月，当选民革第三届中央委员；后继续当选民革第四、五届中央委员。

▷ **1958年，63岁**

1月，任广东省政协副秘书长、中共广东省政协党组成员。

▷ **1961年，66岁**

12月，当选中共广东省第二次代表大会代表。

▷ **1963年，68岁**

12月，任政协广东省第三届委员会常务委员、文史资料研究会副主任委员。

▷ **1964年，69岁**

5月，任《孙中山年谱新编》编纂组组长。

▷ **1968年，73岁**

8月，"文化大革命"期间，被监护审查。

▷ **1972年，77岁**

12月，解除监护。

▷ **1978年，83岁**

2月，任全国政协第五届委员会委员。

▷ **1979年，84岁**

1月，任广东省书法篆刻研究会副主任委员。

12月，任政协广东省第四届委员会副主席。

▷ **1980年，85岁**

7月，任广东省人大常委会法制委员会委员。

12月，任第一届广东省律师协会顾问。

▷ **1983年，88岁**

4月，任政协广东省第五届委员会副主席。

6月15日，病逝于广州。

后　记

农历壬寅虎年春的一天，笔者终于给本书敲上最后一个"句号"。

侧身流溪河畔，无限遐思；凭望天高云淡，百感交集。却不觉有丝毫轻松惬意之感，反而，细想这近一年于朝朝暮暮中的笔耕不辍，感觉有太多的遗憾涌上心头。

遂，将书稿搁置一段时间后重又"打开"，重新梳理，拾遗补漏，的确发现很多问题，于是汗颜，更不敢有丝毫麻痹大意。

之前，笔者并不知吴仲禧，对他的了解一片空白。当逐渐"走近"他，愈来愈多了解之后，那些散落于史海之中的珍贵细节拨云见雾般出现在面前，便想，全面客观准确地再现吴仲禧追随孙中山革命，北伐南征，抵抗日寇侵略，加入中国共产党，隐匿于国民党反动派阵营，追逐民主理想和光明，参加新中国建设的人生历史，既是笔者无限的光荣，也是无限的责任。

笔者虽非历史专业出身，却喜欢"探赜索隐、钩深致远"。亦有几乎反映同一时代乃至与吴仲禧有"时空交集"的《李章达评传》问世，这对于本书的写作提供了较大的帮助。但是，于吴仲禧来说，虽然历史的真相基本明了，大部分的事实都有定论，可因种种的原因，包括他生前一直的低调，他的人生、他的成长、他的革命的"蛛丝马迹"，仍然有许许多多不连贯和值得细致探究和深刻挖掘的必要。

只是，这是一本人物传记，而非"李章达"那样的评传，因此，对吴仲禧的写作，在基于史实的基础上，必然要进行文学的表现，我所有的遗憾皆因才疏学浅、笔力不济而可能未还原真实的吴仲禧。这是主观的原因。客观地说，在创作过程中，由于时间紧张，写作匆忙，有的文献缺乏，一些当事人难以找寻，也可能造成对主人公性格刻画和命运把握的流于表面。作为文学写作者，只能勉强安慰自己，于史海之中拾贝，于大浪之中淘沙，在努力的良知唤醒之下完成对一个历史人物的还原，本身也是一件复杂的事。

中华民国的历史只有短暂的38年。吴仲禧的人生，横亘其上，一脚踩于清末，一脚踏上新中国，跨度较大。而他的背后，是错综复杂的社会变革，是惊涛骇浪的政局瓦裂，是惊天地泣鬼神的革命行动，是从旧到新、从黑暗到曙光的明知山有虎偏向虎山行的矢志不渝。在那样的时代洪流中成长起来的人物，其性格养成和命运走向，便不可能是简单的，直线的，"程序化"的，必然是复杂的、动态的、矛盾的、深刻的。故而，在文学和史学的"夹缝"之中，笔者力求"左右逢源""随心所欲"地让逝去的历史活过来，让枯燥的记录灵动起来，让"百战归来"的吴仲禧再次回到我们的视野。

是的，吴仲禧的时代，太多人陷于"平原如此，不知道路几千"的尴尬与窘迫之中，他本人也常"囊中羞涩，家中无担石"，很多人，不要说坚持革命，坚持活下去都殊为不易，而吴仲禧一路走来，走出了一道风景，由不得你要称赞：

虽风波岌岌，

凡英雄豪杰，

无需哽咽，

男儿一点血，

心头凌云志，

怒涛千顷，

一生壮志未抛却，

天涯马蹄，

长江万里，

只为城头鼓声。

本书的写作，得益于吴仲禧后人的鼎力支持，他们提供了很多有价值的资料，对初稿提出了建设性的修改意见；得益于广东省委宣传部、广东省作家协会、广东人民出版社有关领导和编辑的无私帮助；得益于很多前辈、学者的研究成果。这都是笔者写作过程中的动力和指引。

谢谢大家。

许锋

2023年3月29日终校于

广东财贸职业学院清远校区